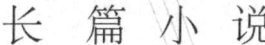

长篇小说

夯基

费金鑫◎著

广东人民出版社
·广州·

图书在版编目（CIP）数据

夯基/ 费金鑫著. —广州：广东人民出版社，2023.12
ISBN 978-7-218-16849-4

Ⅰ.①夯… Ⅱ.①费… Ⅲ.①长篇小说—中国—当代 Ⅳ.①I247.5

中国国家版本馆CIP数据核字（2023）第159537号

HANGJI
夯基

费金鑫 著

版权所有　翻印必究

出 版 人：肖风华

责任编辑：李力夫
责任技编：吴彦斌　周星奎
装帧设计：现当代文化

出版发行：广东人民出版社
地　　址：广东省广州市越秀区大沙头四马路10号（邮政编码：510199）
电　　话：（020）85716809（总编室）
传　　真：（020）83289585
网　　址：http://www.gdpph.com
印　　刷：北京建宏印刷有限公司
开　　本：880mm×1230mm　1/32
印　　张：9.875　　字　　数：245千
版　　次：2023年12月第1版
印　　次：2023年12月第1次印刷
定　　价：88.00元

如发现印装质量问题，影响阅读，请与出版社（020-85716849）联系调换。
售书热线：（020）87716172

目录 CONTENTS

为电力放歌者放歌 …………………………………………………（1）

第1章 ……………………………………………………………（1）
第2章 ……………………………………………………………（14）
第3章 ……………………………………………………………（26）
第4章 ……………………………………………………………（45）
第5章 ……………………………………………………………（60）
第6章 ……………………………………………………………（73）
第7章 ……………………………………………………………（85）
第8章 ……………………………………………………………（98）
第9章 ……………………………………………………………（110）
第10章 …………………………………………………………（123）
第11章 …………………………………………………………（137）
第12章 …………………………………………………………（149）
第13章 …………………………………………………………（163）
第14章 …………………………………………………………（177）
第15章 …………………………………………………………（190）
第16章 …………………………………………………………（202）

第 17 章	(214)
第 18 章	(228)
第 19 章	(241)
第 20 章	(256)
第 21 章	(269)
第 22 章	(283)
第 23 章	(296)
尾　声	(309)
后　记	(310)

第1章

　　潘孝坤和携妻带儿的哥哥潘孝乾走进螺蛳浜村，已是1960年7月底的一个下午。兄弟俩各挑两个竹筐。每个竹筐上头叠着一个麻袋。麻袋里各自塞满了被褥、衣服和零零碎碎的杂物，竹筐里则装着锅碗瓢盆、小椅、小凳等硬碴的东西。

　　没了父母或长辈，没了遮风挡雨的房子，一个人和一家人日常需要的并不多，也就是竹筐和麻袋里的几样东西。但为了这次迁徙、移民，从与堂伯父潘德荣家书信来往、沟通和枫荷这边及自己那边从大队、公社与县及相关移民管理单位的报批，用了两个多月的时间。在此书信来往的日子里，潘孝坤和哥嫂一家子对堂伯父潘德荣一家目前的情况有了大致的了解。堂伯父潘德荣的家在枫荷县城的城郊运河大队的螺蛳浜村。他家早先在县城与他人合伙开了一家酱园店。五十年代初，公私合营，那家酱园店成了合营对象。店内留用了他们几位合伙人。那时，潘德荣已到退休年龄，他家就留用了他的儿子潘耀祖。为酱园店忙碌了大半辈子的潘德荣，退休后闲居在家。

　　潘孝乾兄弟迁徙过去的时候，潘德荣老伴已过世。他们育有的一儿一女，也已各自成家。女婿吴炳生是所在大队的大队长，女儿潘耀芬是大队的妇女主任。供销社的服务网点扩展，各大队都设立了代销店。儿媳秋芳成了该大队代销店的营业员。

　　从山峦重叠的淳遂盆地到没有一座山峰的枫荷，对于走出家门，最远仅是上学到县城的潘孝坤来说，甚感新鲜。他们是在枫荷县的

1

运河镇从轮船码头上的岸，就此结束了移民到此的乘车坐船的迁徙旅程。一路过来，或许一心想着尽快到达目的地，他和他哥嫂路途没有停留，更无心思关注沿途的模样与风景。当他和哥嫂串过运河老街，走出西城门，朝即将落户于螺蛳浜村的那一刻，他发现这里没有一座山。他仰起脸，目及远处，除了蓝色天空下的几朵白云，还有田畈、桑树地中的铁塔。铁塔上架着的银线，由西南而来，又向东北方向远去。那时，他不知道，那些在阳光下有些耀眼的铁塔、银线，由他祖居之地的水转换成电后，翻山越岭，穿江跨河，比他们先期而至，并顺线路向其它所需之地奔去。当然，那时他更没想到，他会与同样类型的线路和里边流动的电，交往大半辈子的光阴。

潘孝乾和弟弟潘孝坤挑着担出现在螺蛳浜村，并打听他们的堂伯父潘德荣家在哪时，有几个小孩边指路，边向潘德荣家跑去报信。

螺蛳浜村的大多住户，坐落在运河镇通向远乡一条能过牛车的道路后头。这条路原先是"官道"。在有住户的地段，比"官道"宽出七八米，成了一个晒谷场。在此下面，有一条河浜，一头弯曲着通向县城，一头又弯曲着沿着"官道"通向远乡。由于这些弯曲，形似螺蛳壳，这个村便叫螺蛳浜。村上的住房，大多是木楼，有的前是厢房或檐堂屋，后是木楼；有的前后都是木楼。有的住户像潘孝坤家以前的老宅一般，外有高高的院墙，然后是天井、正房。有的住户像潘德荣家一般，前后都是木楼的，没有院墙，也没有廊屋，狭窄的屋檐下，便是门面。有这种门面的人家，潘孝坤后来才知道，老早以前这房子是用来开店的。潘孝坤自小听说，堂祖父梓寿家曾开过油坊，也做过蜡烛。大门设置成门面，或许为了经营生意的需要。

螺蛳浜村是个老村坊，但东西两侧也有几间近几年才盖的平房或草屋。潘孝坤与哥嫂和襁褓中的侄儿，路经那些平房或草屋或木楼到的堂伯父潘德荣家。

潘德荣已六十多岁，或许因为瘦，新做的蓝色中山装套在身上，似仙似道般嶙峋。潘孝坤兄弟俩挑着担走近他家的门面，潘德荣似

2

日夜久盼的样子，满脸笑纹，一副欣慰，一边说着老家的人终于来了，一边摸摸这兄弟俩的胳膊，又捏捏他们的手，看到汪惠英怀抱的孩子，笑着看了一会儿，忙着招呼进屋。他又转身对来看热闹的一位村民说，你去大队告诉一声，库区的移民到家了。

运河大队的办公地设在原先的关帝庙。离螺蛳浜村不远。库区移民已到潘德荣家的消息传至运河大队的办公室。大队长吴炳生一听，便往外走。坐在一边的大队党支部书记张松年说，我跟你一起过去。

老潘家的祖居之地将建水电站，成为库区并将移民，以及潘孝坤一家欲移民到此的消息，潘德荣是在两年前从潘孝坤写给他的信中得知的。潘德荣将这封信给儿子、儿媳和女婿、女儿看了。看过信的女婿吴炳生毕竟是大队的大队长，思忖了一会儿说，库区移民是党和政府的大事，有很强的政策性；投亲靠友的移民仅是其中一条的途径，也不是新中国成立前的逃难或逃荒。移民如何安置，如住房怎么解决、人员怎么安置，上边肯定会出台相关政策。从来信来看，那边堂叔一家对于移民也只是道听途说和他们想移民到这里的意向，有投石问路的意思。这样吧，我先打听打听有关移民情况和政策，或有机会时，向上反映一下。等有确切的消息，再给他们回信答复。

库区移民工作正式提上日程后，相关要求由县里内部相关会议传达到大队，吴炳生便将主要精神告知了老丈人潘德荣。于是，由潘德荣出面，写信给堂弟潘德仁一家，对他们一家投亲靠友的移民表示了欢迎和关注。但一年多以来，潘德荣并没有收到以潘德仁之名的有关移民来信。后来，他们以为库区移民工作已经结束了。没想到，到了今年五月下旬，潘德荣收到了以潘孝坤、潘孝乾弟兄俩的来信。从来信中，也知道了潘坑村遭受的水灾及严重程度，以及潘德仁的故世，并且欲以投亲靠友方式的移民要求。吴炳生拿着老丈人给他的信，与大队支书张松年作了汇报。张松年父亲是新中国成立前，从绍兴逃荒到此的难民。因此对于移民，他表现出了少有

的同情。嘱咐吴炳生速向公社和县有关部门报移民情况，并要求他具体落实。所以，潘家兄弟的临时住宿、宅基地拨给、房屋建造等安置工作，在他们没来之前，吴炳生早已安排妥当。

刚到陌生之地，就有大队支书和大队长前来看望，潘家兄弟有些激动。得知大队长吴炳生就是潘德荣的女婿，这边的手续都由吴炳生在办理，潘孝乾站在那里，不停地搓着手，显得既感激又有些难为情。倒是潘孝坤像个领导般的握着张松年和吴炳生的手，说着谢谢支书、谢谢姐夫的话。

库区移民与库区建设情况，报纸和广播时有报道，已不新鲜。水电大坝被飘浮物堵塞，造成枫溪公社大半个公社被淹，潘德荣、张松年、吴炳生等第一次听说。加之潘孝坤介绍得条理分明、言简意赅，张松年和吴炳生像在听一个他们不曾听说又十分想听的内部消息。等潘孝坤讲完了，他们已从他的言谈举止间，觉得他并非纯粹是个山里的大孩子。于是张松年问他在老家干过什么，潘孝坤说，初中毕业后，在大队小学教过一个学期的书。真是不好意思，误人子弟哦！张松年说，你不简单哦！其它还会什么？潘孝坤脸一红，瞅瞅潘孝乾说，粗会些篾匠活。祖传的，没有我哥手艺好。

潘德荣一听这篾匠活是祖传的，便接了话：我父亲刚从山里出来的时候，常会替人家修补蚕匾、竹椅、竹榻什么的。到我手里就失传了。

经潘德荣如此一说，从篾匠活儿到修蚕匾，最后到养蚕、桑树、桑树叶，就扯开了话题。直到潘德荣对吴炳生说，今天的晚饭叫耀芬来做，才又扯到潘家兄弟的安置上。

潘孝乾听潘德荣对吴炳生说先让他们暂住在他家，连忙说了几个不字。在老家，他们早就听说一些投亲靠友的移民，一到那儿就暂居在亲戚家，闹出许多矛盾，最终想返回原籍又不行，想迁居同村多数移民安置地又办不下相关手续等问题，便出现了回老家上访等让自己和领导们都麻烦的事情来。所以，潘家兄弟早就商量好了，绝对不住堂伯父家。吴炳生笑笑说，螺蛳浜村不是有育蚕卵的公房吗？我跟生产队长阿六头说过了，让孝乾、孝坤他们暂居在那里。

潘德荣哦了一声，又问他们的宅基地定下来没有。吴炳生说，就在村东育蚕室公房的前边。

张松年看看潘孝坤说，兄弟大了，早晚得分家过日子。孝坤已是小伙子了，我看给他们拨两家的宅基地吧！

吴炳生拍拍自己的脑门，似戏说：还是你这个党的书记想得周到。

潘孝乾听了，有些着急，说，不知这里的建筑材料价格怎么样？

张松年说，这个不用你们操心了。你们先在育蚕室的公房安顿下来。过几天，大队组织人员，把你们的安置房建造起来。

潘孝乾有些担心，说，那费用……

先莫谈费用。你们在这里安心生活、生产就好。张松年摆摆手。其实，移民安置的费用，有关政策早就出台在先，像住房等相关问题，枫荷县和移民到此的所在公社和大队早已落实。

那天晚上，潘孝坤和哥嫂从堂伯父潘德荣家吃过晚餐，回到暂时居住的生产队育蚕室，天早已黑了。育蚕室一间二十几平方米，一间四五十平方米。哥嫂和侄儿住在大间，他住在小间。据说，育蚕室在蚕蚁时，对温度及环境要求较高，因此，蚕蚁放在小间饲养，稍大一些分至大一点的房间饲养。等到蚕宝宝可以下地铺了，再分至村上每家每户，集体饲养。育蚕室早已清空。为他们的暂居，生产队早在墙上粉刷过白灰。潘孝坤躺在用竹垫铺就的床上，还能闻到白灰的清香。

育蚕室的屋脊上忽然响起阵阵雨声。潘孝坤心头一阵宽慰，一阵紧缩。潘坑村一些农宿被洪水浸泡后，潘孝坤在老宅后面北山东坡搭起了寮棚。屋脊上的雨声似乎比落在寮棚竹叶上的沙沙声显得清脆。

父亲本来就有肺结核，由于连续的下雨和天气太过潮湿，气喘比前几日越加严重。那天夜里，搭了半天寮棚，又从老宅往寮棚拖家当的潘孝坤早已精疲力竭，一阵睡意袭来，便酣然入梦。不知过

5

了多久,他却被父亲唤醒了。父亲说,你赶紧下山,叫方家姆妈来!

方家姆妈是潘坑村及十里八村有名的接生婆。听到隔壁哥嫂的寮棚里传出嫂嫂疼得直喊啊哟的声音,潘孝坤明白了什么。他戴上斗笠,转身出了寮棚,冲着哥嫂的寮棚说了声,我去叫方家姆妈啦,便匆匆忙忙赶到南坡,沿着小径往山下跑去。但没跑一会儿,他刹住了脚步。这时,天已微亮。前面不远处,有穿蓑衣的,有戴斗笠的,也有既不穿蓑衣不戴斗笠的一群男女老少,手拿肩扛拼命把家具或装着生活日用品的竹筐搬往村后的山上。并不停地叫喊着往南坡的竹林或树林里涌。这些竹林或树林中好多人在搭建寮棚。潘孝坤走至山脚,见村里有的女人和孩子,蹲或坐在坡上,号啕大哭。他借着微光,朝山脚望去,惊得几乎跌倒在地。原本一个好好的潘坑村,此时只露出一些屋顶。游动的洪水不时扑打着瓦片,在瓦片的缝隙处不时发出"咕嘟咕嘟"的响声。他很想去帮人家做些什么,但想到即将分娩的嫂嫂,他便问蹲在半坡的一名妇女:看到方家姆妈没有?

本在哭泣的妇女抹了一把不知是泪水还是雨水的脸,站起来朝坡上望去。只见坡上的竹林或树林好像都是忙碌的人。潘孝坤也不再打听,转身向坡上走去。边走边扯着嗓子喊:方家姆妈,方家姆妈!

风夹着雨,使潘孝坤的喊声走了调,也小了许多。潘坑村每户家里将会发生什么事,大多都清楚。此时,离潘孝坤近些的人似乎知道他喊方家姆妈目的了,停住脚步,问,你嫂嫂是否要生了?不等潘孝坤回答,又往坡上喊:方家姆妈,孝乾老婆要生了,让你快去接生!再往上一些的人也接着喊:方家姆妈,快去接生!一会儿,坡上的竹林和树林中,竟响起一片"方家姆妈"的喊声。直到方家姆妈戴着斗笠连滚带爬哎呀呀地答应着走到潘孝坤面前,才有了些笑声。

方家姆妈问潘孝坤,惠英现在哪儿?听潘孝坤说在东坡他家有祖坟的竹林里。她说他知道,不用他陪着去。

6

第1章

潘孝坤看方家姆妈往东坡去了，就往南坡集聚着许多人的地方走去。

在一块较为平整的坡上，许多男女正围在一起，用木头支起了四根柱头。那架势好像要平地建起一间大屋。潘孝坤有些吃惊地望着他们。却见方阿水在指挥众人如何连接木头。方阿水祖上是几代木匠，加之方阿水也是个木匠，又是生产队长，人们自然听他指挥。几个柱头竖起并用其它木料支撑完毕，此时才发现那些用于当桁条的木头与柱头的连接处，竟没有榫头或钉子什么的加于固定。

潘孝坤站在那儿多时，终于知道堆在那儿的木料，是昨天后半夜，方阿水毅然决定了绝无仅有的措施，安排大部分劳力将一些村民的平房，用锄头把屋顶的瓦片扒入水中，拆屋料运往这里，拟平地基搭棚。

方阿水是木匠出身，造房建屋见过得多，对站在风雨中的大伙说，谁家有铁丝？大伙儿没吱声。即使有铁丝，谁会想到抢出这个东西！方阿水又说，要不拿麻绳或竹篾丝连接吧。他话虽这么说，声音却高不起来。他在说这话的时候，他觉得用这样的方法将柱头和桁条连接起来，不会牢固。一旦大棚坍塌，砸了人，有了伤亡，不好交差。

雨还在下。穿着蓑衣、戴着斗笠的村民浑身上下早已湿透。却是没人吭声。潘孝坤估计方阿水想建个大屋或大棚让全村人都住进去。但这用木料搭起的大屋或大棚至少需要一天吧！可淋着雨的村民特别是那些妇女、老人和孩子恐怕再在雨里淋上半天也会弄出什么病来啊！再说，这个屋子或大棚即使搭成了，全村一百多个男女老幼挤在一起，能行吗？从未管过村里事务的潘孝坤说，还是各家各户用竹子自己搭个寮棚，暂时避雨安身吧。

方阿水考虑了一会儿，手一挥说，就听孝坤的。各家各户先在自留地上选地方解决自家的寮棚。自留地上没竹林的，寮棚就搭在生产队的竹林里。

原本许多精疲力竭，邋遢不堪，或蹲或坐在山坡上为无屋无粮，

7

饥肠辘辘而呻吟的老人，啼哭的孩子，此时被家中的儿女或大人唤着，各自散去，成了各家各户搭寮棚的助手。

潘孝坤本想为谁家搭个帮手，但这人群一散开，他不知该帮谁了。他转身往山脚下走了几步，却又站住了。山明水秀的村庄已是一片浑浊的汪洋。漂浮物上爬满蛇鼠百脚之类的小动物，怪叫声不绝于耳。紊乱龌龊的家什、农具等堆满了山坡。潘孝坤真想大哭一声，可又哭不出来。他只是哭丧着脸，无力地将背脊靠在树上。望着淹没的村庄，他突然想到，水位高程75米内的村庄才移民，也就是说库区蓄水后，一旦水位超过了这个警戒线，远在百里之外的水电站该采取泄洪措施的啊！可如今，连他家至楼顶的房子都被淹没，整个库区的蓄水已超过警戒线水位20来米左右，为何不泄洪啊？是管泄洪的忘了？是泄洪的设备坏了？

潘孝坤搜肠括肚，努力以自己掌握的认知，思索潘坑村被洪水吞噬的原因，却不得其解。此时，他多么盼望不再有风雨，洪水尽快退去哦！天上的风雨管不了，可这洪水肯定有人管！这个念头从脑海里浮出后，他立刻跑至洪水至山脚的水线，捡起边上的一小片石片，深深地划出了一条线。如果水面降了，证明水电站在泄洪了；如果水面未动或超出了他划下的这条线，证明水电站那边还没有泄洪。可当他站起的时候，滂沱的大雨，将他划的这条线早已冲涮掉了。他似乎有些倔强，找了一棵被水淹的树，用石片又刻出一道深深的印痕。为能便于找到水位线，在其上方又连刻了几只五角星。正当他为此得意时，他听到水面上忽隆几声，好似多条大鱼挣扎着跃出水面的声音。他循声望去，只见自家的那老宅的楼房的屋顶瞬间落入水中，那些散了架的桁条连着柱头，半沉半浮漂至水面。他惊呆了。

据父亲说，这栋三开间的楼房，是曾祖父的父亲建造的。他们潘家及潘坑村先辈原先都是临江而居。但新安江的江水在秋冬与初春，如训服的绵羊，友好地为沿岸居民送上肥美鲜嫩的鱼虾及贝类产品，但每遇雨季，洪水如暴怒的猛兽，既吞噬地势低洼的房屋也

8

吞噬生命。说不准什么时候来的洪水,常常将几代人的辛劳与智慧和血汗付之东流。后来,曾祖父的父亲终于弄明白,上头几代人择江而居,主要是为取水方便。在经历了历史上有名的洪水泛滥,全村所有房屋被卷入江中之后,曾祖父那代潘坑村人,终于决定向后山的半山腰迁居。并在村后的山脚,挖出三个大坑,既当蓄水池也当池塘,以供全村人取水之需。这也是潘坑村村名的由来。

曾祖父的父亲当然不会想到,当年离新安江有近百米高的潘坑村如今会被洪水吞噬。

许久,潘孝坤才缓过劲来,跌跌撞撞地往自家的寮棚奔去。他要把房倒屋塌的消息告诉父亲和哥嫂。

这时,一个婴儿的啼哭声从寮棚内传出来。潘孝坤远远地凝视着寮棚,他似看见方家姆妈抱起婴儿,递给站在门口的潘孝乾看了一下,又递给躺在隔壁寮棚的潘德仁瞧。潘德仁吃力地撑起身子,瞅着婴儿,嘀嘀地笑着。潘孝坤站在那儿愣了许久,才走进他和父亲住的寮棚。他带着哭腔告诉半躺半倚在竹床上的父亲:老屋已塌没了。父亲却是出奇的平静,眼中竟生出欣慰的光亮,说,什么也没了,反而没了牵挂。塌了就塌了吧。

这天中午前后,风雨变小。天的东南角露出一簇似阳光般的微小红霞。这让已搬进新寮棚的潘孝坤有些开心。大半天的劳累,使他疲惫不堪。他躺在竹垫上,侧身望着另一侧仰卧在门板上的父亲说,下了这么长时间的雨,总算熬到云开日出了。父亲说,天那边的小红霞叫风雨光。只怕还有一次大风大雨呢!儿子说,再来一次风雨也不怕了,反正已住进了寮棚,只要洪水尽快退去就好。父亲说,洪水退去不会很快的。今年的洪水与往年好像不一样。儿子说,这不一样的原因,可能是水电站大坝的泄洪装置建设没有完工,或者泄洪的渠道上头塌方被堵塞了。

父亲没接话,沉默了许久,父亲说,这洪水实在退不下去,就逃难吧!即使洪水退了,房屋能保住,也不是从前的房屋,得重建呢!儿子说,共产党执政的新中国不会让老百姓逃难的。他们知道这里遭了洪灾，一定会想办法把灾民安顿好的。父亲说，这么多天了，村坊被淹，只有生产队的方阿水传达上头的指示，也没见上边来救灾啊！儿子说，应该快了。父亲说，不逃难的话，不知像移民一样投亲靠友行不行？为了刚来到这个世界的孩子。

父亲的这句话触动了儿子深埋于心的想法。望子成龙，望女成凤，即使生活在底层的平民百姓，古而有之。若想成龙，必有其大海；若想成凤，必有其天空。父辈或祖辈若想子女有出息，仅靠想、靠盼、靠后代的自我成长，却给不了有出息的环境，终归一场空！人若想有出息，最重要的是有知识；没有知识，即使再聪明，也仅是眼前的小聪明而已。当年，潘孝坤考高中没有考上，他全怪自己的不努力。后来才知道，那些能考上高中的，大多基础知识扎实，学习的重点都放在能考取高中等诸多方面。而他虽然知道考高中的重点知识在那儿，但上课时的心思，有时为一顿午餐，有时为放学回家的路程、是否需要打猪草或割羊草而分心。然而，就凭他初中毕业，他竟成了潘坑村的知识分子，并且成了小学里头的教师。他知道目前全民的知识水平不高，国家正全力扫盲。但他对自己还是有清晰的认识。他知道自己的底子，他尽管很努力，但如此教下去，会误人子弟。那时，他认为他已不可能再学习、再提升了。他希望潘家的后代们，不能走自己的老路。而不走老路的途径，就是走出大山，到更大的世界、有利于掌握知识的地方去发展。

潘家兄弟和潘坑村的人们，在这年 5 月间为生存，他们艰难地搏斗着。尽管洪水淹没潘坑村只有三天，但由于洪水的突如其来或者是没想到这么严重，他们为洪水和风雨的三天三夜的艰难抗争，改变着他们的观念和行为方式。特别是那天夜里的风雨，更使潘坑村的人们刻骨铭心。那天忽然停了一个下午的雨水，像是其发起冲击前的稍息。三更时分，电闪雷鸣夹着狂风暴雨，倾刻间全部出动。潘孝坤父子住的寮棚棚顶和当墙壁用的那些竹梢叶子有多处被风卷起，忽大忽小的雨点打进棚内。父子俩再也不能安稳地躺着，更不能入睡。最要命的是潘坑村那些搭寮棚当柱头用的竹子，因没有削

第 1 章

去上半截的竹梢，兜着风，随整个竹林摇晃起伏，不一会儿寮棚就散架坍塌了。于是，风雨中，女人和孩子呼天抢地的哭喊声，响彻了整个山峦。

由于风雨，那些忽大忽小的哭喊声，在夜里十分瘆人。他们因自己的寮棚总体较稳固，也根本没想是寮棚坍塌的原因如此哭喊。于是，潘孝坤戴着斗笠，穿着蓑衣，扶着竹子和树木，踉跄地走向南坡。风雨夜里根本点不着火把，远距离根本看不清人与竹子、树木。他只得循着人声和哭喊摸索着前行。在南坡拐过一个弯，他隐隐约约瞧见了一棵茂盛的大树冠下站着一些孩子和女人。他问怎么回事。一个女孩带着哭腔说，潘老师，我家的寮棚让大风吹坍了。他听出是自己教的学生潘玉卿的声音，摸了一下她的斗笠，说了声别哭，同时估计到了寮棚被风吹坍的原因，问，是不是你爹妈搭寮棚的时候，该削去的竹梢没有削去？边上潘玉卿的妈听了，立刻明白过来，便埋怨站在另一处的潘玉卿的父亲潘双林。潘双林因寮棚的坍塌搞得一家人很狼狈，已是十分恼火，便吼叫道，你要是早想到，怎么不早说！站在同一树下的一个女人劝说道，好了，好了，搭寮棚的时候，谁想到竹梢叶子会这么兜风，晃倒寮棚呀！大家还不是一样啊！

在这漆黑的夜里，再搭寮棚肯定搭不起来，也来不及了。潘孝坤早已被潘玉卿的一声潘老师唤起了爱心，对站在树下淋着雨的几个孩子说，你们到我家的寮棚躲躲雨再说。他拉起潘玉卿的手，往前走了几步，他们的后边立刻跟了一群孩子。有的女人抱着孩子也跟了过来。不一会儿，不但潘德仁父子的寮棚里挤满了孩子和女人，连隔壁的潘孝乾和他媳妇、孩子的寮棚里站满了人。潘德仁见自己无法躺下，便戴着斗笠，穿起蓑衣，让潘孝坤将竹榻置在就近的树冠下，在风雨中半坐半躺了一夜。潘孝坤像其他男人一样，披着蓑衣，一会儿躲在树冠下，一会儿又躲进竹丛中，任风雨吹淋。可蓑衣怎挡得住彻夜大雨！

这夜似考验潘坑村人搭寮棚手艺的风雨，直至东方破晓才渐渐

停歇。潘孝坤走近自己的寮棚，发现棚里的孩子有的坐在门板或竹垫上，有的斜靠在其边沿，有的则倚着寮棚的一处，都睡着了。潘孝坤扔下被水淋得沉重的蓑衣，走到树冠下的父亲竹榻跟前，轻唤了一声，父亲动了动，呻吟着咳嗽了几声。潘孝坤帮父亲除去斗笠，脱去蓑衣时，父亲仰脸望望茂盛的树冠，故作轻松地说，树大了，还真能遮风雨。你看，我身上竟没湿。可在凄凉悲切、困境窘迫中，父亲的表情仍不免颦蹙。一会儿，潘德仁喉咙中咕噜几声，一口鲜血喷吐而出。潘孝坤惊慌失措地叫了一声爸爸，又回头喊阿哥。潘孝乾和寮棚里的人都赶到潘德仁的竹榻边。潘德仁却是摆摆手说，我没事。我是想咳嗽却被呛了一下，可能是喉咙里哪些个血筋蹦断了。

  潘孝坤侍候着父亲脱去湿淋淋的衣衫，又跑进寮棚拿来几件干燥的衣衫，替父亲换上后，兄弟俩搀着父亲进了寮棚。待父亲用竹垫搭成的床上躺下，潘孝乾问潘孝坤父亲配的中药在哪。潘孝坤想了想，这才记起当初从老宅往寮棚搬的时候，忘了那些父亲天天吃的中药。潘孝坤懊悔地给了自己一巴掌。此时，一个女孩子的声音传至潘孝坤耳里：快去枫溪公社的医疗站找医生。潘孝坤顺声望去，见是站在寮棚门口的十二三岁的小女孩潘玉卿忽闪着大眼凝视着他，他赶快站起来，走出寮棚。

  潘孝坤下了山的东坡，却被一片似汪洋般的洪水挡住了。他站在水口往潘家祠堂和枫溪公社驻地眺望着，只见那边已被洪水淹得只露出几个屋脊。

  潘孝坤无奈地在水边站了会儿，只得折回寮棚。

  昨夜在自己和哥嫂寮棚里躲了一夜雨、刚才围着父亲的那些女人和孩子已经离去。这雨一停，他们该关注自家的寮棚搭建了。

  此时的父亲，身体状况有所好转。潘孝坤回到寮棚，父亲半躺半卧在床，正在吃一个潘孝乾为他削了皮的生蕃薯。他见两个儿子凝视着他，他放下吃剩的生蕃薯，说，我们老潘家，可能命不该留在祖居之地。若孝坤不在大队小学教书，也没有那老宅，我们早就

第 1 章

跟这里的大多数人一样,移民去外地了。唉,不知这洪水过后,还能不能移民。若是能,还是移民去枫荷吧。

兄弟俩没说话。依然听父亲大谈移民和留在这里的好处和不好的地方。说到激动处,还下床手舞足蹈起来。这时,兄弟俩以为父亲在早晨口喷鲜血,正像父亲说的由于咳嗽过猛,喉咙里的什么血筋蹦断了。可在第三天夜里,已熟睡的潘孝坤,听到父亲叫了他一声,他在睡梦中也应了一声,只听父亲说了句,你妈妈来找我了,就不再说话。潘孝坤以为是在做梦,但他又被这个梦惊醒了。他坐起来,黑暗中瞅了瞅似熟睡了的父亲,轻轻地唤了一声,却没有一丝呼噜声。潘孝坤浑身起了一层鸡皮疙瘩。走至父亲跟前,用手推了推父亲,又用手在父亲的鼻孔前试了试。想到刚才似梦非梦中父亲说的话,他哭喊着:妈妈,你把爸爸还给我!

这悲怆的哭喊传出寮棚,刺透黑夜,在山峦回荡。

而这会儿,潘孝坤睡梦中的哭喊声,透过育蚕室屋脊,在螺蛳浜村的夜空响起的时候,格外凄惨,惊得临近育蚕室的几户人家,以为发生了人命关天的大事儿,或戴着斗笠,或撑着雨伞奔至育蚕室外,扯着嗓子问,谁?干什么?

早已听到潘孝坤睡梦中哭喊并且已走至隔壁房间安慰着潘孝坤的哥哥潘孝乾,听到屋外的动静,急忙走出屋来,双手作揖,连连说着抱歉,并解释是自己的弟弟做恶梦而哭叫。那些仗义的乡邻都说没事、没事,以为你们初来乍到,有人来欺侮你们,这才跑过来看看。走时,还不忘关照若真有事,就招呼我们。潘孝乾说着客气话,直到他们的身影消失在夜幕里,才转身回了屋。

13

第 2 章

　　那天雨夜，潘孝坤在睡梦中哭喊，经螺蛳浜村的村民七转八传，引出了许多猜测。此事，又经潘德荣和潘耀芬传至运河大队队长吴炳生和支书张松年耳中。一个十七八岁的小伙儿，即使做了噩梦，会如此哭叫？他们很疑惑。他们分析了原因，吴炳生说："好多移民其实并不想移民到外地，只是实在没办法。而移民一旦到了迁入之地，根本没有想象中那么好，欲哭无泪。"张松年说："你岳父那俩堂侄是投亲靠友的移民，对这里的情况应该了解并有一定的心理准备，不存在骗他们的问题。"

　　运河大队由两家高级社合并而成。张松年和吴炳生都是各自高级社的负责人。合并的时候，两人都是党员，都在二十三岁上下，对工作怀有极大热情和责任心。遇事常往自己身上找不足。两人分析了一会儿，最后把潘孝坤睡梦中的哭喊声分析为运河大队没有把他们的住房解决好。吴炳生说："他们的住房安置费用，在他们来这里的前几天，我问了公社管民政工作的同志，他们说，报告早已往县里递交了，过不了多长时间，准能批下来。"张松年说："我们不能再等了。这样吧，先帮他们把房子建起来再说。宅基地已经定了，建房费用无非就是建筑材料和人工费。砖瓦就从大队办的砖窑购买，木材尽可能从公社木材厂想办法，他们那里至少会有议价，砂石、石灰、水泥什么的，运墨镇河岸边的船埠头常停靠出售这些货物的船，价格差不多。这些，你抓紧落实。木匠、泥瓦匠，好几个生产队都有，你通知下去，工分由大队记工；小工呢，让螺蛳浜村生产

第 2 章

队自己出人,并告诉小队长阿六头,小工的工分由他们生产队解决。具体费用等房子完工后再结算,该由上边或大队出的就由上边或大队出,该由移民户出的就让他们出。你先跟他们兄弟俩说明白。"

吴炳生说:"这兄弟俩为人蛮硬气。老潘家祖上留下一栋老宅,当年是分给我老岳父的父亲和另一位伯父的,但当地政府考虑到兄弟俩的二小子在教书,建议他们不移民,于是,拿老宅和他们住的那栋房子对换了一下。他们那栋房子随库区淹入水中,当地政府给了一笔补偿款,他们就把这笔补偿款连同一些凭据,通过邮局汇给了我老岳父。他们还说,我老岳父的另一位伯父,他们已没了联系,因此希望我老岳父转交给他们的后人。"

"这样的实在人,我们不能亏待了他们。"张松年说:"兄弟俩的二小子已是十七八岁的小伙了,过不了几年,也该娶老婆独立门户了。给他们建房时,就分成两个户头吧。"

吴炳生说:"也是两间厢屋、两间披房?"

"现在乡下新建的房子,不都是这样的路数吗?"张松年说,"照你老岳父家木楼的规格,现在也买不到木材。"

每户两间厢屋加后面的两间披房,尽管是潘孝坤、潘孝乾弟兄两个户头,毕竟房子结构简单,运河大队又集中了全大队造房建屋的能工巧匠,不到二十天,连做地平、粉墙、装门窗、垒灶,在螺蛳浜村育蚕室前面的百十来米处,拔地而起。迁入新居那天,潘家兄弟按当地风俗,置办了几桌上梁酒,邀请那些能工巧匠和村上为他们建房做帮工的人,还有张松年、吴炳生及潘德仁全家,热闹了一番。

过了一个来月,县里一位叫杨士元的副书记到运河大队搞调研。在张松年几个村干部的办公室,听了张松年运河大队的农业生产、队办企业的情况汇报,又问该大队的村民家庭成分、人员结构。听说几个月前有两户移民从新婉江库区搬迁过来,便来了兴趣,又问了些情况,听说大队为他们的住房建造解决了不少实际问题,杨士元说:"移民工作是一项政治任务,上级有三令五申的要求,移民安

15

置得满意不满意，事关社会稳定和经济发展。库区先期移民的，由于安置地没有落实好上级的指示精神，出现了上访等一系列问题，弄得上边的领导很恼火，省里还发了通报。"他又提出要到这两户移民家去看看。于是，张松年和吴炳生陪着杨士元及运河公社党委书记高子仁出了办公室。

吴炳生望望太阳的高度，估计潘家兄弟还在地里干活，又急速返回，对在另一间办公室正和会计说着什么的妻子潘耀芬说了杨士元和高子仁要去潘孝乾、潘孝坤家里看望的事儿，要她绕近道先到他们家，如果弟兄俩在生产队干活，就让他们立刻回家。做大队妇女主任兼团支书已经多年的潘耀芬分得清领导去某些地方看望的轻重，见杨士元一行在院子里边说着什么边往外走，她从那间办公室的窗户翻到了外面，一溜小跑，疾速而去。

潘家兄弟各自两开间的厢房后头连着两间披房。这两间披房，一间当厨房，一间当卧房。披房后面是一个天井，天井之后是用于养猪养羊等家畜的五路头小平房。这几间小平房，建房期间，张松年考虑当地养家畜的实际，又添建的。当初建造完工后，按乡下兄弟分家大东小西的规矩，由潘德荣为他们兄弟俩做了主。兄弟关系本来不错，虽然分开住，各自又立了灶，但弟弟潘孝坤依然去吃嫂嫂汪惠英做的饭。杨士元一行走近潘孝坤家的时候，兄弟俩正从桑树地里钻出来。看着兄弟俩光着脚，裤管和袖子挽得高高的模样，张松年对杨士元说："他们刚从地里干活回来呢！"杨士元先握住了前面潘孝坤的手："欢迎你们成为我们的新村民。"潘孝坤和潘孝乾早已从潘耀芬的嘴里得知，来他们家看望的是枫荷县委的副书记杨士元。潘孝坤从一行人走过来所走的位置，估摸到眼前与他握手的一定是杨士元，所以说："感谢杨书记和其他领导对我们的关照。"

杨士元一听，喜上眉梢。杨士元原是怀东支前模范。他和乡亲们推着独轮车，从谷芽半岛随解放大军横渡长江，一路枪林弹雨，却毫发无损。在挺进枫荷县城准备迎接和平解放的途中，忽觉肚子一阵阵疼痛，便扔下独轮车，钻进一块蚕豆地。在提起裤子往外走

第 2 章

的时候，脚踝一阵钻心的胀痛，他吓得他双脚直跳。低头一看，他发现一条褐色的大蛇快速游向远处。他知道脚踝的胀痛是怎么回事了，惊叫着奔到路旁。正在行进的解放大军和支前民工队伍以为他碰上了敌人，顷刻个个卧倒在地，一些战士迅速瞄准了杨士元的来处。当解放军和支前民工得知他是被蛇咬后，个个轻松地从地上爬了起来。这时，一旁的解放军朱排长一脸凝重，说："这蛇的毒液比敌人的子弹还厉害呢！"说着，就解下自己腿上的绑带，在他的小腿肚上扎了一道坎，又用刺刀在被蛇咬的脚踝上割开一个十字，使劲往外挤血。杨士元年轻的时候有晕血症，看到自己的脚踝上活生生地划出个十字伤口，又挤出些红中带黑的血，早已晕了过去。等他醒来，他已躺在县城一家诊所。可能是被蛇咬的缘故，也可能这几个月随大军一路奔袭太劳累了，进诊所后，竟然高烧不退，也下不了床。解放大军和支前民工还有南下任务，不能因为他高烧不退而等他。当然，解放军每解放一座城市的同时又建立了新的政权。朱排长被留下来，负责组建枫荷县的新政权。因高烧而一时不能南下的杨士元协助朱排长建立新的县政府。

　　杨士元没想到，十多年后，他会成为枫荷县委的副书记。十多年来，他似乎已适应了这里的生活和工作，唯一还不能适应的是他还没有全部听懂这里的方言，与当地人交流、沟通带来很大的不便，尤其到乡下，他发现乡下讲普通话的人不多，听他讲怀东普通话，有时人家还笑话他。说他的舌头是直的，嘴里像含了一口水，弯不过来。像刚才听运河大队张松年的汇报，那土不土、洋不洋的普通话，吃力的程度，估计跟他讲外语差不了多少，但杨士元又不能说你的话我好多都听不懂。听潘孝坤开口讲话，他十分舒心。他感觉这普通话不比县委机关的那些年轻人差。于是，他很想和这个毛头小伙好好聊聊。他问他的房子是哪一间，潘孝坤的手在关着的大门上叩了叩。听潘孝乾和张松年、吴炳生都在说，杨书记这里坐，他只得听从他们，走进属于潘孝坤的房子。杨士元前后看了看，问一旁的潘孝坤："你的房子结构跟你哥的一样的吗？"

17

潘孝坤点点头,嘴里嗯了一声。

杨士元回到堂屋,在堂屋的四仙桌上坐了下来,又打量了一下屋子,说:"这房子比我家的房子宽敞多了。"他双手摸着用竹子新做的四仙桌和椅子又说,"这竹子做的桌子、椅子,既别致又漂亮!"听说是他们兄弟自己做的,他说,"这手艺实在是高!"这会儿的杨士元兴致似乎很高,主动招呼潘孝坤和潘孝乾兄弟坐在他一旁。那些随杨士元来的人围着他们坐了一圈。杨士元问潘孝坤:"运河大队为你们的安置做了些什么?"潘孝坤就讲了张松年、吴炳生等大队干部如何帮他们建房造屋、如何帮他们找泥瓦匠、木匠,还有螺蛳浜村的乡亲在他们建房期间如何主动帮忙等。讲得条理分明。末了,又加了一句:"我真切地感受到了社会主义制度和集体经济的优越性。"

妈呀,这毛头小伙不但会说,还善于总结!杨士元疼爱地握住了潘孝坤的手。

随杨士元一同而来的县广播站记者此时停止了记录,站在一旁直直地盯着杨士元。杨士元这次下到生产队和村民家中,重点调查的正是如何发展集体经济的农村体制!

杨士元含笑点点头,说:"小伙子,你所说的一切,是否可以这样理解,你家在这里的安置体现了队为基础的农村集体经济的优越性?"潘孝坤觉得杨士元的话有些绕,但最终嗯了一声,并点了点头。

潘耀芬和汪惠英这会儿给每人端上一玻璃杯绿茶。玻璃杯是潘家兄弟迁入新房时,潘德荣的儿子赠送的。在当时的农村还是稀罕之物。好多人被玻璃杯所吸引。杨士元虽然盯着玻璃杯,吸引他的却是里边的茶叶。那浮在上面的绿色嫩芽,在开水的浸泡下,正慢慢舒展,优雅地下沉,一片、两片、三片……新中国成立后爱上喝茶的杨士元,此时也不说话,欣赏着玻璃杯里的嫩芽。大概他想到了这嫩芽的来历,问:"枫荷有这么好的茶叶?"

"是我们从老家带来的。"坐在那儿一直插不上话的潘孝乾说,

第 2 章

"我们那儿的自留地，种的大多是茶树。这明前茶采摘后，大多卖给了供销社，自己也留了点。"

杨士元端起茶杯，轻轻地吹了吹上面的浮叶，喝了一小口，说："好喝！人家说世上只有龙井茶好，我看这茶不比龙井茶差！"他的眼睛朝在座的人扫了一圈，说："不要辜负了小伙子一家的心意，都尝尝！"

大家喝了一口，有的说好，有的光点头不说话。接着又喝了第二口、第三口。待大家喝得差不多了，杨士元对潘家兄弟说："待明年这嫩茶下来的时候，你们回老家一趟，收购些这样的茶叶来，一来为库区人民增加些收入，二来让这里的人喝到这样的好茶。"

随杨士元来的人，都说好啊好啊，是啊是啊！

张松年说："老底子有人说无商不富。杨书记所说的倒是一条致富之道呢！"

杨士元没接张松年的话，望着潘孝坤说："你们老家洪灾发生后，当地开展生产自救了吗？"

潘孝坤说："洪水还未退去，为尽快恢复灾民的生活与生产，当地党组织很快做出了部署，像我们潘陆村把已搬出暂时在附近的移民进行分散安置，但还有些梯田和荒地可垦的水库边沿地方，由我们进行耕种，这是一。二是重建与善后移民政策及相关措施也就是在那个时候传达至每家每户的。"

说到这里，潘孝坤打住了，他看了看哥哥潘孝乾。像他们原本该移民却由于各种各样的原因没有移民的人家，这次成了动员移民的对象。同时，潘陆村小学由于学生减少、校舍坍塌和潘孝坤一家列入移民之列等原因，潘陆村小学与汪村小学一合并，他也做不成教师了。

杨士元似看出了潘孝坤不愿说下去的难言之隐，呵呵一笑，站起来往外走。走至屋檐口，回身又和潘家兄弟握手告别。他看了一眼东侧那片竹林，说："移民的生活改善与提高最终全靠自己。你们会用竹子做成桌椅，我想应该是篾竹师傅。平时要充分利用自己的

手艺,服务社会主义新农村啊!"

潘孝乾不时点着头。

潘孝坤说:"我们将会用实际行动回报新的家乡对我们的关照。"

杨士元翘起大拇指,在潘孝坤面前晃了晃,说:"前不久,我刚学会一个词儿,孺子可教也。"

潘孝坤愣了一下,只是谦虚地笑笑。其他人只是微笑,也没说话。张松年知道杨士元说的那个词儿是在夸潘孝坤,却不知其意。他不知其他人是否明白"孺子可教也"。潘孝坤是他大队的村民,杨士元是为调研而来,作为这个大队的党支书,他必须知道杨士元在他大队说的每一句话、做的每一件事,才能领会他的意图,做好每一项工作。在去大队办公地的路上,他前后张望了一下,发现县广播站的记者在后面,他猜想他知道"孺子可教也"的意思,他放慢了步子,待到那位记者赶上来,他扯了扯记者的衣袖,悄声问,那"孺子可教也"是什么意思?记者小声说,这典故说来话长了。张松年说,你就捡简单的说。记者说,这是指孩子是可以教诲的,形容年轻人有出息,可以造就。杨副书记说的意思是说那个叫潘孝坤的年轻人是位可培养之才。张松年握了握记者的手,快走几步,往前去了。

这位记者正在琢磨杨士元这次调研,特别是在潘家兄弟家里的情况,以什么样的角度和文体写成报道,也没有去计较张松年忽热忽冷的行为。这位记者知道,前一阵子,其他地方的一些库区移民由于对安置地有些不满,引发了上访等问题。这些事情虽然是个别的,也没有公开报道,但上下都十分敏感、关注。潘家兄弟移民至今,在宅基地划拨、建房所需材料及人工费用等方面,运河大队确实给予了较好的关照;潘家兄弟发自内心的感激也溢于言表。

如果简单写杨士元这次调研,县广播站理所应当给予广播,但往上级媒体发送,刊用的概率极小。县委副书记在枫荷县已是大官,但放在全省,已不是重要官员了。运河大队对潘家兄弟移民的安置,点点滴滴,看似十分普通,如果当下在全省给予正面报道,典型意义非同一般。他边走边想，待到大队办公室，一篇腹稿已经形成。杨士元在运河大队就餐，和张松年、吴炳生及该公社党委书记高子仁闲聊的时候，腹稿已变成文字。当记者把《随枫荷县委领导走访移民见闻》的文稿递到杨士元手上要求他审核时，杨士元说了声这么快呀，就低头看稿。杨士元审稿很慢，一字一句，连着看了好几遍，看到记者放下饭碗，他才放下稿子，说："你把见闻写得让我都想掉眼泪了。只是你把我、公社和运河大队拔得太高了吧？"记者说："没有呀！这些都是移民潘孝坤两个小时前说过的话、介绍的情况。"杨士元说："这小子年纪不大，看上去挺实在，还挺能说。是新农村建设的好苗子啊！"

张松年说："杨书记，我们正有意识对他加以培养。"

一旁的吴炳生知道张松年说的是应景话，但为了帮张松年圆场，证明张松年此话不虚，并且他们识人的眼光与杨士元一致，吴炳生说："这潘孝坤已递交了入团申请书，大队团支部正考虑先发展他入团呢！"

杨士元点点头说："你们做得好。"

这是杨士元在这次运河大队调研中，针对吴炳生为圆张松年的场而说的话，但他们也有意理解成了对他们整个工作的肯定。同时，他们又不得不因圆场而兑现说过的那些话。所以，当潘孝坤从潘耀芬手里接过入团志愿书，让他按表中要求填写完毕，并要求他再写一份入团申请书时，他有些蒙，又有些兴奋。他猜测是杨士元"孺子可教也"的话起了作用。他就按潘耀芬的嘱咐做了。那天大队团支部召开团员大会，通过了他的入团申请。因此，那几天，他和哥哥潘孝乾隆根据螺蛳浜生产队的安排，在他家后面的育蚕室修理蚕匾和装蚕匾的竹笤时特别卖力。

潘家兄弟会篾匠活儿的消息开始传开。那时的枫荷乡下，每家房前屋后，竹林成片，家用的桌、椅、凳、床架、竹榻等家具，还有蚕匾、竹笤、梯子、竹筐、竹篮、筛子、米箩等大大小小的用具，大多用竹子做成。用的时间久了，难免这儿破了那儿坏了。但稍加

21

修理，还能用一段时光。而这样的修理，需要能将竹子劈成篾丝的篾匠才能修复。让潘家兄弟修理家用的竹具，起始是螺蛳浜的女人一日三餐都用的淘米箩。这些女人看到淘箩的篾丝稀得漏米或有一个破洞，来到正在修蚕匾的育蚕室来，试着让潘家兄弟看看。潘家兄弟啥话没说，在篾丝稀疏或有破洞的地方，来回编入几根篾丝，问题立马解决了。女人满意而归，少不了告诉邻居和村坊上的其他女人。潘家兄弟来此落户，并在建房这样的大事上得过村民不少帮助，正愁找不到机会报答，做这点力所能及的小事觉得是应该的，理所当然。他们来者不拒。以致后来村民连桌椅、竹梯等大件物品也拿到育蚕室让他们修理。这样修理的东西多了，势必影响潘家兄弟为生产队修理竹器的进度。为不使潘家兄弟为难，生产队长在集体劳动间隙提了这个事，并说若有村民要修理这些东西，就在晚上拿到潘家兄弟家去，修理材料自己拿到他们家，还得付一定的工钱。生产队长还自作主张规定修一个米箩、桌子、椅子等多少工钱。常用的东西，该修的还是要修。好多村民也不想占公家和潘家兄弟的便宜，竹子反正房前屋后就有，按生产队长说的，砍了竹子送到潘家兄弟的家里即可。潘家兄弟依然态度和蔼，来者不拒。但当村民要给工钱时，潘家兄弟死活不收。他们知道乡下人生活的艰辛，有时连半斤盐、一两油也没钱买，一个鸡蛋也舍不得吃。拿那些竹子做的东西来修理的乡亲，一是节俭，二是生活艰难。这怎么能收乡亲们的工钱呢！但这里的乡亲与潘家兄弟一样，也有朴实、善良的秉性，知道他们移民来此生活的不易，便拿些地里长的菜呀、河里摸的鱼呀送给他们。这样的人情往来是不好推脱的，潘家兄弟也接受了。

螺蛳浜村几乎每家每户在屋后栽有成片的竹子。若要成片的竹子长得粗壮、茂盛，并且竹笋在春天从地里正常冒出，每年得从已长成的竹子中匀出些竹子。这些匀出的老竹，可以上市场卖了换钱。在潘家兄弟看来，老竹是上等的材料，可以做成家具或日用品。但潘家兄弟发现这里的乡亲们没有这么做。于是，潘家兄弟向一些乡

第 2 章

亲提出了这个问题。一些乡亲告诉潘家兄弟,这些竹林,枫荷县境内的乡村,几乎家家户户都有,每年匀出几根竹子去早市卖,基本上是卖不了多少钱的。如果将匀出的竹子做成家具和日用品,这个市场不成问题。潘家兄弟说,那你们将匀出来的老竹卖给我们。于是,螺蛳浜村的村民从竹林中匀出几根竹子并换成钱的日子,就从那个时候开始了。兄弟俩也找到了一条除生产队劳动之外赚取小钱的路子。

那时的潘孝坤以为这样的生活也很充实、很快活,没想到,因为他以前说过的那些话,有人正考虑着改变他的命运。县广播站记者根据潘孝坤与杨士元交谈的情况,经记者深入采访和有关人员的反复推敲、审核,最后在省报刊登的《随枫荷县委领导走访移民见闻》受到了省委主要领导的关注,并在刊登此文的旁边写了批示,要求全省移民接收地的县、公社、大队像枫荷县那样,扎实做好移民安置工作,使党放心、移民满意。于是,其他县或公社、大队迫切需要知道枫荷县关于移民工作的具体做法和经验。一个个电话打到县里、公社、大队,要杨士元、运河公社高子仁和运河大队的张松年提供经验。起初他们都谦虚一番,后来像统一口径似的,说这谈不上经验,具体做法报纸上不是都写了吗?他们知道运河大队的移民,满打满算只有潘家兄弟两户人家。加之集体经济的底子厚,好安排。如果移民十几户或过来一个村的移民,许多问题恐难解决。县、公社、大队的领导们都知这个理儿。省委主要领导的批示虽然有以点带面的意思,但一地一事,不可复制。不过,此项工作受到省委主要领导的肯定,毕竟是潘家兄弟所在县、公社和大队的政绩。当了干部,谁不想有政绩哦!同时,这兄弟俩的后期工作也引起了杨士元和公社、大队等领导的重视。有一次,公社书记高子仁上县里开会,会议中途他碰到杨士元,杨士元问运河大队潘家兄弟生活得怎么样。高子仁说:"那二小子已入团了。哦,我还听说兄弟俩在老家就是篾匠,现在这方面发挥得蛮好。"

杨士元笑笑说:"运河大队的那个支书,我当时就看出来,他随

口蒙我呢!"

高子仁说:"张松年人蛮踏实。移民的具体工作也是运河大队在做。只是他也没想到你杨书记会这么重视。当时张松年看你对潘家二小子这么看重……嘿嘿,运河大队对他也从政治关心了。"

杨士元说:"像潘家二小子这样的机灵鬼,在农村不多哦。未来的新农村建设需要这样的人呢!"

高子仁没说话,陪着杨士元往前走了几步。

沉默了一会儿,杨士元说:"县里在燕宁办的那个农业技术中等专科学校你知道吗?"

高子仁点点头。根据农村未来发展需要和上级的指示精神,去年,枫荷县在燕宁镇附近的一个农场自办了一所农业技术中等专科学校,简称农校。当时这种学校的招生和教材上边没有统一要求,大多参考了别的同类学校制定的招生计划和学制及教案。这所农校的学生大多由社队推荐,并象征性地进行了统一考试,但学生文化程度参差不齐,有的只上过两三年的学,也有的小学或初中毕业。农校实行全日制学习,半工半读。学生无需缴食宿费和学费。开学后,学校虽然进行了突击性的文化补习,还是有学生达不到教学要求,有嫌学习辛苦、跟不上学习进度的,就开始闹着要退学,学校当然没批准,但这些人后来干脆不来上学了。这一年下来,五十几个人的班,有十余个学生没再来上学。

杨士元说:"县教育局研究过了,他们想补招一些学生,争取全县平均每个大队有一个农校毕业生。"

高子仁明白过来。说:"你是想让潘家二小子插班学习?"

杨士元说:"我看潘家二小子也仅是个大男孩,想让他在大队担任什么职务,也是拔苗助长。授之以鱼,不如授之以渔呢!"

高子仁说:"对,对,杨书记说得对。"

"培养人最好还是任其自然,不然,对本人和组织都不利。"杨士元说,"你把农校招插班生的情况转告潘家二小子就可以了,不要说是我的意思。"

第2章

县农业技术中等专科学校招插班生的消息，潘孝坤是从潘耀芬口中得知的。那天午后，潘孝坤扛着一个新做的竹榻出现在潘德荣的家里。正靠在八仙桌旁打盹的潘德荣被他轻声唤醒。潘孝坤将竹榻置在靠大门的一侧阳光里，说："伯父，今后就在这竹榻上头打盹困觉。"潘德荣显然惊喜，坐进竹榻，半躺半靠试了试，问他们兄弟的篾竹生意好不好。潘孝坤说："这里的篾匠不多，生意自然好。"潘德荣指指门另一侧的一把椅子，让潘孝坤坐下后，又朝里屋喊："耀芬，孝坤来了。"

潘耀芬在里屋哎了一声，人就到了堂屋。

"我正要找你，你就来了。"潘耀芬在围裙上抹了一把手说，"县里在去年办了一所农业技术中等专科学校。这一年下来，一些学习跟不上的，主动退了学，为不浪费师资，学校正在招插班生。我知道这个消息后，想问问你愿不愿意去上学？"潘孝坤问："这些学生毕业后干什么？"潘耀芬说："这所农校主要是培养农村将来需要的农业科技人才。"潘耀芬说了些学生在校期间诸如食宿不需要学生负担等等待遇。潘孝坤听了，却没吭声。自从潘孝坤和哥哥一家有了各自的房子，他有时需要自己开伙仓做饭。如去上这样的学校，至少自己不用开伙仓！但他问："不用入学考试吗？"潘耀芬说："这个农校是初中中专。人家小学毕业的也能上学，你初中毕业还怕考试？"

潘德荣在旁说："眼下篾竹生意好，是能赚点钱。但赚钱养家是一辈子都需要的事情，也没尽头。可读书，须得趁年轻。机不可失呢！"

潘孝坤听出来了。潘德荣希望他去上学，但决定由他自己拿！

潘耀芬一本正经地说："不知农校有没有女学生！若是有，谈场恋爱也无妨。"

潘德荣呵呵笑着。

潘孝坤笑着搔搔头皮。

第 3 章

潘孝坤沿运河塘走了十几里的路，按照农校给他的录取通知书上的钢版刻印的图，从运河岸边的六角亭左侧拐进了一条较为宽阔的田塍。说农校在燕宁镇，但离镇上还有好几里路。学校没有围墙，校舍仅两排平房，坐落在四周皆是稻田的一个大土墩上。田塍走尽，潘孝坤看到了前排平房的一间门房上挂着办公室的牌子。他朝里一望，发现有五六张办公桌，一溜靠墙。临门这边有两张办公桌边各坐着人。他在门上叩了一下，对从办公桌抬头看他的两个人说："老师，我是来报到的插班生，叫潘孝坤。"

"哦。请进，请进。"前边办公桌年长些的人站起来说："我姓俞，叫我俞老师好了。"他接过潘孝坤的录取通知书，从墙上取下一个硬皮本子，办了入学登记手续。他转身对后边那个比他年轻的人说："朱老师，你先领他到宿舍去吧。"

朱老师冲潘孝坤点点头，出了办公室。潘孝坤挑起放在廊下装着被褥、草席等日常生活用品的一对竹筐，赶紧走了几步，跟上了朱老师，问："朱老师，我带了一袋米。这米是否需要换成饭票？"朱老师说："你把米送到饭堂，让做饭的师傅过一下秤。他们会出个收据，然后到我这里换饭票。"

这时，他们正路经上课的教室。潘孝坤偏着脑袋往里望了一眼，临窗的学生也在打量着他。潘孝坤不认识他们，但还是冲他们笑了笑。朱老师领着他拐到后面的那座平房，推开平房的东头一扇门，他皱了眉头，朝房子的另一头唤了声胡师傅。系着围裙的胡师傅跑

第 3 章

过来，像知道朱老师要说什么，说："这几天本当把笼糠翻到油毛毡棚去的，只是李师傅这几天家里有事，我一个人忙不过来。再说，里边的笼糠再烧几天也没了。"朱老师说："你没空翻过去，跟我说一声，我让学生们来搭个帮手嘛！"胡师傅说："当床的竹垫我理清爽了。"

听他们的话，潘孝坤估计这是自己的宿舍了。他用肩上的担子推开了半掩的门。这是一间可容纳四个床铺的房子。但临窗只放了两张用竹凳架起的竹垫。靠门这侧左右各堆了用竹席围起来的两堆稻壳，高至屋顶。也就是朱老师和胡师傅说的笼糠。潘孝坤估计，这笼糠是用于食堂大灶的柴火。

潘孝坤将两只竹筐放置在一只竹垫上，听朱老师和胡师傅还在说笼糠的事儿，跑出来说："胡师傅刚才说要把笼糠翻到油毛毡棚，你给我装笼糠的筐子，我来翻过去。"胡师傅也不客气，说："笼糠箅在老虎灶口。"

一担笼糠虽然不重，但这种专装笼糠的竹筐又大又高，尤其那高度，接近潘孝坤肩膀。几担挑下来，他磕磕碰碰，跌跌撞撞，已是汗流浃背。一堆笼糠快要翻完的时候，朱老师又领了一个刚报到的插班生进来。朱老师对往筐里装笼糠的潘孝坤说："你歇会儿，我给你们介绍一下。"潘孝坤抹了把脸上的汗水，将手伸给正往另一只床上放被褥的那位同学，说："我叫潘孝坤，今天也刚报到。"瘦小的同学握了握他的手："我叫张正权。"说过，他从墙边捡起扁担，挑起了那对装满了笼糠的筐子。

这装笼糠的筐子矮半尺就没这么费事了。潘孝坤见张正权出了门，回头和朱老师说了句，也不等他说什么，跟在张正权后面，将他引进那个放笼糠的油毛毡棚。

农校的学习与生活，潘孝坤就是从挑笼糠开始的。那天，他和张正权干了近一上午，才将宿舍清理干净。收拾过床铺，两人的衬衣早已被汗水湿透，身上还粘上了些笼糠，有些痒。张正权脱了长裤，使劲甩了甩，又拿起毛巾，说要到东边的河浜洗个澡。河浜是

运河的一个分支，不远处有簖横在河面，到此是个小的荡漾，小河也没有往远处延伸。靠河岸的水面有些水草。水较清，也可见水里游动的鱼。两人下了长满芦苇的河埠，张正权从水面捧起水，往瘦弱的胸口试了试，一副跃跃欲试的模样。潘孝坤抬头，见对岸插了块禁止游泳的小木牌，说："这水里的鱼怕是学校养的，不能戏水哦！"张正权说："那些粘在身上的笼糠不下水洗不掉呢！"他朝四周望望，迅速脱了短裤，坐进了水里，然后又脱去被汗水湿透了的衬衣。潘孝坤再也没有东张西望，褪去衬衣后，又褪去短裤。两人坐在齐水的石阶上，用毛巾往身上浇了会儿水。他们觉得这样洗不痛快，又洗不干净，便扎入水中，在自己的头发上来回搓了几下，才冒出水面。就在两人站在水里洗衣裤的时候，只听头顶传来一个女声："喂，你们是潘孝坤和张正权吗？"两人一听，惊得迅速溜入水中，露出两个湿漉漉的脑袋。

河埠顶端的那排苦楝树下出现了一位五官端正、短发齐脖的圆脸女孩。她那白底紫色细花短袖衬衣，裹不住充满青春活力的身姿。从年龄判断，显然是在这里学习的学生。这女孩的突然出现把张正权吓了一跳，张正权这会儿有些生气，说："你，你干什么？"

女孩口气平缓，却显露出一丝威严，说："没有看见对岸的牌子吗？这里不能游泳！"

"在水里洗洗就叫游泳啊？"张正权细细的脖子上暴出了粗粗的血筋。"我们又翻又挑了一上午笼糠，身上粘得到处都是，裤裆里都进去了，不站在水里洗得干净啊！"

女孩微微笑了一下，说："你们的教材和课程安排，班主任让我给你们。我给你们放在宿舍了。"

潘孝坤抹了一把满是水珠的脸："谢谢啊！"

女孩没说话，转身离开了。

张正权狠狠地嘀咕道："这人有病！"

潘孝坤弄不明白，张正权为何对这女孩如此反感，说："这是干嘛呢！"

第 3 章

张正权说:"她明明知道我们在洗澡,也不躲避,还毫无顾忌地跟我们说话!这还不算,竟然拿这里不能游泳指责我们!要是我们看她洗澡,她还不骂我们耍流氓啊!"

潘孝坤拿起洗好的衣服边往身上套边说:"这女孩可能是班干部,是我们的领导。"

张正权呸了一声说:"管他领导不领导!"

潘孝坤说:"根据我以往的经验,学生中的班干部比那些挑三拣四的老师还不好应付,他们会挑些同学身上的小毛病或者不算毛病的毛病,比如上课开小差、做小动作呀,不是记录在案就是告到老师那里,弄得你焦头烂额。"

张正权说:"我从小学到初中,这样的人见多了。如果你不对他们狠一点,他们会爬到你头上拉屎屙尿。"

午饭以后,潘孝坤和张正权各自躺在床上,翻那些新发的教材,门被叩响了。张正权翻个身,不耐烦地小声嘟囔着说:"谁呀,敲啥敲!"两人从床铺上坐了起来。张正权又大声喊:"请进!"

进来的是在河边出现过的女孩。她说:"我叫秦良茹,也是你们的同学。从俞老师那里知道你们都是共青团员,需要登记一下基本情况。"

张正权问:"你是学校的团支书啊?"见秦良茹点点头,他说:"我在大队也是团支书。"

秦良茹说:"听说你们都很优秀。向你们学习。以前听说要招十几个插班生,报名的才六个,最后来正式上学的就你们两个。"

"招插班生的具体情况你都知道啊!"张正权的口气有些揶揄。

秦良茹也不傻,听出了张正权口气中所含的嘲弄,又不能发作,眉头蹙了蹙,没再理他。她在潘孝坤的床上坐了下来,一边问潘孝坤的基本情况,一边在表格上填写。潘孝坤的基本情况填完了,她眼睛没抬,盯着纸问:"张正权,你的出生年月?"

张正权说了出生年月,瞅一眼秦良茹的脸,却将脑袋朝向了窗外。秦良茹又问入团时间,张正权没好气地说:"这些东西档案里头

29

不是都有吗?"秦良茹似找到了他的岔子,说:"你们的档案还未到!组织上又不让你自己带。"张正权冷笑着说了个入团时间,又说:"可能我记忆有误,包括出生年月。一切以档案为准。"

秦良茹的脸顿时涨得通红,瞅了潘孝坤一眼,努力忍着,胸脯起伏了几下,最终没忍住,说:"张正权,我怎么你啦?"

张正权愣了一下,话还没说出口,脸上就显出了没底气的表情,但脖子一梗,开始耍赖,说:"还好意思问!我们在洗澡,一个大姑娘家的,居然在河岸偷看!"

"谁偷看你啦?我怎么偷看你啦?"秦良茹从脸红到了脖子,杏眼怒睁,一会儿竟有亮晶晶的东西在眼里闪动。

潘孝坤赶紧扯扯秦良茹的衣袖说:"秦良茹,张正权跟你开玩笑呢!"

秦良茹却是轻轻拍了拍潘孝坤的手背,好像反而在安慰他,或者在暗示他没事儿。这会儿,秦良茹脸上和脖子上的红潮逐渐褪去,说:"瞧你鸡屁眼一样的屁股,值得我看嘛!谁不知道你那宝贝,长什么一样啊!"

张正权显然没想到这样的话会出自秦良茹之口!他傻愣在那儿,上下两片嘴唇连续磕碰几下,终于没说出话,倒是双手不由自主地去摸了一下自己瘦弱的屁股。

秦良茹此刻的脸又红至脖子,想笑却一直努力克制着。但她终究没忍住,扑哧一声,喷出笑来。大概她为自己在情急之下,立刻使张正权这么厉害的嘴说不出话来而兴奋。她竟笑得弯下腰,蹲在地上直唤妈呀。

张正权气得想骂人,但他没敢骂,不知嘟囔了句什么,摔门而去。

秦良茹望了一下门,笑着想站起来,却又蹲了下去。潘孝坤以为她笑岔了气,想扶她起来,但手靠近她穿着短袖的胳膊时,他又不好意思搡,便哈下腰,去瞅她的脸。这时,秦良茹正巧抬起脸,一看潘孝坤凑得这么近的脸似有些变形,吓得怪叫一声,惊恐地站起来。潘孝坤被她惊恐的怪叫声也吓了一跳,双脚蹦到一边。当秦良茹明白过来是这么回事儿的时候,她又咯咯地笑了起来,双手还在潘孝坤身上乱捶。

站在门外的张正权此时在关着的门上踹了一脚,秦良茹才止了笑,也停止在潘孝坤身上乱捶。她红着脸对潘孝坤说了句对不起,拉开门,也不看在门外的张正权,像什么也没发生般走了。

张正权进门后又扣上了门。他板着脸,挥手指着门说:"一个疯婆子!一个嫁不出去的疯婆子!"

"人家在这里的时候,你怎么不骂她?现在门一关,你倒是厉害了。行啦,斗嘴斗不过人家就认输吧!"潘孝坤笑笑,从床上拿起几本学习资料,说,"中饭的时候,朱老师通知我们下午去听课。走,先去看看,我们排在什么座位。"

来到前面平房的那间教室,左右两扇门只开了一间靠近黑板的那扇门。教室里除了他们,也没其他人。开着的门与黑板之间的墙上贴着作息时间表、课程安排表和学生座位表。下午的上课时间是一点。潘孝坤瞅瞅黑板上方的墙钟,发现离上课还有半个来小时。

正在瞅学生座位表的张正权,手指点着他和潘孝坤的名字说:"第二排后面第二个课桌!先去坐会儿。"

两人坐在课桌边,没有说话,各自打量着教室。黑板和窗户间贴着两张用毛笔写的校规和学习制度。那两张纸虽然有些旧了,但字依然清晰。刺眼的是校规上的一句话:学生在校期间不准谈恋爱。潘孝坤的眼光收回来,发现前面的课桌抽屉里有一只发卡,说:"班上有多少女同学?"

张正权疑惑地瞅瞅潘孝坤,顺着他的目光,眼睛也看到了前面课桌抽屉里的那只发卡,说:"只要我们前面不是那个疯婆子秦良茹就好!"

潘孝坤笑了,说:"有点怕她了?"

"我会怕她?"张正权露出不在乎的冷笑,说,"在乡下,这种女人见多了。几个女人一扎堆,什么荤话都说得出口,有时候,扒

男人裤子的事也做得出来。"

这种情况,潘孝坤也见过。

张正权忽然像记起了什么,又跑到学生座位表前瞅瞅,得意地说:"我们前面有两个女同学,对着你的那个叫姜小娴,对着我的那个叫杨爱霞。嘿嘿,没事,那个秦良茹坐在另外一列,课桌与我们平行。"

这个张正权显然被秦良茹的那些话弄得厌烦了。然而,在潘孝坤看来,秦良茹为人直率、坦荡,也没有什么坏心眼,只不过张正权戏谑的口吻激怒了她,从而导致她奚落张正权,又直击他不敢回击的要害,这也正是她的机敏之处。潘孝坤此时不想谈对于秦良茹的看法。他知道,如果谈了,张正权这张嘴也不饶人,弄不好会弄出另外意想不到的事来。他当了多年的学生,又做过一段时间的教师,他更懂得如何与同学或老师相处。也因为当过学生又做过老师,更体会到在校当学生其实是十分幸福的事情,尽管学习中会遇到酸甜苦辣,和同学或老师也会闹些不愉快。再次当学生的潘孝坤已掌握了多种学习方法,知道以什么样的方法才能达到学习效果与目的。他粗略翻阅了一下所有学习资料,对他来说,接受这些知识,不是什么难事儿。因此,他充满了自信。而人一旦有了自信,身心会感受到极大的愉悦。

过了一会儿,有同学开始进教室。始是三三两两,接着是成群结队。好多同学大概知道潘孝坤和张正权是新来的插班生,教室里又没有其他人,前面进来的同学多注目了他们几眼,因为不认识,也没打招呼。后面进来的同学根本没注意他们的存在。倒是后头进来的秦良茹,一进教室,就冲他们这边望,红扑扑的脸上露着笑意。潘孝坤的胳膊肘正靠在桌面,几个手指来回弯曲了几下,算是和她打了招呼。

张正权也看到了秦良茹进教室的表情,眼睛却移向了别处。

上课的哨声响过,俞老师领着一个瘦高个儿男人进了教室。俞老师走向讲台时,瘦高个儿男人在门口一侧的木椅上坐了下来。从

第 3 章

秦良茹送来的资料中,潘孝坤知道俞老师是班主任,也是学校的负责人。

俞老师环顾了一下教室,教室里即刻鸦雀无声。俞老师说:"在正式上课前,我们先认识一下两位新来的同学。"他伸出右手,摊开手掌说,"这位是张正权,以前是他们大队的团支书。"

张正权坐在那里挥了挥手。

"哎呀,这派头像领导!"有人虽然压低了嗓音,但教室里的人都听见了。有人吃吃地笑了。

俞老师也没理会,他的手掌伸向潘孝坤:"张正权边上的那位是潘孝坤。他是为国家在新婉江开发分忧而迁至枫荷的新成员。他在老家做过小学教师。"

潘孝坤站起来,面向讲台和左右鞠了三躬,脸不知何故,居然红了,说:"请老师和同学们多多关照。"

俞老师率先拍了几下手掌,教室里顿时响起一阵鼓掌声。

"好,现在正式上课。"俞老师双手撑着讲台,说,"我们这个班自从开课以来,已学了'双季稻'的催芽、育秧、植保等田间管理,还有收割、晒谷、进仓管理等知识,我们还学习了蚕宝宝从收蚁、眠期饲养到上蔟收茧等知识,以及有关的桑树栽培技术。今年以来,我们还学习了水泵、电机、砻谷机、碾米机、磨粉机等设备的工作原理和维修技术。从今天开始,同学们将重点学习农村电气化建设这方面的理论知识和技能。为使大家学有目标、有重点,明确学习的意义,我们有幸请到了县电力排灌委员会人事教育股股长陈根琪同志。"

一阵掌声响过,坐在门口一侧的瘦高个儿男人走向讲台。

"我叫陈根琪。由于我在单位经常跟同志们讲课,人家也叫我陈老师。""老师这个称谓好啊!"

已坐在刚才陈根琪坐过的椅子上的俞老师悄声说了句陈老师好,同学们七嘴八舌地喊起了陈老师好。

陈根琪笑笑说:"楼上楼下,电灯电话,是新中国成立之初人民群众向往的幸福生活。列宁在1920年提出了'共产主义就是苏维埃政权加全国电气化'的著名公式。这反映了当时苏俄对发展现代化大生产的迫切愿望。实践使我们认识到,生产率的提高和人民群众生活的改善,离不开电。杭嘉湖平原广大农村推广'双季稻'种植后,为确保稻田灌溉,政府积极投资建设农村电力,农村电力发展较快,1953年全省农业用电量为3万千瓦·时。50年代中期,全省各地的山区和半山区农村结合兴修水利,建成一批农村小型水电站就近供电,同时,一些城镇小型火力发电厂也逐步向农村延伸供电,农村用电量逐年上升,1955年全省用电量为21万千瓦·时,1957年增至284万千瓦·时。"

讲到这里,陈根琪从讲台上拿起茶杯喝了口水。张正权探过脑袋,冲着潘孝坤的耳朵悄声说:"他原来做道士,现在讲起电来,却是一套一套的。"

潘孝坤侧脸看了张正权一眼,想问什么,听见陈根琪又说话了,忙转过脑袋望着陈根琪。

"50年代中期,我县被列为全国农村电力排灌试点县之一后,截至目前,总投资210万元,共建成电灌机埠69座,电动水泵111台,配电变压器75台、总容量4950千伏·安,10千伏配电线路193.46千米,电灌面积达7000余亩。从这时候开始,各地排灌机埠综合利用率在稳步提高,一般每座机埠会专门辟出房屋,安装砻谷机、三斗碾米机、磨粉机等设备,用于稻谷或饲料加工,以及碾米、磨米或面粉。在确保农业旱涝丰收的同时有力地促进了农村经济发展。"陈根琪瞅瞅教室上头的天花板说,"农校能用上电靠的是离农校三里之外的排灌机埠。这电就是从机埠上特意拉过来的。那机埠上的电是从哪儿来的呢?是燕宁镇上的小型火力发电厂逐步向农村延伸供电的成果!从农校的用电可以看出,县里对农校的建设和学生的重视程度。现在农村,包括一些公社所在地机关也没有用上电,而农校用上了。"

俞老师站起来,面向陈根琪鼓起了掌。同学们知道这是为县电力排灌委员会对农校用电的支持而鼓的掌，教室里即刻响起一阵热烈的掌声。

陈根琪说："刚才俞老师在介绍新来的同学的时候，介绍到其中一位姓潘的同学是从新婉江库区移民过来的。那里的库区移民是为新婉江水电站作出了贡献的。我作为一名电力工作者，向这位同学及移民致敬。"

教室里又响起一片掌声，弄得潘孝坤不知所措。

"告诉同学们一个好消息，这个月的中旬，220千伏从新婉江经墨州至上海的高压输电线路已经建成，华东大电网开始初具雏形。"陈根琪接着说，"满足工农业生产和人民群众生活用电，需要落实两个重点建设，一是电源建设，就是发电站与发电厂建设，二是电网建设，尤其是县境没有水电站建设基础的枫荷县，更离不开大电网建设。根据电力发展规划，从明年5月到后年6月，省城郊区到我们地区的110千伏输电线路将建成，其中支线直通枫荷县境内，就在燕宁镇新建110千伏变电所。这座变电所是我省北部地区主电网的组成部分。除此之外，从后年8月开始，准备用三年时间，建成枫荷县城和各大镇并至邻县的多条35千伏输电线路以及同一电压等级的变电所，以达到互获备用电源的目的。从此，我省北部配电网或者说我省北部农村电网也将逐步形成。"

同学们或许是被陈根琪描绘的电力发展蓝图吸引了，教室里除了陈根琪的说话声，没有其他嘈杂之声。

陈根琪转了话锋："前面我介绍的，都是需要迫切实现的电力目标，如今规划有了，资金、物资和建设用地等正逐步到位。但还得需要人去建设！谁是电力建设工作者？我想还得依靠我们在座的同学，至少是一部分同学。"

陈根琪的讲话是同学们学习电气化知识的开篇。他讲完话，由俞老师等送走了。课间休息了一会儿，理论课由朱老师讲授。朱老师模样普通，但炯炯的眼神与别的老师相比好像有许多不一样的地方。不一样在哪儿，潘孝坤也说不上。

朱老师将准备好的讲义放在讲台上，似要把人看穿的眼神扫视了一下教室，说："前面大家听了县电力排灌委员会陈根琪同志关于电气化建设在现实社会的作用，同时也讲到了新婉江水电站的建设。其实，建设新婉江水电站的预想来自美国田纳西河流域水电的综合开发。该流域位于美国东南部，地形起伏较大，水灾旱灾频发。到20世纪30年代初，多数居民没有电可用，是美国的一个贫困地区。罗斯福新政时期，美国国会通过了对田纳西河流域内的自然资源进行综合开发和管理的一系列法律，并专门成立管理局。该机构拥有一支包括规划、设计、施工、科研、生产、运营和管理等方面的专业队伍，在施工高峰时，人数曾达到4万多人。到1934年底，大约有200万个家庭得到了救济。而此救济困难家庭实行以工代赈相结合，利用美国政府提供的投资招收大批失业工人，兴建水坝、水电站，发展航运，综合利用河流水资源，并以国土治理和地区经济综合发展为目标，不断调整和充实规划内容和重点，初期以解决航运和防洪为主，重点发展水电、示范农场、良种场和渔场等，为流域农工业的迅速发展奠定了基础。"

教室里很安静，也只有朱老师的说话声。

"说到这里，我得介绍一位我在松峪大学上学时、年龄比我大得多的学长。他姓黎，我们那届学生，背后喜欢叫他黎兄。这位黎兄24岁从松峪大学工学院土木系毕业后即赴美国，进入康奈尔大学学习水利工程，在1937年获硕士学位，于同年回国。在3年多的留学生涯里，在饱学专业知识的同时，田纳西流域的开发使他感慨万千。那时他风华正茂，心气颇高，太想学有所用，太想借鉴美国田纳西流域开发的经验报效国家了。但留美归来的这一年，中国的抗日战争全面爆发，他只得在江桉省工业专科学校做了一名教师。"蛰伏"至抗战胜利，他出任国民党政府资源委员会祁江水电勘测处主任后，亲率7位精兵强将，沿新婉江进行了全面勘测。"

"新婉江呢，古称浙水，从上游安徽荷州至凰州墨州，尽管峡谷、河滩众多，但其航运可由荷州直达墨州。古时好多徽商就是从

第 3 章

这条河道顺水而下，遍布江浙沪。然而，这条源头来自安徽荷州、至凰州中部腹地的新婉江，山地众多，地势起伏大，水流急，落差大，加之亚热带湿润气候，降水量丰富，河流水量也大。这在国内甚至世界上都很难找到的建造水电站的优良地形，在黎兄眼里，是优于美国田纳西流域建造水电站的自然条件的。在考察新婉江的那些日子里，他如同哥伦布发现新大陆那样兴奋，很快写出了调查研究报告，建议在新婉江先建造一座8万千瓦的水电站。"

潘孝坤没想到新婉江水电站建设还有如此多的背景。他很想了解和知晓更多的内容，但朱老师话锋一转，说："好了，我讲课的引子就到此处，下面开始学习电工基础知识。"

老师讲重点知识插入背景或相关知识，往往能提升学生们的学习兴趣。潘孝坤同样如此。同时，听了朱老师这番话，可以感觉出他不是一般的老师。后来他知道，朱老师以前是大学里的教授，因言论过激，早几年被调回老家枫荷县，在县城一中成了一名中学老师。农校筹建时，因缺少师资，被农校负责人俞老师调到这里做了老师。

这是年前的事情了。因为是初到农校，潘孝坤对此记忆犹新。现在的潘孝坤已融入了农校的生活。这期农校生文化底子参差不齐，潘孝坤和张正权尽管是插班生，稍作努力，也跟了上去。专业课中涉及农业实践的内容，由于已过了季节，重点进行理论补习。那会儿，由于学生之间采取了一对一的互帮互学策略，逼得他们死记硬背，好不容易通过了理论考试。

这年的春节过后，天气开始回暖。

那时，十八岁的潘孝坤和张正权一样，逐步走出懵懵懂懂的意识，开始关注生存环境和未来。但学校的教学安排似乎推着学生们向前而行。电力专业理论教学一结束，学校便安排他们去施工现场实习。学生们分成了几个实习组，每组一般有四五个人，组长由学生担任。县电力排灌委员会的师傅带教他们的实习。燕宁镇周边有多条低压线路正在施工。潘孝坤与秦良茹，还有范建立、舒同仁、姜小娴为一组。组长由团支书秦良茹担任。每位带教的师傅各带两个组,分头带至正要施工的现场。带秦良茹他们两个组的师傅叫高洪奎。到了现场,高洪奎说:"这电力线路理论上讲起来是个高科技,对线路工来说,干起来却是个体力活。"他踢了一脚横放在地上涂了柏油的木头电杆说,"你们已学习了理论知识,谁能说出从立杆到拉线完成的几大步骤?"

同学们站在那里,七嘴八舌说了几个步骤。高洪奎说:"你们都说对了。今天从挖电杆坑开始,每人挖两个深一米、宽一尺的坑,然后每组将电杆竖起来;下一步就是用登高板登杆;然后吊横旦、拉线、紧线等等。同时,不要忘了每个作业阶段的安全规程与措施。大家记住了吗?"

同学们有的说记住了,有的点了点脑袋。

"你们认为哪个地方的土好挖就在哪儿挖。但是,既然选定了一个地方,不管地下是石头还是泥土,一定要往下挖!"高洪奎说,"下面由各组长带领,先做第一步:挖电杆坑!"说过,他转身去了阴凉处,坐在地上抽起烟来。

秦良茹从地上捡起一把挖电杆坑用的和合锹,选择了一块没有庄稼的水田。另一组离他们不远,也选择了一处水田。

农校的学生毕竟来自农村,十七八九的年龄早已习惯了各种农具的使用。虽然是第一次使用这和合锹,但体会几下,也生出了窍门来。好在水田的泥土里极少有石头之类的东西,每人一个电杆坑挖得相当顺利。只是挖第二个电杆坑的时候,姜小娴握不住和合锹的两个把柄了。她说:"我的胳膊没力了。"

高洪奎检查了一遍同学们挖过的电杆坑,说了声不错,回头对姜小娴说:"架设高低压线路需要集体合作。你不行了没关系,只要有人愿意替你干,也算你完成了任务。"他瞟了一眼潘孝坤和范建立、舒同仁三个男生一眼,又晃悠着走到了老地方。

潘孝坤欲上前接姜小娴手里的和合锹,后衣摆却被站在一旁的秦良茹扯住了。潘孝坤瞅了秦良茹一眼,这时范建立已将和合锹拿在手里,"嗨"的一声,和合锹已深扎泥土。姜小娴"哇"了一声说:"范建立你手劲好大哦!"秦良茹趁其他人都在看范建立挖坑时,悄声对潘孝坤说:"他俩互有好感,你别掺和了。要是你愿意,刚才我挖的那个坑,该你替我挖!"潘孝坤冷笑一声说:"你对我有好感?"秦良茹红着脸,伸手扭了一把潘孝坤的耳朵,还没等他叫出声来,她的手又快速缩了回来。

潘孝坤摸摸被扭得有些生痛的耳朵,没再敢吱声。他像十分认真地观察范建立的挖坑质量似的,站到了秦良茹的对面。几个人围着看了一会儿,范建立终于扔了和合锹,说:"潘孝坤,你帮我挖一会儿。"潘孝坤瞅瞅对面的秦良茹,又看看姜小娴,问范建立:"这合适吗?"范建立说:"你不也是姜小娴的同学啊?"姜小娴说:"是啊,你还坐在我后排呢!上课的时候,你钢笔没墨水了,还踢我凳子冲我要哩!"

"得,得,不要说那么多了。"潘孝坤将上衣都脱了去,只剩一件背心的时候,他往两个掌心喷了一口气,抓起和合锹的两个木把,往下一扎,成菱形的泥土随即被拎至地面。如此往坑里扎了二十来下,便说可以了。姜小娴啧啧几声,说:"潘孝坤,没想到你动作这么麻利!"范建立说:"你看他双臂的肌肉,像疙瘩似的。"姜小娴惊讶得跳了起来:"哇,范建立不说,我还真没注意。"说着就去摸潘孝坤胳膊上的肌肉,并说:"潘孝坤,你这是怎么练出来的?"一直不说话的舒同仁说:"劳动创造了人。听与潘孝坤同宿舍的张正权说,他从小会篾匠活。这身疙瘩肉就这么练出来的。"范建立说:"潘孝坤长得敦实,肌肉又发达,绝对是干线路工的料。"潘孝坤说:"你们不是想要说我四肢发达,或再加一句头脑简单嘛!但接下来的事情,本该是谁的任务就由谁完成哦!"

潘孝坤所说的接下来的事情,就是用登高板登杆,然后在杆上作业。好几个同学用登高板登了一下杆,再也不想爬杆子。这是需要技巧加体力的活。姜小娴扎着安全带,用登高板爬了两节,不愿意再往上爬;秦良茹好不容易爬上杆顶,还没做杆上作业,已下不

39

来了。吓得她在杆上大呼小叫了一阵，最终潘孝坤徒手上杆才将她接了下来。

下了杆的秦良茹为自己刚才的狼狈自嘲了一番，对潘孝坤又谢又夸。范建立似乎有些不服，说："爬竹上树，男人们小时候就会。"姜小娴说："这是木头电杆哦！你也徒手登上去试试。"范建立将自己的身体缩成乌龟状，两脚一蹬，双手就往上攀。可就像蚂蟥在水中游泳一般，屁股和脑袋前后扑腾，就是爬不上去，弄得大家哈哈大笑。秦良茹要舒同仁试试，舒同仁连连摇头，死活不爬。姜小娴又要潘孝坤再示范一个徒手上杆。潘孝坤说："我换一个姿势试试。"他双手抱杆，双脚往杆上一撑，身体似虾米般一躬，四肢连动，"噔噔"几下，就蹬上了杆顶。姜小娴兴奋得又是叫好又是鼓掌。潘孝坤一时兴起，在顶杆上玩了个倒立。惹得大家惊叫不已。潘孝坤收回倒立，顺着杆子溜到地面。

一旁一直看着他们的高洪奎走过来，拍拍潘孝坤的肩膀说："杆上作业期间，不能瞎玩，每个步骤，得按规程操作，否则易出事故哦！"

潘孝坤点点头说："刚才是让大家开心一下。"

秦良茹感觉这位带教的师傅在委屈潘孝坤，笑着说："高师傅也给我们表演一个徒手上杆？"

"这个我还真的不会。"高洪奎摆摆手，又说，"实习期间，够你们累的，还是省些力气吧。"

说是实习，两天后，他们与在编的施工队伍毫无二致。那时，他们从打坑基到线路整条架设，需要全部完成，施工器材的搬运也都由他们实施。因为这种既是技术活又是十分耗体力的活，一个星期后，同学们那种高空作业登高望远的快感荡然无存。同学们虽然不怕太阳晒，但眼看自己的肤色由白变红并由红变黑，都觉得惋惜，不时有人打听这实习期什么时候结束，但谁也不知道。

燕宁镇周边低压线路施工结束后，农校为全体学生放两天假的消息是俞老师在施工工地上宣布的。那天同学们特别兴奋，有的挥舞着安全帽或工具,嗷嗷直叫。张正权肩扛登高板,突然大声问:"俞老师,今天食堂管不管晚饭?"

工地上即刻静了。荒年能为家里省下一口是一口哦!

俞老师说:"南瓜饭今天暂停。学校食堂那头猪,今天大伙儿上工地以后,已请人宰了;今晚每人一大块红烧肉,还为大家每人准备了四两米饭,吃完了大家就可以回家了。"

工地上沸腾了。

那天同学们从工地回学校的速度相当快。有的脱下工作服去了小河边洗漱一下,开饭的时间不到,就拿着饭盒或饭碗菜碟早早地去了食堂。潘孝坤洗漱完,拿着饭盒正欲去食堂,见张正权正拿着毛巾在擦拭一个平时用于装书的塑料袋,问:"你不去吃饭,还干啥呢?"张正权说:"你快去吃你的饭吧!"潘孝坤便出了宿舍。赶到食堂,发现有同学端着米饭和一块红烧肉走出来,也有同学零零星星地坐在餐桌边,津津有味地吃开了。今天打饭的队伍排得不长,潘孝坤站在了队伍后面。忽见秦良茹离开打饭菜的窗口,边朝这边走,边将盛在饭盒盖里的红烧肉扣进米饭,并盖上了盖子。潘孝坤招呼一声,说:"你不在这里吃呀!"秦良茹说:"天还早,带回家去吃。"这时,潘孝坤才注意,前边好多同学打好饭菜后,都出了食堂。架线施工既是技术活,也是体力活,一天干下来,总感到饿,甚至是饥饿;已多天不吃纯米饭和很久未见肉腥味的同学们,谁不垂涎欲滴哦!这些已懂事的同学,知晓家里吃些什么、缺些什么。像秦良茹说带回家去吃,更多的是想让家人分享到那口肉或那口饭。想到这些,尽管潘孝坤很想大快朵颐,想起平时省吃俭用的哥嫂和小侄子,他没了食欲。从窗口打下饭菜后,他像秦良茹那般将那块红烧肉扣进米饭,盖上盖子,走出食堂。

潘孝坤明白,乡下白天收工晚,晚餐用得也较迟,一般天黑后才能吃。如果在晚饭前能赶到家,全家人都能尝到学校食堂带去的饭菜。

燕宁镇虽不是县城,却是枫荷县的地域中心,家离农校最远的同学，步行需要三个来小时。那些在食堂用过餐的同学，也是离家较远，准备明天早上出发的。潘孝坤从家到校的路程需要一个多小时。今天到家，估计哥嫂他们还没吃晚饭，但他低着脑袋，在运河纤塘上依然迈着快步。忽然发现前面有个熟悉的背影，他喊了一声："秦良茹！"

秦良茹手里拎个网兜，转身站在那儿。潘孝坤小跑几步，追上了她。

这时，迈着大步的秦良茹与潘孝坤并行了。潘孝坤侧过脑袋，见她齐脖的短发随着她的步子和微风潇洒地颤悠，长长的眼睫毛下，一对黑白分明的眸子正视前方的表情十分从容，还有坚挺的鼻梁上细小的汗珠和微闭的嘴，似乎都是满满的自信。更让潘孝坤眩晕的是她右侧的晚霞，成了她胸脯坚挺的背景，她身上的衬衣透明得如同茧衣。他的步子不由得慢了半拍，竟脱口而出："秦良茹，你真好看！"

秦良茹停住脚步，仰起有了红光的脸，捂嘴咯咯大笑。此时，天那边快要落山的太阳像橘红色的火球，似定格般正巧定在秦良茹的另一侧。潘孝坤哦了一声，说："哇，太美了，简直是仙女下凡！"

秦良茹黑白分明的眸子含着笑意，斜视着潘孝坤，说："潘孝坤，我从来没有听见你夸过我。什么时候学会夸女同学了？还哇哇地叫！"

潘孝坤顿时有些不好意思，争辩道："刚才你半个人都像掉进西边落山的太阳里了。你和太阳重叠在一起，真的，说不出有多美！"

秦良茹这会儿坏坏地笑着，望着潘孝坤说："真的美吗？"

"美！绝对美！"

"喜欢不喜欢？"

"喜欢！可我不敢。"潘孝坤捕捉到了秦良茹眼神中的顽皮。

"去你的！说喜欢，又不敢。"秦良茹像是生气般顺手在潘孝坤的肩膀上推了一把。潘孝坤一个趔趄，惊得"啊"了一声。好在秦良茹的手抓住了他的肩膀。潘孝坤无奈地笑笑说："你，疯疯癫癫的，

第 3 章

小心嫁不出去哦!"

秦良茹头一昂:"嫁不出去就不嫁!"

潘孝坤看着秦良茹的脸不再笑,说:"你嫁不出去,就嫁给我好了。"

秦良茹笑着捏起拳头就往潘孝坤身上砸。他却早有防备,转身往前奔跑。她就在后边追赶。听到运河里的船上有人冲他们起哄,秦良茹才慢下来。潘孝坤却是只当没听到,边往后看秦良茹,边继续奔跑。直到过了一座跨运河的拱桥,他才不再奔跑。这座拱桥,是通向秦良茹家的必经之路,她不会再与他同行。毕竟跑得也累了,潘孝坤在过了这座拱桥的百米远的地方坐了下来。他见她上了桥墩,他向她挥了挥手,她也向她挥了挥手。

学校的生活好像才开始,转眼却要结束了。

潘孝坤那批农校毕业生,有二十多人进入县电力排灌委员会下属的电管站工作,在没有举行毕业仪式的时候,学校就宣布了这个消息。在宣布名单的第二天,县电力排灌委员会人事教育股股长陈根琪到了学校。那些学生带着原有的铺盖和行囊,早已集中在学校前后两排平房的空地上。陈根琪在俞老师的陪同下,简单地清点了一下人数,说:"燕宁镇新建了一座浙北地区枢纽级的变电所,好多高低压线路从这里进出,并且需要更多的施工力量在这儿集中。你们人未到,但好多活已经在等你们了。你们现在已是县电力排灌委员会的线路工,到了县电力排灌委员会的地盘上我们再说话。"

潘孝坤站在队伍的后面,正欲行进的时候,他侧过脸,望了一眼宿舍和食堂廊屋下看着他们的另外一些同学。他向这些同学挥了挥手。前几天,潘孝坤才知道,没有进入县电力排灌委员会工作的,都是各公社或大队的定向委培生。他们未上学前,好多已是公社或大队的植保员、蚕桑管理员或已担任了其他什么职务。潘孝坤的记忆里,他们好像并没有谁为去了县电力排灌委员会成为线路工而羡慕,也没有谁因又回到了公社或大队成了一名农业方面的技术骨干而懊恼。一切好像应该如此。

张正权从廊屋下跑过来,踢了一脚潘孝坤担在肩上的那对竹筐说:"你就这么走了?"潘孝坤说:"那要我怎样?"他瞅见张正权眼里有泪水,心头热乎了一下说:"你还要回你大队当团支书?"张正权没吭声,只盯着竹筐,他怕他的眼泪滚出来。潘孝坤没想到平时说话尖酸刻薄的张正权会在此刻流下眼泪,真不知该说什么了。潘孝坤说:"过段时间我有空,给你编对可以装稻谷的竹筐。"此时,已站在潘孝坤身后的秦良茹说:"我也要!像你这对小巧玲珑可装稻谷的,一模一样。"潘孝坤说:"好啊。再给你编只可以放嫁妆的竹箱。"秦良茹说:"那我等着呢!"

那个时候,潘孝坤已经知道比他大几岁的秦良茹是家中的老大,她的父母在她十五六岁的时候已给她订下了一门招上门女婿的亲事。她是她所在那个公社的蚕桑管理员。要不是她上农校,可能已经结婚成家了。

"潘孝坤,快跟上!"来带他们那批学生去县电力排灌委员会的陈根琪,冲这儿边招手边喊话。

"马上来了!"秦良茹冲陈根琪喊了一声,又催潘孝坤说,"快走吧!不要给陈股长留下不好的印象。"

张正权抹了一把眼泪,说:"那个道士,要论爬电杆还不如我呢!"他抢过潘孝坤的扁担,挑起那对竹筐,先前走了。秦良茹愣了一会儿,冲张正权的背影说:"张正权,你要是狠,就让陈根琪把你也招了去。"

张正权回头瞅了秦良茹一眼,没说话,和潘孝坤一路小跑,跟上了整个队伍。到了运河岸边的六角亭,陈根琪说:"我们先去燕宁电管站。"

第 4 章

在燕宁电管站工作没多久,潘孝坤才知县电力排灌委员会所属各电管站工作的职工,大多是从各镇停役的发电厂转进来的,上杆作业并非是他们的强项。繁忙的高低压施工任务却十分需要强壮、懂技术又肯干的一批线路工。而潘孝坤他们这批农校毕业生,成了线路施工中的中坚力量。那时的潘孝坤对未来并没有想那么多。他觉得自己受到了重视,有了用武之地,已足够了。

然而,命运像一只看不见的手,又在悄无声息地改变潘孝坤的人生轨迹。那天上午刚上工地不久,已是燕宁电管站施工班长的高洪奎匆匆忙忙地赶来,指着他和范建立、舒同仁、徐立五、沈叙英等几个农校毕业生说:"早晨上班没多一会儿,站长接到你们各自所在公社人武部电话通知,要求你们回到户籍所在地,参加征兵体检。"潘孝坤他们几个一听,面面相觑。徐立五说:"我们都已参加工作了,还要参加征兵?"高洪奎说:"你们参加工作是电力事业需要,参加征兵体检是国防建设的需要,孰轻孰重,都该知晓!"徐立五说:"我们好歹是中专毕业生。"高洪奎说:"中专毕业生咋啦,不能参军入伍了?再说,现在仅是让你们体检!体检不合格还不要你们,还得回来当线路工呢!还有一个事情你们也许还不知道,你们现在仅是学徒,所以还没有把你们的户口迁到电管站的集体户口本上;换句话说,半年以后,你们学徒期满,经考核合格,才能成为正式的电力工人。大家明白了吗?"

大家都不吭声了。高洪奎又说:"你们现在就回户籍所在地,参

45

加当地的体检。"

潘孝坤从农校毕业到燕宁电管站工作了一个多月,还没有回过家。自己这一个多月的情况也未向兄嫂说起过。他将归个人保管的登高板、安全带和电工工具包等物往身上一背,说:"走,先回电管站,然后就回家。"

范建立说:"即使不去当兵,也免费体检一次,好知晓自己的身体状况。"

徐立五说:"招工进来的时候不是刚体检过吗!"

潘孝坤说:"体检的标准能一样吗?"

范建立、舒同仁、徐立五、沈叙英等需参加体检的几个人也没再说什么,跟随而去。

那天到家时已近中午。小侄子潘跃进正一个人在堂屋里玩耍,潘孝坤背着没装工具的电工包突然出现,使他有些疑惑。他望了一眼欲要抱他的叔叔一眼,一边喊着爸爸妈妈,一边蹒跚地跑进了里屋。兄嫂潘孝乾和汪惠英从里屋出来,看到是潘孝坤,满脸笑容。潘孝乾说:"啊呀,前几天,大队民兵连长打电话去农校,要你回来参加征兵体检,农校说你已招进县排灌会,在燕宁电管站上班,我们才知道。"潘孝坤说:"我想上班后趁星期天回家,哪知施工太忙,连个休息的日子也没有!"汪惠英忽然想起什么,放下抱着的儿子潘跃进,又进了里屋。潘孝乾和潘孝坤兄弟俩在竹椅上各自坐下,潘孝坤从电工包中取出一只烧饼,递给了潘跃进,潘跃进顺势靠在潘孝坤的怀里,大口大口地吃了起来。潘孝坤摸了一下小侄子的脑袋,说:"现在是有钱也买不到好吃的东西,还要凭粮票。"

汪惠英从里屋出来,抖抖手里的信说:"这是谁从老家写给你的信?"

潘孝坤瞟一下地址,拆开信,粗粗浏览了一遍,又去看落款,说:"是潘玉卿的来信,我在那里教书时的一个学生。"汪惠英说:"是不是潘陆村潘双林家的那个小姑娘?"潘孝坤"嗯"了一声,将信折起,说:"那边的学校已教了学生如何写信,她说她想起我这个

第4章

以前的老师,才给我写了这封信。当时,我们到这边来的时候,我跟那边的学校老师和学生告别,我给他们留下了这边堂伯父家的地址。"汪惠英说:"这信到了二十多天哩。你也该回个信。"潘孝坤说:"是学生在练习写信,没事的。"他将信塞进电工包,又从包里摸出一个信封,递给潘孝乾:"这是我上班以后的第一份学徒工资,十八块五角。"潘孝乾伸出双手欲接,却又缩回了手。潘孝坤低了一下脑袋说:"按老理,这钱得给爸妈,但他们都不在了。我还没正式成家,你当兄长的该是家长。你先拿着吧!"汪惠英用手捅了捅丈夫说:"先替孝坤存着,将来他得娶妻生子呢!"潘孝乾问:"你自己不开销了?"潘孝坤说:"学校实习的时候发的补贴还没用完呢!"潘孝乾说:"不要对别人大方,对自己小气。爸妈不在了,要自己照顾好自己,该用的用,该花的花。我和你嫂嫂,都还年轻,不需要你照顾。"潘孝坤说:"哥,我想去当兵。"潘孝乾说:"在电管站上班蛮好的,现在即使是学徒工,每月也能拿十八块五角,比在生产队干活强多了。再说,你要真当了兵,听说一个月津贴也就六块钱。"潘孝坤说:"有时候不能以拿多少钞票来衡量一个人的价值。"潘孝乾说:"想当兵,也不是你想当就能当的。体检后再说吧。"

那年的征兵体检分两个层级,所有适龄青年先在所在公社卫生院初检,然后分片在各大镇医院体检。运河大队适龄青年有十几名,初检过后,还剩下八名。分片体检的时候,适龄青年并没有去医院,而是在镇新建的蚕种场进行的体检。蚕种场几间十几平方米拟作催青室的屋子里摆满了各种体检仪器。那天下午,大队民兵连长领着他们去了蚕种场。那天,蚕种场的院子里到处都是体检的人。民兵连长将他们领到院子的一角,要他们在此等候,他自己则穿过人群,走向体检的那些房子。他回到这时,手中捏着体检表,一一分发到他们八个人手中。

这时,潘孝坤看到院子里进来了一些身着军装的解放军干部,有穿一身绿军装的,也有上绿下蓝的。那时,好多适龄青年已知道一身绿军装的是陆军,上绿下蓝的是空军。但陆军和空军又分多个兵种。至于这些接兵的解放军干部属陆军或空军的什么兵种，他们就不知道了。有胆子大的，直接问他们是否是来接兵的，等他们说是后，又问他们是陆军或空军的什么兵种。那些接兵的有的笑而不答，也有的说现在保密，也有的接兵干部，和那些准备体检的适龄青年闲聊几句。

运河大队八个适龄青年由于站在院子的角落，并没有直接和那些接兵干部说话的机会。但那些穿着军装的解放军，站在身穿各色服装的适龄青年当中，特别抢眼的画面尽收眼底。此时，潘孝坤才真正感觉到什么叫鹤立鸡群。在潘孝坤看来，他们那身军装是那样的挺阔、威严。突然间，潘孝坤穿上这身军装的欲望特别强烈。他傻愣愣地凝视着这些穿军装的解放军的一举一动，思绪却飞向不知在哪儿的军营。他是在民兵连长的叫唤声中回到现实的。

"潘孝坤，该轮到我们大队的人体检了。"民兵连长边在前边引路边说，"你犯啥愣啊！没见过解放军啊？等你穿上军装，别嫌腻就行！"

潘孝坤憨厚地笑笑，跟着民兵连长来到门上贴着一张写有第一体检室的小白纸前。民兵连长对他们八个人说："你们挨着在这儿排队，里边出来一个就进去一个，这第一体检室体检完了，就到第二体检室。体检内容不用你们管，里边的医生自有安排。这里共有七个体检室，也就是有七个体检关。这七关都过了，就证明体检合格了。如果哪一关没过，这体检表将被这一关的医生收下，就轮不到下一关的体检了。"

他们八个人有的点头，有的伸出手来，弯曲了一下手指，表示知道了。

"我在第七体检室的外面等你们。"民兵连长临走时又补充了一句。

轮到潘孝坤走进第一体检室的时候，他竟有些莫名的紧张。穿白大褂的女医生戴着大口罩，示意他躺在一张检查床上，又让他自己撩起上衣。女医生手中的听诊器在他胸脯上来回移动了几下，听

第4章

他喘了口粗气，又让他侧过身。听诊器在他背上来回移动了几下后，女医生说："起来吧。"潘孝坤估计被女医生查出身体方面有什么问题，问："我有事么？"女医生不说话，在体检表第一栏写了"未见异常"四个字，但又扯过一张小纸条，在上面写上了心脏有杂音三级几个字。见女医生将纸条往体检表上第一栏上粘贴，潘孝坤问："这是什么病？"女医生说："你到下一关体检去吧！"潘孝坤拿起体检表出了第一体检室。此时的潘孝坤有些难受，他不知道这女医生在体检表上粘贴这么一个小纸条是什么意思。既然写了未见异常，为何还要用小纸条写上心脏有杂音三级？心脏有杂音三级，是否意味着不能当兵呢？从走出第一体检室的那刻起，这张小纸条好像是挂在体检表上的定时炸弹，使潘孝坤每进出一个体检室，都怕有爆炸的沉重感。第七体检室也是个总体检室。有些检查内容也是前面几个体检室体检过了的。一位男医生让他躺在检查床后，听诊器在他胸脯上停留了一会儿，又在他背部听了一两分钟，并且那男医生的手指还在他背部轻轻地敲击了几下。听男医生说了声"好啦"，潘孝坤下了检查床，迫不及待地问："医生，这小纸条怎么回事？"男医生说没事，就将小纸条扯了下来。看那医生在体检表上最后一栏写了未见异常，潘孝坤问："都过关啦？"男医生将他的体检表放入一个盒子，说："过啦，小伙子！"

潘孝坤一阵狂喜，迅速拉开门，蹦跳着奔了出来，"哈哈，我身体过关啦！"

民兵连长和几个与潘孝坤一起来体检的适龄青年都围了过来，民兵连长说："你没病吧！运河大队来的都过了呢！"潘孝坤说："那你们不开心？"有一个适龄青年说："民兵连长与那些接兵的解放军聊过了，说今年去当兵的大部分是铁道兵。"潘孝坤说："只要是解放军，管他是什么兵！"

"别高兴得太早哦，体检还没有全部结束呢！"民兵连长说，蚕种场的楼上已搭好了地铺，今天夜里，你们得住在这里。明天一早还得空腹抽血。但抽血后还需化验，不会当场知道结果。至于体检

49

的全部结果怎么样,只能在家等待喽!"

那天夜里,空旷的大房子里只有地铺,没有蚊帐,只点了支蚊香,加之睡地铺的人多,以至上半夜潘孝坤和好多人还没入睡。入睡没多久,迷迷糊糊间,只听有人问他叫什么名字,潘孝坤睁了一下眼,说了自己的名字,听见耳朵上"吱"地一声,像是被划了一下,吓得正要爬起,两个穿白大褂的医生其中一个说:"别动,抽血。"他的余光瞅见一个小玻璃伸至他耳朵,又被挤了一下。正欲坐起,穿白大褂的医生又说:"天还早呐,继续睡吧。"潘孝坤迷迷糊糊又躺下了。再次醒来的时候,天已大亮,街上早已人声鼎沸。偌大的房间里已没几个人,与他同来体检的运河大队的几个适龄青年也不见了踪影。这时,有人进屋开始收拾地铺。

潘孝坤走入院子,拎起井边的水桶吊了一桶水,抹过脸,正欲上街,对面烧饼摊上却传来唤他的声音。潘孝坤见是张正权,愣了一下,问:"是不是昨夜你也睡这里?"张正权说:"昨天怎么没碰上你!"两人突然在此遇见,有些兴奋。张正权对烧饼摊主说再来一个烧饼。潘孝坤急忙付钱,张正权拦着他说:"我虽然不拿工资,但请老同学吃个烧饼还是吃得起的。"两人边走边啃着烧饼,不知不觉来到横跨运河的拱桥上。两人坐在桥面的石墩上,诉说着这分别一个多月以来各自的见闻。张正权说:"你们去电管站报到的那一天,我突然认为当电力工人虽然辛苦,但比在乡下要好些。"潘孝坤说:"你回你们大队后,听说去了你们公社的蚕种场,做了蚕桑技术员?"张正权说:"终究不是我想要的。在农校,其实我只学会了爬电杆、架线路。不过,这农校没白上,在那儿我有了野心。我想让自己活得有意义。所以,今年的征兵工作开始后,我马上报了名。"

潘孝坤说:"当兵的欲望,是在我昨天看到那些接兵的解放军后才变得强烈起来的。"

张正权说:"我听我们公社的人武部部长说,今年我们公社入伍的是空军。上绿下蓝的军装比一身都是绿的军装雅致得多哦!"

潘孝坤说:"我听我们大队与我一同来体检身体的人说,来我们

第 4 章

公社招兵的是铁道兵。"

张正权所在的那个公社离镇远些。张正权说:"空军可能喜欢远乡的青年。"

潘孝坤哈哈一乐,站起来说:"走,回家!又快吃午饭了!"

两人分别时,张正权说:"你答应给我做的竹筐,我没忘呢!"

潘孝坤摸着脑袋说:"那怎么给你哦?"

张正权说了他家的地址,又说:"你把竹筐送我家去得了,我家里还有一只不会下蛋的老母鸡,到时我炖了给你吃。"

潘孝坤说:"你妈不骂死你啊!"

张正权只是笑笑。分别时,两人像干部见面或告别时一般,握了握手,就各自消失在运墨镇的人流中。运墨镇是枫荷县城之外的又一大镇。潘孝坤家虽然住运墨镇近郊,却没有认真逛过这个古镇。他沿着古镇横贯东西的小街踽踽独行。此时,早市已经散去,人流不再如早晨般热闹。路过影剧院,他被一张叫《沪上人家》的电影海报吸引住了。海报上一位身着长衫的男人,手提一只藤条箱,貌似正向小弄堂的深处走去。当然,吸引他的并非是这部电影的画面,而是那只藤条箱。因为在农校与秦良茹和张正权分别的时候,他答应在送他们每人一对可装稻谷的竹筐的同时,还要送秦良茹一只竹编的箱子。事实上,他并未编过竹箱子。他当时只不过随口说说而已。今天张正权竟然还说起了要送他竹筐的事儿。既然张正权记着他说过的话,秦良茹肯定也会记着。他在想如何完成对他们的承诺。而这海报上的藤条箱式样使他茅塞顿开。所以,从运墨镇回来,潘孝坤和哥哥潘孝乾说了他要编可放稻谷的小竹筐和竹编箱子的事情。潘孝乾说:"说出去的话,泼出去的水。既然跟别人承诺了的事情,就要做好。但太麻烦或做不到的事情,今后不要再充好汉瞎承诺。"潘孝坤又说了在镇影剧院看到那张海报上的藤条箱。潘孝乾说:"我编过竹编箱子,你就放心吧。"潘孝坤打了个呵欠,说:"昨夜我大半夜没睡,今天好困。"潘孝乾说:"那你去困一觉。你承诺的事情,我先帮你做着。"

51

潘孝坤回到属于自己的屋，往床上一躺，记起潘玉卿的来信还没有认真阅读过，又去掏放在床头的电工包。这是两张从练习本上撕下的纸写成的信。尽管字写得有些歪斜，却又不失工整、娟秀。

潘老师，你好！

你离开潘陆村、离开学校已一年多了。不知可好，甚念！

我到下半年要上五年级了。老师要求我们在上五年级前必须人人学会写信，并将信发给收信人。你是我们的老师，离开我们又那么久，也一直没有你的音信。所以，我首先想到的是给你写信。

自从你们响应国家号召，为潘陆村分忧而背井离乡，移民去外地后，公社和大队等领导们又详细了解了受洪灾群众的具体困难和迫切需要解决的问题。尽管国家也很困难，还是及时送来鼓励和关怀。为尽快恢复生产，领导们很快做出了部署，把全村暂时分散安置在附近已搬出移民、但还有些梯田和荒地可垦的水库边沿地方进行了开垦。梯田和可垦荒地全是偏僻荒凉之处。每个地方相隔一二十里。在那里，不仅白天垦荒扩种，晚上也点起松油灯照明继续干。那些曾经被水淹没的土地，去年冬季复种后，今年春麦获得了丰收。今年试种的双季稻也有较好的收成。现在晚稻秧苗长势喜人。除了上缴给国家一定比例的公粮，可解决全村人吃饭的问题。

你们离开潘陆村后，国家拨来一部分救济款，还有砖瓦、木料，在去年冬季农闲的时候，全体村民相互帮助，使受洪灾而房倒屋塌的全体农户在原址上都建起了新房。

新房建成后，生产队长方阿水调到大队做了大队干部，现任生产队长是我爸爸潘双林。

你家原址的宅基地还空着。我爸爸说了，你家的宅基地谁也不能动，如果你和你哥嫂想回来，生产队在欢迎你们回来的同时也会将宅基地返还给你们。

潘老师，信就写到这里吧。有点啰唆，别见笑哦！

我爸爸要我向你们全家问好。出门在外，多保重自己。如遇外乡人欺侮，不能温良恭谦啊！

第4章

祝你和全家平安！

潘玉卿
年 月 日

这是离开潘陆村一年多后，第一次收到老家的来信。信中提及的事情，也是潘孝坤极想知道的。这虽然是一位即将进入五年级学习的小学生来信，但字字情真意切，令人动容。老家是一份温情，是一份牵挂。他们的移民，只是响应政府号召，并没有强制。当时真的是为子孙后代着想而移民？是为实现父亲的遗愿？老家的乡亲们在洪灾面前依然坚守了下来，难道我家的人不能坚守？潘孝坤细细想着，他忽然记起，他那时特别想离开大山，特别想去外面的世界看一看。移民到此后，他的内心还是没有安稳下来，依然还是想到外面的世界去看看。

未曾见过的世界诱惑人哦！这次征兵，无疑又是走向远方的一条通道，并且比移民更具诱惑力。那天，潘孝坤突然有一种直觉，如果铁下心来去参军，他比其他已通过体检的适龄青年至少有三个优势，一是他是移民，如果跟大队或公社要求参军，他们会优先考虑他；二是虽然他是农校毕业，但却是中专学历，从已通过体检的适龄青年学历来看，有的没上过学，有的只上到小学。军队建设需要有文化的战士。"没有文化的军队是愚蠢的军队"！三是他已是一名电力工人，没有人怀疑他有不良的入伍动机。当然，潘孝坤也知道，江南水乡温和的农耕文明使这里好多家庭和适龄青年不怎么喜欢到外面闯世界，尤其是前程不明、生死未卜的参军入伍。

本来有些睡意的潘孝坤，这会儿躺在那儿神思飞扬，自己也不知道到底有没有睡着，直到潘孝乾喊他吃晚饭，他才翻身起床。

吃晚饭的时候，潘孝坤拿出潘玉卿的来信，说："上次没有细看这封信，今天细看了，很感动。你们也看看。"潘孝乾说："我没读几年书，学的那些东西，早就还给教书先生了。"但他将信递给了坐在一旁的汪惠英。汪惠英接了信，跟她坐在一起的儿子小跃进也要看信。汪惠英对小跃进说："这是老家的人写给阿叔的信，妈妈念给你听。"她一字一句，念得很慢，念一句还不忘看丈夫一眼，念着念着，声音有些哽咽，最后落下泪来。

潘孝坤和潘孝乾兄弟俩沉默着没说话。小跃进小声叫着妈妈，欲为汪惠英拭泪。汪惠英却是笑着说："等爸爸有空了，我们回老家去看看。"潘孝坤忽然想起汪惠英娘家并没有移民，说："嫂嫂没与娘家写信联系吗？"汪惠英说："到这里没多久，就给我哥去信了。回信很简单，总的一句话，说是家里一切都好，勿念什么的。"潘孝坤知道汪惠英父母已经去世。一个家庭一旦没了父母，兄妹大多忙于各自的生计，亲情会淡薄许多。汪惠英将信递给潘孝坤，说："也得给这位小姑娘回个信。难得让我们知晓了那么多。"

吃过晚饭，潘孝乾点亮了东边隔着一堵墙的屋子。这是潘孝乾为干篾匠活，特意避出的一个场所。潘孝乾指指两小一大的竹箱子框架，对潘孝坤说："大的给你姓秦的女同学，小的呢，一个送你姓张的同学，一个你自己用。不要再用那对小竹筐当柜子或箱子用啦！"潘孝坤环视着这间有许多日子未进的屋子，只听潘孝乾又说："角落里有好几对可装稻谷用的竹筐，在乡下，大的比小的实用。你挑两对，送给那两位同学。"潘孝坤说："以前有人说，长兄当父。哥，你真是我的好长兄。"潘孝乾说："你别给我油嘴滑舌。等你娶了老婆，我也不会管你那么多，各过各的日子。"

潘孝坤笑笑，拿起一把篾刀就要劈篾，潘孝乾说："这劈篾的活你还不行，该干啥就干啥去！这点活，我今晚开个夜工，明天再干半天就完工了。"见潘孝坤手足无措的样子，他又说："你还没去看德荣伯父吧？上他家去玩会儿。"

潘孝坤说："你倒提醒了我。听说接兵干部还要到体检合格的适龄青年家进行家访，但不知啥时候来。我得给电管站打个电话，让他们也知晓我的情况。不然，我在这里等接兵的人来家访，单位以为我要滑偷懒呢！"

潘孝乾挥挥手，要他快去。

过去的关虞庙，现今的大队部，晚上有一位五保老人看守着。

第 4 章

潘孝坤在关虞庙的一间厢房里找到正在小酌的老人。老人听说他要往燕宁电管站打电话，不再喝酒，瘸拐着腿，将他领到有电话机的办公室。那时电话还是个稀罕之物。整个大队就这么一部电话，还是人工转接的。老人按着电话，滋滋连摇几下，表情显得十分神圣："总机，请接燕宁电管站。"过了一会儿，老人说声通了，在将话筒递给潘孝坤的同时，告知他要长话短说、快说，说不定电话就断了。潘孝坤对着话筒说："我是潘孝坤"，对方说："我是高洪奎，正在值班。"他将自己的体检合格后需要等接兵干部家访的事情扼要说了一下，对方说知道了，就没了声。他又对着话筒"喂喂"了几下，却再也听不见回声。老人说："断了，断了。"潘孝坤本想放下话筒，再摇一下电话，手中的话筒却被老人拿了去。他只得讪笑一下说："那声音好像隔了十万八千里。"老人说："你要是当个电话兵就好，解放军的电话比我们的好使。"潘孝坤问："你怎么知道我要去当兵？"老人说："你在电话里不是跟人家说体检合格了嘛！再说，你们从老家迁来不久，县里的杨书记还上你家看过你们，你和杨书记、公社高书记，还有大队的松年书记都写在同一张报纸上。小伙子，你是红人，不简单哩！"

潘孝坤嘻哈一笑："他们当他们的官，我做我的老百姓。"

"小伙子，你这话我爱听。"老人站在潘孝坤面前，说："庄稼春生夏长有它自己的规律，世上其他的人、事、物亦然，着急坏事。以赶路为例，马不停蹄地跑，不惜脚力，看似在某一时间段里与人拉开了距离，结果却容易因为人困马乏，输在后半程上。"

潘孝坤闻到了老人身上的酒气，他后退了一下，顺着他说："对，对，大爷说得对，庄稼不能揠苗助长，人不能活得很着急，很焦虑。要顺其自然。"

"小伙子，你说得对！我一看到你，就晓得你是个聪明人，准有出息。"老人说："我在抗美援朝的前线，脚上吃了美军的弹片，这脚下就瘸了。如今你要去当兵，我请你喝酒，我们好好聊聊。"

"大爷，你是上过战场的英雄，我向你致敬！现在我只是体检合格，部队上要不要，现在还不好说呢！"潘孝坤听这老人的口气酒后绕饶舌，干脆说，"我还有事，我先走了。"

老人很久说不出话来。但当潘孝坤出了关虞庙院门的时候，只听老人说："你不喝酒，下次别来打电话！"

潘孝坤忍不住哈哈大笑，转身想说下次我请你喝酒，但怕兑不了现，最终没说出口，而是问："大爷，当过兵的人，都会喝酒吗？"

"对！"老人嘶着嗓子又说，"你问问接兵干部，他会不会喝酒。他若是不会喝，就不要跟他去！"

那位接兵干部家访的时候，潘孝坤当然没问他会不会喝酒。他是大队民兵连长陪着进的屋。民兵连长介绍接兵干部叫白振芳，是此次接兵连的排长。白排长和民兵连长、潘孝坤、潘孝乾围着竹子做的四仙桌，喝着茶，好像不经意地聊着天。白排长却已了解了潘孝坤的个人状况和家庭情况。他说："架设线路不仅需要技术，还要有较好的体能。如果不用登高板，这电杆能上去吗？"潘孝坤说："我老家在山里，树多竹多。上树爬竹不算什么。我们在上边玩些倒立、空中换竹等刺激的动作是常有的事儿。在农校组织电力施工实习的时候，我跟同学玩过这些动作。"白排长笑笑问："已当了电力工人，还想当兵吗？"潘孝坤说："很想，这几天做梦都想！"白排长说："战士每月的津贴没有学徒工高呢！"潘孝坤说："职业不同，个人收入肯定有区别，有时候也不能用钱的多少来衡量职业哦！"白排长没再说什么，站起来就要告别。潘孝坤一心想参军入伍的心愿还未表达，期望他再坐坐并聊会儿。民兵连长说："白排长还要走访其他几位体检合格的适龄青年家庭。"潘孝坤说："如果去当兵，什么时候能拿到入伍通知书？"白排长拍拍他的肩说："干嘛这么心急？"潘孝坤说："我想早知道结果，便于单位安排工作。"白排长面向民兵连长说："家访结束后，部队接兵的同志还得通气，还得与人武部沟通并征求意见。根据整个征兵工作安排，估计在一个星期之后吧！"他们临走的时候，民兵连长对潘孝坤说："你跟单位打个电话，就说征兵工作上的事情需要你办，然后在家闲几天。"

第4章

　　潘孝坤也想闲几天，可总感觉每天有事需要他去做。那时，他承诺送秦良茹和张正权的竹筐与竹箱，哥哥潘孝乾已帮他做好，他想分别给他们送过去。此前，他听说没进县电力排灌会当线路工的其他同学都回原所在公社或大队做原有的工作。如果这样，秦良茹毕业以后应该回到她所在的青树公社依然做蚕桑技术员。不管咋样，只要到了青树公社肯定能找到秦良茹，再不行就找到她家。就是多走几里路而已。

　　青树公社虽然没去过，具体方位潘孝坤是知道的。他担心路上出什么岔子，一大早就往青树公社走去。他肩上扛着扁担，一头绑着那对竹筐，一头扣着竹箱。到了青树公社的地界，他不停地打听公社办公所在地。好不容易到了公社办公所在地，却被告知今年几季蚕茧收完后，公社的蚕桑技术员都回生产队参加劳动去了。于是，他又打听了秦良茹的家，又往她家赶。

　　找到秦良茹家那个自然村的时候已过中午。一群男女老幼坐在村口的几棵橘子树下，正闲聊着什么。他们见潘孝坤肩上挑着的竹筐和竹箱，问这些竹器卖什么价。他说这竹器不卖，便问秦良茹家住哪里。这时人群里走出一位胡子碴碴特多的中年男人，问他找秦良茹什么事。本想实话实说，却见这一场地的人都看着他，就说有点事情。中年男人说你跟我来吧！在两间木楼前，中年男人边唤秦良茹的名字边朝里走。

　　潘孝坤进了廊檐，秦良茹闻声从里屋探出身子，先冲中年男子唤了声爸爸，欲问什么事，又瞥见后面的潘孝坤，"啊呀"一声，喊着潘孝坤，激动地跑出屋来。潘孝坤说："找你好难找，我以为你在公社，就先到了公社。"他放下肩上的担子，擦了把脸上的汗水。

　　"潘孝坤，你还真送我呢！"秦良茹听说潘孝坤是从家里到的这里，激动得眼中有了泪水，又说，"你傻呀！从你家到我家该有三十多里路呢！"

　　"说好了送你竹箱，不能不兑现啊！不然，还不让你在背后骂死我。只是路不熟，走了不少冤枉路。"潘孝坤憨厚地笑笑说："本来呢，还得晚些时候给你送来，只是我征兵体检通过了，部队接兵干部也到我家看过我了。我估计自己十有八九会去当兵，所以，我一定要兑现对你说过的话。"

"啊呀，潘孝坤，你死脑筋！"秦良茹扬起手掌，欲往潘孝坤身上拍去，却没拍下去。

秦良茹的父亲此时正拿起那对竹筐和那只竹箱，赞赏不已，还问潘孝坤："这是你的手艺？"潘孝坤说："是我哥帮我的忙。"秦良茹的两个妹妹从里屋跑出来，好奇地打量竹筐和竹箱。她们都说第一次看到竹箱，还编得这么精致。慈眉善目的秦良茹母亲这时出来说："小伙子满脸是汗，良茹你让他到里屋洗把脸。"

潘孝坤说声没事，便撩起衣摆在脸上擦了一把。这时秦良茹两个妹妹瞅他一眼，吃吃地笑着进了里屋。

"你们笑啥呢！要是你们有这位哥哥的手艺，这日子就省心了。"秦良茹的父亲放下竹筐，问秦良茹的母亲："上次油木船剩余的桐油还在不在？"秦良茹的母亲说："这些东西你都放在了楼梯底下。"秦良茹的父亲进了里屋。潘孝坤说："竹筐可涂桐油，竹箱如果放衣服的话，还是刷清漆合适。"秦良茹的母亲说："对对，剩余的清漆也有，只是是去年用剩了的，不知还能不能用。"她喊了声孩儿她爸，便进了里屋。

秦良茹说："我爸妈很喜欢你送来的竹筐和竹箱。"

潘孝坤说了句喜欢就好，把话拉到了征兵体检上，说："这次在运墨镇上体检的时候，我碰到了张正权，他也在那儿体检。"

秦良茹说："他瘦得像桑树条，体检能合格？"

"他通过体检了。"潘孝坤说，"去县排灌会工作的范建立、舒同仁、徐立五、沈叙英等好几个同学也回户籍所在地参加征兵体检去了，但不知他们怎么样！"

于是，秦良茹和潘孝坤不停地说着自己知道的那些同学目前的状况。直到秦良茹的母亲笑吟吟地端着两碗糖烧蛋放上八仙桌，招呼他们吃，他们才停止了说话。

第 4 章

"唷,我倒忘了,还是我妈想得周到。"秦良茹说,"潘孝坤,你还没吃中饭吧?"

秦良茹的母亲对秦良茹说:"你也陪你同学一起吃。"

秦良茹说着将一碗糖烧蛋移到潘孝坤面前:"吃,赶紧吃!"

潘孝坤毕竟饿了,略一迟疑,一个鸡蛋已经落肚。

送给张正权的那对竹筐和那只小竹箱是在他接到入伍通知书的第三天,由张正权上潘孝坤家自己来拿的。那天,运墨镇片区拿到入伍通知书的应征青年,都在运墨镇蚕种场领取新军装。由于两人事先都已知道这天下午在这儿领取新军装,潘孝坤便将那对竹筐和那只小竹箱用担挑到了这里。张正权自然喜爱得不得了,左看右看了一番,将新领的军装、挎包,还有内衣和被褥都放进了一只筐内,另一只筐装了小竹箱。张正权说:"孝坤,你说话算数,是个好人!"

潘孝坤说:"行啦,行啦!别拿了人家的东西就说好听话。有空还得上你家吃那只不下蛋的老母鸡。"

张正权说:"定个日子,什么时候来我家?"

潘孝坤说:"还是留着你享用吧!我走半天的路,上你家吃两口鸡肉,划不来哦!"

张正权说:"你是陆军,我是空军,我们又是同学又同时入伍,看来上辈子有什么缘分在呢!这次不到我家也行。到了部队,我们继续联系吧。看谁能弄个连长、营长干干!"

第 5 章

徐立五骑着自行车赶到赤甲窝机埠，已临近中午。张正权从碾米机后头的土灶口站起来，跟已走进屋来的徐立五打着招呼。徐立五瞅着小方桌上摆着的那几碗菜，说："这菜还蛮丰富的哦！"张正权说："这大头鱼可能被大水冲昏了头，滚到抽水机里去了，黄豆、萝卜、白菜现在地里到处都有。"徐立五说："这猪肉、豆腐干什么的，总不是地里长的吧！"张正权说："李松成邻居家的那头肉猪，昨天宰了卖给食品公司。我就割了那么点肉。"徐立五问："这李松成呢？"张正权说："打酒去了。"

徐立五接过张正权递过来的茶杯，又放在摆满了菜肴的小方桌上，双手在膝盖上来回抚摸着说："将架空裸露照明线改成铝芯塑料绝缘线并埋于地下，直至落火点，可以节省不少架空材料，又可以消除安全隐患，这个做法值得肯定。"张正权说："你们电管站如果肯定并同意这样的做法，我想在我们公社推广。"徐立五说："赤甲窝大队有一半以上的照明线路都改成了地埋线，与你这位墨秀公社机电站的专职电工不无关系哦！你们站长支持吗？"张正权说："省钱省料又安全的做法，墨秀公社的党委书记也支持哩。他希望电管站把好技术关。"

李松成拎着两个装着糟烧酒的玻璃瓶进了屋，瞅着徐立五唤了声徐站长。

徐立五笑着摆摆手说："别叫我站长，我只不过是燕宁电管站的负责人。"

"娘娘就是老太婆哦！"李松成说，"电管站的站长不是负责人，负责人不是站长吗？"

徐立五说："站长是负责人不假，负责人不一定是站长。我负责燕宁电管站大半年了，至今还没有享受县电力公司中层干部待遇呢！这个，老张可能比你清楚。"

"我虽然到机电站做专职电工这么多年，县电力公司的人事，我真还搞不明白。"张正权说，"燕宁电管站站长以前不是当年带教农校学生的那个高洪奎吗？好多次，我听到县广播电台播送县里的新闻，其中有个叫高洪奎的是县革命委员会常委，是不是他？"

徐立五说："就是那个高洪奎。不过，他那个革委会常委仅是挂名头的。现在他在县电力公司下属修试队当队长。当年，他们那些贴大字报、批斗这个批斗那个的人，现在已落了威势，不像以前那样蹦跶了。"

张正权没有接徐立五的话茬。他早已听说，徐立五退伍回来后，虽然没有跟着高洪奎斗人，却是高洪奎眼里的红人。

李松成将几副碗筷摆上小方桌，三人开始喝糟烧酒。李松成喝了一口酒，话直奔主题："我们搞地埋线，是没办法的办法，主要是乡村这一块电力建设资金和电力设备缺乏，农村用电又迫切，用电安全意识又淡薄，许多乡村不顾条件，一哄而上，拼凑、代用材料从电力排灌机埠拉线接电，供农户照明与田间流动脱粒机、小水泵用电，致使人身触电伤亡和设备损坏事故不断发生。"

张正权说："这样搞，电压质量下降，据测算，低压线损率高达25%左右呢！"

"你们说的这些情况，我都知道。"徐立五说，"今天我进入赤甲窝大队的地界，先看了你们搞地埋线，也看了不搞地埋线的那些地方。我的想法是，只要使农民用上电，有利于安全用电，别的算不上什么问题。"

李松成端起酒碗和徐立五碰了一下说:"有徐站长这句话,我就放心了。"

　　"不要叫我站长,我不是。刚才我说过了。"徐立五说,"叫我老徐或徐师傅也行。但话得说回来,燕宁电管站除管理燕宁镇上的电力建设和用电之外,还管理着燕宁镇周边五个公社主要的电力建设任务。大队这一级我们只管到变压器,其他乡村和农户用电这一块还是由你们公社和大队这一级电工管理。若不是看在老同学张正权的面子,给我打十次电话,我也不一定来。"

　　李松成忙着点头称是。张正权端起酒碗说:"你是电力职工的子弟,若是当年不下放,也许招工进了电管站。"李松成说:"当时,招工无望,老父亲从发电厂转到电管站工作,也就那么点工资,我不下放,一家人吃饭也成问题。不过,受父亲的影响,即使下放了,也喜欢琢磨电工这摊活儿呢!大队也算重用我,安排我在机埠,天天与电和抽水机、碾米机、砻谷机、面粉机打交道。"

　　"你父亲做啥活也很认真。他退休后,让他在电管站做门卫,没有一个人不夸的。"徐立五说,"你下放这么多年了,也该动动脑筋,想办法回城了。"

　　一旁的张正权说:"乡下比不得城镇,一些消息也来得晚。如果你有这方面回城的消息,早些告诉松成和他父亲。"

　　徐立五点点头,脸上泛起酒红,整个人也显得轻松起来。两人便聊起农校读书时的情景和那些同学现在干什么行当。张正权说:"立五,你还记得农校读书时的秦良茹吗?"徐立五想了想说:"我们读书那会儿,她不就是农校的团支书吗?"张正权说:"那会儿,她大大咧咧的,半年前却调到墨秀公社做党委副书记啦!"徐立五说:"女人一旦进入官场,往往比同龄的男人上得快。在我的印象中,你跟她骂骂咧咧的样子,关系不错哦!"张正权笑笑说:"那时年少,我还不懂事,常在背后骂秦良茹。为这个,当年潘孝坤还跟我吵过架。"徐立五说:"你是说,潘孝坤和秦良茹关系不错喽!"张正权说:"他们关系好不好,我不是很清楚。不过,潘孝坤可能是从小在山里长大的缘故,待人十分真诚。上学的时候,潘孝坤有一对小巧的竹箩筐,用来装东西。听说是他自己编的,我跟他要,他没给。后来,我们毕业以后,他送了我一对新箩筐,还有一只竹箱。"说到此,他喝了一口酒,又说,"潘孝坤走了几十里路,将一对箩筐、一只竹箱,送去秦良茹家。"徐立五显然有些惊讶,过了一会儿却说:"潘孝坤这样做的目的是什么,是为了成全你和秦良茹……"

张正权的脸扫过一丝不悦:"看你瞎说啥呢!潘孝坤就是那种答应过了的事情,一定想做到的人!"

喝酒的气氛有了些异样。

徐立五忽然问:"潘孝坤跟你联系过吗?"张正权说:"有一年他从部队回来探亲,他来看过我。后来,可能都因为忙自己的事,连信也不联系了。"徐立五说:"他今年转业,又回到电力公司了,现在变压器车间上班。"张正权愣了一会儿说:"听说他不是当了指导员吗?"徐立五说:"当了指导员又怎么啦,部队又不养老!"张正权又说:"他老婆孩子又不在枫荷,还不是两地生活?"徐立五说:"这些事情,我们关注了也没用哦!我退伍回来后,还劝过他,让他退伍回来算了。你看,最后找老婆,还不是找个外地人?转业回来,还不是又回电力公司?"张正权对徐立五表现出来的先知先觉与优越感有些反感,又不便说什么。他和徐立五碰了一下酒碗,说:"各人自有各人的活法。今天我们只管喝酒。"

一旁的李松成夹了一块猪耳朵放在徐立五前面的菜盘里,说:"徐师傅,你肯定了赤甲窝大队搞地埋线的做法,能不能跟上头的电力公司反映一下情况,像地埋线的采购方面,支持一下?"徐立五挺挺充满血丝的酒眼,说:"反映一下是可以的,只是你们的愿望实现得了还是实现不了,我做不了主。"李松成有些激动,端起酒碗,又欲与徐立五碰酒碗,却被张正权阻止了,说:"你干为敬吧。"徐立五忙说:"对对,不要让我出洋相。"

63

这天中午，喝过酒的徐立五轻松地踩着自行车，穿行在秋末的田野间。他似乎在想什么，又没想着什么，有时还冒出几句唱腔来。

燕宁镇其实不大，两条主街，宽六七米，东西向的街道长些，六百余米，各类店铺集中于此，南北向的街道紧临运河，间隔二三十米远，都有河埠头，临时停泊着各类船只。因此，这条街的店铺均朝河面，贯穿小镇南北，足有三四里路的样子。江南的小镇没有赶集这一说法，但小镇最热闹、如同赶集般的买卖等交易，大多集中在早市。下午的早市已过，街上行人稀少，店铺虽然开着，也显得冷清。徐立五沿运河的南北街，从北往南，不时按响自行车的铃声，尤其是穿越横跨运河塘这边桥墩的时候。这清脆的自行车铃声惹得行人驻足观望。那时候，小镇上因工作需要，配备并使用自行车的除邮电局送信送报的邮递员，还有就是电管站的电工。徐立五有意或无意的铃声最后一次按响时，他已进了燕宁电管站的大门。他支好自行车，匆匆忙忙进了那栋电管站职工办公的平房。

徐立五的办公室在这栋平房的最西头。往里走的时候，他发现开着门的几间办公室里的人，全都仰起脸瞅着看。他有些纳闷，伸出一只手，撸了一把脸，又顺手梳理了一下头发。自我感觉没什么异样，才开锁进了办公室。

这办公室以前是站长高洪奎的办公室。县电力公司修试队在枫荷县城。高洪奎调至修试队任队长，主要因他兼任着县革命委员会常委。这常委纯粹是代表一群体，也不享受其待遇。高洪奎调去县城前，据高洪奎说，对站长人选，电力公司有关领导征求过他的意见，他推荐了徐立五。但高洪奎走后，公司来人宣布其为该站负责人，而且并没有专门任职文件。为何会如此，徐立五疑惑过，但估计是为考察他一段时间而已。虽然不是站长，毕竟是该站负责人。高洪奎走的时候，又将办公室的钥匙交给了他。他在半个月之后就搬到了这间办公室。

徐立五从电工包里取出大玻璃瓶茶杯，喝了一大口。坐在办公桌的椅子上,又翻阅着报纸。报纸并非是今天的报纸,也没什么大的新闻。忽然想起今天的报纸,门卫李师傅没有送来。平时,他若不在办公室,李师傅会塞在办公室的门下的缝隙处。今天已到了下午,报纸却没见着。他这时想起,自己骑自行车进电管站大门的时候,李师傅没有从传达室出来招呼或坐在那里招手。他放下报纸,抬头发现范建立站在门口瞅他,他说:"你站在那里干啥?"范建立扭头瞅瞅背后,才走至他办公桌边,小声说:"上午十来点钟和下午上班不久,公司先后来过两次电话,说是找你。"徐立五翻了一下报纸,问:"公司哪个部门或是哪个领导?"范建立说:"电话是门卫上的李师傅接的,他喊了你两次,你都不在。"徐立五"哦"了一声,望望办公桌上的电话。电管站有三部联线电话,一部在传达室,一部在值班室,还有一部在他的办公室。徐立五说:"我反复交代过,如果有电话找我,在我不在的情况下,问清楚是哪来的、有什么事!你去找李师傅问问,是哪来的电话。"

范建立转身欲走时,李师傅招呼着徐立五,进得屋来。他说:"我看你的自行车停在了那里,晓得你回来了。"听徐立五问什么事,他瞅瞅范建立。徐立五似乎有些不耐烦,说:"你说嘛,有啥事!"李师傅说:"今天有两个电话找你。最后的那个电话,我问对方是哪里,他说是人保股,我说你不在,他说让我转告你,明天上午,公司来这里宣布人事安排,让你和站里的其他人员安排好其他工作,要求全体职工参加。"

徐立五的脑袋"嗡"了一下,他眼睛虽然凝视着李师傅,却愣在那儿。徐立五并不傻,宣布人事安排,如果宣布他任站长,事先会有人找他谈话。问题是这样的谈话未曾有过。也就是说,尽管自己是这里的负责人,任命的站长不会是他!

李师傅没再说什么,转身离去了。

徐立五盯着李师傅的背影,感觉他好像话没说完,却不便再问。他将报纸推在一边,手伸向桌上的电话,只见范建立站在那里,欲言又止的模样，又缩了回来，说："你知道明天来宣布的人事安排了？"范建立压低嗓音说："站里有人在传，说潘孝坤要到这里做站长。"徐立五双手一摊说："这不是好事嘛！高洪奎离开燕宁电管站的时候，顺便宣布我为电管站负责人，我就感觉名不正言不顺。潘孝坤转业回来几个月了，在公司的变压器车间没有正经的岗位，主要工作也就是打扫车间和院子里的卫生。有人背后说他是卫生主任。"范建立说："他爬电杆是把好手，让他修理或组装变压器，其实也难为他了。"徐立五没心思接话，心里却是翻江倒海，又不想被范建立看出来，他拿起报纸，好像急于阅读报纸上的文字，挡住了半个脸。范建立看穿了徐立五的那点小心思，说："你毕竟在负责人的岗位上干了大半年，又没犯错误。我估计，在宣布任职站长的同时，对你的安排，上边总该考虑，比如副站长什么的。"徐立五说："我也不在乎这些。若是想当官，我并不是没有机会，如果跟着高洪奎贴大字报、造反，或许早已弄到一官半职了。"范建立感觉有些无趣，转身欲走。徐立五说："明天的工作安排不变，该干啥还是干啥吧。"范建立说："我又不是班长，你还是通知几个班长吧！"

电管站的人员定额是根据所管设备确定人员配备。电工是技术工种。燕宁电管站成立之初，大部分职工来自燕宁镇发电厂。电管站或者说枫荷县的电力公司是依托新婉江发电站发电并且有了华东电网以后建立起来的。也因为有了华东电网，枫荷县各大镇的发电厂才停止了运行。燕宁电管站的所在地也就是原燕宁发电厂的厂址。所以，电管站成立之初的那些人大部分是发电厂的职工。这十多年来，有的退休，也多次招工，人员始终保持在二十七八人。电管站除三个内勤人员，其他人员分成两个线路班、一个用电班。平时分工明确，遇有较大的施工，大伙儿一起上。一个用电班、一个线路班的班长，原本都是发电厂的职工，另一个线路班的班长电管站成立之初是高洪奎。徐立五、范建立、沈叙英退伍回来，徐立五和沈叙英被安排在用电班，范建立被安排在一个线路班。高洪奎当了站

第 5 章

长后,徐立五虽然不是班长,却明确了原高洪奎当班长的线路班由他负责。从线路班负责人到站内负责人,应该是个进步。但负责人终究不是正式职务,看来电管站负责人的生涯要寿终正寝了。他也好像有预感,在他担任电管站负责人不久,他曾对范建立说过,拟对各班班长进行一次调整。他把这样的想法跟范建立说,当然想把范建立调整至班长行列。如今,徐立五的电管站负责人生涯即将结束,并未见调整动静,范建立有想法也属正常。

办公室里只有徐立五一人了。他关上门,拨通了人保股的电话。他说他是徐立五,"今天你们往我单位打了两次电话,有啥要紧的事情?"对方传来一个女声:"电话不是我打的。我也不晓得啥事情。"徐立五说:"你股里没其他人吗?"女声说:"都出去了。要不你等一下再来电话。"徐立五挂了电话,一时竟不知该干些什么。他的头便仰靠在椅子上,吃力地闭起了眼睛。朝中无人莫做官,是不知传了几代人的老话。其实,岂止是过去的朝廷官场!当今大大小小的官场,上边没人或上边没人欣赏,谁人提拔你!徐立五此时细细想来,决定自己能否任站长的公司里头没有一个人欣赏他或者对他熟知。对他熟知的人,也仅是以前的站长高洪奎。这几年,他虽然兼任着县革命委员会常委,毕竟不是公司领导。他也说不上话。高洪奎与他也仅是工作关系,如果能说上话,在他和潘孝坤之间,高洪奎也不一定选择他。思来想去,怪只怪潘孝坤在今年转业,并且在这个时候转业进了电力公司。

这天下午,徐立五仰坐在那儿睡了好长时间。走出办公室,已近黄昏。他走出电管站,沿运河塘走了一百来米,拐进一条弄堂,到了电管站集体宿舍的那排平房。这排平房在电管站的院墙外。自从作为电管站职工的集体宿舍后,在与电管站的院子之间,垒起了一堵墙,就成了一条弄堂。这条隔离出来的弄堂,与外边的老街和老弄堂并不相连,少了嘈杂。电管站大多数职工在燕宁镇有家有自己的房子,集体宿舍住的都是非燕宁镇上的职工,有的职工家离燕宁镇不远，在集体宿舍只占一个床铺，只用于临时休息，下午下班后，一般都回家。所以，这条弄堂很清静。几间宿舍大多空着。徐立五离农村老家远，他一人住一间集体宿舍，也闲得慌。考虑到将来一双女儿在镇上上学，以及妻子陆娟英在家只能照看两个孩子下不了地等等原因，徐立五将妻儿接出来与他在一起生活。他住的那间集体宿舍用布帘隔成了两个半间，后半间是张大床铺，前半间成了吃饭和起居之所。他走近这个临时的家，正在门口玩的一双儿女唤了声爸爸，又进屋告诉他们的母亲：爸爸回来了。

陆娟英迎出来，接过徐立五的电工包。徐立五说："包里有张正权给的腌菜和青黄豆。"陆娟英说："也只能放在明天吃了。"此时的小方桌摆上了几碟小菜和稀粥。一双儿女已等得不耐烦了，等徐立五和陆娟英一坐下，他们便开始喝起了稀粥。徐立五喝了几口，吃了筷咸菜，说："我这负责人今天是最后一天了。"陆娟英停止了喝粥，瞅着徐立五有些不开心的脸。徐立五说："可能潘孝坤来当站长。"陆娟英舒了一口气，说："你只是负责人，不负责就不负责了。再说，潘孝坤也不是坏人。"徐立五说："早不来，迟不来，偏偏我做了负责人以后来了。不是坏人，也是冤家！"陆娟英说："他来当站长，也不是他想来就能来了的。"徐立五的脸青了，筷子"啪"地一声拍在桌上，吓得一双儿女惊叫起来。徐立五赶忙抚摸了一下儿子的背脊，口气缓和了，说："陆娟英，每次说起潘孝坤，你怎么尽说他好哦？是当年他从师部用摩托车送你到了楚雄，还是他为你买了些糕点？"陆娟英柳眉倒竖，说："为这些乱七八糟的事情，我就说他好，你也小瞧你老婆了吧？当然，这人的品质怎样，也会从这些小事上体现出来！我以为，他这个人至少没有你说得那么坏！"徐立五冷笑一声说："你把他说得那么好，当初怎么不找他啊！"陆娟英狠狠地瞪了他一眼，说："徐立五，你王八蛋不是人！当初若不是你在旅馆胡来，谁愿意做你老婆！"徐立五被说到痛处，又见陆娟英的眼泪"吧嗒吧嗒"地往下掉，一双儿女在轻声唤妈妈，他绷着的脸松弛了下来。

徐立五这时有些厌恶起自己来。他扇了自己一巴掌,说:"两个孩子在看你呢!是我不好,不该把自己的不快带回家。"他站起来,出了屋。站在弄堂里点了一支烟。这烟真是个好东西,一支烟吸完,徐立五心情竟平静了许多。实际上,关于站里的人事调整的宣布事项,他今天并没有接到上边的正式通知,消息来源仅是李师傅与范建立。他打电话去公司人保股,接电话的那女人知道他是谁,他也知道她是谁。因此,他决定对李师傅和范建立说过的那些话不予理睬。根据每周工作计划安排,在第二天,徐立五将两个线路班、一个用电班的所有人员安排去了一处施工现场。施工现场离燕宁镇较远。施工设备和全体人员是乘着站里的小轮船去的工地。

在传达室的李师傅看着站里的职工抬着扒杆、起降葫芦等施工设备,往运河岸边走去,知道他们是去河埠头。那里停着站内的小轮船。看到徐立五和那群职工头戴安全帽,腰间拴着安全带和工具袋,身上发出金属磕碰声,他奔出屋来,叫了声立五,又说:"今天公司不是要来人吗?"徐立五扯着嗓门说:"不管他们!公司那些人,还不是靠我们干活才有饭吃!"

李师傅再也没吱声,站在那里,眼看那群人走向河埠头。听到运河里响起小轮船的开动声,他才悻悻地进了屋。李师傅是燕宁发电厂建厂初期进的发电厂。他见证了电厂公私合营和停止发电,以及它从电厂转至电管站的那段历史发展进程,也看多了电力人的喜怒哀乐。他在解放前后生育了李松成等三个子女。他老伴一直是家庭妇女。一家的生计全靠他的工资。60年代初期,政府号召城镇青年下放,一直没正式工作的儿子不顾他和老伴的劝阻,死活要下放。电管站看中他敢于负责和他家的生活困难,他退休后,邀他来此做门卫。那天,去施工的小轮船开走后,除了吃饭和上厕所,他一直在传达室。他怕公司里来人,找不到徐立五,而惹出什么事来。然而,他等了一天,也不见公司有人来。忽然,他为自己的担心后悔起来。他估计，徐立五已给公司里头的什么人电话联系过了，只是他没有把情况告诉他罢了。再说，他毕竟是站里的负责人，公司的人来与不来，又何必告诉他一个退休后在此做门卫的人！

李师傅在那天下午四五点钟光景，看着站里的人从运河岸边的河埠头上来，进了电管站的大门。他就在那儿坐着，没有出去与人打招呼。看到徐立五出现，他拿起当天的报纸，从窗户递给了他。徐立五只是"哦"了一声，也没说话，拿着报纸进了里边。

这天傍晚下起了忽大忽小的雨。第二天依然淅淅沥沥。李师傅没有像往日般在院子里打扫落叶。他将传达室收拾一遍，隔窗瞅着外面。他漫不经心地看着那些雨丝，看着电管站的职工，打着雨伞或穿着雨具，步行或骑着自行车进入大门。早上七点半的时候，他冒着雨，将两扇大栅栏门关上了。凭李师傅以往的经验，这样的雨天，电管站会安排一些会议或进行业务学习，不会再出去施工或维护电力设备的。忽然，他听到运河临近电管站的河埠头传来两声只有小轮船才有的鸣笛声，他有些疑惑，贴着窗户瞅那河埠头。但河埠头与他所在的传达室是一个斜角，他啥也看不着。

这时，大栅栏门外出现了几个打雨伞的人，其中有人开始叩门，并唤着李师傅。李师傅也没顾上打雨伞，小跑出去，哈哈一笑，说："老陈，怎么一大早就来了？"说着，打开了大栅栏门上的侧门。

陈根琪走进侧门，雨伞往李师傅身上一偏，为他遮住了雨，说："这么大年纪了，少遭雨淋哦！"

李师傅说了声没事儿，听正在跨进门的人喊他李师傅，他瞅了他一眼，眨巴着眼说："你，你不是……潘孝坤，你不是在部队做了指导员吗？"

陈根琪笑笑，悄声说："他不当指导员了，准备到燕宁电管站当连长来了。"

李师傅疑惑地瞅着陈根琪，明白过来，哈哈一笑，说："现在当了经理还是没个正经，怪不得让人家弄到燕宁电管站打扫了半年的卫生。"陈根琪说:"岂止是半年哦!我在五个电管站监督劳动各半年,加起来有两年半呢!"与陈根琪、潘孝坤一起来的公司人保股股长问李师傅:"徐立五在不在?"李师傅说:"这雨一下,都挡在站里了。"

陈根琪、潘孝坤和人保股股长往里走,潘孝坤转身对正欲与李师傅一起进传达室的小轮船驾驶员说,小王:"你一会儿去船上把我的行李拿上来,放在李师傅这里。"

小轮船驾驶员说:"等雨停了,我再去拿。"

小轮船的鸣笛声和陈根琪、潘孝坤等人在传达室门口的出现早已引起那排平房里头职工的警觉。不知谁冲着徐立五办公室的门说了一句,潘孝坤来了。徐立五心里沉了一下。无论是潘孝坤或别的什么人来此任站长,徐立五的内心都是抵触的。前天,公司电话通知并让李师傅转告他,昨天来宣布电管站的人事安排,最后没有来人,或许是陈根琪看到了他们的工作计划,或许是他们早已得知今天有雨,职工不会出去施工,今天才突然而至。站内的工作计划,因需要停电,上个月已报公司。如果他们昨天来站里,见不到人,又不便怪他。然而,今天,他们不通知他又突然而至,好像看穿了徐立五,又怕他节外生枝。

进入那排平房的内廊,有几间办公室的人站在门框内看着他们。陈根琪和人保股股长冲着他们点点头,往徐立五的办公室走。这些人,好多是潘孝坤参军入伍前的同事,十多年前曾经一起风餐露宿。他不能像陈根琪那样点下头就完事了。何况,今后他还要和他们在一口锅里嚼食。他走进去,和他们大声打招呼,又握手,有的说:"十几年不见,你模样未变。"潘孝坤摸摸脸,说:"当兵走的时候20岁不到,现在毕竟上了年纪。"有的说:"记得你今年32岁,年纪也不大哦。"这时,潘孝坤为还有人记得他的年纪感动了一下,想起口袋里装着烟,便掏出烟来。有的说不会抽烟,有的笑笑接了烟,也有的拿过椅子,为他让座。潘孝坤知道在宣布他的人事安排前,陈根琪要对徐立五进行一次谈话。这样的谈话，自己不在场，反而没了尴尬。所以，他顺势坐下了。那些以前认识的，包括范建立、沈叙英闻讯而至。沈叙英问他是不是真的到这里做他们的头儿。范建立说："你看不出来，今天陈根琪、人保股股长和孝坤一起来，不就是来宣布的吗？"此时，有人奚落范建立、沈叙英："你们不是一起去当兵的战友吗？如今孝坤来做站长了，你们连个班长还没混上。"沈叙英说："孝坤是什么人，我们是什么人？我们怎么能和孝坤比！"范建立说："若是大家都做了站长，谁还做职工！工人叔叔，螺蛳吮吮。要知足嘛！"

有人开始哄笑范建立，说："老范总为自己的不足找借口。"也有的说："孝坤，你做了站长，得治治他这个毛病。"

不等潘孝坤说话，内廊里响起徐立五瓮声瓮气的声音："全体人员会议室集中，听取公司宣布新任站长的决定。"

第 6 章

潘孝坤是在秦良茹的办公室见到十几年未见的秦良茹的。秦良茹边泡茶边打量着潘孝坤，说："你转业回来其实可以到其他部门，没想到你仍旧回到了供电部门。"口吻中蕴含着惋惜。潘孝坤说："若是进其他部门，熟悉工作需要较长时间，供电部门是我的老本行，熟悉的时间可缩短许多。"秦良茹笑笑说："干老本行也蛮好。只要你喜欢并能发挥你的价值，至少电力公司把你放在了站长的位置。"她坐在临近潘孝坤旁边的椅子上，说："听说你到燕宁电管站不久，差点让徐立五整得下不了台？"潘孝坤笑笑，问："你是怎么听说的？"秦良茹说："别忘了我们是县农校的同学！好多同学的点点滴滴不时会传到我耳朵里呢！"潘孝坤说："也谈不上他整我。电管站的站长只是个岗位，遇到架设线路施工，站长也和大家一样，仅是普通一员。我到燕宁电管站第三天，站里正赶上架设线路。当时，电工工具包里头的东西我已配齐，就是还缺一副爬杆的脚扣。因为站里的职工都上工地施工，我这新任站长总不能因为缺一副脚扣不上工地吧！那次的施工负责人是徐立五。这个你是知道的，电力施工负责人负责整个施工安排，那次施工，正巧一人一杆。他也安排我上杆作业。好在我有徒手上杆的基础，尤其事我在师直工程通信连那几年，把这作为一个课目经常练。"

"你这么一说，我想起来了。当年在农校，你为此在杆上还玩倒立呢！"秦良茹用手指指潘孝坤，说："下次不可以这样了。安全规定好像也不允许。不过,听说你这次徒手爬电杆并完成了所有工作,倒使那些线路工服了。"

潘孝坤摆摆手:"三十多岁的体力不能跟二十来岁的人相比哦!"

秦良茹说:"你们电力公司这样安排人事欠妥当,应该将徐立五调走才是。况且,这徐立五气量又不大。"

"电力公司的领导想调他去别的电管站,可他不愿意。他不留在燕宁电管站,去别的电力单位,他小孩上学等都会带来好多问题。"潘孝坤说,"唉,这人呢,如果前怕狼后怕虎,只想着取悦他人的话,啥事也干不好。"

"那倒也是。"秦良茹想了想,话就切入正题:"我电话联系你多次,希望你关注墨秀公社农村低压线路转型的问题,也就是地埋线的探索。这样的探索,实际上是迫不得已。"

潘孝坤说:"我到燕宁电管站没几天,张正权就跟我联系了。将架空裸露照明线改成铝芯塑料绝缘线并埋于地下,既节省不少架空材料,又可以消除安全隐患。近两年,墨秀公社在赤甲窝生产队埋设铝芯塑料绝缘线1500余米,作照明线路试点,应该是创新。无论是从经济或安全角度,都值得推广。但是,根据目前的体制,农村电力建设还得以当地公社和大队为主导,电力部门可从技术层面加强指导。"

秦良茹说:"我在青树公社管妇女工作,后又分管公社蚕桑发展,调墨秀公社任党委副书记也就三个多月,组织上让我分管农电这一块。既然管了这块工作,就想千方百计做好它。要建设资金,我想办法。技术层面,想请你把关。"

潘孝坤说:"墨秀公社有张正权、李松成在,技术上应该不会有太大的问题。"

"哦,上边来了上大学的名额。公社党委经过研究,准备推荐李松成上大学。如果文化这块经考查没问题,他要离开墨秀公社了。"

潘孝坤说:"这样的能工巧匠,能进大学深造,不仅对他个人有

第 6 章

好处，对社会也是一种贡献。"

秦良茹看了看手腕上的表，说："为地埋线的事情，墨秀公社要怎么展开，张正权跟我说了多次。约好了你和我还有他，今天这个时间在我这里商量方案，他倒好，这会儿还不来。"

这时，门口响起张正权的声音："离约好的时间还有五分钟哩！"进了屋，张正权又说，"我知道你们十几年未见，需要说说这十几年的变化或各自的家庭发展，才不提前来。这么快就聊完了？"

秦良茹说："我和孝坤聊的都是工作，都是你要我们干的大事业！"

"农电建设是大事业。但不是我要干哦，秦书记！"张正权的眼睛瞪圆了。

秦良茹为张正权沏了一杯茶，递给他后，侧过脸对潘孝坤说："这个张正权，每次说话总是给我抬杠。你说气人不气人！"

张正权说："我哪些句话抬杠了？"

"你看你，又狡辩了！"秦良茹说，"你县农校中专毕业，当年你们大队的民兵连长在你入伍登记表上只写了小学毕业，我怀疑也是你这张嘴惹的。你看看，你和孝坤同年入伍，人家当了指导员，转业回来在电管站做了站长，你还是个公社电工！你总给我抬杠，小心我也整你。"

张正权有些尴尬地笑笑，说："我哪敢跟秦书记抬杠哦！"

"行啦！"秦良茹摆摆手，说："你的方案给我和孝坤说说吧。"

张正权从帆布袋里取出一叠纸，递给秦良茹。秦良茹说："这个方案的草稿我看过了。你若有底稿，就给我留下，现在你还是说给孝坤和我听吧。"

"那我挑重点的说。"张正权说，"与架空线路相比，地埋线路不用电杆、瓷绝缘子、横担、拉线等材料。因此，可以节约大量的钢材、水泥。在选择架空线路导线时，因要考虑到它的机械强度，一般不宜采用 LGJ-10 或 LJ-16 以下截面的导线，而地埋线埋在地下，不承受电线自重等所产生的拉力，所以电线截面可以仅按用电

75

负荷的大小选择,能有更多的机会采用比架空线路更细的导线,不仅可以节省不少电力资金,还可以节省不少耕地。若用架空线路,那些纵横交错,分布甚广的电杆、拉线将给耕作带来很大的不便。粗略估计,每竖一基电杆,就会影响一厘地的耕作。换成地埋线,则能少占农田,便于耕作,而且还解决了输电和植树的矛盾。"

秦良茹望着潘孝坤说:"目前为止,正式实施地埋线的仅有赤甲窝生产队。其周边的生产队看到地埋线带来节省电力材料和耕地等诸多好处后,也都跃跃欲试了。"

"还有重要的好处是减少触电死亡率。"张正权说,"农村刚有电那会儿,乡下对电能电死人的认识不足,枫荷全县几乎年年有因不注意安全用电而触电致死的情况发生。"张正权说,"架空线路变成地埋线进一步保障了人民群众生命财产的安全。地埋线路不易受狂风暴雨、大雪结冰等自然灾害的侵袭,不存在架空线路常见的倒杆、断线等事故,同时消除了电力线路与电话线、广播线交叉跨越的矛盾,也不易发生人身触电伤亡事故,即使地埋线破口漏电,反映到地面上的跨步电压也很微小。地埋线平时不易被人破坏,还能杜绝在架空线路上随意挂钩接火等行为,大大改善了农村供电的管理工作。地埋线路铺设以后,维护工作量与架空线路相比大为减少,地埋线路发生故障的机会甚少,除了日常必要的巡视和定期测试外,在未出现故障时不必进行检修。"

潘孝坤说:"对了,这巡视和定期测试必须借助仪器才能解决问题哦!"

张正权说:"这是地埋线的不足。地埋线一般深埋 1.5 米,如需更换,必须破土开挖,不但工程量大,且易损坏绝缘层。地埋线路由于全线埋在地下,发生故障时,肉眼看不到故障点,必须借助仪器。这种仪器,公社机电站还没有能力解决。"

潘孝坤说:"铁道兵在施工前,须进行地质勘探,以确定施工方案。"他又面向张正权说:"航空兵地勤部队在检查飞机性能的过程中，不是用仪器对飞机进行探伤吗？"张正权"嗯"了一声说，"地质勘探仪器和飞机探伤仪器使用目的不同，原理该有相同之处。查勘地埋线的仪器主要目的是查勘故障点在何处，简单地说，就是寻找断路的点，其他一些问题可再进行研究。这种仪器的设计和制造只依靠我们的力量可能一下子难以完成。"

秦良茹说："你们还记得当年我们在农校读书时的那个既管后勤又教物理的朱老师吗？他早年是浙大物理系的高才生，现在县一中校办厂。"张正权说："我看他是时运不济，被人拎来拎去，也没有真正发挥他的作用。"潘孝坤说："这种人只要给他平台或机会，迟早会干出些名堂来。"秦良茹说："我先跟他联系，听听他的意见。然后我们仨一起过去，将我们对这种仪器的设想告诉他。"张正权有些担心地说："别到时他连理都不理我们。"潘孝坤信心十足地说："他不会。他这样的知识分子还是想干事的。"秦良茹挥了挥手，说："这事就这么定了。"张正权冲潘孝坤眨眨眼，悄声说："当年农校团支书的派头又来了。"

秦良茹没理会，喝了口水后，又说："农村电力建设是项大事业，不仅涉及千家万户，也是党和政府的重点工作之一。若想有效地开展起来，必须依靠广大农民、电力部门和上级党委与政府的支持。另一个问题，就是如何取得这几个方面的支持，共同把工作做得圆满，对我们来说，就是如何去推动。"

张正权说："你秦书记说怎么办，我就怎么办！"

秦良茹说："你只想当个好战士，不想成为好的参谋或指挥员？"

"我还能当官？"张正权嬉笑着又欲开始滑舌。

"良茹姐，你看这样好不好？你动用你公社广播站或县广播站或县报道组的笔杆子，如果是报社的记者则更好，把赤甲窝生产队实施地埋线两年来的运行情况写成报道，能见报的见报，能广播的广播，让上级领导和有关部门引起重视，同时引起农村千家万户的百姓的关注。这样，把地埋线写成报告，一级一级往上递，争取申请到相关农电建设资金。"

秦良茹被潘孝坤的一句良茹姐叫得和颜悦色,听潘孝坤说得句句皆是可行的大实话,她回到办公桌边,展开笔记本,说:"我们仔细地合计合计。"

这三位当年在县农校学过电力专业知识的中专毕业生,各自经历了十多年的人生风雨后,他们在这一天聚在一起,从本乡本土的电力线路地埋线着手,规划着农村发展的电力蓝图。

这个始于减少安全用电隐患和受经济条件制约的举措,通过报道和汇报,作为农电建设的创举,在县电力公司的支持下,首先将试验扩展到了赤甲窝生产队所在的赤甲窝大队,共埋设动力、照明线路8.65千米。经"夏收夏种"用电高峰期的考验,取得良好效果,与邻近大队简陋架空线路用电事故频发形成鲜明对照,并有避免自然灾害和防止外力损坏的作用。

墨秀公社在秦良茹的力促下,第二年,电力线路地埋线试点扩至墨秀公社。这年冬,枫荷县批转电力公司《关于要求以新塑料铝芯地埋线改造现有农村不合格低压架空电力线路的报告》,将墨秀公社采用地埋线铺设农村低压电网的经验推广至全县。

也就是在那个冬天的早晨,潘孝坤接到陈根琪的电话,说昨天省水电天有几位领导来了枫荷,他们安排在今天到墨秀公社现场考察地埋线。潘孝坤说:"怎么这么突然?"陈根琪在电话那头笑笑说:"突然袭击能看到真实的东西哦。"潘孝坤问:"什么时候到这里?"陈根琪说:"他们乘坐公司的小轮船到燕宁电管站。我和孙工陪他们过来。"

潘孝坤放下电话,将几个班长招呼到了自己的办公室,说:"今天领导要过来,各班把各自的环境卫生和物品摆放按规定检查一遍。如不符合平时规定的,立即改正。"徐立五问:"是什么领导要来?"潘孝坤笑笑说:"听老陈的口气是省有关部门,大概相当于当年铁八师副师长或参谋、干事什么的官吧!"徐立五说:"那也算不得什么大官哦!"潘孝坤到此任站长后,徐立五利用不同机会和场合,不时挤兑几句,潘孝坤已习以为常,此时却有些生气,说:"上面领导来,搞好环境,既是自己的脸面,也是对上边来的人的尊重!"他挥挥手,对几个班长说:"大家快去准备吧。公司里头的小轮船到燕宁,也就个把来小时。忙完这些事后,按今天的工作计划,该干啥就干啥去!"

徐立五没再说什么,随其他几个班长出了潘孝坤的办公室。

潘孝坤又要通了墨秀公社机电站的电话,告诉张正权:"过一会儿,县电力公司的陈根琪将陪同省水电厅的领导来墨秀公社考察地埋线情况。"张正权说:"墨秀公社地埋线现场考察,县里和地区领导来过多次,经得起考察和检查。"潘孝坤说:"我不给你们公社领导和秦良茹打电话了,你跟他们汇报一下,到时请你们公社领导到场,起码要有一个像秦良茹这样懂行的领导才行。至于你跟谁汇报,你看着办。"张正权说:"我肯定跟秦良茹汇报。她对此熟悉并能说到点子上。"

潘孝坤放下电话,坐在办公桌边,展开笔记本,将站里的人员、所管设备的基本情况、供用电量和燕宁镇及周边公社区域内的工农业生产和风土人情进行了一次简要梳理,又在笔记本上写了几条。做完这些,他走出了办公室。忽然发现天空正飘落着细小的石雪,他又返回办公室取了几把雨伞。路经传达室,看到李师傅坐在那里,问李师傅有没有雨伞。李师傅说:"有,有。我这里有一把好的一把破的,你自己挑。"潘孝坤说:"我是想遵守中国的传统习俗来着,一不借伞,二不借鞋,三不借房,但今天情况有些特殊,上边来人,要去看你家老大发明的地埋线。不知他们带了雨具没有,我得为他们准备几把。"李师傅忙说:"你说的三不借是老皇历啦!这个雪天,上级领导来,准备几把雨伞是应该的,也亏你想得周到。"说着,李师傅便将雨伞递到了潘孝坤手中,又说:"孝坤,今后别把地埋线的功劳堆在松成一个人头上,他上大学前说了,没有当地公社领导和燕宁电管站、县电力公司的支持，他的想法也实现不了，再说，没有你那同学秦书记的极力推荐，我家也出不了大学生。"潘孝坤说："李师傅，你告诉松成，让他好好学习，将来学有所成后，为电力事业多作贡献吧！"李师傅点着头，又关照潘孝坤，让他快去忙吧。

潘孝坤站在停着站里小轮船的河埠头。石雪噼里啪啦落在雨伞上，格外清凛。此时，河面上来往的船只并不多。原本平静的水面被落下的石雪溅起阵阵水泡。一会儿，天空又飘起鹅毛大雪。潘孝坤仰起脸，发现目所能及的天际竟有红色的云霞。

河面上响起两声悠长的汽笛声。潘孝坤看到了公司的小轮船，放下夹在腋窝下的几把雨伞，冲小轮船挥了挥手。

小轮船在河埠头一停稳，潘孝坤就抱起几把雨伞，跳上了船头。从舱门最先出来的陈根琪，接过潘孝坤的雨伞，说了句你比我想得周到，便撑起雨伞，转身为走出舱门的一位年长些的瘦高男子遮着雪。瘦高男子似乎也不客气，对陈根琪点点头，接过陈根琪撑开的雨伞。他又伸出右手，似乎想和潘孝坤握手，却见潘孝坤手里都是雨伞，又缩回手，跳上了河埠头。陈根琪也跟着上了岸。五六个人走出舱门，又接过潘孝坤递上来的雨伞，陆续上了岸。这时，潘孝坤自己手里已没了雨伞。他瞅见船舱里只有驾驶员，没有其他人了，便三步并作两步，快速奔上了岸。站在岸上等他的陈根琪对一旁的瘦高男子说："这是燕宁电管站站长潘孝坤。"已到他们跟前的潘孝坤，此时只见陈根琪的手朝向瘦高男子，跟他说："这是省水电厅的黎副厅长。"潘孝坤本能地迅速立正并行了个军礼，见黎副厅长的手伸在那里，他又慌忙伸出双手握了握。黎副厅长将雨伞往潘孝坤头顶移过一半，为他遮住了落下来的雪，说："刚才在船上，听老陈介绍，你是去年从部队转业的。"潘孝坤说："在未当兵前，我也是这个电管站的线路工。"黎副厅长说："当过十多年解放军的人，一看就看出素质来了。"

他们的小轮船未靠岸之前，船舱里所有的人早已为潘孝坤站在

第6章

雨雪里，拿着雨伞，等候他们的到来而赞叹不已。黎副厅长还特意问了陈根琪："是你要他这样做的吗？"陈根琪说："我们上船的时候，这雨雪还没下呢！"黎副厅长说："这样的人，考虑事情往往十分周到，还很有人情味呢！"这会儿，黎副厅长并没有夸潘孝坤，而是有一搭没一搭地简单地聊着。没说几句话，一行人已进了电管站的院子。

李师傅像早已知晓潘孝坤没雨伞似的。路经传达室门口，他将一把撑开的雨伞递到了潘孝坤的手中。

黎副厅长看过站内的环境，又看了存放物资的仓库。潘孝坤正欲将这一行人往会议室里引的时候，陈根琪说："黎副厅长这次来燕宁，主要是实地考察地埋线的运行状况。"黎副厅长说："电管站的情况，我们回到轮船上再聊。"

潘孝坤明白过来，他们的小轮船在此停靠，目的是接他一道去墨秀公社。

公司的小轮船离开燕宁电管站边上的河埠头，雨雪全停，云层中射出几束阳光，正应了见雪就晴的老话。

船舱里，陈根琪、潘孝坤和黎副厅长相向而坐。黎副厅长没吭声，双眼盯着潘孝坤，静静地听着燕宁镇及周边公社区域内的工农业生产和风土人情，以及燕宁电管站人员、所管设备的基本情况和所管区域的供用电量情况。听潘孝坤简要讲完这些，黎副厅长满意地微笑着说："你不但熟悉业务，对当地的风俗也很了解。我们搞电力建设的，尤其是基层的同志，应该这样。"黎副厅长又问，"小潘，是当地人吗？"

潘孝坤点点头，又说："严格意义上说，我的老家在新婉江水库那边。1960年水库发生洪灾后，我家是再次移民过来的。"

黎副厅长站起身，伸出双手，本来想和潘孝坤握个手，却难掩激动，本能地与潘孝坤拥在了一起。他的眼角涌起泪水，连声说了几个对不起。

船舱里的人显然被黎副厅长的样子弄得不知所措。

陪黎副厅长前来的石处长悄声对陈根琪说:"黎副厅长当时是新婉江水电站建设的总工。1960年4月末和5月初,由于大雨,导致新婉江库区的漂浮物迅速推向大坝导流底孔,致使库区洪水上涨,原本不该被洪水淹没的一些村坊和庄稼被淹,导致了一些投亲靠友的移民,虽然有多种因素,也并非是他个人的原因,但他一直耿耿于怀。"

陈根琪笑笑,悄声说:"或许是天意。"

黎副厅长的名字,潘孝坤在农校早已听说。面对新婉江水电站建设的关键人物,如今过去这么多年,如何提高综合利用效率,黎副厅长是否有新想法,潘孝坤很想知道。然而,黎副厅长不时询问他的家长里短,根本没给他询问的机会。

小轮船快到墨秀公社所在地的时候,小轮船的汽笛鸣了两下,并向船埠靠去。潘孝坤来到舱门口,冲站在船埠头的张正权招了招手。

船埠头的岸边是一栋两层高的混凝土结构的楼房,也是墨秀公社党委办公所在地。只见张正权的双手卷成喇叭状,冲那栋楼喊了几声。由于轮船的轰鸣声太响,潘孝坤也没听清张正权在喊什么。黎副厅长一行走出船舱,秦良茹和墨秀公社党委书记高子仁已出现在岸边。

潘孝坤为双方做了介绍,秦良茹靠近潘孝坤问:"是否去公社的会议室坐一坐,听听我们的汇报?"一旁的陈根琪听见了,说:"不用汇报了,黎副厅长要直接去现场。"

墨秀公社办公驻地附近就有农户和机埠。张正权领着一行人到路边一处农用变压器前,指着变压器的进线和走入地下的出线部分,一边讲解一边往前走。走近一个村坊的农户落火点,黎副厅长望着农户墙上的花式照明线,问坐在门框后头正在纳鞋底的农妇:"家里的电灯能亮吗?"这位上了年纪的农妇,摘下老花镜说:"能亮哦!"

第6章

她起身把靠墙壁的灯绳上拉了一下，挂在木柱上的灯就亮了，她又拉了一下灯绳说："只是晚上常停电，听说这电不够用，还得用蜡烛或煤油灯照明。"她又指指张正权、秦良茹和高子仁，"有他们在，这电将来不会常停的。"

农妇的话引起大家的一阵笑声。黎副厅长笑着问："你认识他们吗？"农妇说："他们是公社领导，我当然认识他们啦！只是他们不认识我。"又是一阵笑声过后，秦良茹走上前，拉着农妇的手说："大妈，这回我们都认识您啦！"

黎副厅长一行又看了几家农户落火点和照明线路，张正权将他们引到一座机埠旁。这时期的农村机埠不仅有排涝和灌溉用的抽水机，还有碾米机、砻谷机、面粉机、饲料加工机，是电力动力设备最集中的所在。黎副厅长察看了这些设备，说："机埠已安装的漏电保护装置是否普及到了农户以及田间地头的电动脱粒机和电耕犁？"陈根琪说："这方面的漏电保护装置还没有到位，主要是没有生产厂家。不过，我们已经开始跟一家校办厂联合研制，同时，我们也在跟这家校办厂协作研制地埋线故障探测仪。还有，我们准备采取技术措施，在配电变压器实行中性点不接地运行。"他指指一路陪他们而来的县电力公司生技股的孙大德说："孙工正负责全县这块工作的实施。"

大家的目光集中到了黎副厅长身上，他点点头说："哦，我的小校友！在枫荷到燕宁电管站的路上，我们已相识了。大德啊，经济要发展，电力须先行。你们枫荷在这方面比同行先行一步不是做不到。我看能做得更好呢！"

一行人从机埠往回走。随黎副厅长一同而来的省水电厅石处长走近潘孝坤，问这里的运河是否可直接去枫荷县城。潘孝坤说："是啊，墨秀公社处在枫荷县城和燕宁镇之间呢！"石处长说："那我们就直接从这里走了。"这时，潘孝坤才知，黎副厅长在厅里主要分管水利这块工作。枫荷县农村地埋线的做法，经报纸报道和逐级上报，

83

不仅在省水电厅反响较大，也引起了水电部的关注。黎副厅长和石处长前几天在沪出席华东水利电力工作会议期间，出席会议的有关部门领导问起了枫荷县农村地埋线建设情况，还给予了肯定，表示拟准备在全国有条件的区域进行推广。因此，会议结束后，在从沪返回省城的路上，黎副厅长决定顺道到枫荷考察一下地埋线建设情况。

石处长说："按黎副厅长的性格，他还想跑几个地方看看的。只是下午两点，他还得回去参加省里的一个会议。"

潘孝坤握了握石处长的手说："那我不随船到燕宁了。"

此时，黎副厅长和陈根琪正在船埠头与张正权、秦良茹和高子仁握手道别。看到潘孝坤和石处长小跑着走到跟前，他爽朗地笑着，又拥住了潘孝坤，说："农村电力事业大有可为，好好干哦！"

潘孝坤只是点着头，双手任凭黎副厅长摇晃。

小轮船离开船码头，沿河向前驶去。潘孝坤转身欲和墨秀公社的高子仁、秦良茹和张正权打招呼，高子仁说："潘孝坤，你还认得我吗？"

潘孝坤愣了愣说："高书记……"他拍拍自己的脑门说，"你不是我运河公社的高书记吗！没想到，你调墨秀来了！"

高子仁说："你总算没有忘了我！"

第 7 章

潘孝坤赶到墨秀公社的小会议室，参加会议的人还没到齐。张正权接过潘孝坤从电工包里掏出来的大茶瓶，从靠近墙壁的一张写字桌上取过暖瓶，续满了水。潘孝坤环顾小会议室，跟几个熟悉的人打着招呼。两人在靠墙壁的三人座木椅上坐下后，张正权说："今天参加会议的除了公社的几位领导，还有墨秀公社各大队的党支书和各大队的机埠主任。"

各大队的机埠主任不仅管理着本大队机埠的动力设备，也管理着本大队的电力建设和用电安全。从参加会议的人员来看，足见墨秀公社对这次会议的重视。墨秀公社召开这样的会议，主要是围绕水电部在枫荷召开电力线路地埋推广现场会而进行的工作布置会。潘孝坤是燕宁镇电管站的站长，也应邀参加。其实，参加这次会议的还有陈根琪和县委书记杨士元。这是潘孝坤在陈根琪电话通知他参加墨秀公社今天的会议时告诉他的。

这杨士元即是潘孝坤移民到枫荷后，当年走访过他家的杨副书记。据说杨士元早几年被人批斗并揭露出最大的问题，是他怀东老家其实已有家室，并且在此结婚生子后居然还瞒着他现任妻子。直到有人去他老家外调，他妻子才知他原配的新婚妻子牺牲在支援解放大军南下的路上。他妻子听说杨士元这些情况后，内心五味杂陈，甚至有些愤怒，可当有人问她这些情况时，她平静地说，你们所说的这些，在我们婚前，我已知道，不存在欺骗她这个现任老婆的问题。那些准备以此事整杨士元的人,面对杨士元妻子如此说法,也不好在此事上再纠缠。只是杨士元"靠边站"好几年,直到前年才回到工作岗位,还作为枫荷县"老、中、青"三结合的老干部代表,兼任了枫荷县革命委员会主任。

重新回到工作岗位的杨士元在枫荷县虽然成了老干部的代表,其实那时他还只有46岁,正是精力充沛,努力想干成事的年龄。他在枫荷工作生活已二十几年,对这里的工农业生产结构、社会状况乃至风俗习惯相当熟悉,因此他雄心勃勃,想干出一番事业来。枫荷县的工业生产靠计划组织生产,原料和产品不用自己采购与销售,也会源源而来,滚滚而去。农业可耕地面积也就这么多,人口却在增加,公粮又不能少交,许多农户的口粮常常青黄不接。然而,农村的发展潜力却是巨大的。特别是一些公社和生产大队根据当下农村需求自办一些农具加工厂、砖瓦厂、缫丝厂等社队企业后,他深受启发。这些社队企业带来最直接好处,一是壮大了集体经济,二是解决了农村中的富余劳动力。集体有了钱,有的社队自购了拖拉机、电耕犁,农业的根本出路在于机械化落到了实处。同时,那些进社队企业工作的富余劳动力,根据在企业的贡献,按比例拿生产队的工分,每月还有少量津贴,提高了那些富余劳动力家庭的总收入。

面对如此蒸蒸日上的生产形势,杨士元在暗自叫好的同时,最大的问题也摆在他面前:缺电及农村用电安全日趋严峻。他曾幻想着在枫荷境内建起一座满足或少部分满足枫荷工农业生产和百姓需求的电厂,但闻知电厂建设的层层审批和建起后燃料到不了位的种种困难,他丢掉了这样的幻想。枫荷虽是水乡,运河横贯全境,却没有一座山地势平缓,根本建不了水库。建不了水库,也就建不了水电站。这种有利有弊的经济与自然环境,既使杨士元欣慰,也使他愁眉。前几年,闻知墨秀公社一些生产队和大队在搞电力线路地埋,他没有赞同,也没有反对。在这方面,他知道自己是个外行。

第7章

而过去的经验教训也告诉他，如果他一发表意见，很可能会使不合理的事情全面开花，一哄而起，也有可能使合理的事情中途夭折。但他十分关注此项工作的进展，不时询问。得知电力线路地埋得到了省水电厅有关专家的肯定，他才把墨秀公社党委书记高子仁和县电力公司经理陈根琪找来表扬了一番，并要求他们在工作中大胆地试、大胆地闯。他说，新生事物就是闯出来的。得知县一中校办厂在地埋线探测仪试验过程中还缺经费，他找来教育局局长和财政局局长协调落实。半个月前，得知水电部就墨秀公社和其他几个公社的地埋线在枫荷县召开全国性的现场推广会，他震惊了。在他的记忆中，全国性的现场会从未在枫荷召开过。这次现场会虽然是专业性的会议，但事关电力！实践使他认识到了电力发展的重要性。所以，他跟陈根琪说："你给安排一下，现场会我不一定参加，但为开好现场会而召开的相关会议，我一定要参加一次或两次。我跟黄处长承诺过，枫荷县一定协助水电部开好这次现场会。"

为使地埋线现场会有成效，两个多月前，水电部农电司一位叫黄凯的处长，特意和一位工程师到枫荷，对地埋线及相关工作进行了专门的深入调研，并就现场会参加人员的规模、程序、地点，根据枫荷县的接待容量与电力公司、墨秀公社、县招待所进行了沟通。那时的部门和县领导，财政上没有招待项目列支，但为表示对黄处长的热情与工作的支持，在他们到达枫荷的那天晚上，杨士元特意请他们在县招待所共进晚餐，并邀请墨秀公社党委书记高子仁和县电力公司的陈根琪作陪。接下来的时间，黄凯和工程师作了分工。墨秀公社是枫荷地埋线建设的始发地，确定现场会的主要现场是墨秀公社赤甲窝大队，黄凯去了那里。那位与黄凯一起来的工程师则在县城落实会议食宿安排，和枫荷一中生产的故障探测仪的试探现场以及另外实施了地埋线的大队、公社一起做调研活动和相关文字材料的准备。

墨秀公社党委书记高子仁在陪黄凯吃晚餐的过程中，发现这黄

87

凯虽然带了官衔，但从谈吐和吃相已看出他是位知识分子。高子仁没上过几年学，又是农民出身，对与知识分子尤其是黄凯这样从京城里来的知识分子如何相处，他心里有些发毛。特别是黄凯在墨秀公社需要调研一个星期，他不知如何安排。如果没安排好，杨士元知道了，肯定会怪他。要说安排，一是食宿，二是陪同人员。他和秦良茹商量了一番，最后决定问问陈根琪，让他征求黄凯的意见。陈根琪也未立即答复。过了半天，陈根琪打来电话说："你们在机电站给黄处长搭个床铺即可，如果机电站有食堂，就餐就在机电站食堂解决。人员陪同，就让懂这块工作的专职电工陪同吧。如果涉及电力公司这块业务技术，也可让燕宁电管站的站长潘孝坤参与。"

高子仁说："哈，这么简单？"

电话里传来陈根琪的声音："就这么安排吧！"

高子仁说："既然你老陈这么说了，我照此办理，人家要怪也只能说是你老陈的主意。"听老陈有些不耐烦了，高子仁挂了电话。高子仁喊来秦良茹，将水电部在枫荷召开现场会和黄处长要在墨秀公社调研一个星期的事，以及黄处长调研的目的、意义，总体说了一遍。秦良茹眨巴了几下眼睛，说："那我，我们需要做些什么？"高子仁说："先把黄处长这次调研安排完成好。"他又将陈根琪的话复述了一遍，说："具体由你负责这些事情。"

秦良茹皱着眉，思索了一会儿说："不管怎么说，黄处长是从京城里来的县处级干部，在墨秀公社调研，让公社机电站的电工陪同，是否合适？"

高书记说："黄处长是技术干部，看起来对这些事情不讲究呢！若是讲职务对等陪同，只有杨士元才够格。"

秦良茹说："至少得有公社机电站站长陪同。"

"那就让机电站站长老贾陪同……"高子仁话未说完，又说，"让老贾陪同，不行，万万不行！他年纪比我还大，文化比我还差，普通话又不会说。当年，他因为敢于负责，机电站成立时，才从大队调到机电站做了站长。电工这一块，他懂多少啊！"

秦良茹笑笑说："我看机电站的张正权能说会道，点子又多。让他接待吧。跟黄处长介绍时，就说他就是机电站的站长。"

高子仁连连摆手说："这骗上瞒下的事情再也不能做了。50年代末期，我们虚报产量，后来吃了多少苦头？前几年，我让人批斗，还把这一条定为批我的罪状哩！再说，这张正权的嘴，你不是不知道。一旦他知道拿他哄黄处长，还不拿你我开涮？最终结果对谁都也不好。"高子仁思索了一会儿说："公社准备筹建良种场，不是正在考虑人选吗？前段时间，我们一直把人选的目光放在现有的大队干部身上，我看机电站站长老贾也是个人选。对了，让老贾去做良种场筹建组的组长，张正权负责机电站这块工作。"

秦良茹说："按组织程序任命干部，时间来不及了。"

高子仁说："先口头宣布，老贾为良种场的筹建组临时负责人，张正权代理机电站站长。其他就按正常程序任免。这事呢，还得由你办妥当。"

秦良茹回到自己的办公室，电话联系了老贾，询问了育种育秧和田间管理方面的几个问题。老贾一说起农业生产技术，十分对口味，一扯开去，竟兴奋得收不了口，秦良茹不得不打断了他的话，说："看来当初调你到机电站，是个天大的浪费。"老贾在电话里嘿嘿地笑了几声，说："什么浪费不浪费，我一大把年纪的人不图什么了。"秦良茹说："良种场筹建组负责人，我们挑来挑去还没有合适人选，你有想法没有？"老贾说："感谢组织上对我的信任，只是怕我干不好。"秦良茹说："那机电站这一块工作，目前机电站所有人员中，你认为谁能担得起？"老贾在电话那头沉默了，好像在考虑人选择。秦良茹提醒道："老贾，你知道墨秀公社的地埋线已经小有名气，水电部来人调研，已到了县里，还准备在我公社调研，打算食宿在你们机电站。你看这方面的人选谁合适？"老贾说："如果从这个角度考虑，也只有张正权了。对，他蛮好，退伍军人、党员、中专学历，又是专职电工。"秦良茹说："那你推荐他了？"老贾在电话里又沉默了一小会儿，最后说："要想做好电力工作，没有文化不行啊！"秦良茹说："机电站下班前，我过来一趟。"

与老贾通完话，秦良茹又要通了燕宁电管站潘孝坤的电话。秦良茹开门见山，说："黄处长在墨秀公社搞调研的事情你也听说了吧？"听潘孝坤在电话里嗯了一声，她说："这黄处长说是搞调研，其实也是蹲点哦！"潘孝坤说："良茹姐，你有什么事儿就直说，我听你吩咐。"秦良茹说："我哪敢吩咐你啊！不知你今天能否抽时间到墨秀公社来一趟，就相关工作，我们与张正权合计合计。"潘孝坤说："我这会儿过来，都快吃晚饭了。"秦良茹说："你就这会儿过来，让张正权请我们俩吃饭！""好，就这么说定了。"

墨秀公社机电站与公社党委办公地只隔一条河。这条河是运河的分支。在这条河上，横跨机电站与公社党委办公所在地的地方，早先有座拱桥，叫石金桥。石金桥桥堍下，以前有座庙，叫石金庙。墨秀公社的前身和办公场所，源自此庙。秦良茹调墨秀公社任职前，拱桥早已改建成了水泥桥。对于到墨秀公社任党委副书记，她想都未曾想过。县农校毕业后，她在大队任妇女主任，后调自己所在公社任妇联副主任兼蚕桑技术员。这两个职位，待遇都是拿工分加补贴。任妇联主任一年和公社的党委委员后，转干成了吃商品粮并拿工资的国家干部，她暗下决心，要对得起国家给予的这份工资。她从没怨言，待人彬彬有礼，即使是再难做且得罪人的计划生育工作，也做得有声有色，从而在上上下下赢得了良好的口碑。调任墨秀公社后，她忽然发现，枫荷县像高子仁和机电站老贾这样从互助组、合作社成长起来的干部，文化程度普遍不高，限制了他们的能力的发挥。他们的工作焦点集中在农业生产和产量的提高上，所用之人，也大多是与农业相关并以农业思维勾画并实施农村发展之人。这些人尽管踏实，但在他们面前，他们只把她当女人甚至是个晚辈。她对工作上的一些想法很难通过他们得到落实。根据公社党委分工，

第 7 章

她主抓社队企业、文教卫等工作。机电站主要职能是农业机械的维修和电力建设，当时在公社也被划入社队企业的范畴。因此，她想在自己分管的这一块逐步换上与自己想法一致的人。她已在大队和公社基层岗位历练十多年，她清楚在什么情况下能得体又不影响整体工作、不伤面子地换人。机电站换上张正权，只是她的一次尝试。她在农校与张正权是同学，知道他除了嘴贫，人品和能力是相当不错的。她有意让老贾推荐张正权，也是避免落下她与他是同学的口舌。

水泥桥的另一头桥堍下就是机电站。秦良茹一进门，就见老贾和张正权站在像个车间一样的房子中间，正说着什么。她与他们打过招呼，问老贾："你跟正权说过了？"老贾点点头，秦良茹说："下了班，大伙儿还得回家到地里干点什么，趁大伙儿都在，我在这儿先宣布一下，余下的事情，我们抽空再聊吧。"

老贾双手拍了拍，说："大家集中一下，秦副书记有事情要跟大家宣布。"

大伙儿走近秦良茹、张正权和老贾，将他们围了一个圈。秦良茹问老贾："就这么多人？"老贾说："都到齐了。机电站也就二十几个人。"秦良茹说："根据工作需要，准备调老贾同志去公社良种场筹备组，负责良种场的筹备，张正权代理机电站站长，正式任免文件过段时间下发。在场的人可能都知道，墨秀公社对电力线路率先实施了地埋，受到了水电部的关注，接下来许多工作要配合完成。地埋线这块工作，点子是李松成出的，组织上也推荐他上了大学。事实上，机电站所有同志都付出了努力。希望大家同心协力，与张正权同志一起，把机电站工作做好。我就说这么多，老贾、张正权，你们说说吧。"

老贾摇摇头，表示没话了。张正权说："我想要说的话，秦副书记都说了，我也无话可说了。"大家嘻哈了一下，老贾说："今天就到这里吧。"

机电站是一栋两层楼。一层是工作车间,二层是宿舍和办公室。在机电站工作的人,在站里是职工,回家就是农民。一般下班时间一到,他们就换下工作服,有的甚至连工作服也不换,就匆匆忙忙往家赶,主要目的是趁天未黑,侍弄家中那一亩三分的自留地。这天机电站换了新领导,秦良茹还在办公室与老贾和张正权谈什么事,下班时间到了,大家也没有立即走人。看到老贾从楼上下来,听他问怎么不下班,大家这才随老贾出了机电站。

秦良茹坐在张正权的办公室里,瞅着张正权为她倒了一杯水,说:"我约了潘孝坤,在你这里吃晚饭。"

张正权有些尴尬地笑了几声说:"我知道,让我代理站长肯定是你在背后运作的结果。啊,感谢你对我的信任。到时候,我抽时间请你们吃饭。今天机电站食堂的师傅已经下班。"

秦良茹呷了口茶,说:"你当兵这么几年,一直干炊事员,听说手艺挺厉害。可我还没尝过你的手艺呢!还有,你晚上不回家,住在机电站的时候,时常出去抓鱼捕虾,回来还当夜宵哦!"

"你也想吃这些啊?行!"张正权站起来,从报架上拿起一摞报夹说:"你先看一会儿报纸。我去去就来。"

秦良茹并未看报纸,她出了办公室,沿着廊屋,按门瞅着窗户内的几间宿舍。忽听楼下传来自行车铃声,她发现潘孝坤跨下自行车,正与看门的老头儿说话,便唤了声潘孝坤。

潘孝坤冲她挥挥手,支起自行车就上了楼。

潘孝坤和秦良茹坐在张正权的办公室聊了会儿,又听秦良茹说起张正权,潘孝坤问:"他人呢?"只听楼道里响起张正权唤秦良茹的声音。秦良茹和潘孝坤跑出屋来,张正权一手提着抓鱼的棺材网,一手扬起用桑树皮穿破了裙边的甲鱼,开心地说,这虾没捕多少,可捕上了这足有三斤多重的大王八。这王八竟然会待在水草里!哈哈。好,你们先聊着,我下厨去喽!"

秦良茹问:"要不要我来帮你一把?"张正权头也不回,说:"行啊,来看看大厨是怎么快速烧王八的。"

那天晚餐,三人是在张正权宿舍吃的。尽管还有潘孝坤从燕宁镇卤制品店带过来的卤制豆制品、鸡爪,还有秦良茹家自酿并在办公室放了几个月还带着酸甜味的米酒,但因为有了那只野生的大甲鱼,三人兴奋异常,边吃边议黄处长在墨秀公社调研的安排,以及墨秀公社的电力示范化建设。

末了,秦良茹对潘孝坤说:"你妻子从清溪电力公司调过来不久,还怀着孕,还是先把自己家照顾好。这边如果确实需要你出场,让张正权跟你联系。当初,她生第一个孩子的时候,你还在部队,为不影响你并且能够让孩子顺利成长,她连变电所的所长都不做了。这第二个孩子,你得把她侍候好了。"

潘孝坤说:"我老婆没事。她说她分娩的时候就回螺蛳浜村家里,若有事,会有我嫂嫂和我堂姐她们帮衬着。"

秦良茹说:"那总不及自己的男人在身边方便。"

"孝坤,秦副书记的育儿经验比你丰富多了。"张正权说,"老婆孩子需要你的时候,还是当好家里的顶梁柱。单位上的事情是永远忙不完的。"

秦良茹说:"张正权这话说到点子上了。"

张正权的眼珠子骨碌碌一转说:"秦副书记,此言差矣!好像我平时说的话,尽是废话。"

秦良茹说:"我可没这意思,那是你自己认为的哦!对了,今天我当着潘孝坤的面,把话说透了,你好像前世对我有多大怨仇似的,我一说话,总抬杠。还有,你嘴里叫出的秦副书记,我感觉是你在讽刺我呢!"

张正权嘻哈一笑说:"你不是姓秦、不是副书记啊?你姓秦,难道让我叫你张副书记啊?"

秦良茹说:"反正今后不许叫我秦副书记。你向孝坤学习,叫我良茹姐。"

张正权说:"孝坤叫你姐,没关系。我是你下属,喊你姐,人家以为我成心拍你马屁,要官做呢!"

"好了,又跟我较上劲了。"秦良茹说,"你有孝坤一半的为人,可能真成为张副书记了。"

张正权的酒碗伸向秦良茹说:"借良茹姐吉言,下次希望弄个张副书记干干。"

秦良茹说:"哈哈,你还真顺杆爬啊!"

潘孝坤知道,秦良茹与张正权如此斗嘴已成习惯。如果不再斗嘴,这两人之间的同学之情可能就淡薄了。他端起酒碗说:"良茹姐家的米酒酿得好,我的脸好像发烫了。"

秦良茹说:"你要觉得好喝,我家里还有一坛,啥时候方便,我给你拿过来。"

"那倒不必了,"潘孝坤说,"我也没有酒瘾。"

秦良茹问:"爱人会喝吗?"

潘孝坤愣了一下,说:"我和我老婆真的还没有在一起好好喝过酒呢!估计不会喝。"秦良茹说:"你先拿一点米酒回家,让她尝尝。如果她爱喝,今年冬天,我让我爱人多酿些米酒。"

张正权好像突然想起什么,问:"孝坤,你爱人调动的事情办得怎么样了?上次你说准备让她调至燕宁110千伏燕宁变电所呢!"

从发人事调动函到如今已有眉目,虽然花了大半年的时间,但夫妻异地生活即将终结,使潘孝坤和潘玉卿开心万分。县电力公司的人事已归系统管理。枫荷县电力公司的上级是渔城电力局。枫荷县电力公司和燕宁110千伏变电所皆是渔城电力局下属的两个单位。陈根琪曾告诉潘孝坤,他说他考虑了一下,他建议渔城电力局人事科将潘玉卿安排在燕宁110千伏变电所较为合适。陈根琪接着解释,一是燕宁110千伏变电所与枫荷县电力公司虽然是两个单位,但毕竟都在燕宁镇,并非异地生活;二是潘孝坤你将来再进步,可避免夫妻在同一单位的用人之嫌。潘孝坤尽管在电话中自嘲般地与陈根

第7章

琪戏言：我还能进步吗？陈根琪说，能！

　　这些事情若与张正权说起来，有些饶舌，也不想说。既然张正权这么问了，潘孝坤笑笑说："变电所的宿舍建得比我们好。我老婆如果调在燕宁变电所，就可分给我们一套房子。"潘孝坤感觉出来了，今天的晚餐，三位昔日的农校同学聊这聊那，虽然有同学的情分在里头，其实晚餐的初衷，只不过是秦良茹想让张正权在黄处长食宿机电站期间，安排得好些。

　　没想到，这黄凯对食宿要求不高，一日三餐都在机电站食堂。人家吃啥他也吃啥，他与张正权同住一室，夜间上个厕所跑至楼下，他也无所谓。只是他到墨秀公社的当天晚上，他随张正权在河浜的水草丛中有了一次用棺材网抓鱼摸虾的经历，一直兴趣高昂。墨秀公社毕竟在乡下，唯一一台电视机在公社，电视信号也不好。除看书读报，晚上也没有其他娱乐活动。因此，每到傍晚，黄凯就问张正权今晚去哪儿摸鱼，明天大家都可以改善伙食啊！张正权看他对抓鱼摸虾如此感兴趣，也乐于陪他。因此，黄凯在墨秀公社六天时间，天天晚上抓鱼摸虾至半夜。黄凯离开墨秀公社的那天似乎还不过瘾，握着赶来为他送行的潘孝坤、高子仁、秦良茹的手，戏言道："地埋线现场会开过之后，我们农电战线再组织一次夜间抓鱼摸虾比赛，地点还安排在墨秀公社。"潘孝坤、高子仁、秦良茹随口说："好啊！好啊！"黄凯却正经地说："我在墨秀公社过得十分开心。"他又拍拍张正权的肩膀，对高子仁、秦良茹说："这小伙子是位可塑之材哦！"

　　高子仁说："我们正在培养他呢！"

　　潘孝坤瞅瞅会议室，悄声对张正权说："黄处长在墨秀公社调研期间，留下的好印象也对县委的杨书记聊起了。听说在一次较大的会议上，杨书记在表扬高子仁、秦良茹的同时，还特意表扬了你。"张正权笑笑说："总不至于说黄处长在夜里去抓鱼摸虾吧！"潘孝坤想说几句玩笑话，却见高子仁引着杨士元进了会议室，陈根琪和秦良

95

茹紧跟其后。

会议室里即刻安静下来。他们在横放的几个拼在一起的桌子边坐下后,高子仁轻咳一声说:"县委杨书记一般不参加公社召集的会议,但杨书记今天参加了,证明这次会议很重要。当然,县电力公司的陈书记、燕宁电管站站长潘孝坤同志都来参加我们的会议,我想这次会议对墨秀公社的电力工作的推进将产生深刻的影响。先请秦良茹同志讲讲这次全国性的农村电力线路地埋工作现场会的工作安排。"

秦良茹展开一叠纸,说:"这是一份水电部在我县召开的农村电力线路地埋现场会的日程安排。日程安排与我们无关的我不讲了,主要讲一下现场会议代表之一的墨秀公社活动期间,我们需要做的细化工作。"

听着秦良茹的细化工作安排,潘孝坤悄声问张正权:"这细化方案是你做的吗?"

张正权对着潘孝坤的耳朵小声说:"都是秦良茹做的,也征求过我和其他人的意见。怎么样,她不简单吧?"潘孝坤悄声说:"我早知道她不简单!"

这时,秦良茹的细化方案讲完后,又说:"会务安排,尤其是现场会的会务安排,每个环节都得考虑周全。一旦出纰漏,轻则让人笑话,重则影响会议效果。如果在墨秀公社出现一些问题,也影响我们枫荷县整个会务质量,因此,请县电力公司的陈书记和燕宁电管站的潘站长,从电力角度提出一些意见或建议,以尽可能减少差错。"

陈根琪说:"墨秀公社的细化方案很具体。会议以后,请良茹同志也给我一份,我让会务组的同志对接一下。"

最后是杨士元讲话。杨士元说:"刚才墨秀公社的领导在讲话的时候,我开小差了。我在想,我们枫荷一没有发电厂,二没有水电站,为什么全国性的农村电力建设现场会放在枫荷开?在开会之前,

第 7 章

我才听说,秦良茹同志还有你们机电站的张正权同志是当年县农校的首届,也是最后一届毕业生。在国家处于暂时困难时期的 60 年代初,这所农校能够办起来,并且在课程设置中增加了电气化这一项,多亏了原来的县委、现在的地委老张书记的推动。至今想来是很有远见的。只可惜当初由于教育资源、质量和师资力量等原因,这所农校被取消了。这届农校的毕业生,虽然不可能个个成为社会有用之才,但能出几个秦良茹、张正权这样的同志,已经很不错了。当然,我说的话偏离了这次会议的主题,但各级领导要用长远发展的眼光想问题、办事情。经济要发展,电力需先行,不是口号,是发展规律、是科学。今后社队企业和经济发展,电力应是首位。因此,希望同志们切实重视这次现场会。其他的大话、套话,我就不讲了。"

高子仁带头拍了几巴掌,会议室里随即响起了热烈的掌声。不等掌声结束,杨士元站起来,向大家拱拱手,说:"现场会的事情就拜托各位了。"这时高子仁宣布会议到此结束。

潘孝坤和张正权一起走出会议室时已没了杨士元、陈根琪、高子仁和秦良茹的踪影,潘孝坤说:"这些人都去了哪儿!"张正权说:"他们有他们的事情,我们走。"潘孝坤说:"我家从潘陆村移民到枫荷时,这杨书记还上我家来过。今天我看他讲话的神态,像我们师里头的杨副师长。"

第 8 章

潘孝坤的自行车穿过横街，向右一拐，就望见了燕宁电管站的围墙及院门，还有围墙内几排平房的屋顶。电管站虽然临街，由于并非闹市区，以往的围墙外只有匆匆的路人，从没有成群结队的人聚集。这天却不像往常，围墙外聚集了一大拨人。潘孝坤有些奇怪，支起自行车想看个究竟。他踮起脚，透过人丛，发现墙上贴的五张大纸上写满了毛笔字。往左手第一张纸瞅去，一行字便映入眼帘：他们利用地埋线在干什么勾当？潘孝坤有些吃惊，尽管他早已知道大字报这种揭露和批判人的文体，但好像已是十分久远的事情了。在大街小巷随处可见大字报这种文体的年月里，他正在部队和那些战友从这块旷野到那个山沟架设铁路工程通信设施，逢山开路，遇水架桥。所以，以前他听说地方贴大字报和批斗人如何或怎样，他也没当回事儿，而如今，这大字报竟贴到他的工作单位围墙上！粗看文字，才知是与到电管站工作以来，他一直重视，并且水利电力部为此正准备召开全国性的现场会主题有关。他想看里边到底写了什么。

然而，由于被人丛挡住了视线，潘孝坤左右瞅瞅，忽见围墙外还贴了些长方形的白纸、黄纸等好几种颜色的标语：地埋线就是唯生产力论，是窃取人民群众的智慧，是走资派的常用手段，必须让权力回到工人阶级手中……

围着看大字报的，有的手里拎着菜篮子、有的背着书包，从这

第 8 章

些人的衣着打扮不难看出,他们有的是镇上或是近郊上早市的工人、农民或中小学生。他们走了一拨又来一拨。更多的是被围着的人丛所吸引,他们瞅上一眼,发现不是自己感兴趣的内容,便离去了。也有的叹着气说:"啊呀,现在谁有闲工夫搞这些名堂!"

潘孝坤好不容易挤进人丛,发现大字报中小标题的内容,全是标语上的文字。里边提及的除县委书记杨士元、县电力公司的陈根琪、运河公社的高子仁外,还有他、秦良茹与张正权等。署名写着枫荷县革命群众。潘孝坤从字里行间判断,这所谓的革命群众,对地埋线及其有关人员的情况大多知情,但为避嫌,又想隐去其知情的事实。他默默离开了围观的人丛,推着自行车进了院门,忽听传达室的李师傅在压低嗓门唤他,他停住脚步。李师傅说:"院墙外的大字报和标语可能是昨天半夜三更贴上去的。那时,我睡得正香,也不知道是谁贴的。"潘孝坤面无表情地点点头,欲往里走。李师傅又叫住了他,跑出传达室,对潘孝坤说:"贴大字报的多发期,常常是今天你贴我,明天我贴你,没事也上纲上线给你来几下。这些你没经历过,所以对贴大字报这一行为不必多虑。"潘孝坤没吱声,将自行车停进车棚。转身时,发现多个窗户都有人正瞅着他。这时的他突然间对围墙外的大字报与标语的处置产生了想法。往办公室走的时候,他在走廊上扯着嗓门说:"上班以后,全体职工到会议室开会!"

话音刚落,潘孝坤有些惊讶:这音调,分明是当年在部队呼喊队列口令的语气哦!此时,他已不管那么多了。他转业并到电管站以来,除布置工作有时口气不容置辩外,为人处事,待人接物,自认为基本做到了谦恭有礼,但今天贴在围墙外的大字报证明,即使是君子,也会有人抹黑,尤其是把他归入走资派的行列,让他愤怒之极。很少抽烟的他,坐在办公桌边的木椅上连抽了两根烟,激动的情绪才有所缓和。他瞅瞅腕上的手表,抓起用果瓶做成的大茶杯,快步出了办公室。

这时的会议室里，像以往一样，几个靠墙的长条凳，已坐满了人。会议室中间的长条凳上坐着的人也没有面向摆在会议室中间的那张"主席桌"。潘孝坤到燕宁电管站任站长以来，为显示与大伙儿打成一片，每次在会议室开会，从未坐过"主席桌"，而是搬过凳子，坐在"主席桌"的下方。这会儿，他在"主席桌"坐了下来，扫了一下会议室，用不容置疑的口气说："从今天开始，我们立个规矩，不论谁坐在'主席桌'，参加会议的所有人，以班为单位，从左开始，依次为用电班、线路一班、线路二班和行政综合组，班长坐在各班的最前面，全部面向我这儿。现在大家按此要求调整一下座位！"说完，他也不看大家，搭拉下眼睑，端起大茶杯，吹着浮在茶杯上面的茶叶，喝起茶来。

一阵凳子的拉动声夹着小声的说话声响过，潘孝坤抬起眼睑，面向大家，面无表情地迎着大家的目光。这些目光有茫然，也有探询、疑惑，同时，他发现坐在各班前面的几位班长，尤其是徐立五，或许是离潘孝坤"主席桌"太近的缘故，眼中闪过一丝尴尬，又躲闪着他的目光。

潘孝坤将目光往上抬了抬，收回来时，眼神不再落在任何人身上，说："围墙外面的大字报及标语，想必大家今天一早都看到了。大字报的署名竟是匿名的革命群众！既然有写大字报的勇气，匿名干什么？据说60年代有人造反，署的都是真名。这么多年过来了，胆子竟然愈来愈小。我想问问大家，这大字报是否是我们的职工所写或参与了？如果是我们的职工所写或参与了，请自己站出来承认，我不追究任何人的责任。写大字报是一种民主形式，也是法律赋予了公民的权利。"

会议室内静得出奇。潘孝坤的目光又扫视着全场，说："外面的那些标语和大字报，如果不是我们职工所写，一会儿，我让人把那些东西撤下来。我撤这些东西的理由有两个：一是这围墙是燕宁电管站的财产，作为站长，我对电管站所有地方的整洁负责；二是里边大部分内容不真实，有造谣惑众、扰乱民心之嫌，我作为公民、党员，必须给予制止。"说到这里，他停住了。他对徐立五说："既然贴在围墙外面的那些东西不是我们站内职工所为，等散会后，立五，你带两个人去把那些东西揭下来给我。"看徐立五点点头，他又说："千万不要把那些纸撕破，我要仔细看看，并将内容向上反映。让上级从上级的角度，进行反思或检讨，看看大字报里头的内容是否属实。"

潘孝坤拿起大茶杯，呷了两口茶，说："早晨来上班，看到围墙外面的大字报，我粗略浏览了一遍。针对大字报里边的一些内容，我谈点粗浅的看法，如有错误，欢迎大家批评指正。如果你批评得对，我就改正。第一，关于地埋线是唯生产力论的问题，首先，我也认同资产阶级不会心甘情愿地放弃优势的社会地位纯属无稽之谈的观点。大家都知道，发展生产力并不可能终结犯罪、预防精神病、阻止一切具有人为因素的灾祸。但是，无论何种社会制度，发展生产力是一切发展的基础……"

或许是那张大字报的内容刺激并激发了潘孝坤讲话的灵感，他随着自己的思路和掌握的知识，从哲学层面切入，结合工作实际和当地风俗习惯，侃侃而谈。如此通俗、生动并纵横当下政治与现实生活有感而发的阐述，在燕宁电管站，潘孝坤还是首次。职工们也是第一次发现，这个平时讲话、办事有些木讷的人，此刻虽然沉稳如故，却是风趣幽默，妙语连珠。因此，会议室里始终鸦雀无声，直至潘孝坤的话收尾，会议室内响起掌声，潘孝坤笑着说："我是在瞎吹！吹得不好，也可以写我的大字报。"坐在后面的沈叙英这时大声说："燕宁电管站站长这么能吹，孝坤你是第一个，而且还是用普通话吹。"会议室响起笑声。有一个职工说："说话过程中，中间过渡的时候，用得最多的词儿不是妈的或是他妈的。"

潘孝坤说："刚才我说话，都是普通话？"听到有人说是啊是啊，他说，当了十几年兵，人一激动，又开了洋泾浜的普通话。

大家陆续出了会议室。潘孝坤拿起大茶杯也往外走，范建立扯扯潘孝坤的衣袖悄声说："你的水平不是一般般哦。在部队肯定读了不少书。"潘孝坤淡淡地笑了笑，顾自进了办公室。刚放下大茶杯，徐立五卷着从围墙外面揭下来的那些大字报和标语进了屋。他放在桌上后，说："我们揭下这些东西合适吗？"潘孝坤说："我在会议室问了大家，电管站没有一个人承认。既然是外边的人贴的，揭了这些东西又怎么样？不管它！若是外面有人为这事来找，就让他们找我好了。就大字报上的内容，我好好跟他们论论理。如果上边有人支持这种似是而非，无事生非的东西，我这个电管站的站长不做也罢。"

平时为人处事好似谦让甚至有些怕事的潘孝坤，在此事的处理上不仅有点自作主张，甚至完全是强势的做派，这是徐立五没有想到的。他瞟了潘孝坤一眼，猛然发现他眼神中虎视一切的光芒，不禁愣了愣。这种眼神，他在部队见过，一般是在施工难度大、面临艰苦或有风险的工程的时候，身在一线的连队干部，时常会有这种神色。徐立五想用笑化解一下此时潘孝坤的情绪，说："过去几年，地方上做领导的，只要一些小缺点，有人就会写大字报，有时，也并不是想要搞倒谁，只不过是想让他难堪些而已。"潘孝坤说："这种人算啥鸟玩意儿，竟然污蔑我是走资派！其实这种玩意儿啥叫社会主义、资本主义都不懂！若是我知道是谁污蔑，上去给他两巴掌再跟他论理。"

徐立五说："何必为这张大字报大动肝火呢！"

潘孝坤说："他们既然敢到电管站臭我，也会上公司或县城臭我。"

徐立五没再说什么，退出了办公室。

潘孝坤猜测不错，同样内容的大字报，在县电力公司和县委院墙外头都出现了。这是在这天上午潘孝坤瞅着徐立五拿来的大字报，琢磨着大字报内容和何人所写的时候，陈根琪来电告知他的。

潘孝坤说："针对燕宁电管站院墙外的大字报，今天我站开了专

第 8 章

门的职工会议,我问了参加会议的所有人员,没有一个人承认参与此事的。既然没人参与,我让人揭下了大字报和那些标语。"

陈根琪好像有些不信揭大字报的做法,轻问了一句:"你竟然撕下了大字报?"

潘孝坤说:"这大字报又不是法律!其中内容与事实出入又较大,放在那里岂不是妖言惑众?再说,竟然把我也说成了走资派!妈的!要是我知道谁这么给我戴高帽,你看我怎么收拾他!"

陈根琪问:"你刚才说是让人撕了大字报。是让谁撕的?"

潘孝坤说:"我让徐立五所在的线路一班去撕的。徐立五刚把撕下来的大字报拿到我办公室。至于是他撕的还是其他人撕的,我没问他。"

陈根琪问:"有啥反应没有?"

"我既然让他们揭下来,管他啥反应!最坏也就让他们把大字报贴回去或者我这个站长不做罢了。"潘孝坤说,"贴在县电力公司和县委院墙上的大字报,是否需要我派人来撕了?"

"撕张大字报,还要你派人从燕宁赶到县城啊!我手底下要是没人了,我这个县电力公司的'一把手'不是白做了!"陈根琪说,"你撕了大字报,还打算怎么办?"

潘孝坤说:"既然是匿名大字报,我想他或他们不想让人知道他或他们是谁,我理他干吗!我道听途说,即使知道了,有必要理吗!"

"那你怎么让徐立五去撕大字报?"

潘孝坤早就听说,早几年,徐立五参与整人、写大字报、批斗人,向来不出面,却喜欢在后面鼓动或出主意。陈根琪如此问,他也在怀疑今天早晨出现的大字报与徐立五有关。但潘孝坤说:"我让徐立五去撕大字报,他也没说啥啊!"

陈根琪在电话中笑笑说:"我打电话说大字报的事情,希望你不要受大字报的影响。当前,我们主要工作是配合水电部在枫荷开好地埋线工作现场会。从目前掌握的情况看,同样内容的大字报,除

103

县电力公司、县委那儿有，几个电管站，只有你燕宁有。既然如此，这写大字报的人或者说根源，肯定在燕宁电管站。我是担心，在现场会召开期间，几个不识相的货，会干扰现场会。"

"怎么干扰法？他们会在会议期间再次贴大字报或上街游行示威？"潘孝坤这会儿倒是爽朗地笑了，说："他们有这个种吗？放心吧，现场会该怎么安排就怎么安排。"听陈根琪没说话，他说："现场会召开前后，我老婆要生孩子，这与我工作有较大的冲突，到时我可能需要请假。"

陈根琪说："先把家里的事情处理好，再论工作。这样吧，这期间，你交代好工作，干脆在家侍候老婆坐月子，电管站的工作交给徐立五临时负责。这样，即使这大字报与他有关，他也不会轻举妄动。"

潘孝坤脑袋"嗡"的一声，有了火气，大声说："陈……你老糊涂了？在此期间让他负责，我宁愿不侍候我老婆生孩子！你这样没有政治立场，活该早几年被人批斗、游街、扫厕所！"忽听电话里传来陈根琪得意的笑声，潘孝坤明白过来，火气也熄了，说："好啦。你还有没有事情要交代？没有，我就挂电话了。"

放下电话，潘孝坤从抽屉拿出一张水电部枫荷地埋线推广工作现场会日程安排表，又仔细看了一遍。这张日程安排表，因需要现场落实相关工作，他在半个月前已拿到了。水电部在枫荷召开的地埋线现场会，墨秀公社是现场之一，当然要起榜样作用。他和电管站分管墨秀公社的岗位工，与墨秀机电站张正权等在现场检查了无数次。经与张正权、秦良茹等多次商定，所确立的与会代表现场行走路径、时间，他们也行走了多次。他放下现场会日程安排表，感觉没什么问题，喊来岗位工。

……

近百人的代表陆续从船埠头走向停泊在那儿的大轮船。陈根琪走在人群后面，在他快要上轮船的时候，转身对跟在他身后的潘孝坤和墨秀公社的高子仁、秦良茹、张正权说："代表们对这里的电力

第8章

线路地埋工作关注极大,墨秀公社为我们县和我们电力系统扬了眉,吐了气。为开好这次全国性的地埋线及故障探测仪现场会,你们做了许多工作,辛苦啊!"高子仁和秦良茹握着陈根琪的手说:"应该的,应该的。"陈根琪说:"县委杨书记今天虽然不在陪同之列,但他让我转告,为地埋线工作做出了成绩的公社、大队和有关人员,县委还将专门表彰。"他又指指潘孝坤和张正权说:"明天上午九点,在县一中还有故障探测仪现场会,你们虽然仅是会务工作人员,但还是去现场参加一下,看看一些代表从全国各地带来的故障探测仪,与县一中生产的产品有什么不同。再说,这故障探测仪,还得需要一线人员来操作。"

这时,轮船响起短促的鸣笛声,不等潘孝坤和张正权说话,陈根琪匆匆忙忙上了船。

四人站在船埠头,望着轮船离开码头并远去,如释重负。张正权说:"为开这推广现场会,水电部的黄处长在几个月前蹲点调研,查找不足,提出改进措施,我们县从杨书记、公社领导、乡村电工乃至普通百姓,积极配合,做了不少工作,代表们在现场也就考察了四五个小时。"

"电力线路地埋,利国利民,好事呢!"高子仁边走边说,"你们做出了成绩,上边树你们为示范单位,还不开心啊!"他又对潘孝坤说,"你们还有什么绝招,尽管在墨秀公社搞试验,我们全力支持!"

潘孝坤说:"针对全县农村触电死亡事故多年居高不下的现状,除电力线路地埋外,我们燕宁电管站征得县电力公司的同意,正考虑在两个方面采取技术措施,一个是配电变压器中性点不接地运行,另一个是在农村综合性用电的配电变压器低压侧安装漏电保护器。"

高子仁说:"这方面的工作,具体有良茹同志分管,有事尽管找她。"他握了握潘孝坤的手,一人先拐进了公社大院。

高子仁是农业合作化时期成长起来的乡村干部,文化程度不高,对电力方面的名词俗语也听不懂,所以张正权冲着他的背影对秦良

105

茹说:"高书记又把这事儿推给你了。"

秦良茹说:"你们说的采取技术措施,我也不懂。"

潘孝坤说:"配电变压器中性点不接地运行,也就是配电变压器在运行过程中将低压侧中性点与地线断开。我们已选择墨秀公社的五个村,进行中性点不接地运行触电模拟试验,以获得比中性点接地时触电电压、电流值均有较大幅度下降的第一手资料。漏电保护器也正在试制。"

秦良茹说:"我在农校学的那些电工基础知识早已还给老师了,也不像你们这么钻研。你们好好地努力吧,需要我们公社解决的,尽管说。"

潘孝坤说:"这些技术措施,也不怎么先进。说穿了是根据实际需要搞的一些小革新。如果我们的科技进步了,也不需要我们这些一线人员动这些脑筋。"

秦良茹说:"嗨,科技与生产实际相结合,才会产生成果。有的政策、措施的出台,往往是他人经验的总结。像地埋线,我们走在了前列,下一步就会在全国推广。"

潘孝坤默默地深吸一口气,没说话。在电力系统,县以下的电力称为农电。农村用电也就十几年的时间。眼下最突出的问题是缺电,好似一把米,十多个人张着口,如果想大家能吃上一口,只能熬稀粥或轮流吃饭;另一个问题是农村电力输送问题。问题的关键是缺少资金或者说没有办法建起安全可靠的农村低压线路,只能以地埋的方法,解决眼下的一些问题。

据《枫荷县电力志》记载,至此推广会年底,全县农村共敷设地埋低压电力线路674.96千米,其中三相线路413.66千米,单相线路261.30千米。此后,由于用电负荷大幅度上升,线路超载严重引起故障,因修复和改造不便,投运率逐渐下降。至1990年,仅存137.01千米,其中单相线路60.14千米,三相线路76.87千米。

此时,潘孝坤明白,随社会进步和经济发展,电力基础建设不

第8章

可能一劳永逸。水电部在枫荷召开地埋线推广和故障探测仪现场会，是电力建设中的一个驿站。这个驿站，对潘孝坤是一个不小的震撼。这种震撼，也不只是潘孝坤能感觉到。在枫荷县一中操场，举行故障探测仪现场会的时候，潘孝坤发现杨士元竟在人群中。此地的现场会，主要是代表们观看枫荷县一中生产的地埋线故障探测仪，以及来自其他代表携带的同一类型产品。

不大的操场，这儿或那儿展示着这一产品。每个产品的展示地，挤满了人。潘孝坤和张正权是乘轮船到的县城。只是轮船行至中途，机器出了故障，赶到现场，会议早已开场。望着操场上观看故障探测仪的代表，张正权说："这哪像开会，与赶集差不多嘛！"潘孝坤说："你以为开会必须端坐在那儿听人家讲话？这是故障探测仪展示现场会，若是有人需要，今天买下也有可能呢！"

潘孝坤和张正权始是在一起观看，转了几个展示的地方，后来走散了。现场有几个工作人员是电力职工，其他代表都是陌生面孔，潘孝坤也只顾自己观看。走了几处，刚挤到一处人群，他的肩膀被人轻轻拍了拍。侧身见是杨士元，他"哦"了一声，悄声说："您好，杨书记！"杨士元说："你是小潘吧？还记得我吗？"

潘孝坤说："怎么能忘了杨书记呢！我记得我们全家从新婉江那边移民过来不久，您到过我家。后来，我还听说，是您让我插班到县农校学习。"杨士元往旁边退了几步，出了人群，说："后来，我有事到运河公社，问起你家的情况，说你农校毕业不久，从电管站参军入伍了。时间过得真快，都十几年啦！不过，那天我去墨秀公社开会，看到会议室里有你，但又有些疑惑，心想，你怎么会在墨秀公社出现呢！回县委的路上，我问起你们电力公司的老陈，才知道你的大致情况。"

潘孝坤说："谢谢杨书记的关心。"

这时，一个年轻的小伙儿匆匆走近，唤了一声杨书记，又冲潘孝坤点点头。

107

杨士元撸起袖口，瞅了一下手表说："一会儿我还有一个会议要参加，小潘同志，下次抽机会，我们再聊。"他伸出手，和潘孝坤握了握，转身朝操场的出口走去。

潘孝坤愣在那里。这时，陈根琪和三五个人从一处探测仪展示现场快速奔向杨士元。陈根琪和杨士元简单说了几句，杨士元便冲他们挥挥手，与其他几个人离开了。潘孝坤此时才意识到，虽然好多人这儿或那儿成群结队在观看探测仪的操作功能，但他和杨士元往这边走的时候，陈根琪及好几个人注意并关注着他们。他看到陈根琪站在远处朝他这边瞅，他小跑着奔到陈根琪面前。陈根琪说："这杨书记好像跟你很熟嘛！"潘孝坤本想原原本本地告诉陈根琪，他如何与杨士元相识、刚才杨士元和他谈了些什么话，但话到嘴边，他忽然不想说了。这拉扯开去，并非三五句话能说得清楚，如果陈根琪刨根问底，肯定会没完没了。因此，他只是笑了笑，换了话题，说："今天的现场会就是这个内容？"陈根琪说："这样的现场观摩，总比坐在会议室里听人讲解，来得实在。"潘孝坤：："根据会议日程安排，今天上午会议一结束，代表们下午可以返程了。"陈根琪说："一会儿，在这里还有一个会议总结。你和张正权也留下来参加一下吧。水电部的黄处长和省水电厅的黎副厅长都将出席闭幕会。"

潘孝坤本想说算了吧，一听黎副厅长也来了，眼光扫向几个故障探测仪展示点，说："代表们去墨秀公社参观地埋线现场，我怎么没看到他！"

陈根琪瞅了一眼潘孝坤，又看看腕上的手表说："他是今天才从墨州赶过来的。估计一个小时后能来这里。"见潘孝坤没说话，陈根琪又说，"他在水电这块，是著名的专家。上次我去水电厅汇报枫荷县有关电力工作，说到枫荷县的地埋线，我说具体的实践从你分管区域开始的，他还特意问起你呢！我说，地埋线工作告一阶段后，枫荷的线路由"两线一地制"改成"三线制"，还有配电变压器中性点不接地运行和低压侧安装漏电保护器的试验，也从燕宁电管站开始。他很感兴趣,表示希望我们还是走在前列。"

潘孝坤说:"这些成绩,不要往我一个人身上揽。不是我假谦虚,没有当地公社和大队的协同,还有公司里头的付出,互相配合,我们很多事情很难搞成。如果不强调这一点,等于把燕宁电管站架在火上烤。"

实践使他认识到,电力线路地埋是电力建设资金和电力建设材料的供应短缺情况下的过渡。这个过渡,对于整个国家经济水平的提高,目前谁也不知道需要多长时间。从长期维护和检修的情况看,电力线路架空优于地埋。他向陈根琪提过此类问题,陈根琪说:"或许将来建设资金富裕了,科技发达了,电流像光束一样传至用户,连架空线都省了。现在不行啊,只能用这办法。"

这会儿,陈根琪说:"我理解燕宁电管站和你及所有人员,为地埋线工作和开好这次推广会所付出的努力。"

潘孝坤扬起脸。太阳的光有些刺眼。他蹙起眉头,说:"我真的希望随大流。其他电管站做好后,我们照搬过来,省事多了。"

"今后需要你们先干的工作还得要干哦!"陈根琪看了看他说,"工作走在前列,有走在前列的好处。渔城供电局已有电话通知过来,你爱人调动的事情,已经办妥了。什么时间有空,就去燕宁变电所报到吧!"

第 9 章

星期六，潘孝坤陪着妻子潘玉卿走进 110 千伏燕宁变电所报到的时候，潘玉卿正临第二胎分娩期。110 千伏燕宁变电所与新婉江水电站同步而建，既是浙北也是华东电网的枢纽变电所。因此，这座变电所初建时期，它是当年渔城供电局的直属单位，与县电力公司级别相当。早年还有保卫股，有专门的武装民兵站岗值守。潘孝坤转业回来的那一年，专门配备的武装民兵撤走了，这座变电所不再是渔城供电局的直属单位，它的上头多了个高压工区层级。不过，渔城供电局对这座变电所的人员配备依然相当重视。三十多位在此工作的职工不是经验丰富的老职工，就是电力技术学校或在大学电力专业的大学生。最近传说，由于电网电压等级的变化，110 千伏变电所将不再由地市级管辖，拟移交县电力公司属地管理。因此，这座变电所职工变更人员较多。

这座变电所与燕宁电管站在同一条运河塘的岸边，一个在镇区横街，一个在镇外的一片桑树地中。电管站和变电所虽然因电而生，平时工作交集却不是很多。由于妻子调动的原因，潘孝坤和这座变电所所长老华接触了多次。因此，老华早已知晓潘孝坤和潘玉卿的大致情况。潘孝坤领着妻子潘玉卿走进老华办公室，老华从办公桌边站起来，握着潘孝坤的手说："我早就跟你说过，只要渔城供电局同意，安排到燕宁变电所工作，我是热烈欢迎的。"他放开潘孝坤的手，冲站在潘孝坤身后腆着孕肚的潘玉卿点点头，说："听说你在那边做过 35 千伏变电所所长，很好。我们正需要你这样的人。"潘玉

第9章

卿文静地笑笑,说:"请华所长今后多多关照。"老华说:"今后我们都是同事,不要这么客气。"

他们在老华办公室聊了一会儿,老华说:"潘玉卿同志即将临产,身体和孩子要紧,先将产假休完再说。"他从抽屉里找出一把钥匙,摸了一把秃了顶的脑壳说:"我是主张先生活后生产的。走,你们先看看你们的宿舍。"

这座变电所的职工大部分不是本地人,有的家在渔城或邻县。为使这些职工在这座变电所安心工作,渔城供电局尽可能改善职工的生活条件。前几年,变电所围墙外,建成了两栋平房,一栋用于单身职工的集体宿舍,一栋用于已婚职工的宿舍。潘孝坤跟陈根琪初次谈起将妻子调至枫荷县工作时,陈根琪就说:"燕宁变电所住房条件好,根据你目前的情况,还是把她安置在燕宁变电所上班最合适。"当时潘孝坤有些为难,陈根琪说:"这个事情你就不用操心了。"

老华将潘孝坤夫妻俩领到那栋已婚职工宿舍。这栋宿舍前,用竹篱笆为每户人家围了个院子。老华说:"我家住在最东头。"他推开同样用竹子做成的院门,又说;"这房子以前住着一位工程师一家,两个月前调到渔城供电局的高压工区去了。我们上个礼拜请人重新刷了白灰。你们先看看。"

潘孝坤握着老华的手,说:"太感谢了。要是电管站有你们这么好的房子,我就心满意足了。"

老华说:"你们那个陈道士早就跟渔城供电局的高压工区打了招呼,说燕宁电管站只有几套集体宿舍,没有全家可住的职工用房。另外呢,离这里不远,有家新办的镇郊托儿所和幼儿园,和我们是挂钩单位。听说你们的儿子已到了上幼儿园年纪,我跟幼儿园打过招呼,他们同意接收。"

潘孝坤又握了握老华的手。老华说:"我们是自己人,你别说什么感谢的话了。你是知道的,相对而言,电力这行业由于工作危险性大,福利待遇、生活设施还没有跟上,吸引不了人。如果福利待遇、生活设施领先别的行业,科技投入多了,工作环境改善了,工作危险性降低了,电力行业一定会吸引人才的。你说是吧?"

潘孝坤说:"你、我和我爱人不都吸引到电力行业来了吗?"

老华哈哈一笑,以调侃的口吻说:"我们是不计得失的一代,向往着为电力事业奋斗终生呢!"说过,他挥了挥手,又说,"你们先看看这房子,里边如何安置,好好谋划。我有事先忙去了。"

打开房门,一股石灰味儿扑面而来。这是两开间的房子。有门的屋子既是客厅又是就餐间,后面是厨房。另一开间,前后都是卧室。两个卧室中间是个卫生间。潘孝坤对站在门口的潘玉卿说:"这房子不错。"潘玉卿说:"还是小了点儿。"潘孝坤说:"总比住清溪电力公司和燕宁电管站的集体宿舍强嘛!"潘玉卿说:"我喜欢螺蛳浜家里的大房子。"

潘孝坤没有接话,她曾经说过,单位的宿舍虽然也可以叫家,但没有家的归属感。在调动手续没有办妥之前,因为怀孕,因为要调走,潘玉卿原来所在单位没再要求她上班。所以,她提前来到了枫荷。她也没有住在潘孝坤在燕宁电管站的集体宿舍里。她说她住在螺蛳浜那两间大平房里,浑身感觉自然、舒畅,能很好起到养精蓄锐的效果。潘孝坤说:"我这段时间很忙,没精力每天骑两个多小时的自行车,奔波于燕宁和螺蛳浜之间。"潘玉卿说:"你在部队没转业回来之前,我不是都一个人带着儿子过日子么?你忙你的吧!你要是想我和儿子了,有空就回来看看,没空也没事哦!"潘孝坤拗不过她,只得随了她的意。

潘孝坤对潘玉卿认为很了解,结婚七八年,一直以为妻子是一位传统的淑女型女人。转业回来,与妻子共同生活的时间多了,却发现她爱读诗文,有自己的想法和情调。她说她在城镇上生活久了,发现生活在城镇上的人们,人与人之间,没有乡下人那样质朴。城镇上的人们,为生存和应景,装空头面子,说的做的想的表里不一,渗透其中,形成多元化的矛盾体。乡下人不一样,清晰的人多,即使随着年龄增大,也就多了些浑浊、庸俗罢了。

潘孝坤说:"你想在螺蛳浜生活一段时间就生活罢,不要把人分成三六九等看得很透彻。你不是爱读诗,有想法么?那就把你的所思所想写到诗文里去。诗文总该高于生活哦!"

这潘玉卿真还听从潘孝坤的建议,有一次潘孝坤回家,拿出一沓稿纸,让潘孝坤读。潘孝坤拿起那叠稿纸,读了几行,说:"这不是像你在说话嘛,当然格式上像行诗。"潘玉卿轻轻地说:"你不懂不要瞎说。"从此,潘孝坤再也没有看过她的那些诗稿。她对相夫教子的生活好像十分满足。

运河塘岸边的纤道不宽,铺成的石块高低不平。从宿舍出来,拐上运河塘纤道,潘孝坤没敢往自行车上骑,就那么推着自行车。潘玉卿则坐在后架,一手拉着车架,一手扶着孕肚,淡淡地看着运河间来往的船只,一副悠闲轻松的样子。

两人沉默了很久,潘孝坤回头望望妻子,见她恬淡得旁若无人,不禁喂了一声问:"想啥呢?"潘玉卿说:"有啥可想的。我就想享受坐在你推的自行车上,啥也不想。"

"哎,我好像第一次这么享受哦!"潘孝坤说,"到了前面那座凉亭,不走运河塘了。往里一拐,是机耕路。那路既宽又平,我可以骑在自行车上带你了。"潘孝坤叹口气,说:"过几天,我将你在变电所分到的房子,整理一下,如果你愿意,就住过来吧!"潘玉卿说:"我上班以后再说吧。"

两人又不说话了。

潘孝坤觉得有些沉闷,又不知沉闷为何而来。到了凉亭,潘孝坤说:"这运河到了凰州境内,每逢九里路,必建一座凉亭,供纤夫和路人歇脚之用。只是由于多种原因,现在运河塘的凉亭不多见了。"

潘玉卿也不言语,双脚往下一踮,下了后架。她腆着肚子,双手叉着腰,慢吞吞地走进凉亭,瞅了一会儿石柱上的对联,又缓缓地坐在凉亭的条石上。她也不看坐在一旁的丈夫,双眼望着运河或远处。她这副表现出的冷漠、蔑视的模样,潘孝坤从未见过,说:"你今天的行为有些反常,好像我做错了什么!有什么话说给我听听嘛!"

潘玉卿瞅他一眼，目光又瞟向远处。

为了今天到燕宁变电所报到，潘玉卿昨天下午从运墨镇乘轮船到的燕宁。她在潘孝坤的集体宿舍住了一夜。原准备今天上午由潘孝坤陪着去燕宁变电所报到，只是燕宁电管站接到一个抢修任务，潘孝坤急匆匆地去了现场。临走前，他特意回了趟集体宿舍，和她约好，等他回来，下午去燕宁变电所报到。他走的时候，她还款言温语，这会儿表现出的神情，竟像他犯了什么大错。这半天时间，她一定听说了什么！

燕宁电管站集体宿舍就那么十来间。镇上有房子的职工大多住在自己家里。对为已婚成家的职工安排了单间，未婚职工也有两人一间或三人一间的，最多的是四人一间。潘孝坤已婚，一人一间，在这栋集体宿舍的最北边。今天虽然是周末，但由于是上班时间，住集体宿舍的职工不会在宿舍。在集体宿舍的也就几个职工家属。这半天时间，潘玉卿接触的也只不过几个没有正式工作的职工家属。这几个职工家属中，好与人搭腔、话多的也就是徐立五家属陆娟英。如此想着，潘孝坤说："电管站那几位大嫂今天跟你说了什么？"潘玉卿的目光依旧目视远处，说："多哩！"潘孝坤笑笑问："陆大嫂呢？"潘玉卿说："你跟女同志交往或者帮助女同志，讲点分寸好不好！"潘孝坤"哟"了一声说："跟女同志交往，我哪儿不讲分寸了？"

沉默了一会儿，潘玉卿脸色缓和下来，说："前段时间，一个身段和面相姣好的女同志，是不是在你宿舍吃晚饭了？"潘孝坤缓缓地说："是啊！墨秀公社党委副书记秦良茹，那天下午在我办公室谈工作谈得晚了，我请她吃了晚饭，在我宿舍下了两碗面条，我和她一人一碗。吃完面条，天已黑了。我用自行车送她去了墨秀公社她的宿舍。她邀我到她宿舍坐一会儿，我说我还有事，就走了。老婆，这秦良茹是我在县农校上学时的同学，我好像以前跟你聊起过。你还夸她挺能干呢！"

潘玉卿凝视着潘孝坤。一会儿，问："可你帮助别的女人，也没有让我都晓得哦！"

第9章

"我还帮过哪些女人?"潘孝坤的眼神有些茫然了。

"别急,好好想想!"潘玉卿站起来,面向运河,活动着身体。

潘孝坤凝着眉头,思索了一会儿,说:"我真还没有帮助别的女人什么!"

潘玉卿扭动了一下脑袋,说:"当兵的时候也没有吗?"

潘孝坤愣了愣,又思索了一下说:"当时部队上积极倡导学雷锋做好事,现在回想起来,我是主张在立足岗位做好事,额外的好事我没做过,别说为女同志做好事了!"

潘玉卿转身,乜斜着眼说:"陆娟英告诉我,她去过你那个部队?"

潘孝坤的眼睛瞪大了,说:"她跟你说去过我那个部队?"

潘玉卿说:"你那个部队也是她丈夫服役过的部队哦!"

"她啥都好意思说哦!"潘孝坤有些好奇,问,"她怎么说的?"

"她说她与徐立五谈恋爱的时候,她和徐立五去过你那个部队。那个时候,你提干了。她说你和她是一个公社的。你不仅用摩托车送她到了火车站,还给了她当时你半个月工资。"

"你要是不说,我真的把这事忘了哦!"潘孝坤有些无奈地叹口气,说,"也许,时间过去太久,这陆娟英把事情都记岔了。她当时去我那个部队,不是为陆子祥而去的嘛!她的嘴怎么可以颠三倒四地说呢!"瞅潘玉卿的眼神有些疑惑,他原本不想与人谈起陆子祥和陆娟英以及徐立五的那些事,说了个大概,末了,他又说:"当初我用摩托车从师部招待所送她去楚雄,并给了她一些路费,看她大老远地从枫荷去了部队驻地的山沟,完全是出于同情。你知道吗?那个时候的乡下,在生产队干活,干一天才得几毛钱!她跑那么远的路,路上的盘缠,她在生产队得白干多少个劳动日哦!"

"陆娟英和徐立五这对夫妻的婚恋,蛮有意思哦!"潘玉卿的脸色完全舒展开了,说:"当初,你为陆娟英做这些,是不是怕她为陆子祥招来麻烦?"

潘孝坤说:"现在看来,陆子祥当初退婚还真退对了。此前,陆娟英嫌陆子祥文化不高,家穷,弟兄多,高傲得不行,陆子祥提干

115

并提出退婚后,她觉得塌了她面子掉了价,在徐立五的鼓动下,找到部队想跟陆子祥闹,让他受个什么处分或撤职按战士退伍啊!他们居心不良,我能看着陆子祥倒霉吗?"

这时的潘玉卿迎着丈夫的目光问:"陆子祥是退陆娟英的婚在前,还是他先看上的杨梅?"

潘孝坤说:"当时我也没问陆子祥,他也从来没说起过。至今想来,他先看上的杨梅又怎么样呢!不管怎么说,杨梅比陆娟英长得好看,知道什么话该说,什么话不该说!"

潘玉卿坐了下来,淡淡地说:"其实,这陆娟英跟我聊起你这些,并没有说你什么坏话的意思。她只不过想表达你和她丈夫是战友,并且你是如何善良待人的哦!在我看来,既然你那么善良,又跟她丈夫是那么好的战友,为啥要跟我聊这些呢?特别是那天晚上,你在你宿舍,为秦良茹做面条吃晚饭并送她回墨秀公社的事情!"

潘孝坤看着妻子,没说话。

潘玉卿说:"这证明你和电管站一些人或者至少与徐立五的关系并不和谐。他们在盯着你的一言一行,一举一动。"

潘孝坤说:"受人监督是好事啊!至少使我不敢轻举妄动。"

潘玉卿说:"所以,当你们领导说把我安排在燕宁变电所,并且有一套适合全家人住宿的房子,你很快答应下来了?"

"你不觉得安排燕宁变电所,对你、我和孩子是最合适的吗?"潘孝坤说,"当然,也不排除你说的因素。谁愿意被人老盯着,尤其是回家以后。像到了晚上,你和我躺在床上,愿意被人在墙外偷听?"

潘玉卿的头往边上歪了一下,说:"我在说正事,你又往邪路上说!"

潘孝坤嘴一咧,似在坏笑,说:"跟老婆在一起说的话、做的事,都是正儿八经的事,没有邪路一说哦!"

"你看看你,又来了!"潘玉卿说,"你关心别人,关心公家的事情,我不反对。但也得多关心关心自己家里的事情。"

潘孝坤说:"家里的事情,你不是管得蛮好嘛!等你生过肚里的孩子，休完产假，上班以后，潘阳就上离变电所不远的幼儿园。当然，我还会照顾你、潘阳和即将出生的孩子。"

潘玉卿说："我和孩子不用你太操心！你也得关注一下你哥家的两个孩子。哥哥和嫂嫂带着两个孩子不易哩。你和你哥毕竟是移民户，虽然搬迁到螺蛳浜这么长时间了，但我感觉，他们有时候办点事，还是有些难。上次嫂嫂跟我聊起，你那大侄子跃进初中快毕业了，估计上不了高中，即使上了高中，也是没什么用，上大学是需要推荐的。她说，我们也没什么来头，想推荐上大学，是白日做梦。因此，她希望你为他们想点办法，让他进社办厂寻个工作。"

潘孝坤听到此，眼睛凝视着地面，很久没说话。螺蛳浜村所在的运河大队党支书张松年在60年代末期被批斗后在生产队务农，大队长吴炳生，也就是堂姐夫早已去职，在社办砖瓦厂成了一名仓库保管员，身体也不怎么好。堂姐潘耀芬早已不在大队做妇女主任。而他们是当年他和哥哥一家移民过来的"后台"。如今运河大队和运河公社的干部对潘孝坤来说，已物是人非。不认识社队干部，想寻个去社队企业的工作，谈何容易！

潘孝坤叹口气，说："你有机会也跟跃进说说，现在毕竟还在上初中，不论将来怎样，眼下还是好好学习要紧，不要想进什么社队企业不社队企业！即使到社队企业上个班，也需要一定层次的学历和文化。最终靠谁都靠不住。前途只能靠自己把握。"

太阳西斜。潘孝坤推起自行车，跨了上去，回头瞅着妻子坐上了后架，他用力一蹬，自行车在宽阔的机耕路上狂奔起来。看似平坦的路面，也有坑洼的地方，轮子不时随坑洼颠簸，颠得潘玉卿不时发出惊叫。潘孝坤说："叫啥叫！搂住我的腰，啥事也没有。"

于是，潘玉卿一手搂着丈夫的腰，一手扶着自己的孕肚，不再吭声，任自行车是平行还是颠簸。这会儿，她听到风儿"嗖嗖"地从耳边划过，竟有了甜丝丝的感觉。而这种感觉，她好像从未体验过。她不由自主地闭起双眼，享受着这种感觉。忽然感觉自行车突然停了下来，并听儿子潘阳叫唤着妈妈、爸爸，她即刻睁开了眼睛。

见儿子朝他们奔来,她从后架上滑了下来,兴奋地喊着:"毛豆、儿子,"抱在怀中问,"想妈妈了吗?"这个乳名叫毛豆的潘阳,小嘴一鼓,说:"你昨天走的时候,不是说今天中午前回来的吗!"潘玉卿说:"是爸爸有工作,耽误了时间。"

跟在潘阳身后的嫂嫂汪惠英此时惊慌地说:"毛豆,你妈妈挺着孕肚,怎么能让妈妈抱,快下来!"潘玉卿边说没事边放下潘阳。

这时,两个侄子潘跃进、潘跃华边叫阿叔边从屋里兴奋地朝潘孝坤奔来。潘孝坤知道这兄弟俩想干什么,便将自行车往前推了一下,见潘跃进接住了车子,说:"好好练习,争取今天晚上能单独飞转起来。"汪惠英说:"别把阿叔的车子弄坏了。"潘孝坤说:"自行车弄坏了好修,人要是摔坏了不好修,小心自己的身体哦!"兄弟俩"哎哎"地答应着,推起自行车往生产队共育室前面的那块铺着水泥地的晒谷场奔去。他们的身后,立刻引来了一群半大不小的孩子。

潘孝坤牵起儿子的手,往里走了一截,只听汪惠英说:"村里的吴家姆妈昨天夜里终老了。今天一大早,吴家姆妈的儿子来报丧,说吴家姆妈临终前交代了,玉卿和孩子都过来了,你们兄弟该是两家的主了,让你和你哥一起吃吴家姆妈的素酒。"潘孝坤点点头,问:"是今天晚上接嘴吗?"汪惠英刚说了是啊,潘孝坤又问该送多少素礼。汪惠英说:"这婚丧嫁娶的礼金,在乡下是有讲究的,如果是非吴家本族,作为村上的乡邻,则不能与他们族内人家一样,需少些,但要跟村里其他乡邻一样多,不能多也不能少。"潘孝坤问:"那我哥包了多少素礼?"汪惠英说:"他已过去帮他们办丧事去了。当时我也没问。这样,你们先回屋去,我把你哥叫回来,问问他。"

进了屋,潘玉卿咂吧了一下嘴,便问这丧事中的接嘴是什么意思。潘孝坤呵呵地笑着说:"这接嘴并不是亲吻哦!它是丧事及其素酒的开始,也可以说是丧事及其素酒的第一顿素饭,第二天丧事结束的晚饭叫荤打散,可以喝酒、吃肉了。如果是婚事,正酒前一天晚上叫开船夜,那天晚上的酒席也叫开船夜饭。在这里的水乡,老底子娶亲,常用的交通工具是船,所以叫开船夜饭。不论婚丧嫁娶,村上的乡邻由主家上门来告诉，实际上是请村上的乡邻去帮忙。这些乡邻得送上一份薄礼，婚事用红纸包，丧事用白纸包。像已过八十的吴家姆妈过世，有讲究的人家，会用红纸反过来包着那份礼金。"

潘玉卿说："你断断续续在这里生活的时间不长，这些风俗习惯居然都知道！"

潘孝坤说："这风俗习惯是潜在的文化。你若想在一个地方有个好人缘或者长期待下去，必须遵守这些风俗习惯。一个村如此，一个单位其实也有潜在的这样或那样的文化哦！"

正说着，潘孝乾挽着袖子进了屋，说："孝坤啊，我怕你今天又回不来，替你包了素礼送了过去。你一会儿过去帮忙、吃饭就是了。"潘孝坤问素礼送了多少钱，潘孝乾说了个数字，潘孝坤掏出钱来要给潘孝乾，汪惠英这时也到了屋里，说："这么着急给钱干嘛！"潘孝乾倒是不客气，身子歪向一边，露出衣服下摆上的一个口袋说："这段时间，我缺的就是钱，你往这里放，我手上的油腻还没擦净呢！"待潘孝坤手里的钱放入了口袋，他转身对汪惠英说："你来喊我回来喊得正是时候，我正想上茅坑呢，不然得拉到裤子上去了。"

汪惠英瞅了一眼潘孝乾的背影，有些难为情地对潘孝坤和潘玉卿说："你哥这德性，越来越不成名堂了。"又交代潘玉卿，晚饭不用做了，她家的锅里已多做了饭，一会儿过来吃就是了。

潘玉卿说了声："嫂嫂，你等等，"便从拎着的包里取出一包卤烧豆制品来，要汪惠英拿过去。看汪惠英有些犹豫，说，"燕宁的卤烧豆腐干是出了名的，一会儿我和毛豆一块儿过来吃。"

吴家姆妈育有三子，其中老大、老二早年先后被国民党军队当壮丁抓走。老大、老二虽识字不多，但他们抓走后，吴家姆妈期望这两儿能有音讯来，却一直杳无音讯，直到1951年的冬天，县里有人代表人民政府送来了《烈士通知书》《革命烈士证明书》，吴家姆妈和村里人才知老二后来入编中国人民志愿军，参加了抗美援朝。老二就在抗美援朝的一次战役中英勇牺牲的。老大被抓走后，直到吴家姆妈临终，还是不知老大的音讯。最让他们糟心的是他家的成分。由于他家解放初期，田产和房屋够得上富农，所以这顶富农的帽子像沉重的石头，压得他们喘不过气来。至潘孝坤移民到螺蛳浜村，本当为三个儿子准备一人一间木楼的三间木楼，虽然由吴家姆妈和三儿吴阿三拥有，该成婚立家的吴阿三还是光棍一条。

农家在村坊上人缘如何，往往可以从这家农户婚丧嫁娶等"家中大事"上看出一二。人缘好的，遇上这种"家中大事"，相帮的人不请自来；人缘差的往往是请了人家，人家只送来礼金，以各种理由推脱，并不见来人。吴阿三娶妻那会儿，正遇国家三年暂时困难时期，娶的又是外地逃荒来的女人，当时，他家只宰杀了几只家中的兔子，算是三桌酒席上唯一的荤腥，喝喜酒的也就是他舅家、姨家和本村两户吴姓本家。这么简单的娶亲和酒席，无需太多的人相帮，几家参与喝喜酒的至亲自己动手，便完成了吴阿三的成婚大事。而吴家姆妈这次故世，与吴阿三成婚时已经不同，一是经他一家人这十几年的操劳，他吴家的经济状况已有所改变；二是吴家姆妈体弱多病一年有余，她交代吴阿三，自己阳寿大概只剩一年左右，无需上医院看西医，吃他家祖传的药方即可；同时，她故世之后，丧事无需隆重，但全村所有人家都得告知，至于他们是否愿意来吊唁或帮助处理丧事，不用管它；三是几户潘姓人家，在告知中须带上一句，就说是她生前交代，想让他们参加她的丧事。

吴阿三没有多问，但他知道母亲对早先在螺蛳浜生活的潘德荣一家及后来迁来的潘孝乾、潘孝坤弟兄素有好感，每当说起这三家潘姓人家，她说他们待人接物讲规矩、懂道理，还说，这样的人家，如果他们在解放前不经商，心思用在置产上，不是地主也一定是富农。她说这话的时候，吴阿三问了一句为啥，母亲只说了两个字："种气！"又唉了一声说，"在螺蛳浜，你看有几个是吃公家饭的？除了潘家的人还有谁？"吴阿三这才明白，母亲是想村上吃公家饭的人参与她的丧事，实际上是想证明公家的人对她的认可和尊重！

所以，当潘孝坤在吴阿三家出现，并且按村里的习俗，面对吴

第9章

家姆妈的灵台,连作三个揖时,一旁的吴阿三感动得热泪盈眶,面对躺在棺材盖上他母亲的遗体,带着哭腔大声说:"姆妈,孝坤来看您了!"

潘孝坤见不得吴阿三这样的一个大男人落泪,迅速被悲痛的气氛所笼罩,眼一红,又向吴家姆妈的遗体连鞠三躬,便退出屋来。见门前同村的几个男人在理青菜或剖鱼,问一位年长并正在吩咐同村坊的人干啥活的男人:"建坤,你安排我干啥呢?"那个叫建坤的男人哎呀一声说:"这点活由我们几个做就行了,你歇着去吧。"潘孝坤左右瞧瞧,见一时也搭不上手,从口袋里掏出烟来,递到正在干活的男人手中。那些抽烟的男人看见潘孝坤手里的烟,眼睛一亮,嘴上说着客气话,手却接住了递过来的烟。有的迫不及待地点上烟,美美地深吸一口,从鼻孔里蹿出两孔长长的烟柱;有的瞅上一眼,放在鼻子上闻闻,十分爱惜地夹在了耳朵上。

那时买香烟,凭香烟票证才能买到。此类票证,发至大队,早被一些队干部截去花了,根本到不了没什么门路的普通农民手中。逢年过节,即使能分到他们手中,考虑到一包香烟需要一个劳动日,也舍不得去买,或让给他人或转卖掉后,买上一两包无需票证的经济烟或装在烟杆里吸的烟丝,以过烟瘾。

那些抽着烟或接了烟的男人,对只可凭香烟票才能买到的烟很感兴趣,问电管站买烟是否也需要凭票。不等潘孝坤回答,有人说:"现在买啥不凭票哦!城镇一些正规单位,那些票证都能发到职工手中。哪儿像乡下,即使发到了家人手中,不是抠,就是舍不得花!"有人说:"现在正慢慢放开了,有的东西不需要用票证了,像买糖就不需要票了。"

潘孝坤也不插话,听他们东拉西扯。眼见他们剖完了半筐鱼须去河浜的河埠头清洗,潘孝坤上前欲抬那筐子。这时,旁边有人说:"孝坤,你不用动手!你若是动手干这些,传到外村去,显得我们这些人不懂对公家人的尊重。螺蛳浜好不容易出个公家人呢!"潘孝坤"啊呀"一声说:"什么公家人不公家人,还不是普通人!"说着,拿

121

起竹扫把，清扫起落在地上的鱼鳞、鱼肠和剩菜、烂叶。

这时，吴阿三走至跟前，说："孝坤，这些活不用你干哦！按规定，今夜这里是要拉闸限电的，你能不能去说说，今夜能不能不停电？"旁边的建坤接上话来，说："是啊，是啊，家里遇上这等事情，最好不停电。"潘孝坤直起腰，似乎考虑了一下，说："这里是运墨镇电管站管的，我去打电话问问，看今天能不能不停电。"建坤接过潘孝坤手里的竹扫把说："那你快去，快去！"

第 10 章

潘孝坤整理了一下桌上的文件，对围坐在乒乓球桌边的全体职工说："这地埋线现场会一开，好多工作上边要我站先行一步。前期有关"两线一地制"的线路设备，根据分管线路，我让大家摸了底，并对更换设备提出了建议。但更换时间，需要等上面资金和有关设备才能定。同时，根据线路运行时间长短、新旧程度，分年分批次落实。哪条线路在先或后，由岗位工确定，并报小周汇总。"见临近自己的周雪松点点头，他又说，"低压侧安装漏电保护器的试验各班组要抓紧，"见几位班长也在点头，他说，"今天的早会就到这里吧！"

每个工作日内的一次早会是潘孝坤任站长后，在燕宁电管站形成的一项制度。由于会短又不拘于形式，以及对每天或前一时期过去的工作加以回顾、总结经验、改正不足，起到了很好的效果。陈根琪得知燕宁电管站这一做法后，欲在其他电管站和生产单位加以推广，但大多流于形式。

潘孝坤进了办公室，周雪松也跟了进来。潘孝坤说："低压侧安装漏电保护器试验，目前正在墨秀公社实施。我和墨秀机电站的张正权沟通过了，他说他们公社党委很重视，你和张正权多联系，需要我们落实的尽快落实。"

周雪松说："墨秀公社对电力建设很支持哦！"

潘孝坤说："他们尝到了电力建设和先行的甜头，既主动也十分配合。我想了想，大概与墨秀公社机电站的张正权和他们党委的秦

123

良茹有关。他们懂电，懂得电力建设的重要性。"

周雪松问："'两线一地制'改'三线制'的样板，是否还是从墨秀公社开始？"

"这个涉及资金落实问题。其中一部分资金，需要县里落实。"潘孝坤往椅子上一坐，吁了口气，说，"据公司老陈书记说，对这部分资金的使用，县里将要进行一次调研。"

周雪松说："让他们调研吧！我们只看到设备和物资，又见不到钱。如果不改造这些线路，我们也少事。"

"看你这话说的！这些资金，好像有人怀疑用在我们这些人身上。"潘孝坤说，"做好自己的事情，不要评论别人特别是上级的行为。他们的行为有他们的道理。"

"嗯，师傅！"周雪松的脖子往里缩了缩，有些尴尬地笑笑，转身出了屋。

周雪松高中刚毕业后，作为知青，插队在墨秀公社张正权所在的那个大队。第二年被其大队与墨秀公社推荐上了水电技术学校。因此和张正权早已认识。去年毕业后分配至燕宁电管站。当时，与他同时分至燕宁电管站的还有几个下乡插队又招工回城的知青。在电管站有个传统，对于新入职的职工需要师带徒。在未确定师带徒关系前，张正权告诉潘孝坤，周雪松希望潘孝坤是他的师傅。燕宁电管站前几任站长有带徒弟的先例。但由于工作岗位不像普通职工一般，不能正常带徒弟，所带徒弟的业务技术不如普通职工所带的徒弟，口气倒沾染了站长的习性。所以，潘孝坤并不想带徒弟。但周雪松工作和为人的主动与机灵，潘孝坤十分喜欢，自己也期望好好带一带他。因此，其他新入职的职工确定师徒关系后，并没有让周雪松认谁为师。潘孝坤的理由很是充分，周雪松已在技校学过三年理论和实际操作知识，没有必要再定师傅带教。他又对周雪松说，作为新职工，电管站工作中一些问题，可多问、多看、多思考。但日子久了，周雪松有时也喊他师傅，每当此时，潘孝坤总以调笑的口吻纠正道：在师傅前面再加个潘，或干脆叫我老潘、潘孝坤，当然，喊我潘站长也行。

周雪松听了，也是哈哈一乐。有过几次纠正后，他也不再叫他师傅。关系却是十分亲近。潘孝坤对他也十分信任，许多工作，潘孝坤有意或无意安排他去做。他也从不喊苦叫累，且完成得很是圆满。

桌上的电话铃声响了起来。他拿起话筒，对方传来大侄子潘跃进的声音。他说："婶婶刚才已被送进运墨镇的县第二人民医院。"潘跃进说的婶婶当然是他的妻子潘玉卿。潘孝坤急切地问："你婶婶现在怎么样？"十五六岁的潘跃进倒是不慌不忙，口气和缓地在电话中说："婶婶现在躺在医院的床上，好像没什么大碍。"潘孝坤放下电话，说了句没什么大碍就好，匆忙出了办公室。

潘玉卿的预产期，还有好几天。潘孝坤一直担心妻子生产会与他的工作有冲突，便反复叮咛妻子该如何如何。妻子却是没事一般，说："你忙你的事，就行了。我还用你操心吗？生儿子那会儿，你在部队，我娘俩不是也平安无事吗？"如今预产期已过了好几天，星期一来上班，走出螺蛳浜家的时候，他还问妻子什么时候生。潘玉卿说："现在预产期都过了，具体什么时候，我也说不准了。"见他愣在那里说不出话，潘玉卿笑笑说："估计是个丫头，要在我肚子里懒上几天吧！放心上班去吧。真要生了，我让人给你打电话。"

缓缓的运河水很平静，水面上扯起风帆的船击出啪啪的水声。这条古运河贯通京杭以来，在此形成了一个河湾，不知何时起，被人称为燕宁。燕宁之地，由于船舶的停靠与货物交易，上千年逐渐形成了古镇。

潘孝坤的自行车出了燕宁镇，驶入运河塘。他顾不得纤道的坑洼、高低，快速踩着自行车，以至耳边响起呼呼的风声。一座拱桥横在眼前时，他才喘着粗气，慢了下来。他已到了运墨镇的北门。他抬起头，忽然发现蔚蓝的天空下，几朵白云在浮动。此时，他的心情一下子变得开朗、舒畅起来。

潘孝坤走进医院大门，他摸了一把额头微沁的汗水，忽见侄子潘跃进和另一个与他年纪相仿的少年从一栋房子的屋檐下走向他，他冲他们招招手。

"阿叔，婶婶已进产房了。"潘跃进说。

与潘跃进一起的少年憨厚地冲潘孝坤笑笑，接过他手中的自行车，推向停车棚。潘孝坤没顾上说话，直奔产房。此时，嫂嫂汪惠英坐在门口的椅子上，一脸肃然。她见到气喘吁吁的潘孝坤，脸色终于松弛下来。嫂嫂指指产房说："进去有一些工夫了。"潘孝坤瞅见边上有一张竹榻和竹榻上一条自家的毛巾被，估计潘玉卿是躺在这竹榻上被人抬着来的。他正欲问什么，汪惠英说："今天你哥刚上工，潘阳上我家跟我说，妈妈肚子有点疼。我过去一看，玉卿说要上医院。可哪走得动路哦！好在跃进这几天学校正放假。于是，他和吴小越一路小跑，先送玉卿到了医院。我过后才赶到这里。还好，总算顺利进了产房。"

潘孝坤说："哪个是吴小越？"

"阿叔，你不知道我叫吴小越啊？"这时，刚才在外头接潘孝坤自行车并推往停车棚的少年，走至跟前。

潘孝坤拉起吴小越的手，说着谢谢，又说："我瞧着面熟，只是不知你是谁家的孩子。"

吴小越说："你常年在外面工作，村坊上的人哪认得过来哦！可我们都认得你呢！螺蛳浜村上的许多大人要求我们这些同龄人，向你学习，长大后混出个人样来。"

潘孝坤"啊呀"一声，不知所措地搓着手，说："我有啥值得你们学的哦！"

吴小越也不接话，有些腼腆地笑笑，露出一口白牙说："我是吴阿三的儿子。"

潘孝坤的心情此刻有些感慨和复杂起来，他拍拍吴小越的肩膀，没有说话。

这时，产房开了半扇门，一位护士探出脑袋问："哪位是潘玉卿的家属？"潘孝坤、嫂嫂和大侄子赶忙奔至门口，护士往后退了半

第 10 章

步,说:"潘玉卿生了个女孩。"说着,护士将抱在怀中裹着毛巾的婴儿往上扬扬,一个头发还湿漉漉的圆脸婴儿正闭着双眼,小嘴不停地呶动着好像在寻找什么。潘孝坤欢喜地在裹着婴儿的毛巾上欲抚摸却没敢往前伸手。汪惠英疼爱地说:"小侄女是个小美女哦!"潘跃进说着让我看看,就往里挤了挤,护士又将婴儿往上扬了扬,转身时说:"产妇状况很好,一会儿就出来。"产房门重新关上后,潘孝坤有些激动地从口袋里掏出香烟,抽出一根递给站在旁边的嫂嫂汪惠英。汪惠英愣了愣,则笑得弯下了腰。

潘孝坤反应过来,呵呵笑着,独自走至院中,点燃了香烟。

此时的潘孝坤身心放松下来,感觉腿脚有些酸痛。那是急速蹬了十几里自行车的结果。他往路边的水泥椅子上一坐,瞥见斜对面三个好似修花木的男人坐在一块石头上,望着不远处一位男人搀扶着一位孕妇小心翼翼地漫步。而孕妇可能即将分娩,疼得龇牙咧嘴,却依然挺着大孕肚,顽强地不停地挪动着步子。这时,坐在石头上的三个男人不知说了句什么,窃笑起来,其中一个男人嬉笑着说:"早知现在疼,当初不要享受那舒服。"其他两个男人即刻嬉嬉大笑。这话和他们的样子显然被那位孕妇和搀扶她的男人听到、看到了。男人冲他们怒目而视。那三个男人被那个男人的目光似乎激怒了,挑衅着回了一句:"不是吗!"男人和孕妇都站住了。男人冲他们说:"你们不知道自己怎么来到人世的吗?"三个男人没话了,却为了不示弱,又欲开始回击。潘孝坤站起来,"喂喂"地招呼着那三个男人,抽出三根香烟,递上前去,说:"你们还是忙你们的事儿去吧。"三个男人望望他,一人接过一支香烟,吹着口哨,拿着修剪树木的工具,绕过平房,往后院去了。孕妇和那男人漫步至潘孝坤跟前,男人朝潘孝坤感激地点点头,说:"刚才那几个像小流氓似的东西,说话不成体统!"潘孝坤没接话,说:"产前走走对顺产有好处哦。"男人说:"她疼得坐不住。"

忽听侄子潘跃进在喊阿叔,潘孝坤急忙奔进平房。这时,产房门已打开,躺在移动床上的潘玉卿一见到丈夫,眼泪不由得涌了出

127

来。潘孝坤拉起潘玉卿的手,微笑着说:"老婆,你劳苦功高,我再给你记特等功一次。"潘玉卿破涕一笑。侧脸望望躺在身旁的婴儿,潘孝坤又说:"漂亮,像你。"进了住院部,安顿好后,潘孝坤忽然想起儿子,便问潘阳去了哪?汪惠英告诉他:"潘玉卿住院前,潘阳已由堂姐潘耀芬带了去,"又说,"你放心吧!家里的一切,我们自然会安排好的。"潘孝坤此时眼睛一片模糊。无论是当兵还是在电力系统工作,许多时候多亏了哥嫂和潘耀芬等亲属的照应,自己才平安并顺利地走到今天。他双手在脸上来回撸了几把,对汪惠英说:"嫂嫂,你们先回家,玉卿娘俩现在有我照料,玉卿坐月子期间,还得麻烦嫂嫂。"

潘玉卿往上躺了躺,说:"孝坤,今天,我还没机会吃早饭呢!现在已到午饭时间了,你先领着嫂嫂、跃进和小越到医院外的馄饨店先吃点东西,然后给我弄碗馄饨回来。"潘孝坤"啊呀"两声,似有愧疚,一手搭着潘跃进的肩膀,一手搭着吴小越的肩膀,又招呼着汪惠英说:"走,我们去吃饭!"汪惠英说:"你给玉卿买一碗回来行了。我们回家吃。"潘孝坤说:"嫂嫂,你想为我省下几碗馄饨钱,用于将来娶儿媳还是嫁女儿啊!"

潘孝坤拿着一大茶缸热乎乎的馄饨,回到住院部,侍候潘玉卿吃了馄饨。他拉过边上的椅子,静静地凝视着闭着双眼似在静养的女婴。潘玉卿说:"电管站的工作安排好了?"潘孝坤说:"那里是养家糊口的岗位,你放心吧。"潘玉卿瞋了他一眼,说:"你在单位也是这么俗气与人讲话?"潘孝坤说:"哪能呢!你忘了你丈夫以前是干什么的?该正经的时候绝不含糊!"潘玉卿在他脸上巡视一遍,轻轻地吸了一口气,闭上眼睛。

到了下午,潘孝坤被一位护士唤着去住院部值班室接电话。

潘孝坤拿起话筒刚喂了一声,话筒里传来陈根琪的声音:"听说你添了宝贝千金,我向你祝贺来了。"潘孝坤说:"我上午走得匆忙,还没向领导请假,领导怎么知道我在这家医院,而且居然知道我家添了个女儿?真成了仙呢!"陈根琪呵呵笑了两声,说:"你不说,我也知道你在那儿,这是当领导起码的素质哦!"潘孝坤说:"你肯定不是特意来祝贺或慰问的。有什么事就说吧!"陈根琪说:"我是特意向你祝贺、慰问的事情,让工会来做,这样来得实惠。"潘孝坤说:"那我先谢了。"

陈根琪清清嗓子,说:"杨士元书记后天要在墨秀公社调研,主要针对农村和农民用电及农村经济发展这一块工作。县委办跟我打了招呼,让你有所准备。"

"你不来么?"潘孝坤听陈根琪说县委办没通知他参加,他问,"那我需要怎么做?"

陈根琪说:"如果他问起电力方面的情况,你就实事求是地说,同时强调电力建设中的困难。其他,你看着办就是了。至于具体时间和地点,墨秀公社会通知你的。"

潘孝坤听陈根琪无话了,笑笑说:"这才是你打电话的真正目的。我一定尽力完成!"陈根琪也在电话那头笑笑,说了句:"向你爱人和你女儿问好吧。"便挂了电话。

回到产房,潘玉卿打量着潘孝坤脸上的表情,问:"又有什么事要让你去办?"潘孝坤说:"没什么大事。"他说了陈根琪在电话里说的事情。潘玉卿说:"人家领导到墨秀公社调研,你去干什么,你又不是墨秀公社的人!"

经潘玉卿这么一说,潘孝坤这才想到,作为县委书记的杨士元到墨秀公社调研,让系统管理的燕宁电管站站长参加,这算哪门子的事哦!他思来想去一会儿,说:"墨秀公社不是燕宁电管站分管的区域嘛!"听潘玉卿哦了一声,他说:"只是我不能侍候你喽!"潘玉卿说:"这娃已是第二胎。不论咋说,多多少少有点经验了。再说,有啥事就麻烦嫂嫂,或打电话给你。"

第三天上午刚进办公室,秦良茹的电话即刻打了进来。她说:"昨天下午,连续三次往你办公室打电话,都没人接,今天倒好,你总算接了。"潘孝坤说:"昨天回螺蛳浜老家去了。因为在此之前,公司通知我,要我参加杨书记在墨秀公社的调研,今天一早就赶到这里。"秦良茹说:"杨书记昨晚住在墨秀公社。他今天的行程是这么安排的,上午走访农户、相关生产队和大队,下午在公社召开座谈会和找个别同志谈话。陪杨书记一起来的县委办主任昨天告知我,杨书记把你列入个别谈话人的最后一位。所以,你在下午三点左右赶到墨秀公社文书办公室等候就可以了。"潘孝坤说:"杨书记的调研时间安排得真紧凑。"秦良茹:"你早些到墨秀也无妨,可在我办公室喝喝茶。"潘孝坤说了几个"好好",就挂了电话。

这天,潘孝坤并没提前到墨秀公社。连续两个晚上,在医院产房陪妻子的他,根本没睡过踏实的觉。吃过中饭,他感觉有些困乏,便横躺在办公室的简易沙发上。醒来已是下午上班时间。他在水龙头上洗了把脸,才骑着自行车去墨秀公社。

离三点差十分左右的时候,潘孝坤出现在文书办公室。这文书五十岁不到,却佝偻着腰。他清秀的脸上有一条三厘米左右的疤痕。据说是60年代末期,在隔壁公社任文书时站在台上被批斗,被人推下台,摔在地上留下的。潘孝坤以前见过他,但忘了他叫什么名,于是,他进屋后,他喊了他一声文书,并简单地作了自我介绍。文书指指这栋平房的西头,说:"杨书记还在找人聊呢!你先坐吧。"待潘孝坤在他对面的办公桌椅子上坐下,他拿起暖瓶,欲给他泡茶。潘孝坤晃晃斜背在肩的水壶,示意文书不用泡茶。文书说:"这是军用水壶哦!你当过兵?好,出门在外,背个水壶好。只是略显另类。"潘孝坤说:"我上工地干活,背个水壶比拿个茶杯方便,有时人爬在电杆上,特别是大热天,想喝顺手可喝。"

两人闲聊着,听到有人往这边走来的脚步声和说话声,潘孝坤走至门口,见墨秀公社党委书记高子仁、秦良茹和另外两人簇拥着杨士元正往这边来。秦良茹先喊了一声潘孝坤,所有人的目光集中在他身上。杨士元老远伸出手,一副要与潘孝坤握手的样子。潘孝坤赶紧前行几步,双手握住了杨士元的手。杨士元笑着说:"小潘,我们又见面了!让你从燕宁赶到墨秀和我闲聊,对不起哦!"潘孝坤说:"杨书记从县城到墨秀搞调查研究,这大老远的!我从燕宁过来,

第10章

才多少路呀！"

两人放开握着的手,杨士元举起胳膊,来回晃了两下说:"今天坐了大半天,感觉腰酸背痛了。我们还是到对月河边走走吧！"他回头对簇拥着的人说:"你们不用陪着了,我和小潘边走边聊。"两人往前走时,有人递上一只用玻璃瓶做的茶杯,杨士元摆摆手,随即踱出公社大院。

潘孝坤只得在侧随他往前踱步。到了对月河的河岸,杨士元站住了,说:"电力建设这一块,自从枫荷成为省网直供县,好像一直没完没了。农村低压线路初建的时候,由木杆子架空线路,没多长时间,换成水泥杆。但从资金、用电安全和节约材料考虑,燕宁那片供电区域,将架空线率先改成了地埋,没想到上头竟将这一做法推向全国,这证明你们的工作走在了前列,我当然高兴。前段时间,陈根琪跟我说起,说准备将'两线一地制'改成'三线制'运行模式,整改资金,以地方自筹为主,国家或电力部门补助为辅。也就是说,要县里筹资进行整改。这老陈还说,'两线一地制'改成'三线制',从燕宁供电区域开始。"

杨士元这么说,潘孝坤不知是什么意思,所以他说:"现在电网运行模式,我省还没有完全统一,全国也肯定存在着多种运行模式,有关科研单位仍然试。杨书记您说的资金来源问题,上头应该有文件。据我所知,整改资金以地方自筹为主,国家或电力部门补助为辅外,还有两条规定:一是省网直供地区的农电设备整改资金,从大修提留、更改折旧基金、供电贴费中解决;二是对"代管"农村集体投资的高压设备的整改,以折旧基金充作整改专款使用。如果这两条落实了,地方自筹这一块,问题应该不是很大。这个文件不知是否发到县里？我想应该发到县里的。您让县委办的同志找一找嘛！"

"这样的话就好说！文件我可能阅过了,只是没人提醒或其他事情一多,没仔细看。"杨士元又说,"在我看来,这电力线路不就是一根杆子架起两条或三条线路。我哪分得清,什么是'单相供电制'

131

'两线一地制''三线制'运行模式!"

潘孝坤挠挠脑袋,想给杨士元简单地介绍一下"两线一地制"与"三线制"的优劣,但怕他听不懂,潘孝坤迟疑了。可如果他听懂了,并取得了他的全力支持,对整改资金的筹集以及与此有关工作的开展或许有许多益处。于是,潘孝坤说:"'两线一地制'运行模式,首推的也是我省北部,具体是哪个县在先,我记不得了。当时,为加快农村电网建设,节约资金等,50年代中期,在改造线路的过程中,推行'两线一地制'模式的科技试验,在理论上和技术上基本能满足安全供电要求。此后,凰州各地的电业单位纷纷推广'两线一地制'的供电模式,这一举措大大加快了凰州农村电网发展的速度。不久前,我看到一份统计资料,全省建成10千伏两线一地线路多达2.31万千米,基本满足了全省广大农村经济快速发展、用电日益增长的需求。"

杨士元双手背在背后的腰部,沿着河岸,慢悠悠地向前踱去。他有时侧过脸,望望与他并肩前行的潘孝坤,还不时频频点点头。

潘孝坤说:"当下'两线一地制'的运行模式,经过十七八年的实践,从总体上说,节约了建设资金,也为国家减少了目前紧缺的钢材和电力设备上所需铜材、铝材等物资的使用。"

杨士元说:"我们国家是在一穷二白的基础上建立起来的。各项建设都要实施,只能从实际出发,既讲节约,又要办成事。现在情况正在慢慢改变,像一个人吃饱了肚子,想再改善一下,也是情理之中。你说说'两线一地制'的不足吧,从技术层面上说,也无妨,不要怕我听不懂,但总该让我知道问题的关键。"

潘孝坤说:"'两线一地制'在运行中暴露出较多较难解决的问题,主要是它只适用于3至10千伏中性点不接地系统。线路两端一相接地以大地作一相导体,用两线输送三相电能,系统中其它非接地相,电压升高1.73倍。由于电压升高,我们发现在电压绝缘薄弱地方击穿漏电,这是一;二是发电机和电动机不能直接与'两线一地制'系统连接,因为发电机和电动机不允许长期一相接地运行;

三是有些故障保护不动作。同时，由于'两线一地制'输送电线路半径过长，电压降幅过大，个别线路相电压从220伏降到180伏，造成电灯不亮，电动机动力减少等等。这就造成了线损率过高，有60%以上的线路线损率均为15%至30%之间，电能损耗大，且一般最长的供电半径为40千米，当超过40千米，在山区或半山区中接地电阻大、雷击引起线路断路变压器跳闸频繁、10千伏避雷器损坏，事故多。另外有的由于地理环境所致，如在山沟间，'两线一地制'线路走廊往往和通信走廊同存，电力的感应、电压对通信造成干扰，有的地方产生危及人身和家畜的'跨步电压'，严重影响安全经济供电。"

杨士元点点头，悄声说了声："线损。"

潘孝坤接过话，说："这线损，就像水渠里流过的水，由于水渠里有漏洞，这水便跑掉了。"他想想又说："这电压，就像人体内的血压，血压高了，人体易产生各种心血管毛病，血压低了，人也会感到乏力，甚至走不动路。有电，但灯亮不起来，就是电压低了。"

"你这比喻，我听懂了。"杨士元笑笑说，"那么，'两线一地制'改成'三线制'有什么好处，你还是按电力行业的行话来说吧！"

潘孝坤说："'三线制'主要以中性点不接地系统来实现。中性点不接地系统只有中国的电力系统才有。中性点运行方式，有不接地、经电阻接地、经消弧线圈接地或直接接地等多种。我们大多采用的是在中性点不接地的三相系统中，加装消弧线圈。也就是说，当一相发生接地时，未接地两相的对地电压升高近两倍，也即等于线电压。其优越性是正常供电情况下能维持相线的对地电压不变，从而可向外即负载提供220与380伏这两种不同的电压，以满足单相220伏如电灯和三相380伏如电动机等不同的用电需要。所以说，两线制改成三线制，是农村电网的技术革命。"

杨士元的脸色不再深沉，显然听懂或理解了。他侧过脸，望着潘孝坤，口吻也换了："这技术革命是急风暴雨式的还是和风细雨式的?"

潘孝坤说:"如果用武力革人的命,大多采用急风暴雨式的;技术革命应该和风细雨式的较为稳妥。燕宁供电区域,对原有的两线一地制改三线制,主要是10千伏和35千伏等线路设备。这些原有并在运行的线路设备,只能一步步来。也就是列出计划,稳步实施,对新上的线路工程,一上去就用三线制。因此,我们进行技术革命,以循序渐进的办法,不影响用户的用电需求。"

杨士元问:"那得花多长时间啊?"

潘孝坤说:"可能三五年,也可能跟建设'两线一地制'差不多时间。"

杨士元叹了口气说:"或许,我在位等不到你们完成的那一天了。"

潘孝坤说:"怎么会呢!我看您好像不见老哦!"

"你哄我开心啊!"杨士元说,"岁月不饶人哦!我现在关心的是,我在位的时间里期望各行各业都能取得成就。电力这一块,你们在地埋线这方面做出了不小的成绩,我很高兴。"

潘孝坤说:"说到底,低压电力线路地埋,还有'两地一线制'改'三线制',是在目前形势和经济条件下不断探索的结果,至于今后如何,随着经济发展,可能还会改变。"

"这很正常,政治经济学最著名的定律,说生产力的发展变化决定着生产关系的发展变化。生产力和生产关系是生产方式这个矛盾统一体中的对立双方。它们之间既对立又统一,相互依存、相互作用,有着不可分割的内在联系。"杨士元说,"我们许多工作,是在别的地方经验基础之上进行实践和总结而来。电力线路地埋,是我们在总结经验教训的基础上,推向全国的。我是希望电力工作百尺竿头,更进一步。"

杨士元这样的干部,文化学历不高,但注重理论学习。他们将这些理论用于日常工作的讲话。当然,他们的讲话,有人对此冠于官话和大道理,甚至讥讽嘲笑。所以,他们也很善于甚至敏感于听者的态度。或许是因为此,杨士元说话的时候,不时侧过脑袋,瞅

第10章

瞅潘孝坤的表情。潘孝坤在部队接触过类似于杨士元这一类型的干部,有的比他级别还大,他理解他们的说话语言和方式、心态。只是转业回地方后,他还没有较多接触过杨士元这个级别的干部。他没想到杨士元与他说了那么多关于电力方面的话。尽管杨士元与他多次见过面,在他的认知里,杨士元是位"顾客",甚至是陌生人。一个是县委书记,一个是电管站的站长,职级上有差距。所以,他低着脑袋,只是静静地听杨士元说话,并作为回应,不时"嗯嗯"几声。

忽然,杨士元改变了话题,说:"你是哪年当兵去的部队?"潘孝坤说了入伍的时间,杨士元说:"你们那批兵去部队,我没印象了。"潘孝坤说:"时间太久了。"杨士元说:"当年枫荷县入伍的有多少人?"潘孝坤说:"两百多人哩。具体人数我也忘了。"杨士元似不经意地问:"当年运河公社当兵去铁八师的有多少人?"潘孝坤说:"我记得是每个大队都有一个。这样就有九个人。"杨士元说:"这么说,这九个人你都认识?"潘孝坤说:"我们那批兵,新兵训练的时候,一般是两个公社一个班,当然认识。只是这十多年来,各忙各的,有的已没了来往。"杨士元似乎思虑了一下,问:"你与陆子祥有来往吗?"潘孝坤有些疑惑地望着杨士元说:"我在部队的时候,我们关系较密切;我转业回来后,有断断续续书信来往。哦,对了,他有大半年时间没给我写信了。杨书记也认识陆子祥啊?"杨士元仰起头,望望天空说:"没见过,只是听说而已。"他的目光收回来时,他又问:"那么,你也认识他老婆喽!"潘孝坤说:"当然认识。陆子祥和杨梅结婚的时候,我参加了他们的婚礼,并代表陆子祥的亲属讲了话。"

说到此,潘孝坤突然闭了嘴,这杨梅与杨士元可是同姓,该不是有什么瓜葛在里头?然而,潘孝坤意识到,杨士元拐弯抹角说起陆子祥,又说起杨梅,分明是在打听杨梅的情况。莫非杨士元是杨梅的父亲?可杨梅的父母不是都牺牲在支援解放战争的战场上了吗?如果杨士元真的是杨梅的父亲,那么杨士元肯定有隐情!潘孝坤早

135

就听说,当年一些南下干部或南下民工,随解放大军南下过程中,一边挺进,一边建立地方政权。留在地方工作的南下干部或民工,两三年后,在当地结婚成家的多了去了。并且原本老家有妻儿老小的人,以种种理由也在当地重新结婚生子。这种事情,杨士元不说,潘孝坤也不会问。

两人都无语了。两人沉默着走了一阵,正当潘孝坤感觉有些尴尬的时候,杨士元又将话题引到电力建设上,说:"上次陈根琪跟我说到配电变压器,我以为所有的变压器都叫配电变压器,后来才知道,还是有很大的区别哦!"

"不在这行业,搞混也正常哦!"潘孝坤说,"配电变压器,又简称'配变'。指配电系统中根据电磁感应定律变换交流电压和电流而传输交流电能的一种静止电器。通常是指运行在配电网中电压等级为10至35千伏、容量为6300千伏安及以下直接向终端用户供电的电力变压器。安装'配变'的场所与地方,也即是变电所。他左右瞧瞧,指着一片桑树地外沿,用竹篱围着的一台变压器,说,这种叫综合性用电配电变压器,如果农用,我们惯称'综合变'、'农综变'。电管站实施的是'综合变'及其低压出线进行中性点不接地运行试验。在试验过程中,曾发生过两起人身触电事故,但均未造成重伤或死亡。如果所有'农综变'进行了技改,会像地埋线一样,用不了多长时间,也会出成果。"

杨士元说:"这块工作,需要你们专业人员多努力哦!县里头也只能出点钱而已。"

潘孝坤笑着说:"有钱好办事哦!"

往回走的时候,杨士元问的大多是电力职工的生活,如住房、福利,很是琐碎。以至潘孝坤对当天与杨士元聊天的内容,他当时及后来都弄不明白,给予了种种猜测,自己始终没有结论,或自己不愿意下结论。

第 11 章

写日记是潘孝坤从部队养成的一个习惯。那天从墨秀公社返回燕宁，天色已晚，他在镇上的小吃店吃了碗面条，回到电管站宿舍，坐在写字桌前，喝着茶，慢慢梳理着一天来的事情，特别是对杨士元与他说过的话、问过的事儿作了重点梳理。他知道，陈根琪对杨士元在墨秀公社的调研，尤其涉及电力这一块，一定很关注。此时，潘孝坤突然想到，杨士元看似很随意地问起陆子祥，比聊起电力建设这一块好像还上心。找自己谈话安排在最后，又远离了那些陪着他的人，莫非是他故意为之？

潘孝坤凝视着台灯亮出柔柔的光，越发疑惑。后悔自己当时为何不直接问杨士元是怎么知道陆子祥的！但他的思绪又被杨士元问起的电力技改试验淹没了。那时的潘孝坤，由于供电区域内的地埋线的做法被推广至全国所燃起的工作激情，可以不顾妻子分娩，至于杨士元怎么知道陆子祥的疑问，仅是一闪而过。所以，第二天上班，他首先想到的是把与杨士元昨天的接触情况告知陈根琪。

这陈根琪似乎很在意杨士元对潘孝坤的这次谈话。潘孝坤刚进办公室，桌上的电话响了起来。潘孝坤一拿起话筒，陈根琪既不客套，也不闲扯，开口就说："听说昨天杨书记与你聊得十分投机？"

潘孝坤问："你怎么知道聊得十分投机？"

陈根琪说："杨书记他们一回到县里，我就知道了。"

潘孝坤说："他主要是向我了解'两地一线制'改成'三线制'方面的几个问题。"

陈根琪问:"他听懂了吗?"

"他说不管他听得懂还是听不懂,按我们的行业要求,尽管说给他听。估计他是一知半解。"

陈根琪说:"只要他愿意听,起码证明他对我们的工作是个支持。"

"从杨书记的态度看,只要有利于电力发展,他会在各方面给予支持的。"杨士元与潘孝坤的谈话,此时潘孝坤重点叙述了一遍。

陈根琪说:"我与他打了几十年的交道,跟他要钱已不计其数。或许他对我这方面已疲劳了,很想听听基层电管站的情况。他这次调研,涉及与你的谈话,我是满意的。"

潘孝坤舌头卷几下,又伸直了。他想告诉陈根琪,杨士元找他单独谈话或者说聊天,不仅是为电力建设这一块,还有他问起了陆子祥。再则,陈根琪又不知陆子祥。最终,潘孝坤依然没有将此想法与疑惑告诉陈根琪。这是杨士元和他聊的是电力之外的事情,没有告诉其他人的必要。

"杨书记调研的事情已经过去,不说他了。"陈根琪说,"配电变压器中性点不接地运行和低压侧安装漏电保护器的试验要抓紧。上次地埋线推广会期间,我和黄司长、黎副厅长闲聊时说起这个事情,他们很感兴趣,表示希望我们还是走在前列。"

潘孝坤说:"这两项工作技术含量比地埋线高得多,需要更多的集体智慧,譬如,目前的漏电保护器与我们需要的规格与技术参数有差距,实际过程中,我们进行了改进。我想,是否让生产漏电保护器的厂家,参与我们的试验?"

陈根琪说:"这个问题,你跟我说起已不止一次了。我不想向上级反映和与有关厂家联系。我想,现在我公司好多职工子女都已长大,有的下乡插队回城后也安排不了工作,影响了职工的工作积极性和生活。现在好多镇或公社不是都办了一些镇办和社队企业吗?为解决职工子女就业问题,我想我公司也办上一家或几家集体企业。可生产什么产品?漏电保护器是一个发展方向。同时,根据电力发展需求,还可生产和发展相应的产品哦!"

第 11 章

所处的岗位不一样，考虑的问题自然有区别。一个县的电力公司"一把手"既要考虑全县的电力发展，又要想着职工的子女上学、就业等生活安排，实在是不易。潘孝坤默默地听着，深吸了一口气，说："一些社队企业办起来后，需要建立配电房。里边需要配电屏和辅助电力设施，而这些产品在国有企业一般是买不到的，主要是他们没有列入生产计划。这一块的产品，公司里头的变压器车间，有能力生产。我们可通过各个电管站，督促每个准备上马的企业报需求，然后组织生产。"

陈根琪大概有些吃惊，在电话那头重重地"哦"了一声，说："你怎么会想到这一层？"

"你忘了，我刚转业那会儿，你不是安排我在配电车间干活吗？"潘孝坤说，"技术方面，可让生产技术股的孙工临时负责，让他把关。他可是60年代中期的浙大毕业生。这些产品生产出来后，既解决了社队企业的需求，也促进了公司集体企业的创收。还有一个，集体企业必然增加人员，也就是你刚才所说的职工子女就业。"

"啊呀，潘孝坤，你的思路对极了！"陈根琪说，"当年，公司从县农校招收你们这批职工招对啦！当然喽，你们这批人当中素质各有不同。还是你好，经过部队大熔炉的锻炼，又干一行钻一行，不错，不错！这方面的工作，你有什么想法，尽管说。还有，这几天你爱人正在坐月子，好好照顾爱人和孩子。家庭和工作都不误，才是成功的男人。我不提倡忘我工作哦！"

潘孝坤说："感谢领导对我的关照！我家属出院后，如果她愿意，就让他和孩子搬到燕宁变电所的宿舍来。"

"什么愿意不愿意的！你家属从清溪调过来，本来就在燕宁变电所上班，现在已有了宿舍，把家安在那里有什么不好！"陈根琪说，"还是早些搬过来吧，双方可以有个照应，也可安心工作。你一家子生活在螺蛳浜的乡下，每天下班后，你是回去还是不回去，脑子里还得琢磨一阵子，哪还有心思想工作哦！另外，这回去一趟，还得赶二三十里的路，天天如此，哪受得了！好了，就聊这么多吧。"

这陈根琪说的倒是实在话。潘孝坤听陈根琪那头挂了电话，他放下话筒，默默坐了下来。让潘玉卿和儿女从螺蛳浜搬到燕宁变电所宿舍不是难事儿，问题是潘玉卿休完产假，正常上班后，谁来管处在哺乳期的婴儿！如果住在螺蛳浜家中，刚出生不久的婴儿，在潘玉卿上班时间，可有嫂嫂代为照看，潘玉卿下班，也可直接回家。只是路途远，交通又不便，靠两条腿来回，显然不行。潘玉卿曾想去买辆自行车，但苦于目前没有购买自行车票。再则，即使有了自行车，燕宁至螺蛳浜的路况不是很安全，尤其是出燕宁镇后，只能沿运河纤道而行的那五六里路，既窄小又高低不平。不仅潘孝坤不放心，连潘玉卿自己也不自信。而搬至燕宁变电所的家属宿舍，最突出的问题是，潘玉卿上班后小孩需要找人照看。可哪儿去找人哦！思来想去，在他们正式搬至燕宁变电所宿舍前，还是把身体不咋样的潘玉卿母亲从老家请来，照看婴儿和儿子潘阳。

　　此时潘孝坤才真正意识到，好多人在单位混得看似光鲜，背后却是父母及家人默默为他们分担着家庭的责任。

　　……

　　潘孝坤推着自行车带着儿子潘阳正欲出门，潘玉卿追出门来，关照道："我今天上的是晚班，下午儿子由你接哦！"潘孝坤想了想，正欲开口，潘玉卿又说："不要又说没空，别再让妈抱着你女儿去接你儿子。"潘孝坤说："好，好，今天我一定去接！但你也帮我办一个事情。"潘玉卿一听，柳眉倒竖，又瞪圆了眼睛，说："潘孝坤，听你口气，这儿女好像是我一个人的啊！"潘孝坤挤了一下眼睛，嬉皮笑脸地说："口误，口误，对不起，对不起！我是想让你帮我想想，配变中性点不接地系统试验中的问题，上次跟你聊起过了……"

　　潘玉卿说："你这个人现在真没劲透了！跟你说家事，你跟我谈你的那些技改！告诉你，我只懂变电，不懂你们线路这块玩意儿！还有，下次你回家不准谈你工作上的事情！"说罢，气呼呼地转身回屋去了。

　　曾经温存、听话的小女人，成为家庭主妇后，态度完全不一

第 11 章

样了！

潘孝坤只得自嘲地耸了耸双肩，跨上自行车，载着潘阳向幼儿园奔去。

今年春节过后，儿子潘阳在燕宁变电所华所长的运作下，好不容易插班进了与燕宁变电所挂钩共建的幼儿园。潘阳一上幼儿园，潘玉卿的母亲在家光带女儿潘雨一人，自然轻松不少。潘玉卿在变电所，上下班时间准时，接送儿子也能准点。而潘孝坤上班前送儿子去幼儿园能准时，下班就说不准了，特别是潘玉卿上晚班的时候，好几次潘孝坤误了接儿子回家的时间，有时幼儿园不是打电话到变电所就是幼儿园的老师送回或孩子的外婆接回的。在变电所上班十多年，讲程序、讲标准、讲规范的工作态度，潘玉卿自然也带到了生活中。潘孝坤那些行为表现出的看似随意，往深处想，感觉是懒散和对家庭对儿女的不负责，这是从潘孝坤对妻子的言语间早就认识到的。

然而，农村低压电网采用中性点不接地具体实施，至今未果，潘孝坤不免有些焦虑。他曾拿此技改设计图和陈根琪和分管生产技术的副经理老谭都聊起过这个问题。陈根琪听了有些茫然，要求他和老谭聊聊这个技术上的问题。然而，跟老谭说到此问题，老谭说，"农综变"是用电线上管的事情，我不便插手。潘孝坤知道，分管用电的副经理老李的业务水平与陈根琪相差无几，说了也是白说。因此，潘孝坤只想依靠自己和站内职工的力量，在春节过后，解决这一问题。如今春节已过去好几个月了，站内自主任命的科技攻关组也没有进展。

潘孝坤找人寻求他人帮忙的事情，汇至陈根琪那里。在一次生产例会上，陈根琪似不经意地问起了农村综合用电变压器中性点不接地怎么保护单相接地的问题，潘孝坤说："陈经理您不说，我还正想汇报呢！我和电管站的同志们已多次摸索，但进展缓慢。希望公司里头技术部门为我们提供些帮助。"

公司里的技术部门最重要的是生产技术股。人们把目光都投向

141

股长孙大德。孙大德推推眼镜,说:"我也作了些思考,但也不成熟。"他透过镜片冲潘孝坤扫了一下,说:"群众是真正的英雄,燕宁电管站的职工是好样的,相信能够解决这方面的问题。这样吧,我和燕宁电管站的职工抽个时间,作些理论上的探讨。"

陈根琪说:"那就这么定了。"

散会以后,潘孝坤直接进了孙大德的办公室。孙大德拉过一把椅子,放在他办公桌的斜对面,见潘孝坤坐了,他也坐了下来,含有责备的口气说:"你会看形势吗?"

潘孝坤皱了一下眉,说:"怎么啦,我们搞个技改,跟形势有啥关系?"

孙大德从桌面上扯过一张报纸,往潘孝坤面前推了推,潘孝坤瞄了一眼标题,说:"这不是1976年8月——昨天的报纸吗?"

孙大德隔着镜片和眼神一闪,似乎有些不满意,说:"现在又不讲生产和技改了,懂吗?你看看公司里头的陈根琪、老李、老谭,哪个不在糊稀泥!这些都是老油条,早就闻出味儿,不愿花太多的精力在里头,还不是明哲保身?你倒好,上蹿下跳,搞啥技改!"

"他们怕了么?我看不见得!"潘孝坤说,"'农综变'中性点不接地技改,上头要我们先走一步,并在燕宁供电区域搞试验,他们不支持反而逃避,不会吧?"

"燕宁供电区域的地埋线经验推广至全国,名声大振。我看你们已被这种激情所包围。"孙大德说,"但10千伏配变中性点不接地运行,设备生产厂家从出厂就带来了。也就是说,我们只要在变电所安装即可。"

"我们就是想利用同样的原理,围绕'农综变'进行技改。"潘孝坤的脸色有些难看。他抬了抬屁股,又说:"听你的口气,好像我们是为出名或是沽名钓誉才干这事!"

"我没这个意思。"孙大德摆摆手,笑笑说,"如果我说错了,请你原谅。"

"问题是现在没有生产厂家在设备上进行改造哦!不然,要我们

第 11 章

费那么多事情干嘛！"潘孝坤说，"我不管什么样的形势，反正我想把这个事情干成。你要是愿意帮就帮，确实没能耐或不愿意帮，就算球了！杀猪屠死了，岂能吃带毛的猪？"

孙大德说："陈根琪今天发话了，我岂能不参与？"

潘孝坤说："我当过兵，是个大老粗，没有那么多弯弯绕绕。不像你这个臭老九，想得那么多！"

"你在部队任过指导员，政工干部还大老粗？得了吧！"

潘孝坤那时和孙大德不是很熟。这样一来二去地斗了会儿嘴，算是有了某种合作的信任。

"无论农村还是城镇，目前变压器原边电压都是 10 千伏，副边电压都是 400 伏，也就是我们常说的 380 伏。"孙大德说，"在 10 千伏供电系统使用小电流接地选线，同样形成系统，理论上测算，在高压保护装置中如果设置漏电电流为 2 安，延时 0.5 秒。当线路接地电流超过 2 安，延时一定后，线路就会跳闸。这样保证线路的安全性，也提升了可靠性，表现在外在的，即是当有接地的线路，选线系统可以选出故障线路。然后拉路或摇测线路绝缘，对有故障的部位处理。"

潘孝坤说："我们眼下进行的农村低压电网中性点不接地要达到的目的，与 10 千伏要达到的目的大同小异。10 千伏表述的是线路接地，我们表述的是当人或其它动物触电时，线路立即能自动断开。"

"表述倒是不重要。"孙大德从办公桌角边堆着的资料堆里，取出一张图纸，说："这张图纸就是你们要实施的'农综变'中性点不接地线路图，你托陈根琪转给我的那张，他给我有些日子了。"他盯着图纸审视许久，又放下了，说："我也不给你藏着掖着，如果对单个的 10 千伏高压柜子加装零序电流互感器，在设备上就解决这个问题了。"

潘孝坤说："要是像 10 千伏一般，在高压柜上加装一个电流互感器什么的能解决，当然最好。"

孙大德说："如果这样简单，也不需要你们搞技改做试验了。我这样说，你别不高兴，我并不是在打击你们的积极性。"

"我根本不在乎打击不打击。"潘孝坤说，"只要能解决问题，我们可以把实践中的经验和不足毫无保留地提供给生产技术部门或者生产这种设备的厂家。我们基层班组和线路工想得不复杂，最好有解决这种问题的设备，往那儿一按，啥事也没有了。所以我才三番五次地找领导找你这样的专家！"

"别说什么专家了，我一听这词儿，心里就发毛。"孙大德说，"人斗人最厉害的时候，你还在当兵。可地埋线现场会召开前，燕宁电管站、公司里头、县委大院等多个地方出现的大字报，点了好几个人的名字，其中有你，也有我。"

"唉，这事你还记在心上！有人要贴大字报就让他们去贴吧。你我反正干的是人事又不是鬼事！"潘孝坤看孙大德说话绕来绕去，并不想参与的样子，不想再费口舌。

"你在部队待久了，喜欢立竿见影、雷厉风行，我也喜欢这样。可搞技术，尤其搞技改，经历多次试验很正常哦！我相信你们能完成这个项目的技改。"孙大德像突然想起什么，说，"你家属不是调在燕宁变电所工作吗？这些图纸，你可以让她瞧瞧，听听她的意见哦！"

潘孝坤笑笑，没再说什么。

那天，潘孝坤从县城回到燕宁电管站，太阳已偏西。路经传达室，李师傅从窗口探出半个身子，喊了他一声，递出一封信来，潘孝坤接过信，顺手放进包里，对李师傅说："你帮我通知一下，让中性点不接地攻关组的同志到会议室开个碰头会。"他支起自行车，径直进了会议室。

中性点不接地攻关组人员，也就几位班长和周雪松等几个青工。

看着他们陆续进了屋，潘孝坤说："离正式下班还有一个来小时，下班以后，有去幼儿园接孩子的，也有上街买菜为一家子做饭的，所以，长话短说。"潘孝坤将手中的笔扔在桌上后说，"现在看来，配变中性点不接地试验只能依靠我们自己的力量了。试验碰到问题

第 11 章

后,大家的希望寄托在公司的生技部门,今天我在公司开完会,找了孙大德,不知他是怕被人家批斗或'戴帽子',还是其他原因,他看了陈根琪带过去的技改图纸,他说他只懂 10 千伏以上中性点不接地运行的那套玩意儿,对'农综变'设置中性点不接地系统,他只打哈哈。"

徐立五坐在那里欠欠身子,说:"你以为他是大学生就什么都懂!我估计他对农村低压电网的实践经验不如我们呢!"

潘孝坤不接徐立五的话,继续说:"目前的主要问题是绝缘监视装置,也就是发现低压电网接地故障,或者可称为出现故障后,在绝缘监视装置上没反应与不及时,需要大家好好琢磨。"

于是,大伙儿七嘴八舌议论开了。面对这番情景,潘孝坤不便多说什么。技改遇到障碍,就像人关在院墙里绕圈子,一旦找到出口,问题将会迎刃而解。然而,潘孝坤凝视着这些几乎天天见的面孔,忽然,心底凉了一下。中性点不接地试验,他们的理论知识知多少哦!当时,在设计中心点不接地线路图的时候,潘孝坤和周雪松查阅了不少资料,包括不同电压等级的中性点不接地理论与装配线路图。根据潘孝坤和周雪松设计的图纸,他们七凑八拼,想办法找来一些装置。现在如果期望他们从理论上突破,找到解决问题的办法,肯定比他们找个所需的装置难得多。

潘孝坤看了一下手表说:"时间不早了,今天到这里。大家回去也可考虑。等考虑到一定程度,或许一下子脑门大开。"

潘孝坤从幼儿园接回儿子,推着自行车穿过横跨运河的水泥桥,走下桥墩,见有几个蹲或站着的年老男女面前摆着摊,出售蔬菜、鸡和鸡蛋之类的物品,他买了些韭菜和鸡蛋,又沿着运河塘往变电所宿舍前行。边走边和坐在自行车架上的儿子潘阳闲聊。快到家的时候,儿子说:"妈妈昨天说了,再过几天,你负责送我上幼儿园,妈妈负责接我。"潘孝坤说:"你妈妈遇到上晚班也能负责接你?"儿子说:"妈妈说过了,她今后都上白班。"

进入篱笆院门,潘孝坤的岳母抱着小潘雨从屋里出来。岳母对

145

潘孝坤说:"囡囡听到哥哥的说话声,就要往外奔。"小潘雨在外婆怀里绽开笑脸,"喔啊喔啊"地说着,潘孝坤用手指在小潘雨的脸蛋上轻划一下,说:"雨儿啊,你在外婆怀里奔来奔去,外婆受得了么?"又支起自行车,对潘阳说:"妹妹在叫你哥呢!"潘阳滑下自行车,开心叫着雨儿,并与妹妹逗了起来。

潘孝坤从自行车上拿下电工包和路经桥墩时买的鸡蛋、韭菜,进了屋。听到厨房里有切菜声,他轻咳一声,进了厨房。对停止了切菜的潘玉卿说:"这几天你不是上晚班吗?"潘玉卿说:"我换了岗位。从今天开始,只上白班。变电所所长老华说,根据你们电力公司老陈的要求,所里才给我换的岗位。"潘孝坤边理韭菜边说:"老陈怪我们配变中性点不接地试验进展太慢,我说你白天晚上轮流着倒班,接送小孩上幼儿园的事情让我分心了。我这么一说,他真当回事了。这样也好!"

潘玉卿说:"配变中性点不接地试验虽然由你们燕宁电管站承担,碰到问题,你可以往上报啊!上边那么多电力专家,他们是吃干饭的啊!"

潘孝坤说:"我哪有不往上报哦!公司领导我几乎都汇报了一遍,也找了所谓的专家孙大德,都是一个意见,要我们自己想办法。还有,你猜孙大德怎么说?"他瞅了潘玉卿一眼,说:"他说配变中性点不接地原理与10千伏中性点不接地原理应该差不多,他要我找你想想办法。嘿嘿,这个想法倒是跟我差不多。"

潘玉卿没吭声,也没搭腔,往锅里放了一勺油,听到油锅里一声小小的爆响,她才将砧板上的菜倒进油锅,用铲子炒了几下,说:"韭菜洗净了就出去吧,不就是韭菜炒鸡蛋嘛!"

潘孝坤拎起进厨房时扔在地上的电工包,顺从地出了厨房。潘玉卿不再接关于配变中性点不接地试验的话,她是在考虑是否"想想办法"?配变中性点不接地试验毕竟是燕宁电管站在承担。她也得上班,还要承担家里的责任。同时,作为丈夫,他对她太了解了,她一旦投入其中,非得有个结果。因此,他有些于心不忍。他到了

第 11 章

外屋,往椅子上一坐,这才从电工包里掏出信来。

潘孝坤瞧着信封上写得歪歪扭扭又较大的字,他像看到了陆子祥憨厚中夹着精灵的眼睛。潘孝坤离开部队好几年了,有时很想部队和战友,只是各忙各的,通信联系总是断断续续。陆子祥的通信联系间隔时间更长,有时一年也只一封信。潘孝坤给陆子祥写信,是上次杨士元好像不经意问起陆子祥和杨梅的情况,为解疑惑,他将那天杨士元与他谈话的情景写了出来,并将杨士元聊起陆子祥和杨梅的情节融入其中。潘孝坤当时估计,陆子祥在给的回信中会说出他和杨士元的关系或如何相识的。

信发出初期,潘孝坤计算着陆子祥该什么时间能来信了。可这陆子祥并没有如他期望的那样给他来信。他也渐渐失去了想知道杨士元与陆子祥和杨梅的关系的兴趣。是啊,杨士元即使与陆子祥和杨梅有什么私人关系,又与他潘孝坤何干呢!然而,时隔这么久,不知是陆子祥忘了他在信里提到杨士元或者他压根儿没收到他那封信,他来信中只字未提杨士元。陆子祥来信告诉他,他已调营里任副教导员了,还说,如果你潘孝坤不顶你们连长的转业名额,如今可能早是教导员了。你潘孝坤是个好人,常常替别人着想,有时宁愿自己的个人利益受损。说到底,这种做法,是对自己的不负责。希望你一定要改正这方面的问题。地方不比部队,地方的人际关系复杂得很呢!小心别人搞你的小动作还不自知!

陆子祥在信中还给他带来了新的消息。他说他们当新兵时,人人都希望分到三十七团周政委的手下,周政委从师政治部副主任的岗位转业到了省里的文化部门。如果你潘孝坤有空,可去他单位看看他。他常在我面前聊起你,说你是个人才。当然,我也把你的工作单位和地址告诉了他。他说他有机会会去拜访你。

潘玉卿端着炒好的两个菜往外屋的饭桌一放,问:"这是谁给你的来信?"

"陆子祥。"潘孝坤将信纸放进信封,说,"他在来信中说,杨梅向你问好。"

潘玉卿说:"你给他回信的时候,也替我写上,向杨梅问好。"

潘孝坤说:"与陆子祥在一起,会有许多可聊的话头,但给他写信,好像没啥可谈的。"

潘玉卿说:"我看你读他的信很投入嘛!怎么会没话可谈呢!"

"这家伙,写信全凭自己的兴趣,他觉得有话想跟你说了,就写,感觉没啥可写,一年半载也不会给你个音讯。"

"战友之间写信还有什么规矩吗?"

"朋友靠走动,战友靠互动。来来往往的信就是互动。他这次来信呢,是向我报喜,他升官了。"潘孝坤将信递给潘玉卿,说,"你看看。"

潘玉卿看了一遍信,又将信递给潘孝坤说:"你别看陆子祥这字写得不好,但对你的了解,某些方面比我还全。"

潘孝坤笑笑,站起来伸手在潘玉卿的脸上捏了一下,说:"或许你说得对!"

"行啦!"潘玉卿在潘孝坤的胳膊上推了一下说,"你把你们搞的配变中性点不接地试验图纸给我看看。"

潘孝坤又拎起电工包,有些急切地说:"我的电工包里也放着整套图纸!"

"现在先吃饭。你们公司的老陈捣鼓着为我调换岗位,总得有所表示吧!"

潘孝坤激动地张开胳膊,做了个拥抱的姿势,潘玉卿却冲着屋外说:"潘阳,叫外婆和妹妹吃饭了。"

第 12 章

潘孝坤已被配变中性点不接地试验弄得有些急躁。他期望妻子潘玉卿在线路图上立马能看出端倪来，所以那天一家人吃过晚饭，他刷碗、拖地、收拾屋子表现得尤为勤快。等他忙完这一切，潘玉卿在水龙头边也洗完衣服，她淡淡地说："该咋生活就咋生活吧，说好的规矩不能破。"潘孝坤没说话，只是冲她讪讪地笑笑。

潘玉卿所说的规矩，即是在家不谈工作上的事儿。如此规定，主要是为儿子潘阳，在每天晚上腾出一小时，教儿子小学课程，争取儿子明年一上小学，能增强学习的自信心。

他们夫妻各自忙完家务，坐在外屋饭桌上的潘阳，做完了一百道算术题。潘玉卿认真批改完儿子的算术题，表扬了儿子几句，取出小学一年级的语文课本，正要给儿子辅导，潘玉卿的母亲抱着小潘雨从里屋也来到了外屋，小潘雨咿咿呀呀地说着，拍着小手要妈妈抱。潘玉卿只得放下课本，逗了她一会儿，又说："让爸爸抱你玩会儿。"

本想装模作样看配变中性点不接地技改图纸并以此吸引潘玉卿的潘孝坤只得站起来，接过小潘雨。小潘雨却要外婆抱。潘孝坤说："外婆管了你一天，累了，还是爸爸抱你冲天天。"说着，就将女儿连着举过头顶。屋内顿时响起女儿欢快的笑声。

潘玉卿的母亲欣慰地看了一会儿，转身回里屋洗漱去了。

潘玉卿看着女儿和丈夫，满脸是喜悦，但看到儿子也在乐，她说："妹妹不要和爸爸在这里玩了，哥哥在这里要读书呢！"见潘孝坤

149

瞄了图纸一眼，潘玉卿说："你以为我看一下图纸，就能发现问题了？我还得知晓图纸上那些装置的电压、电阻、电流，还有容量什么的，与整个'农综变'中性点不接地的构成是否配套。而这需要经过测算呢！"

潘孝坤说："那些装置的数据都在装配线路图上标着呢！"忽见玉卿的脸色有变，便知趣地抱着女儿到了里屋。

潘玉卿全部测算完整个装置的数据，已是一个星期以后。她在变电所打电话给正在燕宁电管站办公室的潘孝坤："低压零线不允许断开，如零线断开，会产生三相电压中性点移位，烧坏单相用电设备。故应重视零线的机械强度，所以零线不得用拆股线、铁丝线；三相四线制零线截面不宜小于相线截面的50％，单相制的零线截面应与相线截面相同，铝绞线的最小截面不得小于16平方毫米。"

潘孝坤说了声你等一下，找出图纸，仔细看了一下，又根据潘玉卿说的那些装置旁注上了所说的技术规格。

"记上了吗？"话筒里传来潘玉卿轻松的笑声。等潘孝坤说你说的话我标在了图上，她说："还有一个问题，你们要检查一下，中性线与地线断开后，其中地线插式通断器，应选用100安以上。通断器不应放置熔丝，应放粗号铜丝或铝丝，以保证可靠通断。另外，通断器上面桩头接零线，下面桩头接地线，地线可用裸铝线连接配变接地线桩头，用地埋或架空引入配电盘，接通断器下桩头。引线截面不得小于25平方毫米。"

潘孝坤嘴里嗯嗯地应答着，手不停地在图纸上寻找并标注着图纸上的那些部位。

过了一会儿，潘玉卿的声音又传过来："你上次提到的低压电网接地故障出现后，在绝缘监视装置上没反应或者说不及时，可能是那只用于判别线路是否接地的白炽灯，容量与配变不配套，如果配变容量在20至25之间，白炽灯容量应在25至40瓦之间；如果配变容量在75千伏安，白炽灯容量应在60至100瓦之间。你上次说的低压电网接地故障不及时，在绝缘监视装置上没反应不及时，可能与这两者之间不配套有关。但有时也应根据具体情况进行修正。主要取决于对地绝缘水平。"

潘孝坤说:"老婆,你能不能把你说的那些内容注明在我给你的图纸上,回家跟我说一下?总不至于连这点时间谈工作都不行吧?"

"夫妻约定该比法律还大哦!"潘玉卿在电话那头笑了一下,问,"那个配电盘是不是装在机埠?"

"你见过?"

"我虽然没见过,也能估计出来。"

"那么,你是否上现场来看看?"

"只要不在家谈这些工作,应该不是问题。不过,我毕竟是变电所的人,我出来为你们做事,你们得给我请假。"

"我给老华打个电话不就行了吗!"

"不,你不要跟老华说。老华说了,如果枫荷县电力公司老陈跟他打招呼,他会同意。你打过来,他不同意。"

"这,这是啥意思?"

"这个回家跟你说。"潘玉卿便挂了电话。

潘孝坤半个身子趴在摊在办公桌的图上,仔细地审查着潘玉卿提示自己标注的几个方面问题。一会儿,他喊来周雪松,说:"你把你的那套图拿来,根据我图上标下的内容,誊写下来,尽快计算一下,如果都能对上,就按计算出来的数据,更换装置。"

周雪松拿过潘孝坤刚才标注过的图纸,还没细看,便"啊呀"叫了一声,惊喜地问:"站长,你这是受了哪位高人的指点?我们怎么没想到呢!"

潘孝坤有些得意,但还是说:"啥高人!只不过让老婆检查了一下图纸。"

周雪松愣愣地望着潘孝坤。他显然没想到潘孝坤会让自己的家属为此帮忙。

"我找过公司里头的几个所谓的专家,不知什么原因,好像这个项目的技改就是燕宁电管站的事情!但孙大德跟我说,像在变电所工作又肯钻研业务的人,能帮我们出些主意,于是,我找了我老婆。"

"那我们得好好感谢嫂子哦!"周雪松却有些担心地说,"根据这些数据,配变中心点不接地的那些装置,我们得重置。可一下子到哪儿弄那些材料?"

"你列个单子,如果公司物资上有,就去领;若没有,我们再想其他办法。"潘孝坤说,"过去人们常说,只要思想不滑坡,办法总比困难多。你和攻关组的同志,根据调整的数据,再合计合计。"

潘孝坤说是这么说,他知道,对于中性点不接地试验中相关理论计算,电管站的线路工完全是弱项。因此,他给陈根琪打了电话,汇报了潘玉卿对相关理论计算后需要改进的措施。陈根琪倒是轻松地笑了,说:"看来你家属在这方面比你能干。上次我跟变电所的老华说,让你家属调整一下岗位,现在效果比我想象的还快。"潘孝坤说:"今年离年底没多少时间了,若在年底前把首个试验搞成功,最好是让潘玉卿直接参与。"陈根琪说:"那把她暂借一下,直到你们的试验成功。"潘孝坤说:"变电所愿意借人吗?"陈根琪说:"上边已有文件出台,110千伏变电所人员、设备下放至所在县公司管理,他们变电所的领导应该也有耳闻。你只管把试验搞成功,借人的事情我来办。"

"借人先缓缓吧。"潘孝坤说,"按潘玉卿提出的几个问题,我们梳理一遍再说。遇到什么问题,我跟她说。"

"要想搞成功,不只是在图上作业,还得到现场。你爱人抽得出时间?"

潘孝坤说:"她不是有星期天嘛!"

"只要你把这个项目拿下来,我随你!但不要因为她是你爱人在帮助你们工作,觉得理所当然哦!"

"明白,明白。"潘孝坤放下电话,想起潘玉卿说过,让她出来帮忙,老华非得要陈根琪跟他打招呼的话,大概是想陈根琪知道,110千伏燕宁变电所的职工参与了此项目的技改。那么,这让已经付出了很多时间与精力的电管站的职工,有何想法哦!

第 12 章

　　然而，潘孝坤的妻子潘玉卿参与农村低压电网中性点不接地试验的消息由此传开。

　　按潘玉卿提出的几个问题，经梳理和整改装置后，通电试验在墨秀公社赤甲窝机埠展开。

　　墨秀公社地埋线推广至全国，使他们对电力技改试验无比重视。机电站站长张正权早已在机埠等候。

　　那天，燕宁电管站中性点不接地试验攻关组的五六位职工乘站里的小轮船到的赤甲窝机埠。在河岸等候的张正权瞅着他们脸上凝重的样子，只是哦了一声，问:"潘站长没来么?"走在前面的徐立五说:"现在站里有点事，待处理完了，他骑自行车过来。"他回头望望小轮船说，"不过，他爱人来了。"张正权疑惑地朝小轮船望去，见一位身着一套天蓝工装，头戴红色安全帽的女同胞正从船头跳上岸来。周雪松对张正权说:"潘工为我们攻关组出了大力。"

　　潘玉卿笑吟吟地走到张正权跟前，边伸出手边说:"你好，你是正权吧? 常听孝坤提起你呢!"

　　张正权握了握潘玉卿的手，说:"人家常说，一个成功男人的背后，往往站着一个有教养又耐看的女人。我想这次通电定能成功!"

　　潘玉卿哈哈一笑说:"你真会说话啊!"

　　这座机埠的后侧就是农村综合用电变压器。整个配变台区用竹篱笆围着。有人爬上配变台区的电杆，拉下令克，配变没了呜呜的运行声。张正权打开竹篱笆门，一行人进了装有配变的竹篱笆内，周雪松指着配变的一侧说:"中性点不接地运行，零线和地线得断开，因为用电设备不得采用接零保护，应实行可靠接地保护。"

　　潘玉卿没吭声，眼睛溜过配变两侧。

　　周雪松说:"配变高、低压两侧都应置避雷器，这还是高压二线一地制线路，因此置高压避雷器两只。如果是三线制，置高压避雷器三只。低压侧装置额定电压 380 伏的低压避雷器需要四只装置。"

　　潘玉卿顺着配变接地线桩头，见架空线穿进围墙，引入了机埠，估计配电盘在里头，就进了机埠。见配电盘下的小桌上放着通断器

153

和一只灯泡,她拿起来,仔细瞅瞅,问:"这个就是接通断器下桩头的部件?"

"是啊!"周雪松说,"昨天我们全部安装完毕已晚了。潘站长说到此为止,让你来检查和核对后,方可通电,这个通断器和灯泡便没有往上安。"

潘玉卿凝视着与他一同来的电管站的几位职工和张正权,说:"我们六个人,两人一组,按图上的线路先对照实物,拿图的人说一下装置名称,另一位同志复诵一遍,并将实物指给拿图的人看一下。变电所在巡视过程中,就是这么干的哦!"她又吩咐周雪松,"你跟着我,我看图,你找装置。"

复诵图纸和实物的口令从配变至机埠,此起彼伏。

离机埠不远,正在桑树地里干活的农民,听到这里的动静,十分好奇,走出桑树林,站在路旁朝他们观望。有壮汉冲他们嚷嚷:"你们像捉鬼似的,在干啥呢?"

此时,他们已核对检查完毕。徐立五转身打哈哈:"鬼太小了,我们要捉就捉阎王!"

壮汉又说:"那你们比钟馗还厉害!"

潘玉卿从机埠出来,对站在一旁的周雪松说:"小周,通电试试。"

有人爬上电杆,顶上令克,配变有了呜呜的运行声。潘玉卿转身进了机埠,周雪松、徐立五、张正权等跟了进去。他们注视了一会儿配电盘,潘玉卿说:"通电正常!"

周雪松兴奋地高叫一声,潘玉卿笑笑说:"别高兴得太早哦!还得看看触电试验的效果怎么样!"

手拿令克棒的范建立将令克棒递到徐立五面前,徐立五迟疑了一下,说:"小周是攻关组的主要成员,还是小周去做触电试验。"

"又不用你们人体做触电试验,用令克棒在外边的相线上短接一下即可了。这还怕死啊!"周雪松说,"我还要在这里观察配电盘呢!"

"那你离配电盘也远点,小心配电盘上的灯泡炸裂哦!"潘玉卿说过,拿起令克棒往外走,却被一旁的张正权抓住了令克棒,说:

第 12 章

"潘工,你在旁边指导,操作还是我来。"潘玉卿微笑道:"没事的,我先示范 A 相,其余的相线由你来做。"

潘玉卿走出屋外,里边的几个人也跟了出来。电杆横担上架空线处,几根拟接地的线早已挂在高处。潘玉卿套上脚扣,顺着电杆往上爬了几下,用令克棒将一接线往拉线处甩了一下,啪的一声炸响,闪出一窝火花,惊得路边看热闹的那些农民一片大叫。潘玉卿却冷静地冲着机埠问:"小周,怎么样?"小周的脑袋从窗户探出来,叫声很好,并伸出大拇指晃了晃。

潘玉卿爬下电杆,将令克棒递给张正权,并交代几句,见他脚踩脚扣往电杆上爬了,潘玉卿说声可以开始了,又走进机埠。

屋外响起啪的一声,路边看热闹的那些农民惊呼。

潘玉卿瞅着配电盘,很是欣慰,并冲屋外说:"剩下的一相线也短接!"

屋外又响起啪的一声,又传来一阵惊呼。

周雪松打了个响指,转身奔出屋外,高叫着:"我们成功啦!"

路边看热闹的人群中有人问:"你们成功什么啦?"

这边的人却光顾兴奋地说着话,好像没听见看热闹那些人的问话。人群中也有认识张正权的,直接叫着张正权:"他们高兴什么,你说来听听啊!"

"这里以前不是发生过人触电而死的事情吗?下次只要有人往电线、马达、电动打稻机上寻死扑腾,这边立刻停电,所以啊,想死也死不了啦!"

"哦,现在广播里几乎天天在说科学技术是第一生产力!"看热闹的人群中有人嚷嚷,"你们率先就高科技了吗?"

周雪松说:"这叫科技兴电、用电!"

张正权说:"如果你们家里触了电,这机埠上还立刻停不了电哦!"

"你这张歪嘴,咒我们触电哪!"有人嘻嘻哈哈数落张正权。

周雪松说:"这里的 380 伏有人触电,立马能断掉电源,不会有生命危害了,所以,这个功能将会扩展到家用的 220 伏电源上,到

155

时大伙儿尽管放心用电！"

这时，看热闹的人群后面响起一阵自行车铃声。有人瞅着潘孝坤下车并推着自行车走向机埠，说："你们在看西洋景啊！"人群中有人认识潘孝坤的，说："比看西洋景还过瘾。你们电管站的试验成功了！"

有人说："你得请他们喝酒庆功啊！"

也有人说："潘站长，里边那个女工赞得来，既能爬电杆还能教别人怎么干。"

还有人问："他们在叫她潘工，跟你一个姓，是你妹妹还是你女儿啊？"

这时有人一本正经地说："那女的这么高挑、漂亮，潘站长又黑又敦实，怎么会是他的妹妹和女儿呢！"

潘孝坤站住了，摸了一把胡子拉碴的脸说："我有这么丑吗！"

站在机埠门口的潘玉卿听了那些话，开心得捂着嘴跑进了机埠里头。

……

也就是那个时候的某一天，陆子祥出现在燕宁电管站潘孝坤的办公室。潘孝坤对陆子祥的突然而至，显然十分惊讶。

陆子祥哈哈大笑，并且粗犷地在潘孝坤胸膛上捶了一拳，说："我们可是七八年没见面了哦！很想你呢！"潘孝坤说："想我也不给我来信？"陆子祥说："你不是不知道，我对写信不感兴趣。那么，你不给我来信，心里已没有我这个老战友了？"

潘孝坤说："说实话，我写信给你，你要么不回，要么间隔时间太长，加上站里的事多，两个孩子尚年幼，需要照管的时间多，哪还有精力写信哦！"

"这是大实话，我信！"陆子祥问潘孝坤两个孩子和潘玉卿的近况，陆子祥听了，连声说："好了，好了，最费力的时间段总算熬出来。"他又介绍杨梅和孩子的情况。末了，他说："我已确定转业了。这次回老家，主要是联系一下转业的工作安排。本来嘛，我梦想着

第12章

混个团职干部回来，工作也好安排些。可蹦跶了这几年，从副营长到副教导员，总之在副营位置上原地打转转。前年，上头有文件规定，战士提干，必须考入相应的军事院校；干部提拔呢，也要达到什么学历。唉，这个人升迁，要与学历挂钩了。我当兵前，连小学都未毕业，赖着不转业，也太没有自知之明了。趁着杨梅的本家堂叔还在枫荷县的领导岗位上，我想还是尽快转业为妙。"

潘孝坤说："好多年前，杨书记问起我，你和杨梅在部队的情况，估计你们有什么渊源在里头，你却没有跟我说起。怕我沾了你的光？"

"这话说得不对头啦！"陆子祥说，"部队一直在大山深处修铁路，孩子上学离师子弟学校太远，那么一点点小的孩子住校又带来许多问题，所以，在此之前，杨梅希望孩子接受良好的教育，有了希望我转业的期盼。她那个伯父杨副师长你是知道的。他那时早已转业。杨梅跟她伯父谈了希望随我转业回枫荷老家的想法以后，她伯父说杨梅的一个堂叔在枫荷做县委书记，她伯父就跟杨书记写了信。至于怎么写的，我就不清楚了。但那个时候，我从七营调至九营任副教导员不久，显然不可能转业的。"

潘孝坤说："你这次来找杨书记，联系工作有着落了？"

陆子祥呵呵一笑，说："我不跟你说，你已知道我找杨书记了。可是，我就这么一点关系，不找他，也没地方找人去哦！至于工作嘛，他给我提了建议，杨梅可去邮电局，做她参加工作时的老本行；我的工作嘛，他说，现在的经济建设正在爬坡，爬得越高，缺氧越严重。这个氧就是电力！他希望我为电力出份力。可我哪能做得了电力工作！但这老爷子对枫荷县的电力建设很满意，说是为枫荷人民扬了眉吐了气，像地埋线的经验推广到了全国，又试验成功了配变中性点不接地，大大降低了老百姓的触电死亡率，还有叫什么两线、三线建设？"

"杨书记说的这些倒不假。"潘孝坤说，"你所说的两线与三线，真正的叫法是'两线一地制'线路恢复'三线制'运行，或者说叫

157

改造。从1977年开始，电力部门按照设计技术规范标准，集中主要资金、物力、人力对不合格线路、设备进行改造。到目前为止，共有152.73千米的35千伏'两线一地制'线路恢复'三线制'运行；1091.5千米的10千伏线路改为'三线制'运行；2000千多米的10千伏木杆线路调换成钢筋混凝土杆，并调换了一批不合格的设备和导线，使农村电网安全经济供电状况有了初步改善，并对10千伏两线一地制线路、危及人身设备安全的变电所、高能耗的配电变压器进行重点整修改造。枫荷县平均线损率在改造以前普遍在15%以上，改造后降至6%至9%之间。"

陆子祥说："一说起电力这一块，你很开心哦！"

"那是！"潘孝坤颇为自豪地说，"像你前面说的配变中性点不接地试验，就是我燕宁电管站搞出来的。我老婆潘玉卿还帮了大忙。这个科技项目已从燕宁电管站管辖的供电区域推广至全枫荷县，到目前已有1065台综合性用电的配电变压器及其低压出线实行中性点不接地运行。这些区域内，发生多起人身触电事故均未造成重伤或死亡，危害程度大为减轻。今年冬天，省电力学会准备在枫荷召开农村低压电网中性点不接地运行学术讨论会。你看，我正在起草《配变中性点不接地运行条例》。这个东西准备让与会人员讨论、完善、修订后，正式实施呢！"

陆子祥挠挠头皮，说："你说的那些玩意儿，我听都听不懂，我怎么好意思到电力部门工作哦！"

潘孝坤说："电力部门也不是人人都需要懂业务技术。时间长了，听得多、接触多了，慢慢就会了。我们公司现在的经理，以前也没有做过电力工作，现在说起业务技术，头头是道哦！"

陆子祥说："你刺我啊？我又不想到电力公司担任'一把手'。当然，如果与地方干部比职位，副教导员相当于副科级干部，但是安排岗位，往往减一两级。这个我会正确认识的。至于安排什么岗位，我也不会计较啦！"

门外传来一阵嘈杂声。陆子祥有些疑惑地瞅瞅潘孝坤。潘孝坤说:"大伙儿在外面干活,回营了。"这时,门外有人叫声孝坤,人便进来了。陆子祥惊讶地望着身着被汗水湿透了工作服的徐立五,呼着他的名字站起来,伸出了右手。徐立五怔了怔,打量了一眼身着六五式军装的陆子祥,哦了一声,握了握他的手说,在这里呀!不等他说话,徐立五又面向潘孝坤,说了几个今天工作中遇到的问题,待潘孝坤有了意见,徐立五也不再与陆子祥招呼,顾自走了出去。

陆子祥在潘孝坤办公室对面重新坐了下来,说:"徐立五现在怎么样?"

"蛮好啊!他儿子、女儿都比我家潘阳大。"潘孝坤说着,站起来为陆子祥茶杯里续上开水。由于陆子祥与徐立五的妻子陆娟英定过亲,并在陆子祥在部队提干后,由他提出退婚,当年徐立五陪同陆娟英去了部队,并且准备大闹一场,以及根据陆子祥的要求,由潘孝坤出面,帮助陆子祥化解陆娟英到部队而使陆子祥可能出现"危机"的情景,潘孝坤记忆犹新。不论怎么说,这事已过去十多年,徐立五的生活常态也是他妻子陆娟英的生活常态。所以,他把徐立五与他联系紧密的儿女先说了。

陆子祥笑笑说:"婚姻还真是靠缘分。我当年是贫不择妻,如果陆娟英最后对我态度好些,我也就尊重媒妁之言了。但以她的性格,她总以为比我强,日子肯定不太平。"

潘孝坤说:"陆娟英和徐立五相识并走到一起,还不因你而起!"

"所以,我对徐立五像没事一般。只是你看刚才徐立五对我冰冷的态度,心里的坎还迈不过去呢!"陆子祥端起茶杯,喝了一口,说:"听说徐立五前几年离开电管站,去劳动改造了一阵子?"

潘孝坤说:"你这是听谁说的?!没有的事儿!在六十年代末的时候,公司里有几个'要事体'的,让他干这干那,他也乐意听从他们的安排。到了1977年初,根据县里的统一安排,对那些人集中在县农场进行了思想教育。也就是那种边学习边劳动。这劳动,就是在农场干农活。徐立五与那些当年'要事体'的人说得来,公司派他去管理本单位的几个人。"

"凭徐立五的个性，会有你说的那么好？"陆子祥笑笑。

潘孝坤不想再说徐立五。问："这次联系工作，杨梅没随你一起来？"

陆子祥说："你也小看我了吧？不就是联系一个转业后的工作嘛！在部队，你我啥样的人没见过啊！"

潘孝坤说："士别三日，当刮目相看，何况，你早已不是士了哦！"

"你看看，我刚自夸一下，你就讽刺上了。唉，唉。"

两人正聊着，范建立、沈叙英闯进屋来，冲陆子祥喊着老战友。陆子祥握着他们的手，问："老战友贵姓？"

范建立说："既然是老战友，还不知姓名！"

沈叙英说："你在部队官越做越大，竟然把老战友都忘了！"

潘孝坤说："同一批入伍的枫荷籍战友到铁八师的有好几百人，你们都认识？"

范建立说："当年，他面对塌方，临危不惧，机智灵活，避免了战友的生命安全受到威胁却使自己身负重伤的先进事迹，在全师引起的轰动，谁人不知呀！"

"惭愧，惭愧！好汉不担当年勇哦！"陆子祥连忙掏出烟来，撒了一圈，说，"部队需要保持旺盛的战斗力，年轻化是重要因素之一。我也走上了奔四十的路，正在考虑退路了。"

范建立、沈叙英便问陆子祥如今在部队是什么职务，老婆现在哪里，孩子多大了。陆子祥一一答了。他们又问陆子祥想转业到什么地方。陆子祥戏言道："我想有什么用啊！我想进中南海，组织上又不给安排。"

陆子祥如此说，是不想让范建立、沈叙英再问下去。他们感觉有些无趣，打着哈哈出了屋。

潘孝坤瞅着陆子祥说："他们俩可是跟我们同年同月同日同赴一个师的战友，说话不要不耐烦哦！"

"战友太多啊，徐立五与我们不也是战友？"

"不管怎么样，人都有不足。到了地方，尤其要学会包容人哦！"

第12章

潘孝坤站起来说，"走，既然到了燕宁，就上我家喝几盅。"

对于转业，陆子祥有过无数设想，每次总有莫名的恐慌。就像当年参军入伍，想到要去远方，去一个不熟悉的环境，不知该如何去适应。在和杨士元没有接触之前，他最想去的单位还是公安。但经杨士元这么一说，他觉得能够进电力部门也是个不错的选择。潘孝坤转业进了这样的单位，岂不混得风生水起？他太想跟潘孝坤聊一聊了。

陆子祥到了潘孝坤在燕宁变电所的家中，遇上七八年未曾谋面的潘玉卿，说了杨梅的近况，又聊他一个儿子和一个女儿的情况，还说些部队七零八落的大小事情。原本不胜酒力的陆子祥，一会儿醉眼蒙眬，对潘孝坤说："你家玉卿，以前说话好脸红，现在活泼多了。孝坤，你和我，最大的成果是娶了个贤惠又好看的老婆。"

潘孝坤搂过儿子和女儿，舌头也僵硬了，说："最大的成果是一双儿女。"

陆子祥呵呵笑着，伸出大拇指。说："为儿女的未来，为咱们的电气化建设，我一定要转业在电力系统，与你老弟共同奋斗。"

潘孝坤和陆子祥不停地说着过去，说着未来，不停地喝着杯中的酒。他们在迷醉中，瞅见潘玉卿唤一双儿女进了里屋，又瞅见她泡了两杯茶水放在他们面前。他们边喝边说，从饭桌喝到旁边的三人沙发上，不知过了多久，便有了呼噜声。醒来，天已大亮。

五个多月后的一天，潘孝坤接到陆子祥的电话，说他已到县电力公司报到，至于工作安排，正在等通知。潘孝坤问："杨梅上班了没有？"陆子祥说："她倒是上班了。她单位的领导说，单位的住房很紧张，只能由丈夫一方解决。"他说，他目前借住在县招待所，多亏杨士元的关系，才得以借住。

陆子祥弟兄多，住房少。好几年前，弟兄分家，陆子祥分得一间草棚。这大概是陆子祥在部队很少探亲的原因。即使那间草棚能住人，离县城远，陆子祥和杨梅及孩子不可能住在那儿。

潘孝坤听陆子祥聊了好一会儿，他明白了陆子祥的意思。陆子

161

祥想尽快上班，并使全家有一个能安居的家。陆子祥说："当兵保家卫国，转业后如果没有属于自家的房子，想想都不是滋味。我们是凡夫俗子，只有肉体安身了，灵魂才可安放。如果有住房，安排我爬电杆、抄表都无所谓啊！"

"不要着急，面包会有的，一切都会有的。你现在也没有睡大街嘛！"潘孝坤安慰着陆子祥。他知道，电力公司在县城工作的人多，一下子解决住房有一定的难度，而县城之外的诸如电管站、变电所的职工宿舍，调整一下，总可以有当家住的地方。因此，潘孝坤说："要不，你跟组织上要求一下，到县城之外的公司下属单位去嘛！这样可以解决住房问题。"

"县城之外的哪个下属单位有住房啊？"

潘孝坤说："燕宁110千伏变电所前几个月，从渔城供电局下放到枫荷电力公司管理了，最近人员调整多，住房也应该不会有大的问题。"

陆子祥沉默了一会儿说："这个倒是蛮吸引人的。只是杨梅在县城上班，若是我在燕宁工作，岂不是分居两地了？燕宁到县城乘轮船要一个多小时呢！"

潘孝坤说："那你也不要心急。还是顺其自然吧。"

过了一个多星期，枫荷县电力公司党委下发并抄送的一个干部任免文件传到潘孝坤手里，决定任命陆子祥为电力设备厂筹建组的临时党支部书记。

这个电力设备厂是公司在原变压器车间的基础上筹建起来的。其业务除修理和维护配电变压器外，还增加了配电屏、漏电保护器等产品生产。

一直以来，潘孝坤关注漏电保护器生产。一旦有本公司的电力设备厂生产并在全县推广，安全用电将进一步得到强有力的保障。

第 13 章

陈根琪放下电话，叫来了行政股的股长。说："让你腾出一间房来给陆子祥，已过去好几个月了，弄得怎么样了？"行政股股长东拉西扯了一阵，陈根琪有些生气："上次你不是说，玉苏河那边还有一套宿舍吗？"行政股长说："是啊，你上次不是说这套房子暂时先留着，让我另外想想办法嘛！"陈根琪语调缓和了，说："实在没办法，先把这套给陆子祥吧。"行政股股长说："这套房子比你那套还大呢！"他有些不情愿地转身退至门口，又说，"他一到我们公司就有了住房，我们好多职工因为没房都不敢结婚，到时职工有意见怎么办？"陈根琪说："他刚到我单位不假，可他以前在当兵，快有二十年的军龄了，一个副营职干部，有一套房子怎么啦？有人爱比就让他比好了。"行政股股长张张嘴，欲言又止。陈根琪从抽屉里取出一份文件，没再言语，顾自看了起来。待行政股股长离开了，他站起来，轻轻掩上门，又上了锁。

刚才的电话是杨士元打来的。杨士元担任县委书记后，几乎没有给他来过电话。为陆子祥的房子的事，他特意来了电话。他的理由是陆子祥和杨梅及孩子一家子，目前借住在县招待所洗衣房边上一间空房子里。杨梅毕竟是他的堂侄女。当初是杨士元跟机关事务管理局打了招呼，他们从部队转过来，他为他们解决一下临时用房，又让他们出点房租，不是个事儿。但他们各自到了工作单位，且有好长时间了，依然住在那里，有点儿说不过去了。丈夫是干部，妻子是职工,住房问题该由丈夫单位解决,似乎是不成文的规定。在电话里,陈根琪有些歉意,说:"这么点事情,还让你杨书记过问,实在不应该。陆子祥是电力公司的干部,既要让他发挥作用,又要关心他的生活,我们一定会做好。他的住房问题,公司班子早已讨论,现在正在落实。"

"那我放心了。"杨士元说,"老陈,你们对陆子祥要严格要求哦!"

"那是肯定的。"年过半百的陈根琪努力表现出把握得了大局的口气。

枫荷县是新中国成立前夕的五月初解放的。陈根琪是那年的九月份参加工作的。因此,他和杨士元一样,属于解放前参加工作的老干部,尽管资历不同。以前做过道士的经历,是他心中一个结。但能有今天,也是他做道士带来的结果。在那里,他学会了识字、写字、处事。在他参加工作之后,他深刻认识到,人唯有读书,才会有出息。在他做道士的日子里,他读了许多道教和识文断字方面的书,对《道德经》《千字文》《弟子规》尤为喜爱。当年,当时他从道观里刨出来的书有好几本,最后连同几件换洗衣裳,背着一个小包裹离开道观,也就这三本书。直到60年代中期,他看形势不妙,才将这三本书付之一炬。

早年的道士生涯,尤其是这三本书,已深入陈根琪的骨髓。参加工作时,他时不时跟人聊起做道士的生活和他读过的这三本书。有时为了炫耀,他在人前会把这三本书倒背如流,甚至可以边背诵、边默写、边解释。那"童子功"的本领,惊得那些听他吹牛的人目瞪口呆。尤其是用《道德经》来解析中医中药,更是所有人闻所未闻。然而,他的经历,像有什么霉点一样,只要太阳一出来,人们就习惯性地要把他拿出来晒一晒,透一透气。渐渐地,他明白自己做道士的经历并不值得炫耀。尤其是为官,这好像成了他先天不足的所在。好在那熟读的书在影响他,自然而然地化主动为被动,上级或领导叫干啥就干啥。由于他自幼修行,能逆来顺受,为而不争,

第 13 章

加上能写一手好毛笔字,所以在各种运动中也同样发挥他的特长,写各类大标语,为组织为领导抄写各种会议讲稿等等,因此,运动一来,他就忙,运动不停地来,他就不停地忙。记忆中,他每次运动中都会被审查,每次都能化险为夷,并且过后还能不断进步。

陈根琪后来的思想发生了变化。尤其入党以后,他发现道家宣扬的一些观点,有积极与消极之分,积极的一面与党的主张只是说法不一,比如修行与修养等等。当然,这是他内心的想法从不敢在人前展示。还有一个不敢在人前展示的是业务上的。参加工作的时候,对他来说,不存在业务问题。因为那时他还不是领导,无需他操心所谓业务技术。他干得最多的也是抄抄写写,即使写公文,最大的材料是年终总结。这些格式化的材料,他好像从未写过。后来,电力公司从水电局分离出来,他成了人资股的股长,业务也仅是原先熟悉的那些。但他担任电力公司的副经理后,班子分工管的又是生产,他脑袋发胀。他曾在领导班子相关会议上提过,电力工作尤其是生产这一块他不是很熟。当时的老经理说,不会就学嘛!在战争中学习,战争是我们党的一大法宝。再说,你参加工作后,工作中接触的一直是电力方面的人和事,听都听会了。

陈根琪不再作声。老经理早年是县城电厂的工人,公司合营后,担任了副厂长。水电局组建那会儿,他被调去水电局下属的电力公司担任副经理。新中国刚成立那会儿,不仅是经济建设,其实哪个行业都缺懂业务的人才。新婉江水电站在建期间,根据规划,新婉江发电站所发的电力将驶入上海,枫荷是输电线路的中枢地,也是电力供应的受惠地区之一。一旦这个电网形成,枫荷县发电原料供应不足、成本较高的发电厂被淘汰是早晚的事情。而电网建设与运行维护及管理又不同于发电厂,迫切需要掌握电力专业知识的技术工人。后来,得知县准备创办农校,培养如养蚕、农业机械维护与修理人才短缺问题,他通过水电局领导,要求县农校增设电力专业课程的设置。电力公司从水电局分离出来时,县农校学习和培训过

165

电力专业知识的那批学生正巧毕业，根据当时的政策，招收入职了一批学生，充实到了电管站。眼下如潘孝坤等成了县电力公司的中坚力量。这与老经理当时的远见是分不开的。只是这位老经理在60年代末惨死于侮辱性的批斗。

陈根琪接任县电力公司副经理时正是农网建设初期。在普通人的眼里，只要电线一接，电灯能亮，马达或机器能转，所谓的配电网，人们从外观看得最多的也仅是一根杆子、两条或三条线路。这种近乎一模一样的电力线路，只有电力行业的人知道，其分有"单相供电制""两线一地制""三线制"运行模式，及不同的电压等级，并有不同的配套设备与技术参数。而为了确定电网用哪种供电形式最合适，陈根琪接触电力工作以来，感觉几乎都在进行科技试验。这种别人听来深奥莫测又枯燥乏味的理论，作为从事电力行业这块工作的领导和专业技术人员及一些技术工人却是必须掌握的。由于知识掌握的局限性及只晓加减乘除的陈根琪，要掌握这方面的知识并能够驾驭这些知识，在工作中运用自如，他努力过，简直比登天还难。他后来才明白，有的知识掌握，是分年龄段的。如果童子功放在青年或中年甚至五十岁以后再练，那肯定不叫童子功。

有一次，原水电局的那帮人小聚。有人在酒桌上吹牛，说某某农民，大字一个都不识，却偏偏当上了某省的省委副书记，有人便讲怪话，说如今的官叫谁做都能做，陈根琪立马跳了起来，那就让他到供电系统当官试试。有人见陈根琪一脸认真，马上改口，说供电系统属技术部门，不属衙门系列。于是，陈根琪说，要是你们这些当官的能多给一些钱，我们在电力系统工作的，不至于这么辛苦。

配电网的供电形式，全省甚至每个县都不统一，无非是两个方面的原因：一是搞建设需要资金，上下都缺，只有用最省钱的办法解决问题；二是供电形式最佳模式确实需要通过试验才能确定。

如今两线一地制改为三线制运行，由潘孝坤负责的燕宁供电区域运行已有四五年的时间，其他供电区域正逐渐铺开。这些工作的

第13章

铺开和工作质量、进度，关键在人！渔城供电局领导和陈根琪有了想在人事上调整的打算。

这个时期，枫荷县电力公司领导班子经过三年前的调整，相对较精干，陈根琪是经理兼书记，老李是副书记兼分管用电的副经理、工会主席，老谭是分管生产技术的副经理，还有一位是党总支成员兼团委书记。老李是位不倒翁，一副和事佬加老好人的脾气，任何运动来了，他也没有受大的冲击。原来的老经理批斗和陈根琪靠边站期间，也是老李在全面负责工作。老谭原来是燕宁110千伏变电所的副所长，该变电所由渔城供电局直属管理期间，副所长相当于县电力公司的副经理。该变电所归县属县电力公司后，级别自然降了，也撤走了好多人。老谭却在变电所降格前留在了枫荷电力公司。老谭的家属都在渔城，由于两地分居，工作上的事情不怎么上心。老谭与渔城供电局提过，要求调至渔城供电局工作。对于公司领导班子如何调整，渔城供电局召开相关会议时，局长在没有发言稿的情况下，只说了一句，对于一些县公司班子要给予调整，形成梯队，改变不懂专业知识和对专业一知半解的状况。这样，陈根琪有了想法、有了打算，但也没有人正儿八经找他谈过，就算征求了他的意见，渔城供电局还要征得枫荷县委的同意。鉴于这种人事调整，给陆子祥的那套房子，他既想给陆子祥，又想留着。杨士元为陆子祥的住房给他打了电话，他不能不给县委书记面子。

电力公司转业干部和退伍军人有几十人，转业或退伍到公司后，有好几个人与县委或渔城供电公司的个别领导，有些七拐八拐沾亲带故的关系，但安排什么岗位、分配什么住房，上边的领导从没有打过招呼，陆子祥是个特例，这引发了陈根琪对陆子祥的好奇。

电力设备厂筹备组筹备了三个月后，开始试运行，相关产品正式投入生产。全厂正式工加临时工虽然只有三十几人，根据业务和生产产品的性质，分了三个车间。也因为是试运行，设备厂的日常工作由筹备组组长孙大德和临时党支部书记陆子祥共同负责。孙大

167

德浙大毕业已有十几年，业务上已有一套。陈根琪担任经理后，他成了生技股的股长。他是上海人，但由于他的父母在他考上浙大后去了香港，过去几年，他申请入党也成了问题。这几年，组织上有意培养他加入党组织，他说想加入民主党派，不想为共产党添麻烦了。这种近乎牢骚的怨气，他发归发，工作上还是尽职尽责的。也正因为这一点，加上他熟悉业务，才从生技股股长的岗位上调到设备厂的筹建组组长。公司里的生技股是主业，电力设备厂是副业，待设备厂进入正常生产后，孙大德是要回主业岗位的。只是苦于一时没有合适的人选，陈根琪还没有让他回主业的打算。陆子祥的转业使陈根琪眼睛一亮。为使陆子祥尽快进入状态，他提议在电力设备厂筹建组成立临时党支部，并任命他为书记。

然而，一段时间下来，陈根琪看出点名堂了。陆子祥任支部书记问题不大，要担起该厂的产品生产可能有欠缺。特别是陈根琪在看到他写的字之后，感觉当支部书记也是个问题了。这个想法萌芽不久，那天陈根琪路遇陆子祥，陈根琪见他乐哈哈地微笑着，一脸喜庆的模样，陈根琪疑惑地冲他笑着点点头，陆子祥站在那儿，告诉陈根琪，他的家已安顿好了，他和他爱人杨梅商量，周末晚上，邀请几位好友及关照过的领导，去他的新家吃顿晚饭，并希望陈根琪在这天去他家，为他家增添些人气。陈根琪本想找个理由推脱的，陆子祥后边接上来的一句话使他点头答应了。陆子祥说，我老婆跟她堂叔说了，她堂叔也过来。陈根琪已五十多了，对自己个人的进退，他已预测过多次。但陆子祥这样的安排，或许是杨士元的意思，或许杨士元想和他谈什么事情。在陈根琪这个层面，都认为杨士元经历了60年代中期至70年代中期这十年，变得有人情味多了。如果是这样，陈根琪是要领这个情的。

陆子祥的这套房子在玉苏河后面，与他这套房子相连的有一排五套，每套一楼一对，都临河。这五套房子原先是枫荷发电厂的库房。发电厂公私合营后，这些房子改建成了职工宿舍。说是职工宿舍，当年进来居住的，全是发电厂的领导或技术骨干。发电厂归属几经变更，直至停办，这五套房子也多次更换主人。陆子祥住的这套房子，目前还属电力公司宿舍的原因很简单，以前由发电厂的副厂长，也就是后来电力公司的老经理一家住着。老经理的老伴是本县一家军工企业的干部，60年代中期，该企业建了两栋职工宿舍，他老伴嫌发电厂的房子老旧，加之该厂宿舍分配后还有多余，试着跟厂里提出申请，因此也分得一套，于是一家人都搬了过去。这套房子由于是老经理住过的房子，让人潜意识里感觉县电力公司的其他人不适合或没资格住，也可能由于老经理过世，那套房子空置了好几年。直到陈根琪成为电力公司的"一把手"，对下辖的房产进行了一次摸底清理，发现那套房子已被曾经在发电厂工作、后来在县办工作的一位老股长借用了。电力公司让其腾空房子，归电力公司使用。但又拖了好几年。陆子祥的房子在最东头，像其他几套房子一样，门前用竹篱笆围了个院子，直至河岸。

陈根琪提着两瓶当地产的白酒，沿着河岸走进院子，只听潘孝坤爽朗的笑声溢出屋外。他走至门前，陆子祥、杨梅、潘孝坤迎出屋来。陆子祥接住了陈根琪递过来的酒，杨梅"啊哟"一声，笑着说："让陈经理来家聚聚，还拿酒啊！"潘孝坤一本正经地说："我在陈经理手下干了这么多年，从来没给过我酒呢！"陈根琪说："你从来没请我上你们家吃过饭哦！"潘孝坤说："怕我请你请不动哩。"陈根琪说："有酒喝哪有不来的道理！"

调侃间，陈根琪瞅见了站在门后笑眯眯的钱琳。他举起一只手，隔着潘孝坤、陆子祥、杨梅打了招呼。钱琳这时迎出来，嘴里喊着老陈，与他握了握手，又侧身让陈根琪进屋。陈根琪忙说："钱主席先请。"这钱琳是杨士元的妻子。她在组织部做办事员的时候，陈根琪就跟她认识。按流行的规矩，组织部既是管干部也是出干部的地方。她在组织部好几年才当了个组织科长。60年代中期，她去县妇联任了副主席。十多年后，杨士元任了枫荷县的"一把手"，她调任县总工会副主席。与她同期参加工作的，大部分人职务已比她高了。据说，她没有被提拔是杨士元不同意。因此，在公开场合，钱琳也很少出头露面。

　　陈根琪环顾着粉刷一新的墙壁和新抹了桐油的木楼板，又摸着陈旧却整洁的八仙桌，说："这房子修理一下还是不错的呀！"杨梅说："多亏陈经理对我们一家的关照。要不是电力公司接纳了陆子祥并安排了这么一套房子，我们一家真不知道在哪儿安身呢！"钱琳说："还是电力部门福利好哦！"陈根琪苦笑了一下说："钱主席，你不是不知道，以前到电力部门工作的，与搬运站的装卸工差不了多少，做了线路工，找老婆也不好找。为啥？不就是野外作业时间多，太阳晒得着，风雨吹得着！与电打交道，还有很大的危险性。有一年，我们单位与对面的国营机械厂同时招工，他们那儿报名的地方挤满了人，我们这边冷冷清清。陆子祥同志转业回来，愿意进电力部门工作，我是热烈欢迎！当然喽，住房能弄好点就弄好点。"

　　钱琳从八仙桌上端起一杯泡好的茶，递给陈根琪，示意他在一张竹椅上坐下，说："那是电力建设初期，随着电力需求的增长，科技投入的加强，电力部门的生产和生活待遇会有较大的改善。你现在不是感觉到了吗？改革开放逐步实施后，社队企业发展迅猛，经济建设大干快上，周而复始，循环发展，电力先行哦！"

　　正在厨房炒菜的陆子祥探出头来，哈哈一乐，说："婶婶，你这话，我听着耳熟。对了，我准备转业，回家联系工作时，士元叔也是这么说的。他还说，电力这玩意儿，今后会像阳光、空气和水一样，大家离不开它。"

　　钱琳冲陈根琪笑笑，说："我说的话，经县委书记一说，就成了他的了。"

　　陈根琪这才想起没见杨士元，便问钱琳："杨书记没空么？"

　　钱琳说："地委临时有个会议通知，今天早晨去的，说是要开好几天呢！"

第 13 章

陈根琪面向潘孝坤说:"上边有时开个会,好像都很重要,就像部队没有战事却像要发生战争一般,时不时来个紧急集合。"

陆子祥在厨房哈哈乐着,一会儿,粗着嗓门说了声:"大鱼来了。"双手端出一个不锈钢脸盆,放在了八仙桌上。脸盆里浮着一层黄色的油,盛着满满的鱼头、鱼块以及红辣椒、大蒜、芥菜等食材。陈根琪从没见过拿脸盆盛菜招待客人的。钱琳说了声:"哇,酸菜鱼。"咽了一下口水,又说,"那天子祥在我家做的酸菜鱼,把老杨吃乐了。"杨梅招呼大家在八仙桌旁坐下后,钱琳瞄了一下桌上的几个菜,说:"我们这儿的菜,大多是带鲜和甜味儿的。你们在部队上生活了这么多年,蜀城味、怀东味的也有了。老陈,这些菜多吃几次,口感比家乡菜感觉还好。"

陈根琪说:"我活了几十年,真还没尝过这样的菜。"见陆子祥欲斟酒,他问:"就我们这几个吗?"陆子祥说:"我还叫了孙大德,他说他今天没空。"钱琳:"那俩孩子呢?喊他们一起来吃饭。"她又对陈根琪说:"我们家杨梅大部分时间随她亲大伯在部队长大,但怀东有的地方,请客人吃饭,妇女、孩子不上桌,这不行哦!孩子和客人一起吃饭也长见识哦。"

陆子祥和杨梅的一双儿女已近十来岁。他们从楼上下来,和陈根琪等一一招呼过了,才坐在桌前吃饭。陆子祥的女儿比儿子大些,说话已面带羞色,儿子虽然话不多,但与人说话,眼神却是乌溜溜地转。陈根琪边吃边问他们的年龄和在哪个学校上学等,他们说的都是普通话。此时,他才意识到,这俩孩子在部队长大,到这儿时间不长,还没学会枫荷方言。陆子祥说:"我们一家四口,就我一个会说枫荷话,他们还不会说这里的话呢!"杨梅说:"我已学会几句了。"陆子祥望着儿女说:"你们要向妈妈学习,尽快学会说这里的土话。"男孩说:"我才不会去学这里的土话呢,听得懂就听,听不懂就拉倒。我有这点工夫,还不如练练英语的口语呢!"陈根琪说:"好,不要刻意改变自己。你如果想练习英语对话,下次我大儿子放假回来,可以跟他练练。他在大学,学的是英语专业。"男孩活泼起来,拿起饭碗便要敬陈根琪。陈根琪说:"要敬得拿酒来哦。"男孩利索地拿过父亲的酒杯,说:"领导你随意,我喝光。"说着,顾自干了下去,并站起来欲走。陆子祥说:"你既然敬了我的领导,也该敬一下我的战友潘叔叔,还有钱奶奶。"

潘孝坤摆摆手说:"我们是老相识了,不用敬了。"钱琳对陆子祥说:"他还是个孩子,不要让他喝酒。"

男孩微笑着端起饭碗离开桌子。女孩说了句你们都慢吃,也离开了桌子。

看他们上了楼,陈根琪对杨梅说:"母亲是一所好学校,怀东人教育孩子那套,促使孩子懂得礼数哦!"

"他们老家那套,近乎是封建!"钱琳摇摇头,说:"前几年,老杨领着我专门回了趟老家。老杨家几个叔伯兄弟很热情,除了早晨不喝酒,其余两顿都有酒。但分了男女桌,男人的饭桌上比女人那桌丰盛,还有几家呢,男人先上桌喝酒、吃饭,他们吃饱喝足了,女人才上桌。哎呀,我是看不惯。"

杨梅拿起一张薄薄的面饼,又在上面抹上肉末、甜酱和一截大葱,卷成条状,递给钱琳说:"小婶,上次你说到怀东老家喜欢上了大饼卷大葱。以前我大妈喜欢这样做,比单个大饼卷大葱好吃多了。"

钱琳咬一口,嚼了几下说:"这味道是好。"陈根琪接过杨梅为他卷的面饼,也觉得好吃。潘孝坤见杨梅又要卷面饼,自己便动起手来。陆子祥指指用脸盆装的酸菜鱼说:"先吃菜。这盆鱼凉了,可不好吃了。"他拿起勺子,在鱼头的腮部掏几下,往每个人的碗里盛上了鱼肉及鱼汤。陈根琪喝了口鱼汤,又瞅了一眼脸盆里的鱼头说:"这鱼该有十几斤吧?"潘孝坤说:"这鱼没称,估计有十多斤。"瞅见钱琳和陈根琪狐疑的眼神,他只好解释:"今天我是从燕宁骑自行车过来的。为方便,我抄了近道,没想到竟路过秦良茹的家门口。她家门口那池塘正抽水抓鱼。她在帮她家里抓鱼。她问我去哪里,我说到战友家喝搬家酒,她给了我四条差不多大的胖头鱼。哎,对了,一会儿钱主席和陈经理一人拿一条回家,让家里人也尝尝。"钱琳说:"这么大的鱼,哪儿吃得完!"潘孝坤说:"先吃鱼头,鱼块撒上盐,腌几天再蒸着吃,也很可口。"陈根琪喝完了鱼汤说:"酸菜鱼的酸辣味蛮好。这做法还是怀东的吗?"陆子祥说:"如果要说地方味儿,应该是蜀城味儿。我们部队在蜀城的时候,吃的鱼大多这样做。"钱琳说:"蜀城的山区,平时寒气和湿气比其他地方重,辣味可除寒除湿哦!哎,子祥和杨梅做蜀城味儿的菜已经很老道了。"她又拿起酒杯,对潘孝坤说:"我得敬你一杯,为这鱼。"潘孝坤说:"谢我干啥!要谢得谢我的老同学秦良茹。"钱琳说:"那我敬敬秦良茹,你替她喝了。"潘孝坤笑笑,说:"我替她喝酒,可惜秦良茹看不到。真的,我与她只是同学关系。不信,子祥可以作证。"陆子祥哈哈一笑:"我和你是战友,又没有跟你和秦良茹同过学,是啥关系只有你们清楚。"

钱琳、陈根琪和杨梅都哄笑起来。

陈根琪:"孝坤,你别解释了。越解释越糊涂。你看钱主席端着酒杯,还是喝了吧!"

潘孝坤不再说啥,将杯中酒一饮而尽。钱琳也喝尽了杯中酒。陆子祥说:"孝坤,我婶婶是有酒量的人,你喝不过她。"潘孝坤说:"我不如钱主席就对了。"钱琳说:"子祥说的是酒量,而不是其他哦。"她望着潘孝坤问,"你说的秦良茹,以前是不是在青树公社当过妇联主任,现在墨秀公社做党委副书记的那个?"听潘孝坤说是的,钱琳又说,"她做公社妇联主任那会儿,我也参加了对她的考察。她这个女同志外秀内贤,相当能干。只是好几年没见她了。"潘孝坤说:"下次我遇到她,问问她,怎么能把当年提拔你的伯乐忘了呢!"

陈根琪说:"这丫头确实不错。我县的地埋线、'两线一地制'改'三线制'和中性点灵活性接地试点都是从墨秀公社开始的。她在里边发挥了较好的推动作用。"

潘孝坤说:"当年在县农校,她学过电力专业,懂这个。地方上的领导懂电力、懂发展电力对经济建设促进的重要,我们的工作就好做多了。"

陈根琪说:"墨秀公社的高子仁虽然不懂电力,但他还是蛮支持的,而且放手让秦良茹和他们的电工去干。"

钱琳说:"我估摸着,这秦良茹还能进步。先不说她,我们说当今枫荷县和公社及科级干部领导的状况,目前这批主要领导都是新中国成立后参加工作的,文化程度不高的多,大多又在五十上下,退二线或退休都为时不远,这是一;二是取消公社管理委员会,成立镇乡政府是板上钉钉或者说是早晚的事情。这么一来,像秦良茹这样有文化、有朝气、有干劲的一代人,提拔到重要岗位已是眼前的事哦。"

陈根琪将酒杯往上举了举,示意大家喝酒。他呡了一口,边夹菜边说:"成立镇乡政府,这倒不是什么问题,只要上边说话、有文件,底下哪有不落实的!关键是新老干部交替。新陈代谢,其实是规律。有时轮到自己头上,不愿承认,有意回避。我们公司这一层面的领导班子,大多在五十上下了。我有时在想,实现新老交替,自己这个层面应有所认识和作为,不能单等上边如何安排。"

钱琳说:"老陈,你还不到五十吧?我参加工作的时候,你还没结婚呢!"

陈根琪笑笑说:"那时候我们见面招呼,都是小陈、小钱地称呼,现在都叫老陈、老钱了。真老了,老了。"

钱琳咽下一口菜说:"我记得电力公司班子成员,还有年龄与你不相上下的是老李。他呢,也是能上能下,一会儿让他主持工作了,一会儿又不主持了。对了,他兼的职务最多,副经理、副书记、工会主席。哎,这工会主席在你们电力系统干部序列中只算中层正职,他就没必要兼了嘛!兼职过多,就算有这个能力,也没有精力去做好。"

第 13 章

陈根琪说:"钱主席说的是,只是老李从没有提过,他要去掉这个兼职。他兼着好像是顺理成章的事情。再说,他真要是提出来,一下子也找不到合适的人选。"

钱琳的筷子正伸在脸盆里夹酸菜鱼,听了陈根琪的后半句话,她的筷子停住了,眼神闪亮了一下,瞅了陆子祥一眼,筷子缩回去又放下了,说:"我不信你电力公司那么多人里头,除了老李,还找不出一个适合做工会主席的人!"她的手掌放在桌边,柔和地从潘孝坤划向陆子祥,说:"我看他们哪个都适合做工会主席!"

钱琳刚才的眼神和动作,潘孝坤早已看在眼里,听了钱琳的话,他才感觉钱琳是官场,不,至少是枫荷县官场的老手。因此,他慌忙摆摆手,说:"我不适合做工会主席,子祥可试试。"

陈根琪端起酒杯,往上举了举,以示意大家喝酒,嘴里却说:"钱主席和孝坤的建议,我老陈认为都有效,决定给予采纳,但要等时机。"

钱琳端起酒杯,说:"老陈说得对。"

人事安排,许多情况下是私下或是在酒桌上谈妥的。如果事情没结果,人人都会来一句:酒桌上说的话咋能当真!并予以推脱;事情有了结果,让人认为,酒桌上就是好说话。自从那天在酒桌上喝过酒后,陈根琪对人事调整确实上了心。渔城辖下五个县,所有的县电力公司虽然都归渔城供电公司管辖,但仅是业务和行政这一块,党组织、工会及群团组织是双重管理。钱琳是县总工会的副主席,对电力公司工会的人事调整,虽然是酒桌上看似无意的偶然想法,也有可能是她深思熟虑后或下一步的工作打算。另外一个原因,她丈夫是县委的"一把手",她所说的那些话,不得不重视。至于她提到的建议陆子祥作为工会主席人选,也不是不可以。当时,把陆子祥放在电力设备厂筹建组临时党支部书记位置,以及该厂转入正轨后,由他负责这一摊工作,并不是最佳人选,主要是感觉没有合适的岗位让他发挥作用,或者说,陈根琪当初没有想到让老李减少一个兼任的岗位由陆子祥顶上去。

　　一个多月后,潘孝坤出差回燕宁电管站,得知陆子祥已经任职县电力公司的工会主席,想起那天酒桌上钱琳说的那些话,依然还是有些惊讶。因为这一个多月,老李让出一个兼任岗位,至少得由他主动提出,他才感觉有面子或满意,并且还要走任免工会主席的程序。过了几天,陆子祥给潘孝坤来了电话,说:"你出差这几天,我换了岗位。"潘孝坤说:"我已知道了。祝贺你哦!"陆子祥说:"有啥可贺的,这工会主席也就县电力公司的中层干部,与你这个站长待遇一样呢!"潘孝坤说:"你别嫌这嫌那,我已经听到传闻,电力企业的工会主席今后要进入所在公司班子的,也就相当于所在公司的副职领导。"陆子祥说:"当年我出去当兵,压根儿没想到能入党提干。现在转业了,有个干工作、有拿工资的地方,很满足了。"潘孝坤说:"你呀,子祥,你小子上辈子积了什么德,在哪儿都交好运!"陆子祥说:"陈根琪对你的关注不是一般般呢!每次说起你,都是夸你的话。"潘孝坤说:"他夸我有啥用,组织上夸我才管用。"陆子祥说:"他不是可以代表组织的么?我已看出来了,你不会在电管站站长的位置上干到退休的。"

第 14 章

张正权撂下秦良茹打来的电话，有些不尽愿地出了办公室。这天虽有太阳，张正权感觉有些冷。他将在部队服役期间发的黄色棉袄最上面的扣子扣上后，双手插着裤兜，慢悠悠出了机电站的那栋房子。

正欲拐上通往墨秀公社所在地的石子路，忽听对面桑树地里一群妇女中有人跟他招呼，张正权站在那儿，瞅瞅那群正在修剪秃了叶子的桑树枝丫的女人，问啥事。一个女人往前移了几步，说："我的桑剪剪钝了，能不能在你们的砂轮机上磨磨？"

张正权瞅了那女人一眼说："你自己去吧，让师傅替你磨磨。"

这时，又有女人问："张站长，你们院门两柱上，一边挂了墨秀公社机电站，一边挂了墨秀公社农村用电管理站，你是哪个站的站长？"

张正权张张嘴，本想不回答，但他如果不回答，这些临近机电站村坊上那些女人的嘴会叽叽喳喳，没完没了，便说："一个站长是我的，另一个站长不是你相好的吗？"

女人们怔了一下，开始骂张正权歪嘴，还说："谁愿意和你歪嘴相好哦！说个话儿还在占女人的便宜。"

张正权笑笑，没再搭理她们，又慢悠悠地向公社驻地走去。

很久以前，张正权说起秦良茹，他戏说不知自己前世有什么冤孽，总是他的上司。当年在县农校读书的时候，她是团支书。张正权与她首次相见，他和潘孝坤在农校的河浜里洗澡，他说他的光屁股让她看了去，秦良茹咯咯笑着说没看见，又说，你那猴屁股有啥看头。说是这么说，张正权内心既佩服又有些畏惧她。据说，墨秀公社由于农村电力建设走在全县前列的原因，在去年初，原党委书记高子仁调任县革命委员会副主任，分管电力、交通等能源与基础设施建设，作为党委副书记的秦良茹接任了书记的位置。至年中的时候，公社党委决定新上马两个社办集体企业，一个绸厂，一个织布厂。两个企业筹建组成立时，秦良茹曾考虑让张正权负责筹建织布厂，还征求过他的意见。那时社办企业负责人经济收入比张正权做机电站站长高得多。也因如此，张正权很乐意去织布厂。但后来筹建组正式成立时，却没有张正权。为此，张正权很有想法，秦良茹找过他几次，他爱理不理。今天，秦良茹来电话，口气也不怎么好听了。

至秦良茹办公室门口，听到里头传出秦良茹和潘孝坤的说话声，张正权眼睛一闭，在虚掩的门上轻叩了两下。秦良茹在里头说："早已听见你的脚步声了。不用敲啦，进来吧！"张正权往里走的时候，坐在秦良茹办公桌对面的潘孝坤，指指桌上一杯冒着热气的茶说："良茹姐刚为你泡上的。"张正权冲潘孝坤挤了一下眼说："秦良茹同志对你来说是良茹姐，对我来说是秦书记。"

潘孝坤笑笑，欠欠身子，面向张正权说："你当兵那会儿，是在空军航空兵还是在高炮部队？"

张正权说："这几十年都过去了，你还打听这个？我当兵时候，都不是写信告诉过你吗？你这个人，太不把我的事情当事情啦！"

"怎么不把你的事情当事情啊？记得你们去上海的那群人，有的是空军航空兵，有的是空军高炮部队。我记得，你给我写信说过空军航空兵部队是技术兵，提干机会多。"

"那倒是。可是我在高炮部队，干的是炊事员。现在做公社电管员的工作仅是在农校学过的那些知识在起作用。"

潘孝坤没再接张正权的话，对秦良茹说："我那大侄子潘跃进，连续两年参加高考没考上，今年参加征兵体检却体检上了，部队接

第14章

兵的干部到我哥家，一看我大侄子，还挺满意。这小子还找了大队和公社人武部，吵着闹着非要去当兵。"

秦良茹说："他愿意就让他去啊！我这公社里头，有几个适龄小青年还不愿意去当兵呢！"

"问题是我哥嫂不愿意这个大儿子去当兵。唉，在我老家有个习惯，就是家中的长子得守家。如果我的小侄子去当兵的话，他们也不会反对的。"潘孝坤说，"所以，这大侄子又是给我打电话又是跑我家，让我劝劝我哥嫂，同意他去当兵，我哥嫂呢，也给我打电话，让我劝劝他们的儿子不要去当兵，并且让我想想办法，在当地的社办厂找份工作。"

"这就是你哥嫂的不对了。当兵有啥不好！就算提不了干，也锻炼了人呢！"张正权说，"那你当叔叔的是啥态度？"

潘孝坤说："说实话，心情很复杂。但仔细想想，还是站在大侄子这边。不过，也不知道这大侄子能不能去当兵。现在看来，决定权是在公社人武部了。"

"如果是这样，事情就好办了。"秦良茹说，"你老家运河公社的人武部部长去年是从我墨秀公社调过去的，我跟他很熟。要不要跟他打个招呼？"

潘孝坤说："这不是走后门吗？"

"当兵扛枪，要求保家卫国，算走后门吗？"秦良茹拿起电话，说，"只是不知道他在不在办公室。"

一会儿，电话接通了。秦良茹对着话筒说："你那儿运河大队有个叫潘跃进的适龄青年，已通过了体检，如果部队接兵的同志要他的话，你们不要阻拦啊！嗯，他是我一个老同学的侄子。噢，噢，好，好的。"秦良茹放下电话，说，"你们听见了吧，我没有非要潘跃进去当兵！运河公社的人武部部长说，前年运河公社发生了一起退兵事故，所以，为吸取教训，枫荷县人武部有个不成文的规定，部队接兵的同志看中了谁就让谁去当兵。"

潘孝坤说了声谢谢。没再吭声。他知道，像秦良茹这样的公社

179

党委书记,已有了较大的人脉,想办成什么事儿,即使是私事,说话也很讲分寸,既不会使对方为难,也不会让自己和对方落下什么把柄与口舌。

这时,张正权嘿嘿一笑,说:"秦书记,官场锻炼人哦!你我年纪差不多,但说话、办事比我老练多了。"

秦良茹皱了一下眉,对潘孝坤说:"这几天张正权跟我闹情绪呢!当然,主要怪我考虑不周。"她又面向张正权说,"筹建的绸厂和织布厂正式开工后,负责人和营销人员在基本工资的基础上,以营销额占大头的方式决定酬劳,所以我也征求了你的意见。但后来一想,你不仅是农电站站长,又是机电站站长,还兼任着公社管理委员会委员,墨秀公社有好几家社办厂,如果让公社管理委员会委员去做厂长,其他厂的厂长有啥想法。摆不平呢!再说,墨秀公社电力建设这一块影响那么大,你一走,我对高子仁和供电部门没法交代啊!"

"领导用你不用你,都有满满的理由。"张正权还是笑了笑,又说,"问题是公社农电站的电管员待遇太低,福利这一块几乎没有。在社办厂做厂长的,生产什么产品,到年底好歹能发一点自己生产的产品,像生产绸缎的,发一两个被面,生产毛巾的也能发几块毛巾啥的。我们又不能发自己经手的产品!我这么个壮劳力,上有老,下有小,都得负担!特别是两个儿子,一个十五,一个十三了,每月靠我几块钱的补贴,将来给他们娶老婆都成问题!"

潘孝坤瞅瞅秦良茹说:"我记得是前年还是大前年,省电力局下发《关于建立公社农电管理站(试点)的意见》时,随文颁发了《农村人民公社农电管理站试行办法》,规定每个公社农电站配备电管员2至3人,电力部门从生产成本中拨给补助费,定员2人者,每年补助1100元,定员3人者,每年补助1600元,由公社包干使用。"

"要是按这个办法,实行单个补助,张正权的年收入与你我相差无几了。"秦良茹说,"问题出在由公社包干使用上。这一包干,其他费用也在这上头。"秦良茹说,"你们别这样用狐疑的眼光看着我,

第14章

这种钱也不是党委书记说怎么用就怎么用的。上边或有关部门拨到公社的钱,怎么用,都有说道或制度呢!"

"这个我能理解。"潘孝坤说,"以前乡下只能养几只鸡鸭、几头猪、几只羊、自留地上种多少菜都受限制。在社队企业上班。每月能拿几块钱的补贴,手头多少能活络些,现在呢,这几块钱确实不够一家开销了。"

张正权说:"我在这里上班,天天得顶班,根本顾不上家里的自留地啥的。有时,只能上下班前后,起早或落夜干些活。家里其他人,养些家禽家畜补贴家用。我不像你俩,是国家干部,无论做啥工作,国家工资雷打不动,照拿哦!我的身份毕竟是农民。除了在站里每月拿几块钱补贴,全家生活想跟上社会或者说时代前进的步伐,我必须努力增加收入。我们苦了快四十年,我不想继续苦下去,更不想让家人跟着我苦下去。"

潘孝坤和秦良茹互相对视了一眼,沉默不语。张正权说的是大实话,他们能理解。

张正权望着桌子的一角,继续说:"随着改革开放的拓展,农民也不会再守着一亩三分的承包田过日子。我们可以讲奉献,但今后过日子,没钱是万万不行的。我没啥大本事,如果买条挂桨船或买辆拖拉机搞运输,我想我是能做到的。过去有人说,三十而立。在田地里干活的人看来,我是公社机电站和农电站的站长,好像立了点啥,其实呢,我立了啥啊!眼看快四十的人了,我家生活跟以前没多大变化,细想起来,很愧疚呢!"说着,他打住了,不想再往下说。

"请继续说下去。我爱听!"秦良茹欲拿桌上的暖瓶,准备为潘孝坤、张正权续水,张正权却抢先拿过暖瓶,说:"这个活呢,还是我来合适。"他先在秦良茹和潘孝坤的水杯里续上水,又在自己的水杯里续满水后,说:"当然,现在乡下贫穷的不只我家,是普遍现象。我这么说,是希望秦书记和电力部门能引起重视,农村电管员的生活待遇现在并不好,而且不只是我一个。"

秦良茹叹口气,说:"什么话都让你说了去,还能让我说些啥!

181

怪不得有人叫你歪嘴哦!"

张正权嬉笑道:"我对自己、对社会的看法,起码还能一分为二吧!"

"你不要既叹苦经,又要标榜自己品德有多高尚了。"秦良茹说,"对你和公社电管员的待遇,根据别的公社的做法,我想这么办:一是你站长的待遇,全年不少于本公社社队企业'一把手'的平均收入;二是电管员根据工作年限,待遇不低于电力部门拨给补助费的平均值。"

张正权说:"那我先感谢秦书记对我们电管员的关怀。"

秦良茹说:"为使你能集中精力全力抓好墨秀公社的电力工作,公社党委决定你不再兼任机电站站长一职。我把话说在前,待遇不变。同时,你得先把两项工作做好,一是墨秀公社农村低压电网都实行中性点不接地运行,孝坤刚才跟我聊起此事,省电力学会为此拟在我县召开学术讨论会。县里的杨书记和高副主任知道后,我估计对墨秀公社这块工作更为关注。如果参加学术讨论的同志来墨秀公社现场,你把事情落实好。二是每个大队和生产队都得配强电工。地埋线、中性点不接地运行都是技术措施,用电安全落到实处,要多方面着手,关键还是在人。只有人人注重安全、有安全意识,事情就好办。大队和生产队电工是隐藏于民间的安全用电骨干,必须抓好这支队伍。"

这时的张正权面色很是平和。看张正权从口袋里掏出小本子,似在记录着秦良茹说的话,表情正经得有些滑稽。潘孝坤偷乐了一下,接着问秦良茹:"你刚才说的高副主任,是原来墨秀公社的高书记吗?"

秦良茹说:"是高子仁。他从原来的初级社负责人至今走上县领导岗位,一步一步走来,也不易哩。"

张正权说:"据说也是运气好。主要是在此之前,各级组织清理'造反派'后,需要补充新的领导力量,墨秀公社在电力方面做出了一些成绩,在外面影响大了,口碑也好了。"

第14章

潘孝坤说："你说墨秀公社在电力方面出了成绩，高子仁和良茹姐才进步了，这话从你嘴里说出来，好像他们的进步离不了你的贡献哦！"

张正权说："这话可是你说的，我说的话没这个意思哦！"

秦良茹说："正权说的话或许真的有些道理。"

潘孝坤和张正权望着她，显然希望她说些这方面的情况，但她只是狡黠地一笑："正权，你要是满足了墨秀公社的用电需求，我肯定向上推荐你，让你发挥更大的作用。"

"做官？哈，当然想！但上头解决不了用电供需矛盾，即使给我皇帝的诱惑，也仍然做不到。巧妇难为无米之炊哦！"张正权抬起下巴，指指潘孝坤说，"电力部门的同志在这儿，你问问他能不能做到。"

"正权啊，你一口一个电力部门，好像现在电力供应存在问题仅是电力部门的事情！"潘孝坤呷了口茶说，"电力供需矛盾在我国一直存在，主要是需求始终超过供应。70年代初期，岷京由于供需矛盾突出，限电限到了国家计委的门下，还惊动了周总理。枫荷县大电网供电后，农村用电初始只不过是以农田灌溉为主，60年代中期，农村集体兴办以电力机械制坯的砖瓦厂，用电量大量增加，至60年代后期，好多公社兴办丝厂等企业陆续投产，全县年用电量大多维持在30至50万千瓦·时。如今在改革开放、发展农村经济政策的推动下，建材、纺织、皮革、轻工、服装、金属加工等工业在农村迅猛发展。去年底，全县用电量比1975年增长2.5倍，占全县农村用电量的16.71%。而燕宁供电区域，在去年远超全县平均用电量。经济照此发展下去，电力供需矛盾将更加突出。我初步测算了一下，乡村工业用电的年增长率达1倍左右，乡村工业用电量占农村总用电量的比重由17.12%上升到28.10%。要解决这一矛盾，光电力部门和基层党组织着急，根本解决不了问题。"

秦良茹说："孝坤倒是说到了问题的根源哦！"

张正权说："经济要发展，电力需先行，已提了好多年。"

"这个意识早就有了，就是实际工作中由于各种各样的问题，没有得到很好的落实哦!"潘孝坤说,"好在高级别的层面在着手落实,并且从根本上首先解决电源性缺电和电网基础薄弱问题。"潘孝坤叹口气又说,"但是,电源性缺电的情况不是一朝一夕能解决得了的,从立项、审批到发电,小的项目得三年四年,大的项目可能需要八九十来年或更长时间哦!"

"电网基础薄弱问题解决的时间该短些。"秦良茹说。

潘孝坤说:"仅建线路这块好办些,但若要建造变电所,光电压等级不高的35千伏变电所,也得两三年左右。同时,还得有资金来源啊!"

张正权嘿嘿一笑,说:"这国家跟我一样,总是缺钱。"

秦良茹说:"一分钱想分派两分钱的用场,哪有不缺钱哦!再说,共和国又是在一穷二白的基础上建立起来的,来一分钱都不易哩!"

张正权说:"国家不是实行改革开放了么!我们可以让有钱的国家或有大钱的人投资办电厂或电网呀!"

潘孝坤说:"让别的国家或外国人投资电厂可以,投资电网不行!电网这个东西,不仅要讲经济效益,更要讲社会效益。电与电网毕竟是能源的一部分。这些讲社会效益的东西一旦被外国人掌控,等于被人家掌控了命脉。"

张正权说:"电网和电厂都不是电呀?要说命脉都是命脉嘛!"

"虽说都是电,但有很大的不同。"潘孝坤指指天花板上的灯泡,说,"在我们用电人的眼里,只知道灯泡发出的光是电,根本不知道这电来自水电还是火电。火电厂或水电站往电网上送电,不清楚生产的电送往哪里!也不清楚是用于生产还是生活。这种从发电到输电、用电瞬时完成的东西,电网调控、输配电很关键。如果说电网像人身上的血脉、血管的话,火电厂、水电站是供血源。电网上的电来自多种供应源,它想掌控血脉、血管或者说大的命脉,是不可能的。你可以停止发电,但电网,我可以从其他地方调度电力供应。所以,电网必须掌控在国家手中。"

张正权说:"你这是在从国家层面考虑电力建设。可是,我们还生活在社会的底层，每天都得为一日三餐盘算呢！"

"小人物难道不可以从国家层面思考一下电力发展？"潘孝坤笑笑说，"刚才的话头不是你从国家改革开放而引出的么？而我从大层面一说电力发展，你就开始嘲弄，你呀，正权，真不知该说你什么好啊！"

秦良茹对潘孝坤说："正权呀，啥都好，就这嘴太歪！"

"不过，话还得说回来啊，我期待你们能在更宽广的层面服务于国家和人民哦！当然，我也期盼我自己。"张正权说。

秦良茹呵呵几声，说："但愿你说的是吉言。"

张正权又来了一句："我说的不仅是吉言，也是预言。不信，你们等着瞧！"

一年多后，潘孝坤被任命枫荷县电力公司副经理没多久，再去墨秀公社，张正权安排潘孝坤、秦良茹在墨秀公社驻地的桥墩小饭馆吃了一顿饭。席间，还抖落出那天他说过的话，竟称之为一言成谶，弄得潘孝坤、秦良茹哭笑不得。秦良茹笑得涨红了脸，说："你知道一言成谶的典故吗？这一言成谶的'谶'字，指将要应验的预言、预兆，你说的没错。但一般指一些'凶'事，不吉利的预言。我们的老同学进步了，是凶事？"

张正权甩手在自己的嘴上拍了一巴掌，说："下次肯定不当歪嘴了。"

潘孝坤却乐哈着说："好多年前，我读过溥仪的一部回忆录。这末代皇帝在书中说，溥仪登基时年仅3岁，接受百官嘲贺时，竟吓得大哭，他父亲醇亲王安抚溥仪勿哭，竟说：别哭、别哭，快完了、快完了！没想到一言成谶，溥仪登基不满三年，大清就亡了。"

"你连大清都扯上了，再延伸开去，若是早几年，我还得让人游街批斗死啊！"张正权摆了几下手，连声说："不说这个了，不说这个了。"

"只是你自己的预言还没实现呢！"潘孝坤说，"要不要我替你预言一下。"

张正权竟又说:"如果是好事,说成一言成谶都无所谓呵!"

潘孝坤说:"前些日子,渔城供电局组织几个县电力公司分管用电与农电的副经理走访了省内农电管理较为领先的几个县。他们正酝酿成立县农电总站,站长由分管副经理兼任,副站长呢,从农电站中挑选热心于农电事业又精通业务的同志担任,我对我县的农村电管员梳理和摸排了一遍,发现正权蛮合适的啊!"

秦良茹放下筷子,问:"待遇呢?"

"在经济上,电力部门给电管站的电管员以每人每年550元的补助。农电总站的同志肯定不会低于这个数。"潘孝坤说,"当然,这个事情,省电力局层面正在研讨中。"瞅秦良茹和张正权又拿起筷子夹菜,潘孝坤又说,"新的机构成立,上边总要酝酿和讨论一番哦!同时,将明确农电站是集体所有制性质的农村用电服务部门,也是公社管理电力的职能机构。实行乡政府和县供电部门双重领导,以公社为主,县供电部门负责技术、业务指导。"

待潘孝坤说到此,秦良茹用筷子指指脸盆中盛着的鱼头,说:"孝坤,你尝尝这个,味道不错哦!"

潘孝坤夹了一块鱼泡,连连称味道不错。

张正权端起酒碗,欲与潘孝坤碰一下。潘孝坤端起碗和张正权碰了一下,又冲秦良茹扬了扬。

"我喝的是茶,你们随意。"秦良茹说,"孝坤,电力方面的机构设置,该与人民公社改革配套哦!这段时间,你关注县里有关会议没有?"

"我这个电力公司的副经理是管业务的……"潘孝坤说,"对了,县里召开过什么重要会议了?"

"我估计你尽钻在你的业务堆里了。"秦良茹说,"县里撤销了革命委员会,恢复了县人民政府,并设置了县人大、县政协,这事总该知道吧?"

"那不是上个月的事情吗?"潘孝坤问,"怎么啦?"

"知道这个就好!"秦良茹说,"根据县委和县人民政府的统一

第14章

步骤,'政社合一'的人民公社即将转变为'政社分开'的乡政府。这是国家以放权让利为导向改革结果。这么改革,适应了农村多种经济成分、多种经营形式共同发展的改革要求,也恢复了农民的自主权,将会调动农民的积极性,推进农村的改革和发展。"

潘孝坤说了句这么快呀,他惊讶地望望张正权。张正权却顾自吃菜、喝酒。

"虽然实行政社分开,建立乡政府的通知今年才发出,但在早些年,像蜀城一些地方,在党的十一届三中全会后,便揭开了家庭联产承包责任制等农村改革的序幕,打破了人民公社政社合一的体制,摘下了人民公社牌子,恢复了乡人民政府建制。"秦良茹说,"这么多年,我们这儿一直按兵不动,据说是和像杨士元这样的老同志在观望或抵触有关。"

张正权听到包间外面有说话声,站起来插上了门。

"县里两天前召开这么一个会后,我先在公社党委层面作了传达,然后又在大队或相当于大队这一级干部中作了传达,要求大家正确对待这次改革和完善家庭联产承包责任制。"秦良茹说,"公社这一层面需要实际操作,不及时传达不行啊!像你们电力公司知道精神即可。噢,想起来,县里开这么一个会的时候,公社和部门'一把手'都参加了,散会出来的时候,你们公司的陈根琪经理正巧在会议室门口和我遇上了,他还和我握了握手说好久不见。县里这么重要的会议,陈经理回去怎么不传达?会不会跟杨士元书记一样有抵触情绪?"

张正权说:"你在传达县委这次会议精神的时候不是说了,面对这样的改革,要解放思想。不换思想就换人嘛!"

秦良茹没说话,望着潘孝坤。

潘孝坤说:"可能老陈忙,没工夫传达也正常!这几天我也发现他没有在公司的办公室,可能外出开会去了。"

张正权说:"经理外出,你副经理不知道啊?"

潘孝坤说:"正职外出,会跟副职请假?一般他会跟办公室打

187

招呼。"

秦良茹瞅瞅腕上的手表说:"你们慢慢吃吧!县委组织部下午有人过来,我得汇报呢!"她伸手和潘孝坤握了握,转身走向门口。此时,张正权已为她打开了门。

张正权回到桌旁,坐下后,潘孝坤笑着说:"你的马屁工夫已炉火纯青了。"

"你这是啥话!这是对一个女人起码的尊重。"张正权说,"秦良茹同志确实不错。她从老家青树公社到墨秀公社工作,一个女流之辈,已经不易了。她刚到墨秀公社的时候,还没有转国家干部,吃公社食堂的饭,也是从家里挑着大米到公社食堂换的饭票呢!从她老家到这里有二十几里的路呢!"

潘孝坤说:"我记得她是招的上门女婿。像挑大米这样的活儿,她丈夫不帮她么?"

"她丈夫是建筑社的泥瓦匠,也很忙。像这等事情,哪会每次帮忙啊!不过,有一次她丈夫帮她送大米来,我见过,人蛮精神,看上去也厚道。"

"靠手艺吃百家饭的木匠、泥瓦匠大多是在社会上接触各类人的聪明人。再说,能被秦良茹看上并成为她丈夫的,可能比你我都好呢!"潘孝坤喝了口酒,说,"过好自己的日子。她的个人生活你不用替她操心。"

张正权说:"你说不用替她操心,我真想替她操个心了。她转为国家干部后,按政策有一个子女的户口可随她,成为非农户口。她儿女一双,但只有她儿子的户口随了她。她女儿呢,已成人,懂事了。为此,她女儿跟她闹起了矛盾。"

潘孝坤说:"秦良茹的女儿都这么大啦!"

"秦良茹年龄本来比你我大,结婚比我们早嘛!"

"现在农村人想成为城里人,考大学是一条通道哦!她女儿可以去考大学跳出农门啊!"

"你以为大学那么好考啊!她女儿高中毕业后考过一次,不是落榜了吗!"

"秦良茹当个公社党委书记,她女儿在社办企业找个工作,她没办法解决?"

"问题是她女儿,她好意思跟别人说?再说,秦良茹又在墨秀公社上班,青树公社的领导未必熟悉。她这个层面求人办事,也得想想与人熟悉不熟悉呢!"

"你说了半天秦良茹女儿的事儿,想让我做什么?"

"好多公社的农电站光两至三个电管员不是不够用吗?你能不能替她女儿在青树公社的农电站找个活儿?当然,在不违反规定的前提下。"

"这个要看机会呢!念在秦良茹对电力建设的贡献上,我记在心上了。"潘孝坤欲拿起酒碗却又放下了,说,"你小子这么长时间不请我喝酒了,今天请我喝酒莫非是为这事儿?"

张正权伸过酒碗,与潘孝坤面前的酒碗碰了一下,说:"你说为这事就为这事吧!"

"嘿嘿,张正权,在你心目中,我是喝了酒才办事的?"

"那倒不是。今天你来,我就想请你喝酒。秦良茹女儿的事情是我这会儿突然想起的。"

潘孝坤眯起双眼,瞅了张正权一小会儿,说:"莫非你将有什么好事了?"

张正权笑笑说:"等我有了好事,我请你再喝酒。"

第 15 章

潘孝坤在自行车棚停稳自行车,身后响起两声清脆的自行车铃声。陆子祥推着自行车也进了车棚,说:"在青山绿水间待着,放松得把家也忘了吧?"潘孝坤说:"当年在大巴山修铁路,也不是在青山绿水间吗!"两人出了车棚,陆子祥问:"是昨天返家的?"潘孝坤说:"昨天的夜班轮船到的燕宁。"陆子祥说:"玉卿调到枫荷县城工作,该你自己做主啦!"

"什么该我自己做主啦?"潘孝坤扭头瞅着陆子祥。潘孝坤任枫荷县电力公司副经理后,一直想把妻子潘玉卿调至公司或在枫荷县城的公司下属单位工作,只是没有合适的单位和岗位,并且燕宁变电所那边也没人顶替她的岗位,这事就这么拖下来了。

陆子祥问:"昨晚你家玉卿没跟你说你的事情?"

"她知道我什么事情?"潘孝坤忽然明白了什么,却也不便说什么。潘孝坤去省电力局党校学习前,已经知道像渔城地市级的供电局,翻牌改成渔城电力局,像枫荷这样的县电力公司改为供电局。如此的改革,不仅是换块牌子,主要是使电力公司在履行原有工作任务的同时,为政府承担起电力管理职能。并且,在电力公司改成供电局的同时,对原有的领导班子进行调整。至于怎么调整、人选怎样,潘孝坤去省电力局党校学习前,还没有确定。由于他任副经理不到一年,直至目前,他的意识中也以为从副经理改任副局长而已。电力公司改成供电局以及班子调整的事情,潘孝坤从未和妻子聊起过,如果她在变电所的那些同事还不知道或没传达,妻子也不

第15章

会和他说起。只是听陆子祥的口气,领导班子的调整似乎与他有什么关系。

快进公司办公楼的时候,陆子祥扯了一把潘孝坤的衣袖,说:"你真不知道还是假不知道?"

潘孝坤站住了。如果进了办公楼并到了办公室,可能有人进出,有些话不便说了。因此,他希望陆子祥在这里说些什么。但见陆子祥嚅嗫着一副不知怎么开口的样子,他说:"我在党校已听说,电力公司改成供电局后,工会的地位将提升,就是工会主席也是局领导班子成员。嘿嘿,你是不是想跟我说这个?"

"我还用得着你告诉我这个!"陆子祥不屑地瞟了潘孝坤一眼,说,"据不确切消息,枫荷电力公司改成供电局后,党政'一把手'分设,陈根琪可能任书记,你或孙大德之间有一人任局长。"

原管生产的副经理老谭调往渔城供电局调度所后,孙大德在前年接任了副经理。去年,上边有要求,凡是党政"一把手""一肩挑"的公司,党组织的副书记应设专职。因这个要求,分管用电的副经理兼副书记的老李卸下了副经理一职,由潘孝坤出任此职。孙大德是浙大毕业的本科生,精通生产业务,况且任副经理又比他早大半年,按常规,出任局长的可能性最大。所以,他问:"这是来自县里或是渔城供电局的官方消息还是马路消息?"

陆子祥瞪了潘孝坤一眼说:"管它哪来的消息!反正有此消息,你放在心上就是了。"

潘孝坤没再搭腔,两人一前一后进了办公楼。县电力公司虽然属上级电力部门系统管理,却又受地方的双重领导。陆子祥爱人杨梅的堂叔就是县委书记杨士元,县电力公司改为供电局和随之的领导班子调整动向,他不可能不知道。即使杨士元没有直接告诉陆子祥,敏感的杨士元爱人钱琳也会知道一些情况。在省电力党校学习和培训的时候,当听说各县电力公司的工会主席享受该单位副职待遇的时候,他想起陆子祥搬家后在家办搬家酒,钱琳不露声色地与陈根琪说起陆子祥任工会主席的事情,内心直呼钱琳深谋远虑。县电力公司工会主席原本是所在公司的中层干部,升格为公司副职待遇,虽然至今才实行,但像这样的安排,上边至少会有一个调研、摸底或征求意见的过程,这过程有长有短。但潘孝坤还是怀疑,钱琳那个时候就已听说了县电力公司工会主席这一职位待遇的变化。现在已事隔多年,谁能说得清呢!

两人走至二楼,潘孝坤回头冲陆子祥点点头,往右向走廊里头的那间办公室走去。这二楼,除了潘孝坤,还有用电股和财务股。财务股虽然并非由潘孝坤分管,但每月的电费收缴状况他得清楚。单从电费收缴来说,用电股管用电户的电费催收,财务股管电费的回收和上缴。

每次上班,二楼最早到的都是潘孝坤,但这天,用电股股长荣子和早已在办公室,听到潘孝坤开门的钥匙声,荣子和打开虚掩的门,与潘孝坤招呼一声,跟着进了潘孝坤的办公室。

荣子和站在办公桌的一边,闲聊了几句,看着潘孝坤将一撮茶叶放进茶杯,说:"孝坤,你既然回来了,有个事情得跟你汇报一下。"

潘孝坤抬起头,疑惑地望着荣子和。这荣子和从来没有用谓之的汇报跟潘孝坤说过话。荣子和称得上是电力公司的元老。电力公司从县水电局分离出来的时候,他是管用电监察的专职。潘孝坤从部队转业回来去燕宁电管站任站长的时候,他是用电股的副股长。潘孝坤任电力公司副经理,陈根琪和老李以要他熟悉电管站的工作并需要到基层锻炼一下为由,他去了燕宁电管站任了大半年的站长。一个多月前,他刚回到用电股当股长。后来听说,荣子和得知老李即将不再兼任副经理而做专职副书记的消息后,他很有想法。调他去燕宁电管站任站长,主要是想压压他的这个想法,同时,也让潘孝坤放手管理用电线上的业务工作。

荣子和说:"墨秀公社砖瓦厂这个月的电费到今天还没到位,如果再拖三天,整个公司做不到月结月清了。"

潘孝坤的眼珠子在荣子和清秀的脸上滴溜着。电费月结月清、安全生产、党风廉政建设是摆在各级电力系统领导面前并与经济责

第15章

任制考核相连的三大硬指标。电费月结月清这块如果没有很好地抓落实,潘孝坤这个分管领导、荣子和用电股的股长、所在电管站的站长还有公司主要领导和底下的岗位工,也得吃不了兜着走,首当其冲的还是他这个分管领导。

墨秀公社砖瓦厂是燕宁电管站管辖的用电大户。过了一会儿,潘孝坤问:"弄清该厂不缴电费的原因了没有?"

"该厂砖瓦厂的负责人说,他们厂好多资金被调去办另外的社办厂去了,一下子调不过资金来。"

"扯他娘的蛋!他们不缴纳电费,想着再去办企业?你给砖瓦厂打电话,再催他一下,如果今天上午电费还缴不了,那就按规定拉该厂的电!"

"上头一边要求电费月结月清,一边又把电量的增长列入另外指标考核。如果老是这样停电,用电量可能会少几个百分点啊!"荣子和说,"要不,从我们财务上调个头寸,先完成上头的考核指标再说?以前我们这么干过哦!"

潘孝坤问了砖瓦厂电费的数量,他摇摇脑袋说:"不能总这么干啊!你通知徐立五,让他的岗位工把电停了再说。"

"这徐立五……"荣子和欲言又止。

荣子和离开燕宁电管站后,一下子没有合适的站长人选,徐立五再次出任燕宁电管站的负责人。公司领导班子研究燕宁电管站站长人选的时候,潘孝坤提出是否考虑一下徐立五,陈根琪明确表示反对,说他当年虽然没有直接参与造反,但在后面出了不少坏主意,人品太差。还说,你潘孝坤与他同事这么多年,难道对他的人品没怀疑过?最后,老李说,既然现在还没站长的合适人选,又觉得徐立五能负责,那还是口头宣布,再让他临时负责一段时间再说。

这会儿,潘孝坤说:"你直接跟徐立五把我要停墨秀公社砖瓦厂电的事情说明白。"他想了想又说,"另外,砖瓦厂不缴电费,我们准备停他们电的事情,你跟墨秀公社农电站的张正权打个招呼。"

"你那老同学张正权,现在牛了,他已是墨秀乡政府的副乡长

193

啦!"荣子和看潘孝坤有些蒙,说,"你去党校学习没几天,全县的所有的公社都恢复乡政府了。公社管委会的主任、副主任,还有个别委员什么的都成了乡长、副乡长啦!"

"呵呵,张正权这小子还成了副乡长!我估计农电站站长这一职,他一时半会儿还舍不得丢!"潘孝坤说,"他在当地人头熟,先跟他把砖瓦厂的事说一说再说。停电前,跟当地领导打个招呼也是应该的。"

荣子和"嗯呀"一声,出了潘孝坤的办公室。

潘孝坤在茶杯里倒上开水,往办公桌旁的椅子上一坐,不停地捋着头发。他想起墨秀砖瓦厂尚未缴纳的电费、想起张正权,忽然想到在墨秀公社旁边桥墩小饭馆的那次喝酒,以及张正权所说的他若有了好事,再请你喝酒的话。此时,他估计张正权那时已知道恢复乡人民政府后,他或将可能出任副乡长。同时,他估计秦良茹极力推荐了张正权,而张正权为报答,要求他潘孝坤为秦良茹的女儿进青树农电站工作而帮忙。想到这里,他走至门口,朝走廊喊了声孙祖木。一间办公室里"哎"了一声,跑出一个人来,见潘孝坤站在门口,孙祖木"哟"了一声说:"啊,你回来了呀!"潘孝坤点点头,转身进了办公室,孙祖木随之跟了进来,说:"你去党校学习前,问起青树农电站电费出纳人员安排问题,我特意问了,青树农电站的人选还没有落实。另外,我了解了一下,全县23个农电站有一半还没确定人选,主要考虑经费列支问题。"

孙祖木原是一个公社农电站的电管员。为完善农电日常事务管理,对接渔城供电局,县电力公司也设了两个农电专职岗位,人员归用电股管理。孙祖木的公社农电站紧挨县城,就这么被调过来了。

"电费出纳岗位目前虽然不是电管员编制,但岗位很重要。进入农电站工作的要选高中以上学历,素质好的。你们要把好关。"潘孝坤坐下后,说,"至于经费问题,我们利用一些政策,尽快落实下去。"

"青树公社农电站的电费出纳,潘经理是否有人选考虑?"孙祖木问,"若是你有亲戚什么的,我让他们把这个岗位留着。"

第15章

孙祖木如此一说，潘孝坤干脆直话直说了。他说："亲戚倒不是亲戚，是一位公社领导的女儿。这位领导本人没有跟我提过她女儿想到农电站工作，主要是她在公社领导岗位上多年，对农电事业很支持，别人跟我提起过她女儿的事情。"说到这儿，看到孙祖木用疑惑的眼神在他脸上扫来扫去，潘孝坤忽然觉得矮了三分，并有些恼火。老李分管这摊工作时，原本需要事前知晓并经得他同意才办的事情，往往事后才知晓。在人事和资金的使用上也是如此。潘孝坤任副经理后，如农电和用电线上的人依然习惯如此。老李这种看似老好人的放权做法，实际是失职。潘孝坤想努力改变自己分管线上有时反而需要征得底下那些人同意后才能办事的做法，但每次都觉得时机不成熟。这会儿，不知咋回事儿，脑中竟出现了突破口。他说："从公社电费总额中提取5%的使用情况，农电上是否有台账记载？"

孙祖木被潘孝坤突然改变的话题弄得有些发愣，说："我那里有粗浅的记载，详细情况财务股应该有。"

"从公社电费总额中提取5%的费用，使用相当广泛，既有电力建设，也有除电管员编制之外的薪酬。而薪酬的支出，事关每个公社农电站人员的岗位。"

孙祖木可能意识到了什么，说："这些费用的收支，大数额的，老李知道，小数额的，荣子和知道。"

"可我任副经理以来，一直不知道。"潘孝坤笑笑说，"你把你保存的这笔费用收支的粗浅记载先给我看看。既然农电由我分管，我总该知道往年的大致情况，是不是？"

"应该知道,应该知道。"孙祖木说，"我这就去拿我保存的账本。"

一会儿，陈根琪出现在潘孝坤的办公室门口。他咳嗽一声，说："我在自行车棚看到你的自行车在，估计你还在办公室。"说着，拉过椅子，在办公桌对面坐了，还问在党校学得怎么样。

两人闲聊了一会儿，陈根琪说："我自作主张，把你爱人调入生技股的人员调动通知，刚签完字。"

"哦，太谢谢了。"潘孝坤欠欠身子说。

陈根琪说："潘玉卿同志话不多，业务技能又拿得起来，应该是位不错的同志。"

"'农综变'中性点不接地运行，她当时为燕宁电管站帮了不少忙，这倒是真的。"潘孝坤又说，"承蒙你领导看得起哦！"

陈根琪说："家有贤妻是个宝哦，用过去的话说，贤妻旺夫呢！"

这时，孙祖木拿着一个账本进来了。瞅着陈根琪，他点点头，也不说话，将本子撂在桌子上就出去了。

潘孝坤此时感觉陈根琪还有话要和他聊，便站起来，将门关上了。待他回到办公桌边坐下，陈根琪说："你在电力党校学习期间，不知听说了什么没有？电力公司改成供电局已是板上钉钉的事了。现有的电管站也改称供电所。更主要的事儿，前些日子，系统内对新的供电局领导班子组成成员进行了考察，也征求了我的意见。这几天从渔城电力局传过来消息，枫荷县供电局新的领导班子组成成员大致是这样的，你，任局长；我，任书记，其他原有领导班子人员职责不变。"

潘孝坤的手指在桌上轻叩了一下，说："分管用电的副局长呢？"

陈根琪的手指在脑门揉搓着说："哦，老了，说着说着就忘了。"

潘孝坤随着陈根琪的手指，眼光扫向他的头发，此时他发现陈根琪已是满头白发。额头、眼角呈现很深的皱纹。他好像突然觉得陈根琪已经老了。瞅着他的模样，他本想说老陈年轻的时候好精神之类的话，但他没有说，因为陈根琪话还没有说完。

陈根琪的手指指身后的墙壁，说："荣子和任分管用电的副局长。还有，陆子祥的工会主席升格，成为副科级工会主席，同时也进党委班子。"

潘孝坤没想到枫荷县供电局首任局长会是自己，但他没吭声。

"我知道你心里在想什么。"陈根琪说，"个人进步或者说职务的升迁，一般来说，需要机遇，同时还要做出成绩。你在我印象中，特别是任燕宁电管站站长期间，为农村、为农民安全用电想了不少

第 15 章

办法,取得了实实在在的成效,在全国和本省都有一定的知名度。现今的渔城电力局领导和枫荷县委的杨书记对你的评价是敢为人先,大胆创新,埋头实干。"

潘孝坤的手捂了一下眼睛,说:"不是我谦虚,好多事情也不是我一个人在做。但还是感谢领导的表扬。"

陈根琪说:"燕宁电管站几项出彩的工作,有的尽管不是你亲自动手的,但你是当时的主官,遇到提拔或总结的时候,人家往你身上按,也是有道理的。所以,作为主官,群策群力,发挥大家的作用很重要。"

潘孝坤连声说了几个是的是的。陈根琪站起来,欲离开。临出门的时候,陈根琪说:"新的供电局成立后,原来的党总支升格为党委。新供电局和党委的牌子,我交代人保科请人在做了。如此换牌子,总该举行一个仪式,具体怎么做,听上边的安排。"

潘孝坤面对突如其来的变化还没思想准备,陈根琪这么说,他不时地点头,或说好的或说是的,直到送他出门,消失在楼梯口,他这才想起,该问一下陈根琪,他刚才说的那些事情,是不是代表组织的正式谈话!但在关门的那一刻,忽然又觉得陈根琪是否代表组织谈话或闲聊,又变得无所谓起来。陈根琪说话一向谨慎,这几年更是严谨,从不与他人开这样或那样的玩笑。

忽听有人敲门,潘孝坤喊了一声,请进,门就推开了。进来的是人保股股长老姜。他手里拿着两本鼓起的文件夹,递到他桌面说:"你出去半个来月,还没阅过的文件都堆起来了。"潘孝坤翻开文件夹说:"文山会海不是随便说说的哦!"

老姜站在潘孝坤的身旁很久,既不说话,也不离开,潘孝坤疑惑地抬起头,老姜的嘴嗫嚅着,过了好一会儿才说:"孝……坤,听……听,听说你要做……做,局,局长啦!"

潘孝坤这才想起老姜是个结巴。他站在自己身旁不离去,原来是想和他说话却又说不出来。潘孝坤望望四十多岁的老姜,想起儿子潘阳儿时有些口吃,潘孝坤觉得好玩,有时还和儿子学上几句。

197

有一次被妻子看到了,对他发了好大一通的脾气。后来第二年他从部队回家探亲和妻儿团聚,发现潘阳说话十分利索了。最后才知,妻子为改变儿子的口吃,专门请人进行了训练。所以,人的行为跟人的喜好是分年龄的。四十多岁的老姜还口吃,令人感觉是滑稽。这会儿他望着老姜的样子,想乐又觉得不妥,便低下头去翻了几页文件,说:"这里头有任职通知吗?"

老姜一听,不知是想说话但因结巴说不出来,还是潘孝坤的态度刺激了他,脸竟憋得通红,许久才说出一句完整的话来:"里边有电力公司改成供电局的文件,任命文件还没到。"

这时,门被轻叩了一下,在用电股主管三电的老夏走了进来。潘孝坤这时嘿嘿笑了。但他也不说话,凝望着老夏。老夏两片嘴唇动了动,说:"孝……坤,恭……恭,喜,喜。"

潘孝坤本想说几句喜从何来或有什么可喜的话,但话到嘴边又咽了回去,只是笑笑,从桌上拿起一包拆开的香烟,递给老姜和老夏。老夏先掏出打火机为老姜点上了烟。老姜吸了口烟,对老夏说:"听……听,听说你现,现在不但养花,还喜……喜,喜欢上了养,养鸟,鸟?"

老夏一听老姜知道了他新的爱好,一脸兴奋,说:"我,我养……养,养了好几个品……品,品种的鸟,你要,要,要伐?"

潘孝坤望望他们两个对上了话头,听着既为他们着急又觉费劲,便低下头阅读老姜拿来的文件。这两大文件夹的文件,如果一字不漏地细读,肯定得读上好几天。因此,他先粗粗浏览了一遍,认为对自己工作无用或关系不大的,他没细看,便在文件签阅笺签上了自己的名字;认为对自己工作有关的文件,他读得十分仔细。翻到县电力公司改成供电局的文件,看到有些如电管站改成供电所后的职责和人员编制,估计今后实际操作中还用得着,他想让老姜去复印一份留给他。但老姜和老夏还在结结巴巴谈论怎么养鸟的问题,他没有打扰他们,悄悄地离开了办公室。

去年新添的复印机全公司就这么一台,放在人保股的档案室。

第15章

人保股和档案室在三楼,与陈根琪、老李、陆子祥在同一楼层。这楼层过道南边,大多是办公室,从西头过来,依次是陈根琪、老李、陆子祥、老姜、人保股的其他人员,最东边是存放档案的资料室。资料室过道的对面是档案室老宁的办公室。潘孝坤走进老宁窄小的办公室,老宁正在装订资料。他叫了一声老宁,老宁抬头惊讶地"哦"了一声,听说要复印文件,他嘴里说了几声好,便拿着文件到了隔壁放复印机的房间。潘孝坤也跟了过去。瞅着复印机预热的工夫,老宁说:"小潘,你做了局长,能不能给我换个工作岗位?"老宁今年也四十多了,一直叫潘孝坤为小潘,潘孝坤也习惯了。但现在他还不是局长,老宁这么说,不好回答人的要求,说:"老宁,你没做档案前在修试队吧?"老宁点点头说:"那时是高洪奎做修试队队长,我做技术员。老李全面主持工作的时候,办公室要找个字写得好一些的人,高洪奎推荐了我。由于高洪奎写过大字报,领着人批斗过陈根琪,陈根琪回到原来的位置后,不让我做文秘工作了,改做档案到现在。其实,关我什么事嘛!高洪奎患癌去世也好几年了。"潘孝坤说:"我在农校读书的时候,高洪奎是带教我们那批学生实习的师傅。我招工进燕宁电管站工作,他是我的班长。那时,他人不错。可惜后来轧错了圈子。"老宁说:"我参加工作到修试队,你已去部队当兵了。他说起你,经常夸你,说你将来肯定比你那些同学徐立五、范建立、沈叙英有出息。"潘孝坤看着复印机出纸,没有搭腔。老宁将文件和复印件装订好后,说:"这三楼是主要领导的办公楼层。供电局局长是供电局的法人代表,是行政主要领导,肯定得住在三层!可这里的办公室都住满了,你这个局长的办公室往哪儿放?"

潘孝坤笑着说:"不是还没做局长嘛!"他的手指着屋子转了一圈说,"这间房子做局长办公室也不错嘛!"

老宁摇摇头说:"这间太小了!你一做局长,到你办公室找你谈事的人自然多。再说,从办公室大小,可以看出在班子里头的威望与尊严。你的办公室不能小于陈根琪的办公室!"

199

潘孝坤哈哈一笑,说:"老宁,你想挑拨我和老陈的关系啊?"

老宁有些尴尬地愣住了。

枫荷县电力公司如果从水电局分离出来算起,组建时间还不到三十年,在编在职人员其实不多,目前所有在编人员加起来还不到两个步兵连的人数。但师徒关系、亲戚关系像网一般交织着,并且由于连续不断的政治运动,各类人员或各个圈子之间,钩心斗角的事儿重重叠叠。今天你在这个人面前说那个人一句话、一件事儿,明天那个人就已知晓,或传得满城风雨。这种人与人关系太过复杂,不利于工作的展开,而县级供电企业好多工作的完成需要团体协作。因此,潘孝坤不愿或懒得搭理人与人私底下的关系。每当有人说起谁的是非,他干脆打断、不听。

为消除自己的尴尬,老宁笑笑,随即伸出大拇指说:"具备局长的素质。"

供电局局长不是政府部门的官员。供电局也不是什么官场。潘孝坤又"唉"了一声,说:"对电力系统而言,无论是电力公司还是供电局,县级供电局的局长仅相当于一个车间主任。"

老宁凝望着潘孝坤并不宽厚的背影移至门外并走下楼梯,嘴里嘀咕了一句,却连他自己也不知说了什么。

潘孝坤回到办公室,老姜和老夏已离开了。他翻看孙祖木拿来的那个账本的时候,电话就响了。潘孝坤一听电话那头传来的声音,他说:"正权,你保密工作做得蛮好啊!知道要当副乡长了,跟我也不露点口风。"张正权说:"事情没确定前,谁敢在外面吹!再说,我做梦也没想到我会做副乡长。"潘孝坤说:"是不是秦良茹帮了大忙?"张正权说:"她也没说她帮了忙,但我想,至少她没有说我什么坏话或帮倒忙。"潘孝坤闻出了张正权说话的味道,说:"我想着给你打电话,但这前段外出学习,今天刚上班……"张正权说:"打电话是不是要说墨秀砖瓦厂停电的事情?孝坤,这停电的事情做得有些不规矩啊!砖瓦厂拖缴电费是不对,但今天徐立五刚给我说砖瓦厂拖缴电费,砖瓦厂的电就停了。"潘孝坤说:"别人跟我反映,已向砖瓦厂催缴多次了呢！你做农电站站长多年，这里边的利害关系也清楚哦！"张正权说："可燕宁电管站和公司用电股的人也没有跟我说过什么哦！跟我或者乡里的主要领导打个招呼，在资金上我们可以想些办法。"潘孝坤说："砖瓦厂没钱缴电费了，也该跟你和乡里主要领导汇报吧！乡里调该厂的资金，总不能调得连电费都缴不了吧！"张正权说："我也是怕了'电老虎'了。"潘孝坤说："这话我得澄清啊！以前，因为人们对电的使用和安全防范意识差，电又会电死人，人家才把电称作'电老虎'。现在把从事电力工作和电力行业说成'电老虎'，我表示强烈反对啊！"

　　听电话那头没了声音，潘孝坤喂了一声。电话那头又传来张正权的话，他说："孝坤，电费你先想办法向上缴，过几天我们这儿有钱了，就立马缴给你们，好不好？"潘孝坤说："这上万的电费，我从哪儿给砖瓦厂垫？"张正权说："以前老李管用电和营销的时候，电力公司不是经常帮用户先垫一下电费吗？"潘孝坤说："那是以前！老李有这个本事，现在我没这个本事，怎么能让我办到？"从老李手中接任这摊工作后，潘孝坤早有打算，在电费收缴过程中，要截断这样的做法。否则，县级供电企业本身受拖累，党风廉政建设方面也容易出问题。

　　尽管潘孝坤说话的口气很柔和，但已带上硬核，张正权改变了态度。他说："这样吧，你让燕宁电管站先把电送上，电费今天下班前给你到账，或者最晚在明天下班前到账，怎么样？"

　　"我这儿财务上往上缴电费也得有个时间呢！看在张乡长的面子上，我让人先把电送上，电费呢，最晚不能超过明天中午前，怎么样？如果你认为不行，就让电继续停下去。或者，给砖瓦厂送了电，明天中午前电费还到不了账，我仍然让有关人员停砖瓦厂的电。"

　　张正权在电话那头长叹一声，挂了电话……

第 16 章

为枫荷县电力公司成为枫荷县供电局举行揭牌仪式，是在十多天之后的一个上午。

这天早晨，潘孝坤上班进院门，老远望见院门两边的牌子上各披了红绸布。他下了自行车，发现罩着红绸布的两块牌子，左边的白底黑字"枫荷县供电局"和右边的白底红字"中国共产党枫荷县供电局委员会"隐约可见。本想进院门，却瞅见老姜从院门内的传达室出来，潘孝坤说："这红绸布罩在牌子上，是为揭牌时让他人看到牌上的宝贝吗？"

老姜刚说了个"是"，潘孝坤担心他光说个是后还得结巴半天，便说："这红绸布要是罩在那儿发挥这个作用的话，红绸布太薄了，罩与不罩一个样。不能弄两块厚一点的红布吗？"见老姜嚅嗫着两片嘴唇，结巴着说不出话来，潘孝坤戏言道："新娘子新婚的时候，头上罩块红布，脸不会像这牌子一样能清晰地映衬出来，否则揭新娘子盖头的新郎会开心？"

陆续来上班并进院门的几个人这时哈哈大笑。老姜也跟着嘿嘿。

潘孝坤也仅是对老姜说笑而已。说过，骑上自行车往里边去了。

今天揭牌仪式和在这仪式上宣布新的领导班子组成成员，是五天前陈根琪告诉他的。同时，陈根琪告诉他县领导和渔城电力局领导以及本局哪些人会参加仪式。潘孝坤听了，频频点头，又问陈根琪："我在仪式上需要做什么？"陈根琪说："你是供电局的局长，我是党委书记，严格说起来，都是新任岗位，渔城电力局人事科的同

第 16 章

志说,让我们两个都在仪式上做个表态发言。这样,仪式由老李主持。我们照他的主持程序做就是了。其他场地布置什么的,我已通知了办公室,老姜他们会办妥的。"说着,他从口袋掏出几页纸来,说:"你的表态发言,办公室为你准备了。我看了一下,觉得写得较全面。"潘孝坤粗粗翻了翻就揣进了口袋。

现在的办公室职能过去由人保股履行。陈根琪做过人保股办事员、副股长、股长,办文办会自然胜人一筹。潘孝坤虽然知道自己已是新成立的供电局局长,但毕竟还没宣布,这些事儿由陈根琪出面或操心,比他合适。所以,陈根琪说什么,潘孝坤都说,好,好,这样好!

揭牌仪式定在九点半。潘孝坤在办公室看了一下手表,见九点还差一刻,估计领导也快到了。他匆匆忙忙上了三楼。三楼所有办公室的门敞开着。他直接站在了陈根琪办公室的门口。陈根琪刚放下电话,对潘孝坤说:"县委杨书记、副县长高子仁,还有组织部的洪副部长参加揭牌仪式,渔城电力局叶立耕局长和人事科长程康同志出席。"

潘孝坤走进办公室,问:"我们新班子成员是不是要到门口迎一迎?"

"上边领导来,我是从来没有在门口迎接过。"陈根琪说这话的时候声音较小,说到后半句,只有他自己才听得见,并立即改口说,"好,我们到门口迎一迎好,至少表示新班子对他们的尊重。哦,对了,有一年冬天,我陪省水电厅领导到燕宁电管站,看到你冒雨雪在燕宁电管站的河岸等我们,我心里很热和。"说到这儿,陈根琪冲门口喊了一声"老姜",老姜小跑着进了办公室。陈根琪说:"你马上通知孙大德、荣子和到院门口集中。"老姜很快明白了什么,但还想问什么却又结巴着说不出话来,于是,他手脚并用,指指墙壁。潘孝坤不知老姜表达的什么意思,陈根琪已经明白,说:"老李和陆子祥,我一会儿喊他们一下就行了。"

老姜一走,潘孝坤和陈根琪也随之而出。陈根琪往前走了几步,

203

喊了一声"老李",又喊了一声"陆子祥",他们就出现在门口,望着陈根琪。陈根琪头也不偏,边走边说:"走,去门口迎接一下领导!"于是,潘孝坤、老李和陆子祥跟在陈根琪后面下了楼。

办公楼至院子的过道三三两两站着一些人。潘孝坤一看,都是股室、电管站和基层班组的负责人。大概他们就是参与揭牌仪式的本单位人员。他们和走出办公楼的陈根琪、潘孝坤、老李和陆子祥打着招呼。看他们中的大多数人往办公楼的门口瞧,潘孝坤回头瞅了一下,见早晨挂在院门口的两块盖着红绸布的牌子已挂在了办公楼大门的两侧,他"咦"了一声。陈根琪凑近潘孝坤的耳朵说:"这门口有台阶,可以当主席台用。院门口的路,里外一般高,领导们站不了高处。还有,这牌子如果还想挂在院门口,等揭牌仪式结束后,挂回去就是了。"

潘孝坤再瞧盖着红布的两块牌子,发现里边的字已映衬不出来了。潘孝坤点点头,说:"这老姜的动作也够快的!"

陈根琪说:"我还让老姜找了两个话筒。"

潘孝坤这才发现有两个支架式的话筒放在一块牌子的一角。

这时,孙大德和荣子和先后从楼里走出来。即将上任的新班子成员都到齐了!陈根琪没再说话,率先向院门口走去。潘孝坤、老李、孙大德、荣子和和陆子祥簇拥着紧跟其后。站在那里的那些人看这么多领导往外走,以为揭牌仪式又改了地方,随即跟在他们身后也往外走。拐至院门口的时候,新班子人群中走在最后的陆子祥回身问:"咦,你们跟着干吗?"

后面的人群有人说:"不是通知我们参加揭牌仪式吗?"

陆子祥指指办公楼门口的那两大块牌子说:"你们不会看啊!牌子在哪儿就在那儿揭牌!"

后面的人群止了步,但还是有人问:"你们到外面干啥?"

陆子祥扯起嗓门说:"迎接上边来的大领导!"

有人又问:"那我们干啥?"

"你们干啥?"陆子祥站在那儿,本想开个玩笑,所以一脸严肃

第16章

地说,"你们以办公楼的大门为基准,前后左右相隔一米站直了。等领导走到跟前,拍手鼓掌就行了。这个不会吗?"

走在前边的陈根琪、潘孝坤等听陆子祥这么说,只是相视一笑,也没说什么。

陈根琪、潘孝坤等一干人在院门口刚站一会儿,一辆黑色轿车从街口拐了进来。这是当时枫荷县机关最好的车子,他们都认得。轿车本欲直接往里去。坐在车里的杨士元和高子仁看到陈根琪、潘孝坤等一干人依次站在一侧,明白了怎么回事儿,便叫司机停车。轿车响起一声刹车声,即刻停在了他们面前。

站在最里侧的陆子祥冲潘孝坤叫了一声:"孝坤,车门!"

陈根琪、老李、孙大德、荣子和不知陆子祥的意思,不是往后退或就是冲陆子祥那边看。潘孝坤却是上前一步,一手拉开车门,一手挡向车门框的上方。朝车里已是满面笑容的杨士远叫了一声:"杨书记!"杨士元一脚移至车外,侧着身子钻出车子,双手握住潘孝坤的手,连声说着"祝贺、祝贺"!

陆子祥早已绕过车头,在车的另一侧相同的位置,如潘孝坤般的动作,迎出了坐在后排另一侧的副县长高子仁。听陆子祥叫了声高县长好,高子仁握着陆子祥的手,笑着说:"你是陆主席吧?主席好!"两人顿时会心并开怀大笑起来。看到副驾驶位置上的车门打开了,陆子祥转身"啊呀"一声,喊着洪部长好,又迎了过去。

高子仁从车后绕过去,握着陈根琪的手说:"你这揭牌仪式怎么仪式到我们身上啦?"陈根琪说:"在这里迎候一下领导也是应该的嘛。"高子仁见陈根琪身后站着的潘孝坤冲他微笑,他拍了一下潘孝坤伸过来的手,说:"潘孝坤,你小子不够意思,到县城工作快一年了,也不来看看我!"潘孝坤说:"下次一定拜访高县长。"高子仁说:"下次你叫上秦良茹、张正权他们俩,我们好好喝次酒。你们都升官了,还没请我喝过酒呢!"潘孝坤点着头,说:"好的,好的。"

这时,一辆岷京吉普在不远处戛然而止。还没等这边的人全部反应过来,渔城电力局局长叶立耕和人事科长程康已从车里下来了。

205

潘孝坤悄声对高子仁说:"叶局长他们到了。"高子仁悄声叫了声杨书记,又向叶立耕等努努嘴,杨士元迎向叶立耕。在杨士元和叶立耕握手的当儿,不知杨士元说了句什么,叶立耕说:"杨书记是老革命了,不敢当,不敢当。"听到杨士元介绍高子仁,叶立耕和高子仁握了握手说:"高县长和我算是老相识了。"他也没跟陈根琪、潘孝坤等一一握手,只是冲他们招了招手,算是招呼了。他又伸出一只胳膊,对杨士元说:"里边请,里边请!"说着,和杨士元率先进了院门。

此时,办公楼那边响起一阵阵有节奏的鼓掌声。

潘孝坤夹在那些往里走的人中间,听着那些掌声和办公楼门口面向他们并随他们缓缓转动的人群,他有些吃惊。谁让他们这么做的?且集体鼓掌和行注目礼的举动好像进行了专门及较长时间的培训。

县城新闻平时不多。县电力公司改成县供电局并由县委书记杨士元参加,眼下是首要新闻。县电视台记者和县委报道组的通信员搞报道的早就闻风而动。那些肩扛摄像机的和手拿照相机的人,这时快速从他们的后面赶上来,有些兴奋地对准鼓掌的人群,连续不断地录像和拍照。当摄像机和照相机扫向他们的时候,走在前面的杨士元、叶立耕、高子仁和陈根琪随着掌声节奏,也拍起巴掌来。杨士元还转了一下身子,向他身后的潘孝坤竖了竖大拇指。此时,潘孝坤发现杨士元的眼角有泪水在闪动。是为那掌声还是那注目礼?潘孝坤明白,杨士元肯定被今天的氛围感染了。

杨士元、叶立耕、高子仁、陈根琪和潘孝坤等一干人走上办公楼门口的台阶,他们虽然随着掌声节奏拍着巴掌,却十分默契地按"C位"站出了职务高低。潘孝坤望望眼前的列阵,见站在最前面一角的老姜抬起一只胳膊,往下一摆,有节奏的掌声戛然而止。站在台阶一角的老李有些沙哑的声音通过前面的立式话筒传向两旁的喇叭:"枫荷县供电局、中国共产党枫荷县供电局委员会成立暨揭牌和宣布这两个机构组成成员仪式开始。先请渔城电力局人事科长程康同志宣读关于成立枫荷县供电局和中国共产党枫荷县供电局委员会的决定。"

两个成立决定宣读完毕,潘孝坤发现老姜两个巴掌一拍,前面的人群中即刻响起了有节奏的掌声,"啪啪,啪啪,啪,啪,啪,啪,啪,啪,啪,啪!"潘孝坤这时清晰地听出来了,这有韵律的鼓掌节奏,分明是部队开会前或拉练集中休息途中,一般用于拉歌的韵律。他这才想到,这列队的阵容和有节奏的掌声一定是老姜的杰作。老姜原是所在军临时仪仗队的一员,据说老姜因为口吃,提干后调离了仪仗队。同时,潘孝坤也疑惑:这老姜在新班子去院门口迎接领导的短时间内,会一下子培训出有规律的鼓掌节奏与整齐的注目礼?但潘孝坤又一想,部队的好多做法,只有你想不到,没有做不到。有的移植到地方,会有意想不到的效果,如在某个地方迎送一下领导、主动开一下车门,会让人留下深刻的记忆或感动。所以,在那一刻,潘孝坤暗问,如果像这样的仪式放在部队,该是怎么做?简短肯定是第一位的!如此念头形成后,他自己接下来的表态发言便不想再念陈根琪给他的稿子。但想是这样想,一下子又想不出这表态发言该怎么说。

揭牌过后,渔城电力局的人事科长程康又宣读了聘任潘孝坤为枫荷县供电局局长、孙大德、荣子和为副局长的决定。这样的人事安排早已传开,大家没什么反应。等程康宣读完决定,一阵有节奏的响声再次响起。那时,电网系统的党组织关系归地方管理,中共枫荷县供电局党委的党委委员、副书记、书记的任命决定自然由中共枫荷县委来宣布。与杨士元、高子仁同车而来的组织部洪副部长就是为宣布这个决定而来。这位洪副部长宣读到该局党委组成成员副书记有潘孝坤时,陈根琪、潘孝坤和老李都侧过脸看洪副部长。

宣读文件和领导讲话的立式话筒置在杨士元和叶立耕中间的底下一个台阶上。陈根琪、潘孝坤和老李均在整排领导的两侧,他们看到的是洪副部长的侧面。特别是主持仪式的老李,在整排领导的最左侧,他像是出于本能,踮起脚,似欲看清洪副部长手中的文件。因为在此之前,陈根琪、潘孝坤和老李只知陈根琪任书记、老李是专职副书记,并没有人对他们说起过潘孝坤在任局长的同时兼任副书记。

决定宣读完毕,自然又是一阵有节奏的掌声。只是陈根琪、潘孝坤和老李的掌声拍得不怎么响,也有些缓慢。

按仪式程序,接着是潘孝坤在前、陈根琪在后的表态发言。不知是老李上了年纪眼花看错了主持稿或是思想开了小差或是有意为之,他说:"下面请新班子主要领导表态发言,先请陈根琪同志讲话。"

陈根琪愣了愣,随即面色平静地走向前面的话筒。他从口袋里掏出稿子,对着稿子念道:"各位领导、同志们,在艳阳高照的日子里,我们迎来了枫荷县供电局和中共枫荷县供电局委员会的成立。首先请允许我代表枫荷县供电局全体党员、广大干部职工,对县委书记杨士元同志、渔城电力局局长叶立耕同志、副县长高子仁同志等领导出席枫荷县供电局和中共枫荷县供电局委员会成立揭牌仪式,表示热烈的欢迎!枫荷电业创始于1920年,迄今已经历60多个春秋……"

陈根琪开头这么一讲,潘孝坤猜测这个表态发言时间短不了。他侧过脸,看到陈根琪手里捏着一沓稿纸,有些惊讶。听了一会儿,发现他讲的好多内容,陈根琪给他的表态发言稿里头也有提及,只是像枫荷县的电力建设和有亮点有影响的成就,陈根琪讲得更详细。在这么一个简短的揭牌仪式上,新上任的党政主管表态发言几乎相同,显然没有必要,也不合适。此时,潘孝坤决定不再照本宣科。在不久前电力党校培训期间,在一所大学教心理学的教授专门给他们讲授了人的心理现象、精神功能和行为科学,他说人在听他人讲话时,一般在八分钟内能认真听讲,而超过这个时间,即使他的眼睛在看着你,思想已开始飞离,甚至不耐烦。这位教授说的意思是,希望领导干部在人多的场合,讲话尽可能讲干货、说短话。没有价值和意义的废话和可讲不可讲的话最好不要讲。想起这些,潘孝坤向人群望去,发现有的人站姿已不那么端正,有好几位在东张西望。一会儿,他发现杨士元和叶立耕两人在悄声交谈着什么。

第16章

　　陈根琪的表态发言半个小时左右才结束，导致的结果是掌声不再那么响亮和有节奏且有些稀稀拉拉。好在主持仪式的老李的声音又通过喇叭传了出来："下面请新任局长潘孝坤同志讲话！"

　　潘孝坤因为正想着陈根琪讲话的效果，听到老李的主持，他略一迟疑，却又快速走向中间的立式话筒。由于没拿发言稿，他站成了立正姿势。喇叭里传出的声音也格外洪亮："感谢县委、渔城电力局党委和各位领导、同志们的信任！虽然我没有任供电局局长的经验，但我努力做到，一是和同事们、同志们相处好，二是和大家一道，做好电力以及与电力发展相关的工作，力争满足枫荷县工农业生产和人民群众对电力的需求！"

　　说完，潘孝坤转身又回到原来站的位置。或许是在场的人对潘孝坤的简短表态发言有些惊讶，连多次领头鼓掌的老姜都还没反应过来，直到杨士元的掌声率先响起，才随之响起没有节奏却十分热烈的掌声。

　　仪式的最后一个程序是杨士元和叶立耕各自代表县委、渔城电力局讲话。老李刚说完有请县委杨书记讲话，老姜跑至台阶，将原本在杨士元台阶下的立式话筒移到了杨士元面前。杨士元双手搭在腹前，说："很高兴参加枫荷县供电局成立暨揭牌仪式。我想说的话有很多，只是刚才都让陈根琪同志说了去。"

　　人群里即刻有了笑声，有的人还拍了几下巴掌。

　　杨士元笑了笑又说："但我还想说一句话，就是希望我们新成立的供电局积极履行职能，协助枫荷县委、县人民政府，像小潘局长所说的那样，做好电力以及与电力发展相关的工作，力争满足枫荷县工农业生产和人民群众对电力的需求。"

　　在有节奏的掌声中，杨士元将立式话筒移到了叶立耕面前，叶立耕扶了一下话筒，等主持人老李说有请渔城电力局局长叶立耕同志讲话后，他清清嗓子说："渔城电力局和枫荷县委、县政府对枫荷供电局的期待是一致的。希望枫荷县供电局在枫荷县委、县政府的领导下，巩固电力建设成果，抓好自身建设，努力满足枫荷县工农业生产和人民群众对电力的需求。"

老李宣布揭牌仪式到此结束,面向领导的人群在老姜的带领下,再次响起了一阵有节奏的掌声。

杨士元、叶立耕、高子仁等在陈根琪的指引下,往办公楼里头走。

"新供电局揭牌,没有彩旗飘飘,也没有锣鼓喧天,你们新班子在院门口像列队式的欢迎上边来的领导,参加揭牌仪式的干部职工像踩鼓点似的掌声,我还是第一次遇到。"在三楼会议室一坐下,杨士元看看坐在他对面的陈根琪,又瞧瞧潘孝坤,说,"这是谁的主意啊?"

陈根琪和潘孝坤相互看看,陈根琪说:"让杨书记见笑了。"

"不,不,你们让我看到了供电局干部职工的素质。"杨士元对坐在他旁边的叶立耕说,"这样装了门面,又哄领导开心、可以少花钱的做法,是不是抠了点儿?"

叶立耕笑笑。大家也笑了。

杨士元看了一下手表,站起来说:"下午我和子仁还有一个会,我们先走了。"他的手伸向叶立耕,握了握,又说,"枫荷的用电形势十分严峻,希望叶局多支持。"

于是,会议室里的人都站起来,涌向门口。杨士元回身和大家握了握手,说:"都不用再送,就到此为止。"见大家都站住了,他和高子仁下了楼梯。洪副部长走在他们的后头,下楼梯前,他扯了一下陈根琪的衣袖,陈根琪跟着往下走了几步,看他向自己凑近,他把耳朵凑至他跟前。洪副部长小声说:"潘孝坤任党委副书记是目前党政分设的惯例。县委和渔城电力局早已进行了协商,只是没有提前透露给你们。"

陈根琪点点头,表示理解。那时候任命干部,还没有先确定后备干部与公示等环节。与洪副部长道别后,他去了洗手间。出来时,叶立耕和程康也从会议室里走了出来。他对陈根琪说:"老陈,我回去了。"陈根琪说:"吃了中饭再回呀!为这个揭牌仪式,今天食堂专门做了红烧肉。"叶立耕说:"你们吃吧,我们不吃了。"看跟在他后边的人要送他,他说,"你们忙你们自己的事情去吧!"又对潘孝坤说,"你送送我,我有话要对你说。"

陈根琪、老李、孙大德、荣子和、陆子祥望着潘孝坤和叶立耕边说边走下楼梯,直到看不见,大家的目光集中到了陈根琪身上。陈根琪吁了口气说:"看我干嘛!你们忙你们自己的事情去吧,叶局长不是说了嘛!"说完,转身进了自己的办公室。

电力公司更命供电局后,党政"一把手"不再"一肩挑",渔城电力局已经定了调。当初征求陈根琪意见,问他是愿意继续担任局长或党委书记时,他说:"既然如此,还是书记一职较适合我,一是我年纪大了,二是党委书记是把舵的。"当征询到在目前领导班子现有成员中谁较合适担任局长一职时,他说:"论学历和生产方面的业务技术,孙大德较合适,但他还不是中共党员,论组织协调能力和政治条件,潘孝坤更胜一筹。"当初跟他聊这些的是人事科长程康。程康说:"生产方面的业务技术潘孝坤若是不行的话,他在燕宁电管站期间,像全国性的地埋线现场会,怎么会在枫荷召开?还有农村低压配网中性点不接地运行技改,省电力学会学术讨论不是也在枫荷召开的嘛!对了,'两线一地制'改'三线制'试点,你们枫荷不是从燕宁供电区域铺开的吗?"陈根琪说:"老程,你这么说,局长人选是不是有意向了?"程康说:"那倒没有。目前对县局领导班子都在考察进行阶段。"陈根琪说:"说起中性点不接地运行技改,当时潘孝坤也征求了孙大德的意见,后来,潘孝坤把他爱人也请去帮忙了。"程康说:"这事如果往好处说,证明他会用人哦!潘孝坤的人品怎么样?"陈根琪脱口而出:"这倒没啥问题!"

然而,叶立耕叫上潘孝坤去送他,并且有话与潘孝坤单独说,这分明没把他这个党委书记放在第一位呵!陈根琪有了某种失落。但他又安慰自己,作为地级市的渔城电力局局长找县局局长谈事情,怎么说也是对口的。在党委成员中,潘孝坤毕竟是副书记,他才是书记!洪副部长与他道别时,对任命潘孝坤为副书记的解释,仅对他一人作解释，当然怕他有想法，但也符合组织原则，因为他是书记！

陈根琪坐在办公桌的椅子上，呆想了会儿，听到楼层的过道里有人在问吃了吗，又有人在答吃了，他抬头看了一下对面墙上的挂钟，才起身站起来。

食堂就在办公楼西头的平房内。陈根琪每次到食堂就餐，无论忙或不忙，向来比别人晚些，主要是为避开就餐高峰。单位的"一把手"准时就餐，虽然无可厚非，但夹在人群中，排队就餐，他感觉有些异样。其他干部职工排队就餐，大多怕晚了，没菜或没饭了，或有的仅想吃上没人挑剩的饭菜。陈根琪不用担心这个，如果主菜是剁鸡块，食堂的大师傅会从杂乱无章的菜中，用勺子为他快速挑出几块鸡胸脯肉，而别人就不一样了，可能有鸡头、鸡爪或鸡脖子；只要没过就餐时间，即使盛菜盛饭的盆里都空了，食堂的大师傅也会从厨柜的一角为他端上饭菜。

陈根琪走近食堂卖饭菜的窗口，见今天的菜是一荤一素，荤的是红烧肉，素的是炒包菜。一块块的红烧肉用稻草系着，只是盛红烧肉的盆中没几块了，炒包菜也没剩下多少。打饭菜的窗口外面的小黑板上，写着一荤一素的菜价，陈根琪看了一眼，递上饭菜票。肥头大耳的大师傅为他盛上四两米饭，递出了窗口。他又一手端菜碟，打了一勺炒包菜放在碟中，望了一下盛着红烧肉的大盆，问："陈书记，你要哪块？"陈根琪看了一眼盆里没有品相的红烧肉，说："随便。"大师傅用勺子勺了一块红烧肉，放进菜碟，递了给他。

陈根琪端着饭碗和菜碟，转身寻找坐下进食的桌椅。十几张餐桌，只有远处一张桌子坐着几人正在那儿吃饭。陈根琪在一张就近的餐桌坐下，扒一口饭，吃一吃菜。人有时吃饭，不是为了享受，纯粹是为了生命的需要。所以，也无所谓味道。陈根琪当天在食堂吃的这餐中餐，本来也仅是维持生命所需。但当他在红烧肉上咬下第二口的时候，他发现这块红烧肉上有一个点，仔细一瞧，见是奶头，胃即刻有了痉挛，并迅即上升至食道抽搐了几下。他慌忙捂住

第16章

嘴，用力往下咽了一下，才止住了呕吐。此时，陈根琪的眼中有了泪水，他赶忙用衣袖稍稍拭了一下眼睛，将饭碗扣进菜碟，站起来走向食堂门边的泔水桶。

这时，潘孝坤从门外走了进来，边往里走边叫了几声老胡。老胡就是食堂的大师傅。他从窗口探出脑袋哎了一声。潘孝坤问："老胡，还有没有饭吃啊？"老胡说："有，有。"边说边往下一蹲，从案板下的橱柜里端出一块红烧肉，又往上头打了一勺炒包菜。递给潘孝坤后，大师傅又低头拿碗为潘孝坤盛饭。

老胡这些动作，正朝这边走来的陈根琪看得清清楚楚。对老胡的不满甚至愤怒，随即从心底涌起。他将没吃完的饭菜倒进泔水桶，弄出了较大的动静。潘孝坤侧脸瞧见陈根琪脸色有些莫名的难看，说："陈书记，你吃好了哦！"陈根琪点点头，吞咽几下，将菜碟和碗往洗碗的水槽里一放，头也不回，出了食堂。

第 17 章

上班的时候,潘孝坤和陈根琪在楼梯口相遇了。陈根琪望了一眼潘孝坤挂在肩膀有些发白的挎包说:"你还在用这个?"这挎包就是部队上发的军用挎包。在电管站那会儿,他出门需用包的话,一般用的是电工包。到这里工作后,他翻出了这个挎包。他觉得用这个挎包比其他公文包之类的包简洁、大方。听陈根琪这么问,潘孝坤拎起挎包瞧瞧,说:"里边除了放个笔记本,还可放个茶杯。这包还可背在肩上呢。"

陈根琪说他的挎包,仅是随意一说。很快他换了话题,说:"我正想找你,只是这段时间没遇上你。"潘孝坤站住了,等陈根琪往下说。陈根琪却说:"一会儿,你到我办公室再说吧。"于是两人一同沿楼梯往上走。潘孝坤说:"这段时间,我跑了几个乡镇和一些村、企业,乡村工业和农民个私企业,经济的发展令人鼓舞,但电力需求却跟不上啊!上级分配给枫荷的电量指标一直维持在往年的水平,已经不行了。"

陈根琪脸色变得和悦了,但他说:"我到你办公室找过你几次,快一个月了,见你办公室总锁着门。"

潘孝坤说:"这段时间跑下来,我有些想法,正想跟你汇报呢!"

如今潘孝坤虽然是副书记,但行政上是局长,陈根琪是党委书记,严格意义上说,毕竟是同级,只是岗位不同罢了。所以说,什么汇报呀!应该叫沟通。

在二楼的过道口,两个人没再说话,就分开了。潘孝坤拐个弯,

第 17 章

往自己办公室走，陈根琪则拐个弯，沿着楼梯继续往上走。

潘孝坤将玻璃瓶茶杯泡上茶，又从随身带的挎包里取出笔记本和笔，坐在那儿翻了一会儿笔记本，又写了几行字。直到上班的铃声响过，他才拿起笔记本和茶杯，往三楼走去。

自从这栋办公楼建起，陈根琪、老李等单位主要领导的办公室和他们主管的办公室也一直在三楼。陆子祥任工会主席后，好多工作的推行也需要通过人保股落实，他的人保股也放在了三楼。在习惯思维中，潘孝坤任局长后，办公室也须在三楼。但三楼现在所有的房间都住满了人或都派上了用场。同时，潘孝坤现在的办公室不调整出来，副局长荣子和也只能窝在原来的办公室。涉及办公室和房间的调整，最好是由潘孝坤这个局长说句话。人保股的老姜和行政股股长方柏松问过潘孝坤几次，潘孝坤说，让我把工作理出个头绪再说。其实，办公室调整是小事，潘孝坤不便说的是还有股室与人事等需要调整。这段时间，他对陈根琪说的是跑了几个乡镇和一些村、企业，其实他还跑了一些县局。根据工作需要，必须对股室进行调整，只是调整的方案还在酝酿中。因此，他也想和陈根琪作个沟通，征求一下他的意见。

陆子祥的办公室斜对楼梯。潘孝坤走上三楼的楼道。见陆子祥伏在办公室上很认真地在读什么文件，潘孝坤故意在他门口剁了一下脚。陆子祥抬头夸张地说："哇，局长，好久不见了哇！"潘孝坤走进他办公室，说："你这前段时间拖家带口地去了岷京，当然见不到我了，怎么样，杨副师长小儿子的婚礼还热闹吧？"陆子祥说："要说热闹，不如我们枫荷乡下的婚礼热闹呢！"潘孝坤又问了杨副师长和他爱人的情况，陆子祥说："一个离休，一个退休，就那样了。"说着，从抽屉拿出一包中华烟来，说："杨副师长倒还记得起你。听说你当了局长，他说他早就看出来了，这小子在哪儿都会干出名堂来。这是岷京产的中华烟，他非得让我给你拿一包回来。"潘孝坤拿起那包烟，瞧着说："这中华烟我还是第一次看到，你替我谢谢他老人家。"陆子祥问："城北的房子怎么样？"潘孝坤说："还可以，但没有

215

你的房子好哦!"陆子祥说:"你要认为我住的房子好,那和你换一下。"潘孝坤说:"那还不让人说我霸道!"陆子祥说:"你别不满足,那套房子,其实以前也属供电局的,只是被原来水电局的人住着,上次我们清产核资,好不容易才从现今的水利局要回来,若不是清产核资,你还住不上这房子呢!"

清产核资是陆子祥牵的头。通过清产核资,摸清并要回了供电局被外单位借用或占用几十年的房产,解决了一些职工的住房问题。妻子潘玉卿调入生技股后,潘孝坤一家都从燕宁变电所搬到了县城。住房的事,陆子祥帮了不少忙。退出他办公室的时候,潘孝坤说:"那什么时候我在家请你喝酒。"陆子祥说:"还是免了吧。要谢,你还是好好工作,以回报局工会吧。"说过,两人爽朗地笑了起来。

陆子祥的办公室至陈根琪的办公室只隔着老李的办公室。走进陈根琪的办公室,潘孝坤脸上还挂着笑意。陈根琪在椅子上欠欠身子,说:"什么事情让你这么开心?"潘孝坤说:"刚才和陆子祥开了几句玩笑。"

陈根琪站起来,插上办公室的门。这证明陈根琪有重要或不想被他人知道的事情或在他们谈事时不想被人打扰的事情要和他谈。潘孝坤对着这位有些资历的党委书记稍稍有了些紧张。他放下笔记本,拧开茶杯盖,喝了口茶。

陈根琪坐下后,说:"县委决定,人大增设一位非中共人士任人大副主任,经广泛考察,已基本敲定孙大德同志兼任县人大副主任。"

"这是好事!"潘孝坤有些兴奋地说,"电力人进人大,有利于电力事业哦。"

陈根琪笑笑说:"眼下有几个事情,先要和你沟通一下。一个事情是机构和人员调整的事,几个电管站的牌子已换成了供电所,所长却没有重新正式任命,股室也同样存在这个问题。你是否考虑过?"

没想到,陈根琪也会这么直接地说这些问题。潘孝坤的回答也很直接,他说:"这段时间,我也跑了几个县局,并征求了渔城电力局人事科有关机构的设置意见。人保股改成办公室,增设企业管理股、线路工区。这两个机构有的职能原属人保股和生技股,单独设立后,企业管理股主要负责完善企业管理标准,并按标准对本局各单位、股室进行考核,线路工区主要负责'两线一地制'改'三线制'和线路建设、运行、检修等,还有成立枫荷县农电总站、'三电'办公室。我当初设想,总站站长和'三电'办公室主任由县里领导兼任。征求县里高副县长意见后,他同意兼任'三电'办公室主任,负责日常工作的副主任由我局人员担任,机构和常务工作也放在我局,农电总站站长由我局分管副局长兼任。我已布置下去了,职责等用电股起草后,再请你推敲。"

陈根琪说:"人员调整你是否有考虑?"他从旁拿过笔记本,翻开,似要记录。

"人员我想还是基本不变吧。"潘孝坤说,"当下那些中层干部,大多是前任班子用下的。既然你考察过,用了的,我不想动他们。"

"人是在变化的。你认为谁不合适,谁都可以调整,不要顾虑到前任班子的用与不用。"陈根琪摆摆手说,"我用了的,你不一定感觉合适。"

潘孝坤翻了一下手中的笔记本,没吭声。

陈根琪说:"办公室主任、企业管理股股长、线路工区主任,你是否考虑了人选,还有农电总站、'三电办'有关人员的人选?"

"有所考虑,也想听听你的意见。"潘孝坤并不担心自己说了陈根琪会不同意,而是担心一味地跟着他的意见,没说出该有的想法。所以,他说,"如果你有人选,请你先说。"

"说实话,我真还没有。"陈根琪说,"你已是这个局的法人代表,我这个党委书记得服务于法人的地位。这个观念我一直很明确。"

"党管干部嘛!"潘孝坤翻翻笔记本,又合上了,说,"黄奇峰以前是总支委员,现在还是党委委员、团委书记,人一直放在人保股做企管与行政事务方面的工作,已是超龄老团干了,我想把他放到企管股股长的位置上去。"

陈根琪说:"他早先在人保股打字,后来让他做了团总支书记。

当年，孙大德前任老谭是负责生产的副经理，调去市局后，需增补一位党总支委员，当时县里机关党工委征求意见的时候，我没认真考虑，看到门口黄奇峰正巧经过，我说先把我这里的团总支书记加上吧。"

此事陈根琪说得很随意，里边肯定有他不便说的原因。只是潘孝坤不想了解此事的真正原因。

潘孝坤继续说："线路工区这块，我想让燕宁供电所的线路班副班长周雪松同志负责，先任命为副主任，并主持工作。"

"这小伙不错。燕宁供电区域'两线一地制'改'三线制'和农村低压电网不接地运行技改，他付出了不少努力。"陈根琪低头在自己的笔记本上写了几行字，问，"办公室负责人呢？"

潘孝坤说："还是让老姜吧！他是老人保股股长，写的公文都还行，只是人较内向，说话有些结巴。不过，揭牌仪式那天，没想到这老姜还在短时间内来了这么几下子。"

陈根琪呵呵笑起来，说："当时，还把杨士元、叶立耕、高子仁他们震了一下。"

潘孝坤说："供电所所长的人选，我还没有详细考虑。其实，四个供电所，也就是运河和燕宁供电所所长需要调整。我想还是结合农电总站和'三电'办人员一起考虑。"

运河供电所所长原是该镇发电厂的副厂长，发电厂撤销并成立电管站的时候，他任命为站长。再过几个月，他到了退休年龄，任命时只能用另外的人选。燕宁供电所负责人，根据当时荣子和的建议，目前由徐立五临时负责。当初考虑的是没有合适人选，又在传电力公司将改成供电局，电管站将改成供电所。陈根琪对徐立五在"文革"期间的言行颇为感冒，想任命为所长已是不可能了。

陈根琪放下笔，说："你提出让周雪松担任线路工区负责人的思路提醒了我，可以让这个年龄段的人担任供电所或股室负责人啊！只要他们有这个能力，就让他们多挑些担子。你可以考虑一下，目前燕宁供电所与周雪松年龄相仿又能挑得起担子的有几人。"

第17章

潘孝坤说:"看好他们的有好几个。但从那儿出骨干出多了,以为我……"

陈根琪说:"这倒不用怕。知人善任嘛!总不能需要用人而你去提拔一个不熟悉的人吧?用人上的平均主义也是要不得的。"陈根琪说,"这方面的人选,我们征求一下其他同志的意见,也让他们提些人选。集思广益,民主集中制还是要讲的。"

那时基层单位任命干部,还没有先有后备干部和任前公示等环节。但组织原则和集体讨论还是十分注重的。两人不再谈论此事。

潘孝坤又摊开笔记本,说:"从我走访的几个乡、村和企业来看,供需矛盾将更加突出。为摸清全县的用电需求与增长速度,我想让班子所有人员和相关股室、供电所的同志分头走访乡村与企业,以便做好全年和来年的电力工作,也为做好五年电力发展规划打好基础。如果这些工作前瞻性不够,不仅影响电力建设,还会影响全县经济的整体发展。人员搭配和走访对象,我让老姜先拿个方案出来。"

"组织上没有看错人。"陈根琪盯着潘孝坤看了会儿,说,"但是,你总不能窝在现在的办公室吧?"

"现在办公室都满着,往哪儿搬啊!"

"那你准备增设的企管股、线路工区安排在哪儿?"

"我还没想过。"

"那你想好了让行政股去安排吧。这个不要跟我来个什么汇报了。否则,别人以为我恋栈呢!"

潘孝坤从陈根琪办公室出来,老姜站在他办公室门口,朝楼道这边张望了一下,冲他招了一下手。在过道和往下走的楼梯口,老姜说:"这是走访对象和我局的分组名单。你看这样安排行不行?"潘孝坤接过纸,说:"这么快啊!"潘孝坤昨天电话交代老姜,让他拿出一个走访乡镇、村、企业的分组名单,没想到老姜今天就弄好了。他粗粗浏览了一遍,说:"行,你尽快给各组人员,走访时间和具体安排由各组主动联系走访对象。我们这一组,你尽快联系。"老姜

"嗯"了一声，转身回到他的办公室。

潘孝坤、老姜、孙祖木这一组是在一个星期后开始走访的。在办公楼门口，潘孝坤坐进那辆桑塔纳轿车，侧着身子对后排的老姜说："这辆车不是陈书记常坐的车嘛！"

也因为陈根琪常坐这辆车，司机沈师傅又是小车班的班长，在许多人的潜意识里，这辆几乎是陈根琪的专车。小车班归办公室管，潘孝坤问老姜也是名正言顺。不等老姜说话，沈师傅说："他没有跟我说要车，他们那一组也没有申请要车，可能他们今天不走吧！他们或其他人要用的话，还有两辆吉普和一艘小轮船。"

潘孝坤说："那我们走吧，先到青树。"

青树乡是县城城关供电所的供电区域，也是城关供电区域最远的一个乡，东南与运河供电区域相邻。县城至乡政府所在地都是窄小的机耕路，所以，车子开得较慢。司机沈师傅不停抱怨这路况，说这个乡由于离县城远，又远离燕宁、运河等这样的城镇，是个典型的农业乡，主打经济作物是菊花和小桑苗，还有养蚕。听着沈师傅边抱怨边介绍，潘孝坤不时还询问几句。坐在后座的老姜和孙祖木却是一直没说话。

青树乡农电站是一栋两层砖瓦结构的楼房。车至楼房停稳，站在阳台上的城关供电所所长舒同仁和该乡农电站站长蒋国平倚着栏杆，冲潘孝坤招招手，就要下楼。潘孝坤摆摆手说："我们正要上来呢！"

进了这楼的走廊，孙祖木说："青树乡农电站管电费的和线路班、用电班都在一楼。"潘孝坤听孙祖木这么说，明白了他说这话的意思，瞅瞅门框上白底红字的木牌，他往走廊东头走去。这时舒同仁、蒋国平从后边赶上来。潘孝坤在标有电费二字的木牌下站住了，对他们说："我随便看看。"

里边一位四十来岁的男人和二十岁上下的姑娘，看到潘孝坤到了屋里，都从办公桌边站起来。潘孝坤先和男人握了握手，问："你们都是管电费的？"男人点点头。那姑娘忽闪了两下大眼，握着潘孝

第 17 章

坤的手,大大方方地说:"我叫秦程,除了核算电费,还兼管校表。"潘孝坤问:"你父亲姓程?"秦程脸一红,点点头。一旁的蒋国平对她说:"这是供电局的潘局长。"秦程小嘴一动:"潘局长好!"潘孝坤说:"还是叫我潘叔叔吧!"秦程竟爽脆地说了声:"潘叔叔好!"潘孝坤对站在另一旁的舒同仁说:"你看秦程像谁?"舒同仁瞅瞅潘孝坤,又瞅瞅秦程,说:"跟你倒是有点像!"潘孝坤在舒同仁的胸膛上擂了一拳头,说:"我有这么大、这么漂亮的女儿倒好了。"

舒同仁哈哈一笑,走出了屋子。

潘孝坤指指舒同仁的背影,说:"做了供电所所长还老不正经!"

听了这话,舒同仁回转身,将已走出屋的潘孝坤扯到一旁,悄声说:"徐立五临时负责人做了多次,我以为这次他该不再临时了吧,没想到局里这次发文任命所长,又没有他。当年我们当中在农校读书又在供电局工作的,现在好像不到十个哦!"

"党管干部是一条原则,我一个人说了不算。"潘孝坤说,"你要是觉得他冤,就算把你的位置让给他,领导班子也不一定能通过。这次任命燕宁供电所负责人,事先也征求了徐立五的意见。现今主持工作的副所长还不是徐立五带教出来的徒弟!"

"从燕宁供电所去运河供电所任主持工作的副所长还不是从燕宁出去的!"舒同仁说,"现在有人说,供电局的干部快成了'燕宁帮'了!"

"净胡扯!"潘孝坤说,"这次中层干部调整,有十几个,从燕宁供电所新提拔了三位,这怎么成了'燕宁帮'?你所里不是也提拔了一个,去了'三电办'?你以为是我当了局长的原因?告诉你,干部考察、选拔、任免都是集体意见,陈书记主抓这个。再说,县级供电局毕竟是个小单位,哪有那么多位置,能人人为官嘛!"

潘孝坤说到这份上,舒同仁不免有些尴尬。好在青树公社的党委书记这时出现在院子内,向他们这边走来。舒同仁说:"林书记来了。"林书记冲舒同仁点点头,握着潘孝坤的手说:"我叫林平方。"说过,转身将他身后的一名副乡长向潘孝坤作了介绍。副乡长和潘孝坤握握手,说:"这几天乡政府在修缮,在农电站谈农电应该比较合适。"

到了二楼会议室,潘孝坤一行人在林平方和副乡长对面坐下了。林平方捋了一把雪白的寸发,双手交叉着靠在桌前,笑着说:"来,来,蒋国平,你是青树乡的农电站站长,你该坐在我们这边。舒同仁,你虽然是城关供电所的所长,但青树的供电归你管,你也该坐在我们这边。"

这是无关紧要的非原则性的问题。为活跃交谈氛围,好多乡镇干部会找些由头。蒋国平、舒同仁笑着,好像很听话的样子,坐在了林平方和副乡长的左右。

潘孝坤含笑地望着林平方,说:"我们想通过走访乡镇领导和一些用电大户,深入、全面了解当下及今后几年和长远的用电需求,尽最大可能做好前瞻性的工作,逐步解决供需矛盾。"

林平方说:"农村土地实行家庭联产承包责任制,许多农民在欢喜一阵后,发现承包地上的庄稼无须天天侍候,即使天天侍候,也产不了多少黄金白银!几个因素加起来,产生了许多富余的劳动力。为解决这些富余劳动力,也为了发展集体经济,好多乡和村,兴办了缫丝厂、绸厂、羊毛衫厂、水泥厂、砖瓦厂等乡村企业。从县里编的乡镇和村级企业一些简报来看,这些企业,占的份额最多。特别是水泥厂和砖瓦厂,平均两三个乡就有这些企业,而这些企业十分耗电!青树乡除这两家企业,还有一家缫丝厂。村级企业中耗电大一些的是织布厂。除此之外,大部分农民除了种粮,经济作物主要是种桑、种榨菜、种菊花、养蚕等。相对而言,青树乡还是以农为主。"

说到这儿,林平方瞅瞅舒同仁说:"我听舒所长说过,城关供电区域的工业用电量青树乡排在最末。我在这个位置上,没打算再办新的企业。如果有新人来接任我的位置,那就不好说了。"说到这儿,他侧身对坐在他身边的副乡长说,"你是管电管工业的乡长,具体情况你来说说。"

第 17 章

　　副乡长轻咳一下说:"林书记实际上都谈到了。从我乡的工农业结构来看,农业用电较普遍,工业用电却占重头。"他掏出一张纸,念了一串工农业产值和近几年的用电量的数字。一听这些数据,潘孝坤和林平方及其他人不停地插话询问,特别是一些企业的原材料状况和产品销路等问题,这样听取意见建议的时间就延长了。潘孝坤看了一下腕表,对林平方和副乡长说:"今天很高兴听到青树乡的用电状况。对于未来需求,我们可随时联系、沟通。"说着,他收起笔记本和笔。

　　林平方对潘孝坤说:"现在已十点多了,在我这里吃了午饭再走嘛!"

　　"谢了,林书记!"潘孝坤将纸折叠,连同笔记本一并塞进挎包,说,"我们还要到运河乡去。跟那边说好了,今天午饭在他们那里解决。"

　　林平方此时也站起来,说:"本来我可以利用潘局长到访名义喝点,现在看来喝不成了。"

　　潘孝坤说:"你到我局里来,我请你!"

　　林平方说:"你到了我这里你都不喝,我还好意思到你那里喝吗!"

　　潘孝坤握着林平方的手说:"你是老干部,你到我那儿去,招待一下林书记,天经地义哦。"

　　林平方满心欢喜地笑着,连声说了几个好字。

　　小车驶出青树乡农电站,潘孝坤说:"运河乡工业总公司的张松年原是我所在大队的支部书记。每次见了面,总说要在一起聚聚。"他回头朝后排的老姜、孙祖木看了一眼又说,"你们跟运河乡农电站联系后,张松年给我来了电话,说这次去他们运河乡,一定要聚聚。还把走访地点安排在了运河水泥厂。这运河水泥厂的厂长是我的堂姐夫吴炳生,早年与张松年搭档,做过大队长。呵呵,这张松年门槛算得还是蛮精明的,水泥厂招待吃饭的费用,他好处理哦。"孙祖木说:"现在的乡不比以前的公社,乡里也有财政,像接待费用,一年有个可用比例,反映在账户上可能不叫吃饭和喝酒费用罢了。"老姜说:"也可能叫业务费。这种业务费用,供电企业也有,与经济效益挂钩,有一定比例。怎么用,每个单位根据上面要求,都有制度。"潘孝坤说:"老姜,你把那个制度找出来,让我仔细看看。供电局重点在经营,该花的钱得花,不该花的钱不能花哦!"

临近运河岸边的一片桑树地,老远可见水泥厂的几座高炉和冒着烟的烟囱。进了水泥厂,潘孝坤说:"快是午饭时间了,别让他们感觉我们是为吃饭而来。"老姜说:"他们不可能这么想,论吃饭,当局长的在哪儿不能吃啊!"司机沈师傅说:"该在青树乡吃饭!那个林书记在乡镇干部中,是出了名的抠门和小气。他越是抠门越该让他放点血。"给领导开车的司机,鸡头怪鸟的路边新闻自然见识不少。潘孝坤笑笑说:"下次我们就照你说的办。"

潘孝坤一行走下车来,张松年从楼梯上急匆匆地往下走。他喊了声孝坤,就握住了他的手。潘孝坤说:"我不知道该叫你张书记还是叫张总经理好。"张松年说:"别人怎么叫,我无所谓。你么,叫我松年好了。你堂姐夫两口子都这么叫我。哦,水泥厂的磨球机有点故障,炳生去那儿帮着修了。"

这时,穿着工装,双手戴着手套却是满手油污的吴炳生从楼角那儿拐了过来。潘孝坤刚叫了声姐夫,吴炳生指指楼的底层说:"先到食堂吧!"张松年哈哈一乐,说:"炳生就这么实在!他怕孝坤你没得吃,在他这里吃个饱哦!"吴炳生边脱手套边说:"边喝酒边谈工作,还不比你坐在会议室端个茶杯强啊!"说过,先向食堂走去。张松年和潘孝坤跟着吴炳生朝前走。张松年告诉潘孝坤:"知道供电局的局长要来走访,了解供电需求,现任的党委书记和乡长本来也要过来,很想和你孝坤聊聊,只是市人大领导今天在此考察,只有他来聊了。"潘孝坤说:"你是党委副书记兼工业总公司总经理,工业用电方面可能比书记、乡长了解得还多。"

这栋楼的底层东头是职工用餐的大食堂,西头是小食堂。小食堂隔成几个包厢,并与中间的厨房相通。在一间包厢落座后,潘孝坤摸着有雕花且有些古色古香的餐桌和椅子,环视一圈干净、整洁

第 17 章

的包厢,想起外边灰尘满天的厂区,说:"这包厢倒蛮堂皇啊!"吴炳生说:"国有企业的产、供、销都靠政府计划,社办企业都得靠自己,特别是原料采购和产品推销。而这条路上的人,到了我这里,不接待一下,谁会给我们办事!他们是我厂的财神爷哦!"

张松年说:"现在电力供应紧张,三天两头停电。一停电,啥都干不成,别说水泥厂这样靠有电才能组织生产的企业了。从这个角度讲,如今的供电局也是社办企业的财神爷。"说着,他抓过桌上的酒,即刻就打开了包装盒。潘孝坤一看那是名酒,忙说:"别!"张松年说:"这酒给别人喝也是喝,你、我都是一个村的乡亲,干嘛不一起喝!不喝白不喝,喝了也白喝,白喝谁不喝。喝!只要乡里的工业上得去,经济发展了,喝点酒算个啥!"

包厢里的人被张松年的话逗出了笑声。

像张松年、吴炳生这样从烂水田里走出来办乡镇或村级企业的并有一定成效的人,尽管他们语言或者行为所表现出的是贪吃贪喝,或者十分粗鲁,但他们中的大多数人,知道什么该做,什么不该做。张松年、吴炳生 60 年代中期不再做大队干部后,当了十来年的农民。据说后来有相同经历的公社党委副书记成为书记后,在兴办社队企业中,启用了一些他们这样的人,把运河公社及后来的运河乡的乡办企业搞得十分兴旺。特别是运河乡的集体经济,一直名列枫荷县包括渔城市的前茅。张松年也从原来的缫丝厂厂长做到乡工业办主任和工业公司总经理及乡党委副书记。

喝了几口酒,张松年便聊起了运河乡的工农业结构和用电类型,又就电力建设和当前的用电矛盾谈了自己的想法。潘孝坤没想到,这张松年说话如此有条理,说:"你把你准备了的文字材料给我吧!"张松年说:"我是想到哪儿说到哪儿,哪来的文字材料!"吴炳生说:"他从高级社开始,说话从不打草稿,但又说得头头是道。"张松年面向吴炳生说:"我们两个高级社合并成一个大队的时候,你我都二十刚过吧?这一晃都二十几过去了。唉,现在的运河乡,村书记和村主任都比我们那个时候的年龄大多了。"吴炳生说:"那个时候,新政权刚成立,基层组织也只能挑几个年纪轻的人!"张松年说:"历朝历代开元之初,大部分还不是二三十岁上下。等新生代接手,又超过这个年龄。你我虽然年纪一大把,但目前还算年富力强,二十来岁的人能把你我顶了?最多是新老交替罢了。"吴炳生端起酒杯对张松年说:"今天可老早说好了,喝酒时莫谈国事。"张松年笑笑,杯中酒一饮而尽,说:"这样可以了吧?"吴炳生没说话,只是为张松年的酒杯里续满了酒。

　　闲聊了一会儿,潘孝坤举起酒杯说:"我敬敬张书记。"张松年拿了一下酒杯又放下了,说:"别这样叫我,我这个党委副书记就像当年农村的赤脚医生。"吴炳生说:"好歹是个招聘编制的干部嘛!"张松年说:"你一说招聘两字,我就恼火。孝坤呀,我这个招聘干部,活没少干,户口还在农村,跟国家干部没法比。跟炳生这样的厂长也没法比,我的奖金啥的只是全乡厂长们的平均值呢!"吴炳生说:"不想干,那你辞职嘛!"张松年说:"我没犯错误,又不想下海发财,为啥要辞职?好歹还是个乡党委副书记呢!"吴炳生说:"那你就知足,一门心思好好为党工作吧!"张松年对潘孝坤说:"你这个堂姐夫,一家子都不得了,他在水泥厂当厂长,老婆呢,在羊毛衫厂做副厂长,两个都是企业家。"吴炳生冷笑道:"什么企业家?说起奖金啥的,好像我们多得不得了,其实呢,我们这些人的工资、奖金,还不是你那个工业公司出台的规定?一年下来,我和我老婆的收入不及我小舅子做几趟生意呢!"张松年哦了一声:"你小舅子从供销社辞职了么?"吴炳生说:"辞职快两年了。现在做上了皮毛生意。"张松年说:"据说这个很赚钱。不过,他在供销社的时候,本来就是干这个的。只有内行的人做才能赚钱,不懂这一行,说不定会亏本呢!"

　　张松年和吴炳生又互相斗嘴逗笑了一会儿,张松年突然想起什么,问潘孝坤:"你哥一家现在可好?我记得你哥嫂后来在村办的沙发厂上班。"吴炳生抢着说:"你当了乡领导,开始犯官僚主义了不是?孝坤他哥以前是村沙发厂的木工,现在是副厂长,他大儿子跃进呢,已考上了军校,毕业后就是部队的军官。对了,他小儿子跃

第17章

华今年高中毕业,据他父母讲,考大学肯定有困难。你是工业公司的总经理,你那儿缺人的话,你考虑一下……"

"好!"张松年爽快地答应下来,又说,"我在工业公司设个专职,专门管工业用电,并要求他跟供电局长联络,确保我乡的用电指标落实。"

"那我先替我小侄子跃华谢谢张书记!"潘孝坤拿起酒杯和张松年碰了一下酒杯,饮了一大口,说,"我省水资源丰富的地方,为解决用电需求,全力兴建小水电,但由于是山区,社队企业不多,用电量没有我们这么大。于是,这些小水电所发的电,通过输入电网,可以卖到像枫荷这些缺电的地方来。我初步打算,通过动员用电单位认购省电力债券、用电权,以及利用各种关系,多渠道采购计划外煤、油燃料,委托发电厂加工电量等多种方式筹措电量,以尽最大可能满足枫荷工农业生产和人民群众用电的需求。同时,动员像水泥厂这样的用电大户,购置自发电设备,限电期间,可通过自发电组织生产。当然,自发电的成本肯定比电网上的电高些,但毕竟可以继续生产。"

吴炳生说:"这是没办法的办法。"

"枫荷电力在这方面还有一个较突出的问题,就是电网基础薄弱。电网要达到'受得进,供得出,用得上',光靠电力部门投入资金,远远不够。"潘孝坤瞧瞧吴炳生,又瞧瞧张松年,说:"现在上头有政策,拟实施政府、电力企业、用户三方'三个拿一点'的办法,筹措资金,加快电力建设和改造。"

张松年拿起酒杯,与潘孝坤碰了一下说:"这方面如果有政策或搞试点,可以从运河乡开始。运河乡不仅是你的成长驿站,也是家乡哦!为人民服务首先把你认识的人服务好。"

包厢里立即响起一阵笑声。

张松年的脸却变得严肃起来,说:"你们别笑话我。真的,共产党员深耕于人民群众当中,党员比例占了不少,如果每个共产党员首先将认识的人服务好了,是很了不起的事情。孝坤你说是不是?"

潘孝坤说:"这话很有道理!也好像在哪听说过。"

第 18 章

　　潘孝坤推着自行车从边门进入县政府大院，传达室戴着值勤红臂章的门卫正站在传达室门口。门卫五十多岁了，瞅着潘孝坤咧开掉了一颗门牙的嘴，说："潘局长，以前你三天两头往这里跑，我们几个看门的老头都认识你了。这段时间，啊，至少大半年不往这里跑了。今天还是找高副县长吗？"说着，转身又从传达室拿出登记本来说，"但还是要登个记。"潘孝坤在登记本上边写着字边说："你的门牙该去补补啦，否则影响县政府的形象呢！"门卫说："那天我去医院补牙，机器上的补牙针刚塞进嘴，没想到竟停电啦！幸亏是补牙，若是无影灯下开膛剖肚动大手术，岂不凉菜啊！"潘孝坤将登记本递给门卫，说："我找高副县长，就是为了避免你下次补牙的时候再停电。"门卫的嘴又咧了咧，露出掉了一颗门牙的空洞，说："高副县长今天老早就来了，估计在办公室。"

　　叩开高子仁办公室的门，他正倚着办公桌在吃残剩的蛋糕。他那满嘴都是奶油的嘴一咧，冲潘孝坤不好意思地笑笑说："我的小孙女昨天过生日，剩下那么多蛋糕！我老伴知道我喜欢吃甜食，让我都拿来了。"说过，忙着找纸抹嘴。

　　对高子仁的节俭，潘孝坤早已耳闻。他说："蛋糕的保质期不长。如果过了保质期，再好再喜欢的东西也不能吃。"

　　高子仁从办公桌上拎起暖壶，潘孝坤说："你放着，我自己来吧。"他从褪了色的挎包里取出茶瓶，拿过暖壶，往里续上开水。

　　这时，高子仁将办公桌简单地收拾了一下，将没吃完的蛋糕推

第18章

到一边，说："你们起草的《计划用电包干办法》，我已经看了。内容制订得很详细，看来你们是下了一定苦功哦！"

潘孝坤说："实不相瞒，我局领导班子分别带领相关人员对全县的所有乡镇和用电大户，都走访了一遍，在摸清整个用电需求后，根据统配电量、往年的用电实际，起草了这么个办法。如果县政府同意，尽快将办法推出去，然后完善一些措施。"

"我是没办法，县里其他领导也没办法，但我知道计划用电如何操作，肯定有的是办法。"高子仁满意地笑了，又问："这办法，县计经会那边也送了吧？"听潘孝坤说送了，高子仁说，"这个办法重点是保证城乡人民生活、农业排灌、重点企业和国家计划产品生产用电而加强用电负荷管理。把用电量指标分解到各乡、镇和工业、二轻、粮食、农林等45个单位。计划电量包干用电制，虽然是初次尝试，但想好了的事就尽快落实下去。"

县计经会、县"三电"办公室该在计划用电中发挥指导作用了。潘孝坤从挎包里掏出笔记本，又从笔记本中取出一份材料，说："我局起草的这份《计划用电包干办法》，对各包干单位实行'年度包干、分月结算、节约归己、超用加价'的原则，主要依据上级下达的计划分配电量，以去年实用电量1.82亿千瓦·时为基数，全部按计划用电包干单位进行分配，其中对重点项目和计划上调产品专列分配电量；企业自发自用电量一律不抵分配指标；农业排灌用电按正常年景，每亩耗电25千瓦·时/年；农村生活用电，以每月人均1.8千瓦·时为基数，年递增10%；城镇生活用电，按上年实际加10%统一提留，由县'三电'办公室掌握。"

高子仁看了一会儿材料，问："这些数据你们是否经过科学的测算？"

潘孝坤说："供电企业是科技相对密集的单位，做事讲数据可靠、准确。用电线上同志起草完成后，我也进行过测算和核对。据此测算，联合下达当年度用电量分配计划，各用户每月实用电量由供电部门按抄见数分别归并所属包干单位后，提供给县'三电'办公室，由县'三电'办公室考核各包干单位，包干单位对所属企业进行考核、结算。用电单位所得分配量不符使用时，由包干单位按月向县'三电'办公室认购加工电量弥补；事先未购加工电量而超用的电量，按实际收补偿差价费。由此形成县对乡、镇或主管局，乡、镇或主管局对企业的两级分配、考核、结算。这种三级管理的电量包干体系，促进各包干单位、企业以电定产，调整用电结构，提高经济效益。"

高子仁说："其实，这些方案、办法、措施，供电局部门直接落实就可以了。"

"'三电办'的职责就是干这个的呀！"潘孝坤说，"县政府下的'三电办'威望高啊！"

高子仁说："我希望'三电办'是短命鬼。"

潘孝坤说："那也要等用电形势好转或电力供应富裕了。"

"你把你手中的材料留下，我让其他同志也看看。"高子仁"唉"了一声说，"县人民政府听起来够威严，但毕竟是人民的政府，真正由政府出面行事的是一名副县长或加一位县府办的副主任或县府办下的一位综合股的副股长，具体工作的处理需要政府辖下的委办局来完成。县政府成立计划用电、节约用电、群众办电的'三电'办公室后，虽然我兼了主任，具体工作还得由你们供电局经办。"

这工作关系潘孝坤当然明白。所以，当初县政府在成立"三电办"之初，需要供电局选一位负责日常事务的班子成员，他推荐了自参加工作以来，一直做用电管理的荣子和。潘孝坤说："高副县长你尽管放心，具体工作荣子和同志会办理好的。只是电力方面的好多工作，点多面广，涉及多方利益，尤其在当下严重缺电的情况下，既要企业、群众的配合，更需要政府的支持。"

"任何企业缺电都意味着企业不能生产，就不能有产值、利润，也没有多大社会效益。同时，意味着职工工薪的减少，生活受到影响，给群众的心理冲击也是很大的。当然了，也影响各级政府的政

第18章

绩。想起缺电引发的连锁反应,我很焦虑哦!"高子仁说到这里,又怪杨士元自作主张并向组织建议提拔他当了副县长,不然,在乡党委书记的岗位上比现在安逸多了。"县政府分工,让我分管电力这块,也是因为你、秦良茹、张正权,在我任墨秀公社党委书记时,率先搞地埋线,接着又进行'两线一地制'改'三线制',还有农村低压线路中性点不接地技改,名声不是搞到全国就是搞到全省去了。最后,弄得我好像很懂电似的!我其实懂啥嘛!所以,你现在当了供电局的局长,你得把枫荷缺电情况搞实在了。"

高子仁这席话,说得潘孝坤哈哈大笑。他说:"你这些赖皮话,估计你小孙女都说不出来。当时燕宁电管站在墨秀公社搞电力建设方面的试点,有秦良茹、张正权的参与不假,但没有你屁颠屁颠的支持,至少秦良茹、张正权不敢在墨秀公社实施。现在你升官遇到棘手的事了,反而上怪杨书记,下怪我们了。"

高子仁大概觉得刚才那些话说得过了,他双手捂着脸,来回搓了几下,又吐出一句话来:"我已是做爷爷的人了,从我个人来说,真希望到县人大或政协做个副主任、副主席什么的。有人不是说嘛,这些岗位就是开开会,拍拍手,喝喝酒。你看,杨书记过得多逍遥!还是个副厅呢!"

今年开春的时候,枫荷县主要领导进行了调整,杨士元调任渔城市人大任副主任。在这次调整过程中,高子仁也进入了县委常委。在潘孝坤看来,高子仁不应该有牢骚呀!在潘孝坤疑惑的瞬间,高子仁说:"刚才我是胡说八道,你只当我没说。"

遇到棘手的问题,说几句消极话,谁都会有。高子仁说的促退话,潘孝坤自然没往心里记,但听高子仁这么说,潘孝坤说:"你刚才说了什么?"高子仁支吾其词一番,说:"蛋糕怎么分,只是个方法问题,关键问题还是僧多粥少。一些乡镇和企业负责人,仗着与主要领导有关系,告状了,好像这电被我偷吃了。"

"几十年的计划经济,好多企业被政府包养惯了。就像圈养的羊,即使打开了羊圈,面对一片大草原,它还冲着你'咩咩'地

231

叫。"潘孝坤说,"电量这一块,在每年初下达年度电量分配计划时,给生产商品粮的重点乡或贫困乡照顾一定的统配电量。另外途径还是集资办电和购买用电权所得电量,并一律按'谁出钱,谁用电'的原则分配。在结算电量时,对余热发电和企业自备发电机组所发电量分别给予补贴。同时,对企业出口创汇产品,按实际出口产品所耗电量,以统配电价格返回差价。"潘孝坤指指桌上高子仁要他留下的材料,又说,"结合这上面的计划用电办法,我想会改掉一些人'等、靠、要'的习惯思维。一旦这个办法得到县政府批准,并使全县用电秩序保持稳定,供电局将以此为依据,组织人员进行用电监察。"

高子仁说:"僧多粥少的情况下,在全社会实施有序用电没有先例可借鉴,你们先干起来吧。如有问题,再想办法解决。"

这已是大半年前的事儿了。

前一阵子,高子仁去中央党校学习,已好长时间没有联系了。可昨天下班的时候,跟随高子仁工作的县府办副主任打电话给潘孝坤,问潘孝坤明天上班后有没有空,若有空的话,高副县长想请你到他办公室聊聊。潘孝坤不由得问:"高副县长是啥时候回来的?""听说已回来三天了。"潘孝坤说,"明天上班后我就过来。"

出去学习半年,回到岗位,先得跟县里主要领导汇报最近的工作打算,或熟悉一下近期需要做的工作,也需要三天左右。潘孝坤估计高子仁也想了解这半年来电力方面的工作,所以,他问:"只是不知高副县长重点想听什么,我可以有个准备。"县府办的副主任说:"他没有交代重点聊什么。他说聊聊,可能想你了,想和你扯白淡吧!"

一个副县长,不能说日理万机,但也够忙乎的,岂有时间闲扯哦!当然,潘孝坤没有将这话说出口。但脑中还是将半年来的电力工作简单梳理了一遍。

这会儿,在和潘孝坤闲扯几句后,双手捧着茶杯的高子仁身体往前倾了一下,说:"近来电力的常规工作还是用电监察吗?"潘孝坤说:"这部分工作由用电线上的同志在做,我呢,主要精力放在筹集电量这方面。"高子仁说:"我在中央党校学习这半年,电力方面学到了两个词,'电荒'与'农村初级电气化县'。在党校学习的同学中,有两位同学的所在县被列入"农村初级电气化县"建设。当时,我听了好羡慕,心里直犯嘀咕,这潘孝坤这方面应该知道得比我多,可怎么从来没有听他提起过哦!"

高子仁批评或埋怨人,从不直截了当。但从他的话中,可以听出他的意思。潘孝坤听了他说的话,微笑着说:"建设农村初级电气化县的事情起源于中央主要领导的视察。当时在水电部主管农村电气化工作的李部长等陪同下,他视察了福建、江西等地的小水电,提出了在小水电资源丰富的地区建设100个中国式的农村初级电气化试点县的设想。也就是从那时起,随着'自建、自管、自用'和'以电养电'等政策的实施,全国农村初级电气化县建设有序推进,但这是在那些水利资源较好的地方展开。"

"哦,上边提出建设100个农村初级电气化县初期,你刚从燕宁电管站到电力公司工作!我这个副县长也刚走马上任。可像枫荷以及渔城没有水电资源。尽管由于乡镇工业的崛起,电力负荷需求特别大,缺电十分严重,却只能望洋兴叹哦!"

"有条件的山区兴办小水电,给我们筹集电量创造了条件。前不久,我看到一份上边转发来的报告,那些地方由县或乡镇办的小水电调度到电网后,由于工农业用户执行国家统一电价,因此小水电的利润很大,是农村的一棵摇钱树。同时,有小水电的地方,往往受自然条件等因素的制约,乡镇工业除了办水电,其他工业并不发达。要改变山区县贫穷落后的面貌,发展农村经济,就要发展小水电。"

"电气化建设真是个好东西呀!不仅可以促进农业生产的发展,也可促进地方工业及乡镇企业的迅速发展。"高子仁说,"看来,依靠地方和群众的力量,多渠道、多方面集资,因地制宜、以电养电的政策十分有效。我们没有兴办小水电的条件,但能不能发展油、煤什么的电力呢？"

"如果像兴办小水电一样，上边有政策倾斜，不是不可以。"潘孝坤说，"国家扶持发展小水电的力度很大，主要体现在大电网代购代销让利的方法上。但是，小水电每年枯丰季节发电不均衡。除枯水期需要大电网供电，加之人均每年需要的年用电量，依靠小水电实现电气化，大多数县显然都达不到这个标准或目标。"

高子仁的神情暗淡了一下，又叹息一声，说："我的幻想在你面前落空了。县主要领导的想法也落空了。"但高子仁心有不甘，说："现在电力企业这块，有的地方大力发展多种经营，我们土称的'三产'，你不往这方面考虑？据我了解，水力资源丰富的县，供电局的'三产'发展，主要放在水电建设上头。"

"当年，我们缺钢、缺铁、号召全民大炼钢铁，结果呢？"潘孝坤说，"经济发展这么快，前几年又不重视或者说没资金进行电源建设，造成'电荒'是正常的。也因为'电荒'的出现，各级政府把电源建设也放到战略地位，正加快建设。但电力建设周期往往较长。我想，未来的发展和用电，还是依靠大电网来得经济和实惠。基于这些原因，国家在积极筹措大电源和大电网建设。"

高子仁点点头，拿过桌上的暖壶，给潘孝坤的茶杯里续上了水。说："听说陈根琪的脾气最近比较大？"

"我好像没感觉呀！"

高子仁说："听说他在饭堂发脾气，人多的时候说话抢你势头？"

"哦，你说的是这事啊！"潘孝坤满不在乎地笑笑。

两个月前，行政股买了几头湖羊，职工食堂红烧后装入小碗，由职工自愿购买。这是行政股为改善职工生活的传统做法。他们会不定期地购进一些市场难以买到的食材，通过职工食堂，以相对优惠的价格卖给职工。陈根琪喜食羊肉。那天拿着饭盒，对站在卖菜窗口帮忙的行政股股长方柏松说来碗羊肉。方柏松将一小碗羊肉往前一推，陈根琪拿起那小碗羊肉倒入饭盒。此时，边上有人"哇"了一声，说："陈书记，你这碗羊肉怎么都是羊骨头！"正要盖上饭盒

第 18 章

的陈根琪仔细一看,两块小小的脊梁骨上除了粘在上面不多的肉,其余的是与羊肉混烧的萝卜块。陈根琪略一迟疑,对窗口后面的方柏松说:"方柏松,你买羊肉怎么尽买骨头?"这方柏松坏点子多又好捉弄人和说话不让人,在局里是出了名的。他说:"这羊没有骨头,怎会有肉!你看放在台面上有那么多碗羊肉你不挑,偏偏挑了那么一碗看上去冒尖比别的多的羊骨头,哈哈。"方柏松如此一说,陈根琪气得脸红一阵白一阵。陈根琪身后的职工说:"这猪骨头能啃出味来,羊骨头只能啃出羊骚味,有啥好吃的!方股长,你给陈书记换一碗嘛!"方柏松如果做个顺水人情,这事也就过去了,不知他偏要表现做事公平还是咋了,又来了这么一句:"羊身上既有骨头也有肉,有人吃肉,必有人啃骨头。"这时的陈根琪难堪得下不了台,想着这个平时对人再刻薄、对自己始终低眉低眼的家伙,并亲手把他提到行政股股长的位置上,如今却说出如此的话来,气一下子涌上来,又不知怎么表达,千言万语的愤怒倾泻出来,忽然吼了一句:"方柏松,你说啥呢!"说过,转身出了食堂。

此事如果发生在一个普通职工身上,可能也就过去了,但发生在过去党政"一肩挑"、如今只任党委书记的陈根琪身上,免不了遭之议论。潘孝坤也听说了此事,却没当一回事。至于人多的时候,陈根琪抢潘孝坤说话势头,潘孝坤稍作回顾,说:"这没什么呀!有时大家讨论商量事情或开会,我说的不正确或不对的地方,他纠正一下,有啥不可以的!"

高子仁说:"陈根琪'一肩挑'了好多年,日常行政事务不管了,清静许多,他在位或其他人的个人事情没解决,难免会得罪一些人,如今看他权力没那么大了,气他几下,老陈可能受不了。"

"这人心啊,有时真复杂!"潘孝坤说,"等我下台的时候,有人若是像对待老陈一样对待我,也说得过去了。"

"刚上台就想着下台?你呀!像我们这层面的干部,想'四面玲珑,八面叫响',人人都说你好,肯定不是好干部!只要行得正,有人嚼舌头就让人家嚼去吧!"高子仁忽又问,"你办公室搬到三楼了?"

235

潘孝坤原来的办公室不搬，新任的副局长荣子和也搬不了办公室，因为要增设企业管理科、线路工区，原有的办公室显然需要调整。潘孝坤要办公室主任老姜和行政股长张柏松想想办法，决定将一楼的行政股储藏室改成档案室。档案室改建了三间办公室，一间归潘孝坤，另两间归了企业管理科和线路工区。潘孝坤本想将旧的办公桌、椅子等搬进新办公室，只是那些旧桌旧椅没有电脑摆放设计，听从方柏松的建议，添置了新办公桌及椅子。这些办公设备最终拍板时，他脑子里头还自问了一下，这些新的东西光自己添置，班子其他人员不更换，他们或其他人是否有想法。但他那时脑海中这个想法仅是一闪而过，就对方柏松说，你就把新家伙弄来吧！

这会儿，听高子仁这么问起，潘孝坤十分敏感，他直视着高子仁的眼睛，将搬办公室的经过原原本本又扼要地叙述了一遍，又问："是不是听到了不良反映？"

"那倒没有。"高子仁说，"像我们这个级别的干部到底可以干到多少年龄，上边还没有具体规定。但岁月毕竟不饶人。这年纪一大，工作激情少了，一旦没了职务，变得像无头苍蝇，好像受了组织或他人的冷落。有时易成他人工作上的绊脚石。"

潘孝坤说："那希望上边尽快出台政策，在何年龄还可以提拔、在何年龄不能提拔或免职。"

"有时我们出台一个事关切身利益的规定，比打一场解放战争的时间还长。"高子仁说，"跟你直说吧，为使陈根琪同志发挥更好的作用，并能让你放手大胆地工作，县委想把陈根琪同志借调到县机关的政策研究室。他年轻的时候在水电局工作，水电这块他应该了解得多些。如果放在政策研究室，应该不会有多大的问题。当然，他的编制还在你们系统。"

潘孝坤说："县里找老陈谈过吗？"

"我先征求你的意见。"高子仁说，"他党委书记一职同时免去。我想听听你的意见后，再跟渔城电力局党委谈我们的设想。"

潘孝坤说："我服从组织安排。"

第 18 章

"有你这话,证明你能担当。"高子仁站起来,来回走了几步,重新坐下后又说,"我在党校学习的时候,跑了几个地方,发现别的县城建设与开发规划,比我们气魄。好在我们的县城建设规划已起草出来了。如今的汽车站南边准备新建一条振兴路,成为连通县城东西的主街道。现在供电局那地方太小了。你们现在不是在提科技兴电么?我看你们还是按科技兴电的规模,新建一栋适合电力调度自动化的综合大楼。当然,新县城建设规划所需电力设施还得听从供电部门的意见。"

潘孝坤说:"电力适应城镇建设需要,这个应该没问题。只是新建电力调度大楼的地块需要县领导为我们好好考虑,不好的不要哦!"

高子仁往前躬躬身子说:"趁这个规划还在征求意见,你不想为职工谋些福利,比如为职工建几栋宿舍?"

"这个要得!"潘孝坤有些坐不住了。前几年,局里在物资仓库上头建了每套五十几平方米共三十二套宿舍。因为在此之前有一部电影叫《三十二套房客》,大伙儿称它为"三十二套"。这倒是小事,关键确实关系到许多无房户和新成家职工的切身利益。原本找对象谈恋爱较困难的外线工,因为此,外线工的婚恋变得有底气了。潘孝坤上任后,好多职工期盼的是再建几栋职工宿舍。而潘孝坤夫妻调至县城工作后,尽管已有住房,但那是一套老弄堂里的老房子,潮湿又不采光,屋顶还翻修过几次。

"不能对部属光讲奉献,个人利益也必须考虑。安居才能乐业哦。"高子仁说,"但'一把手'如果什么事都亲力亲为,会累死人的。这样的事情,交给其他人去办就可以了。"

高子仁的谈话好像已进入尾声,潘孝坤将笔记本和笔放进了挎包。高子仁看了一眼潘孝坤的挎包,打开办公桌下的柜子,将一个还包着一层薄纸的手提公文包扔到潘孝坤的怀里,说:"没去党校学习前,邻县的副县长带着人过来,说要看看枫荷的电力管理方面的做法。他只带了他们县府办的几个人,我也没有让他们去你们局,

237

给了几份我们县电力管理方面的资料,把他们打发了。这个包是他们县的产品,带了几个过来。我看这包好,就给你留了一个。"

潘孝坤取下包装纸,将咖啡色的公文包拎在手里,来回走了几步,说:"这行头不错。我不谢了。"

"你还跟我客气呀!"高子仁问,"最近跟张正权、秦良茹有联系没?"

"啊呀,你不说他们,我还忘了一个事呢!"潘孝坤重新坐下,说,"两个多月前,张正权提议,为加强用电管理,路经 10 千伏线路的乡联合成立线路管理委员会,开展群众性计划用电管理。路经墨秀乡和另外两个乡的 10 千伏墨秀线路,由三个乡的线管会管起来了,把平均日负荷率从 86.4% 提高到 91.6%,并专门订立保农户照明用电管理制度。还有三个乡 6 条 10 千伏线路,也想仿效。"

"只要有利于用电、有利于用电序列的事,就得大胆试。"高子仁说,"哈哈,墨秀有了张正权、秦良茹就能出电力方面的经验。你给他们总结并完善一下,如果经验值得推广,就在全县推出去,不要犹豫呢!"

从县委大院出来,天色已晚。潘孝坤没骑自行车,推着自行车,沿着玉苏河缓缓步行。与高子仁看似闲聊,却都是工作上的事情。高子仁和他已经大半年没见面了。从他聊起的情况看,他对他和局里的一些人事关系,还是比较了解的。但连陈根琪在职工食堂吼叫一声和自己搬办公室都比较清楚,似乎有些异样了。潘孝坤不想知道他的这些消息来自何处。物以稀为贵。当前电力缺电严重,被人关注或关注到日常生活总是别扭的事情。

从高子仁的闲聊中可以听出,陈根琪借调到县委机关,不在供电局工作,说到底是让自己放开手脚,大胆地工作。从内心来讲,他对陈根琪在不在供电局任职有些复杂。陈根琪党政不再"一肩挑"后,他的失落和情绪显而易见,甚至感觉有些碍手碍脚,有时弄得潘孝坤和班子里头的人及一些中层十分尴尬。其实,这倒不是陈根琪的人品问题,而是他不居中心位置后的失落。这种失落后的情绪

第18章

调节，需要有个过程。从这方面考虑的话，潘孝坤当然愿意他借调出去。而陈根琪在供电局任职，像需要潘孝坤出面应付而潘孝坤没空或懒得去的时候，让陈根琪替代一下，陈根琪从没二话，虽然潘孝坤需要一个理由。并且，潘孝坤有时的言行，往往不敢过分。这原因说出来可能别人不信：脑海中会闪过陈根琪好像盯在背后的眼睛。但组织上考虑人事安排总有其道理，潘孝坤不想跟高子仁谈自己的意见，也就在此。

自己家的门前即是小弄堂。潘孝坤将自行车放在窗户下，刚上好锁。妻子潘玉卿将窗户打开，递出一条小铁链和一把锁，说："把这个东西将自行车和窗户上的铁栏杆锁在一起。"潘孝坤瞅瞅潘玉卿，见她的自行车上了锁的同时，又用小铁链将自行车和窗户上的铁栏杆锁在一起，潘孝坤没吭声，用同样的方法将自行车锁了。

进了屋，潘孝坤拉了一下灯绳，灯却没亮。潘玉卿往餐桌上端了几个菜，说："这条线上的负荷一超，调度立即拉闸，根本不考虑现在正是照明用电高峰。我们这条线上是否有大用户？"听丈夫说可能是吧，潘玉卿说："如果大用户超用，光靠人工查是不行的，尤其是这个吃饭时间段，谁去查呀！得想办法在用电大户侧安装灯峰控制表或开关。他们的负荷一超，就自动跳闸。这样，也不会影响沿线居民的生活照明用电。"潘孝坤说："这个主意好！只是灯峰控制表或开关，我们的电力设备厂能生产吗？"潘玉卿说："这个原理不麻烦，有啥不能生产的！"潘孝坤说："那你明天画个图什么的，给我看看。"潘玉卿说："我费了工夫画出来给你，等于白干！要给就给孙大德或荣子和！"潘孝坤笑笑说："只要你拿出来，随你给谁。"说过，冲里屋喊着女儿潘雨的名字，听里屋传来一声"知道了"，潘孝坤说："知道了还不出来吃饭！"

那时女儿已上小学五年级。她蹦跳着出来，一坐上饭桌，便不停地与母亲说这说那。潘孝坤埋头吃着饭。一会儿，他抹了抹嘴，问妻子："儿子的家长会是你去还是我去参加？"潘玉卿说："你平时忙得不着家，从不参加儿子的家长会，今天怎么有空了？"潘孝坤

239

说:"今天和高副县长聊了大半天的事情,我想换换脑子。"潘玉卿说:"你想换脑子的话就别去了。"潘玉卿说,"儿子明年要高考了,每次家长会不能漏了什么。儿子的情况我知道得比你多,家长会上老师说什么,我可有针对性地对他说说。再说,他住校的那些被褥该换了,还是我去吧!"

潘孝坤说:"那你辛苦哦!"

潘玉卿见女儿吃好又回自己屋去了,她边收拾碗筷边说:"我下班的时候,方柏松给了我一个纸包,说你要的。当时想今晚要去儿子学校开家长会,又得回家做饭,走得有些急,也没问纸包里是什么。回家打开一看,发现是三个节能灯。我想行政股只管买局里需要的东西,不会往外卖吧?"

潘孝坤说:"儿子的房间的节能灯买回来没多久,不是坏了吗!现在市场上卖的节能灯质量太差。今天上午,我看方柏松在一楼换节能灯,问他这节能灯质量怎么样,他说他是生产厂家买过来的,质量没问题,我说给我来一个试用一下。"

"这灯那灯,质量不一样倒是有的。但这些东西也有寿命,终有坏的那一天。你说要一个试用一下,他给了三个。你是花不起这个钱还是咋的!"

潘玉卿话不重,但潘孝坤震了一下。

潘玉卿又说:"方柏松过去是你同学没问题。可他在对待陈根琪的几个小行为上,我觉得他不咋的。不论值钱不值钱,不属于自己的东西不要往家拿,知道不?"听潘孝坤没吭声,潘玉卿瞪圆了眼珠子:"跟你说话听到没有?"

"听到了,听到了。"潘孝坤笑笑,说,"我局长都做得了,这些事哪需要你来教育我嘛!"

"那你跟方柏松要节能灯干嘛?!"潘玉卿却是板起了脸,"明天你给我还回去。就说我老婆已买了好几个质量很好的节能灯。"

"好,好!"潘孝坤说,"你准备一下,去开家长会吧!今天洗碗、拖地的事情我来做!"

第 19 章

陈根琪被免去党委书记，并任调研员，潘孝坤兼任党委书记的人事变动的文件是在一个星期后下发的。枫荷县其他相关人事调整的任免文件，潘孝坤也是在同一天看到的。在其中一份文件中，他发现张正权任青树乡党委书记了！一个副乡长直接任乡党委书记，那时候凤毛麟角。按干部调整程序，张正权事先可能已知晓，但他从未透露半分消息。他拿起电话，要通了张正权墨秀乡办公室的电话，接电话的却是另外一个人，并告诉潘孝坤，张正权同志已到青树乡接任党委书记三天了。他问了张正权如今的联系方式，又要通了张正权在青树乡办公室的电话。一听到张正权的声音，潘孝坤就说："前几天你给我打电话，你竟没透露半个字……你这家伙能耐不小啊！"

"你不是也兼任了党委书记，事先你也没透露点消息哦！而我调到青树乡来，我没思想准备不说，连秦良茹也是事后才知晓。"张正权说，"不过，有一个小道消息传到我耳里，可以跟你说说。你也知道，青树乡大一点的乡镇企业也就两家，其他经济以农业种植为主。县委呢，为把这个乡经济搞上去，人事安排上想了不少办法，有多个人选呢！乡党委原书记林平方同志举荐了一位，县委其他领导和组织部门也有人选。等到县委常委会讨论的时候，几个人选都有不同意见。争论不下的时候，县委书记说，人事问题有争议，先缓议。组织部长说，青树乡的党委书记林平方快六十了，再缓议，他该退休了。县委书记说，我先上趟洗手间，你们继续酝酿。等他从洗手间回来,他抖抖手里的报纸说,今天的《渔城日报》不知是谁又丢在洗手间了!你们看,这报纸上报道了墨秀乡如何实施群众管电的访谈,里边的副乡长张正权同志说得好,做得也好嘛!坐在他边上的县长拿过他手里的报纸,一目十行地看了一遍,又传给组织部部长。县委书记说,常委们也看一下这报道。为缺电和有序用电工作,我们各级领导想了不少办法,而这位副乡长集中群众的智慧,将群众办电延伸到群众管电,不能不说,这也是创举。一旁的常委副县长高子仁说,这小子是农电站站长出身,对农村电力建设和管理有不少的点子。早年的时候,率先搞了农村地埋线,引起了当时水电部的重视,还在枫荷召开了全国性的推广会,供电部门进行农村低压线中性点不接地技改,他积极配合供电部门搞试点,在全省影响也不小。县委书记对组织部部长说,选拔干部我们不能墨守成规,要解放思想。这样的副乡长难道不够资格担任乡党委书记吗?"

"你好像参加了县委常委会一样!"潘孝坤呵呵笑道,"是不是高副县长告诉你的?"

"不是,不是!"张正权连忙否认,说:"高副县长为人处事十分讲原则,他怎么会跟我讲这种事呢!我不是跟你说了,这是小道消息嘛!"

"就凭你这样的话,高子仁不想提拔你都难!"潘孝坤却是转了话题,说,"既然小道消息说你的升迁是沾了电力建设与电力管理的光,到了青树乡是不是还想继续?"

"想,当然想!"张正权说,"电话里一时半会儿,也说不清楚。这样吧,你到青树乡来一趟。我再叫上秦良茹,我们边聚边聊。我有个发现哦,秦良茹和你在一起,她好像比与其他人在一起开心,话也比平时多哦!"

"你呀,又离谱了。我怎么没感觉呢!"此时,潘孝坤听到有人在叩办公室的门,说,"好了,不跟你说了。"

进来的是陆子祥。他说:"你交代我建造职工宿舍的事情,我跑了几个部门,总算有了些眉目。有这么几块地,值得考虑。"他展开

第19章

手里的图纸,往潘孝坤的办公桌上一摊,说,"这条杭申公路的北边,有一块地,可建一栋宿舍。"

潘孝坤显然有些不满意。陆子祥解释说:"根据城建规划,目前的这条杭申公路将改道至五公里以外的地方,这杭申公路将成为一条街。在这街的南头还将建一个公园。地段应该不错的。"潘孝坤说:"只是地块窄了些。只能建一栋公寓楼,如果以五层计,也就住十户人家。"陆子祥说:"听土管部门的同志说,这块小小的地,是高副县长打了招呼的,否则,可能让别的单位拿了去!"

"我现在脑子里全是筹电量、分电量的事情。别的事情脑子使不上哦!"潘孝坤说,"这个事情你牵头办妥就是了,有什么问题再商量。另外,你关照一下食堂,这个周末的晚上,让他们加几外菜,班子人员参加,请老陈吃顿饭。他参加工作后,大部分时间在为枫荷电力建设奔走,就算对他表达一下对电力事业贡献的敬意吧。当然,你工会愿意掏点钱,买点纪念品什么的,我也没意见。"

未等陆子祥说话,荣子和已进了办公室。潘孝坤瞅见荣子和手里拎了一个表盘,已明白怎么回事了。他喊住了陆子祥,说:"工会不是号召职工根据实际需要,开展小革新、小发明、小创造等'五小'活动吗?你也来看看子和手里拿的东西。"

潘孝坤拿起表盘,左右上下瞧了一会儿,问荣子和:"做过试验了没有?"荣子和说:"试验了多次,完全可行。"

陆子祥问:"这是啥玩意儿?"

"这是由电力设备厂生产的高峰用电控制表。"荣子和说,"主要保持受控用户在避峰用电时段内电源不断;违反规定用电的,则在电能计量表中显示所用电量,并作为违反计划用电的处理依据。"

陆子祥听清了,但还是问:"是谁设计的?"

"我老婆呀!"潘孝坤口吻有些自豪,但又说,"那天家里一停电,激发了她的灵感。她还说,设计出来后,只给子和或大德汇报,不给我看。我知道她这点小心思,担心她付出的努力得不到局里的认可。所以,子祥,根据工会的要求,你出面,给她一些鼓励。"

"我早就说过,玉卿是个贤惠又内秀的聪明人。她搞这样的小发明已不止一次了,是个人才,要工会出面鼓励小了点,干脆提拔一下不就得了吗!"

潘玉卿每干一件事情都十分投入、认真。如果让她担任一官半职,她也会尽心尽力,把所有精力全部投入其中。但正在成长中的一双儿女和家里的大小事情需要她。如果因为工作,兼顾不了照顾儿女甚至影响了儿女的成长,将得不偿失。这个事情,潘孝坤当然不会跟别人说。他对陆子祥说:"她现在已是工程师了,够可以了。"

陆子祥瞪了潘孝坤一眼,顾自走了。

荣子和说:"玉卿跟我和大德建议,为及时、灵活地调节用户用电负荷,适应电网供电负荷变化的需要,可在用户家里安装终端接收器,运用无线电技术控制用户用电负荷,并在我局或县'三电'办公室装设中央控制台。这样,可控制各砖瓦厂制砖机和水泥厂球磨机,还有一些耗电大户。她还建议,将灯峰负荷自动控制箱分别装于乡村综合用电变压器低压出线端和动力、照明分线架设的低压动力线路电源端,替代人工操作,确保灯峰用电期间让动力保照明。"

潘孝坤"哦"了一声说:"我们设备厂能生产这种受无线电技术控制的终端接收器?"

"设备厂没有这个条件生产。不过,我已托人与上海有关单位进行了联系,他们表示可行并愿意生产。"

"太好了!除行政的、经济的手段,再加技术手段确保有序用电,我想肯定能出成效。"潘孝坤说,"有序用电的管理还得放手发动群众,光凭我们这几个坐在办公室里拍脑袋是想不出好办法的。"

"我也要求用电专业和供电所的同志经常走访一些用户,听取他们对有序用电管理的意见。"荣子和说,"现在线管会与供电所之间责任还不那么明确,供电所的同志提出,在与各乡镇线管会加强沟通的同时,供电所与供电区域内的线管会应签订'让动力、保照明供用电合同'。"

第19章

"这既明确责任,又是从法律层面得到保障的办法好。"潘孝坤说,"这合同起草以后,让局里的法律顾问和县法制办的同志审核一遍。"

荣子和说:"昨天他们都审核过了,一会儿,我让老姜拿给你看看。如果你同意了,我们就落实下去。"

荣子和做事细致、有条理,这是潘孝坤放心的。同时,用电管理特别是有序用电管理这块工作,既涉及用户、乡镇、供电企业,也涉及县府和相关部门,如果事事过问,潘孝坤确实忙不过来。但想到这合同是供电所代表供电局签订的,他说:"一会儿我到老姜那儿去看看。另外,上次我跟你说起过的,让用电大户利用电网系统负荷曲线峰谷保持相反状态,拿出具体措施的问题,不知你是否考虑过?"

荣子和歉意地咧咧嘴,说:"这段时间,因为在设备厂看他们组装高峰用电控制表,还与上海一家企业联系生产无线电技术控制终端接收器等事情,还没腾出时间考虑你说的问题。

"我说的这个问题,通俗说起来也可称为'停机不停线,限电不拉闸'。"潘孝坤说,"这个事情的落实需要乡镇和企业等配合。我已有了大致的想法,想与有关乡镇长或负责线管会的同志谈谈,看看他们能否落实。"

荣子和说:"是否想在墨秀乡搞试点?张正权倒是很乐意先行一步。"

"我与张正权电话联系了。刚想说这事儿,子祥进来后被打断了。哦,张正权已调去青树乡任党委书记。这次谁愿意先做,就让谁先做。我们只给建议。"潘孝坤拿起办公桌上的表盘,递给荣子和后说,"尽管我们对生产企业采取了一定措施,从理论上说是切实可行的,但必须建立在自觉执行的基础之上。越是吃不饱越想吃呀!好多电力用户都有这种心态。加之点多面广,一些电力用户时常和监督限电措施落实的电力职工'打游击',致使防不胜防,收效甚微。像高峰用电控制表、负荷终端接收器等技术设备用上后,可解

245

决这方面的问题。"

这时，办公桌上的电话响了起来。见潘孝坤抓起话筒，荣子和没再说什么，出了办公室。

潘孝坤一听对方的声音，说："张书记，你任运河乡党委书记的文件我刚看到！"

话筒里嘘了一声，说："叫我啥书记呀！叫我张松年或老张就可以了。孝坤，市里这次任命党委书记，你也在其中，是不是我也要这样叫你呀！"

潘孝坤传过去几声笑声。

张松年爽朗一笑，说："这次县里任命有关乡镇和有关局书记，我们运河乡运河村的人有你和我两人得到任命，这可以写入我村的历史。不过，我年纪一大把，又只是招聘干部，被任命为乡党委书记，我做梦都没想到呢！"

潘孝坤说："那是组织上对你的信任。"

"所以呀，为感谢组织的信任，我想我拼了老命也得把运河乡经济搞上去。目前最大的问题，还是电力供应不足啊！当然，缺电是全国性的问题，但孝坤，你是从运河出去的供电局长，我想你得替运河乡想想办法。如果替我想好了办法，你在家乡运河，需要办什么事情，我一定给你办好。"

"办法、措施想了许多，主要还是依靠各乡镇或通过所在乡镇的线管会去落实。"潘孝坤的思绪飞驰了一下，说，"这些措施的落实，需要乡镇、全社会、供电部门密切配合，我想听听相关乡镇、企业的意见，或者先在一些乡镇搞试点，然后再推广。"

张松年说："是你过来，还是我过去？啊呀，你干脆到运河来吧！"

潘孝坤说："具体地点和时间，我跟别的乡镇商量后再定。"

枫荷县从农村有电至60年代中期，供用电基本平衡，除排灌机埠动力用电，也就农户的照明用电。每家农户的照明也仅限于两只十五瓦的灯泡而已。随着60年代末期电网向农村普及，特别是社队企业的兴起，即电力成为工农业生产和大众生活不可缺的重要资源的时候,电力供需矛盾日渐突出,拉闸限电频繁,影响工农业生产的发展。为平衡电力负荷,电力部门遵循"全面安排,综合平衡,保证重点,照顾一般"的计划用电原则,安排各类用电。平时,农业避高峰用电,以保工业生产之需;而在夏收夏种农忙季节,保证农业用电,安排好工业用电。城区工厂以用电线路为单位安排厂休日,农村提倡灌夜水,白天轮流拉电。对具备"一乡一线"的乡分配负荷计划,实行停机不停电。电力部门或相关用电户常提名词是计划用电、节约用电、群众办电、安全用电。群众办电后来被实行的集资办电取代,后来称的"三电",即是计划用电、节约用电、安全用电。这几年,从无序用电到有序用电的重点在乡村、在乡村企业。落到实处,还得依靠各乡政府的"自治"。

潘孝坤想到用电用上"自治"的时候,心里暖了一下。各乡镇线管会的出现实际是自治的组织形式。但真正起主心骨作用的,还得是各乡镇党委、乡政府,特别是党委书记或乡长。为使用电有序,或者说为使本乡多用电,主动与潘孝坤联系的目前有张松年、张正权。别的乡镇党委书记虽然没与他联系,但有两三个乡镇错峰用电贯彻落实到位后,势必产生群体效应。

潘孝坤思忖了一会儿,拨通了张正权的电话,说:"你换了新岗位,总得为你祝贺一下,这几天你什么时候有空?"电话里即刻传来张正权的声音:"县管干部新一轮刚调整好,上边要静一会儿,到了新岗位的干部,也得适应一下。所以,可由自己支配的时间有的是。具体时间你定吧。"潘孝坤说了个时间,并说,"我还有其他人哦!"张正权说:"最好把秦良茹也叫上!"

潘孝坤本来想把与张松年、秦良茹、张正权这三个乡党委书记的座谈命名为错峰用电座谈会,但话到嘴边,没有正式向他提出。潘孝坤知道,在许多乡干部的心里,如果谈工作,正儿八经地来个命题,商讨事情反而放不开,弄不好还被取笑一番。所以,他对张正权这样说,尽管像只为私人关系相聚,却可以达到效果。然而,他通知张松年和秦良茹的时候,说是去青树乡良种场开个错峰用电座谈会。不去又正规、条件又好的青树乡政府会议室开座谈会,偏偏选择去良种场,显然带有玩的意味。

青树乡良种场位于三个乡交界,紧挨着水域面积近百亩的荡漾。该荡漾虽为三个乡共有,但北岸、西岸都为青树乡拥有。岸边与水相连之处,芦苇丛生,后头才是几个较阔的鱼塘和水田。在鱼塘和水田之间,有几间有些年月的平房。潘孝坤的车子沿着机耕路缓行到这几排平房的一块空地,下车时对司机沈师傅说:"下午两三点的时候,你到这里接我好了。"沈师傅说:"这里怎么一辆车也没有?"潘孝坤说:"安排会议的青树乡领导说,他要开逍遥会。"司机没再说什么,车子掉头离去。

张正权从一间平房跑出来,招呼着伸出手来刚要握,一辆马达声极高的摩托车已拐到跟前停住了。骑摩托车的人矫健地跨下摩托车,取下头盔后,潘孝坤才发现是张松年。潘孝坤说:"摩托车从机耕路上飞驰而来的时候,你的灰色西装和黄色领带随风飘荡的样子,我以为是个潇洒小伙呢!"张松年哈哈一乐,"那才好!骑摩托刺激、过瘾哦。我从运河乡赶过来还不到半小时呢!"

张正权握着张松年的手说:"张兄的运河乡工业经济是枫荷县的龙头,光工业公司的小车听说有好几辆。现在做了党委书记,廉政得连小车也不坐了吗?"张松年说:"坐个小车是腐败?自己骑个摩托是廉政?这观念可不对啊,小老弟!只要方便,有利于经济建设,就算驾驶直升机到你这里,也是清正廉洁!孝坤告诉我,让我今天到你这里逍遥,我骑摩托不是更合适吗?"

"工业经济发达的乡与农业经济占重头的乡,观念都不一样哦!"张正权说。

"当然,经济发达不发达,决定人的观念和思维方式呢!"张松年说,"张老弟还有什么想调侃张老兄的?"

张正权双手作了个揖,说:"甘拜下风,向张老兄学习!"

又一辆摩托车由远而近。忽见驾驶摩托车的男人后边伸出一只穿米色风衣的胳膊冲他们挥舞了一下。张正权说:"秦良茹来了。"开

第 19 章

摩托车的那个是她丈夫老程。这时,摩托车在他们面前停住了。秦良茹从后座跨下摩托,摘下头盔,捋了一把乱发,说:"不回家还好,这一到周末回家,不是这个事情就是那个事情,没完没了。青树乡是我家乡,但比你们还是来得晚了,对不起啊!"

"我们都刚到。"张松年说,"美女书记还不会骑摩托呀?"

"乡里的小车她也会开!只是到了家才成了淑女。"张正权对卸下头盔,取出香烟正在分烟的秦良茹丈夫老程说,"程老板,我说的对不对?"

老程说:"我老婆好不容易周末回趟家,你张书记还开啥逍遥会呀!"

张正权笑笑说:"程老板,现在是白天!"

老程说:"真是饱汉不知饿汉饥呀!"

老程的话即刻引来一阵哄笑。

秦良茹脸一红,却笑着在老程背上连捶了几下。

潘孝坤接住老程递过来的烟,又伸出手握住了老程的手说:"我是良茹姐的同学潘孝坤。今天是第一次看到姐夫哦!"

"早就听良茹说起过你!"老程说,"良茹的丈夫不才,在青树乡建筑公司只是个泥瓦匠。但她的好多同学都厉害,还望你们多帮衬她。"

潘孝坤说:"能成为秦良茹同学的丈夫,不可能是次品。"

"泥瓦匠可是吃百家饭、阅人无数的人呢!老程现在是青树乡建筑公司的副总,厉害着呢!"张正权对老程说,"要不中午过来一块儿聚聚?"

老程说:"秦书记在这儿,小的不敢。"

秦良茹对老程挥挥手说:"好了,我们还有正经事儿要谈呢!你忙你的去吧!"

"好,好,你们忙,你们忙。"老程冲潘孝坤、张松年、张正权笑笑,跨上摩托车,一脚油门,疾驰而去。

张正权将潘孝坤等人引进一间屋子。见一张八仙桌上的玻璃壶

249

里泡好了一壶红茶,桌面上还放着一些水果与炒货,秦良茹说:"张书记,你就这样开逍遥会呀?"张正权说:"那怎么开?"秦良茹说:"我以为搓麻将呢!"张正权说:"孝坤连麻将都不认识呀!"张松年说:"孝坤,这得学会哦,不然,退休了没事干呢!"秦良茹说:"我们的孝坤心气高着呢,即使有闲工夫,怎么会用在麻将桌上!"张松年说:"美女书记就是美女书记,一会儿对搓麻将持支持态度,一会儿又持否定态度。看来,我们刚上任的书记要向美女书记学习哦!"

斗嘴、抬杠间,四人围着八仙桌在四侧各自坐了。张正权推推面前的水果、炒货,说:"想吃啥随便拿。"他指着一盘炒熟了南瓜子说,"这是良种场自己种的,颗粒大又饱满,嗑着上口。现在市面上买不到呢!"四人各撮了点瓜子,放在自己面前嗑了起来。

张松年说:"刚才我没到这里之前,骑着摩托车围着整个荡漾绕了一圈,这个良种场的地盘太好了。"

秦良茹说:"这地方在老底子是土匪、强盗藏身之地。据说,当年的太湖强盗在荡漾的芦苇荡里搭建有寮棚和停船的埠头,把这里当成中转点与落脚之所。50年代末,这里被开垦出来,有了水田、桑树地、鱼塘,建起了良种场。改革开放以后,大家伙注重乡村工业发展,又实行家庭联产承包制,良种场除了几个上了年纪的养鱼人,大部分人不在这里干了。"

张松年说:"枫荷县难得有这么一块保存完好的处女地。留着它,等将来条件成熟的时候,开发成集休闲、娱乐于一体的度假村。"

秦良茹说:"经济发达地方出来的人,到哪儿一瞅,都是值得开发的处女地!"

"啊呀,张兄,你我想到一块去了!"张正权说,"我到青树乡后,听说有这么一块荒郊野外之地,我走的第一站,就是这个地方。这里到处是水鸟、野鸡、野鸭,还有黄鼠狼、野兔。荡漾里有鱼虾。那天我看到水面上还有很大的青鱼在吹泡泡。管鱼塘的养鱼人在鱼塘还养了几塘甲鱼、鳗鱼、小龙虾。我觉得这里太好了,所以,错峰用电座谈会放在这里叫逍遥会,倒应时应景呢!"

第19章

秦良茹说："说起电，我倒还是怀念我们年少的时候。那时，到了晚上，用的是蜡烛或煤油灯，但用上了电灯，停电概率很小很小哦！我们在农校上学那会儿，根本不愁夜里会停电。当然，那时我家里还没电灯，所以，我好喜欢住校。"

潘孝坤说："那时用电还不普遍，用电供需基本平衡，无计划用电。这样的日子延至60年代中期，后来电网普及到农村，电力供应出现缺口。电力部门遵循规律，全面安排，综合平衡，保证重点，照顾一般，平时，农业生产避开高峰用电，保工业生产，在夏收夏种农忙季节保证农业用电，安排好工业用电。70年代开始，电力供需矛盾日渐突出，拉闸限电频繁，影响工农业生产的发展。为平衡电力负荷，对城区工厂重新安排，以线路为单位实行厂休日，农村提倡灌夜水，白天轮流拉电。对具备一社一线的公社，分配负荷计划，实行停机不停电，但收效甚微。我查了一下资料，从1975年起，对工厂实施查用电设备，定负荷、定电量、定时间、定单耗的'一查四定'。1976年上半年，枫荷县三电办公室成立，枫荷县副县长兼任主任，电力部门负责具体业务，开展计划用电、节约用电、群众办电。大前年，群众办电改为安全用电。近十年来，坚持死指标，活调度，要求限电不拉闸，鼓励用户深夜多用电，对100千伏·安以上重点用电大户安装电力定量器等技术手段加以控制。但问题是，发电厂还是那几座发电厂，用电户与用电量在不断地攀升。现在不断报道这儿或那儿有发电厂投产或建设，依然是杯水车薪啊！像枫荷县，由于工业经济和民用电力需求不断地增长，这几年电力、电量缺口始终在45%左右徘徊。"

"统配电量这一块，现在到底是怎么用的？好多乡镇干部都想知道。"张松年说，"现在是不懂用电不知如何抓农村经济发展啊！"

"这一块电量，我略知一二。"张正权说，"枫荷县从1984年起，实行计划电量包干，以前两年平均实用电量为基数定比，年度统配电量先提取线损、农业排灌、城乡居民照明电量后，按比例分配给各主管局和乡镇包干使用。超计划电量以加工电量弥补，并按加工电加价收费。"

张松年说："看来正因为你懂电，进入80年代以来的这几年，从墨秀乡农电站站长进步到青树乡党委书记。"

秦良茹说："张书记一说，我突然想到，我们从电力起步的好多层面上的领导干部还真不少。"

张松年说："你到现在才想到啊！你们墨秀乡出干部，像副县长高子仁、你和张老弟的进步，还不是电力工作尽出经验啊！还有你们这次新提拔的副乡长，也不是农电站站长出身！所以，虽然我年纪一大把，已进步不了啦，但在电力这一块上还想好好捣弄捣弄呢！"

张正权说："那你张兄先来，我们随后跟上。"

潘孝坤说："我和用电线上的同志商量后，拟在枫荷实行对100千伏·安及以上工业用户在实行峰谷用电定比考核的同时，实行峰谷电价；对单机20千瓦以上的设备只准深夜用电。凡是8至22时的用电量为高峰电量，实行高价收费；22时至次日8时的用电量为低谷电量，平价收费，鼓励用户多用低谷电量。"

"这就是我们张老弟说的逍遥会的主题——错峰用电？"张松年说，"那要我们怎么做呀？"

"对供电局部门的要求是坚持死指标，活调度，力争限电不拉闸。"潘孝坤从他拎的包里掏出笔记本说，"要求乡镇落实的是，企业统一调整用电时间和生产班次。对炼钢、制砖和饲料加工等用电负荷较大的用电设备，常年安排在深夜用电；两班制工厂除缫丝厂外实行上午10点，晚上10点的'双10点'上班；单班制工厂分编成两组，按两班制工厂规定用电时间开工，隔周对调翻班。农业灌溉用电，每条线路按其装机容量一分为二，一半机埠从深夜开始用电，另一半机埠下午开始用电，晚上灯峰用电时间一律停机让电，以保农村照明。为平衡周负荷，将渔城供电局排定的周四定为全县统一厂休日，改由7个县属镇和两个35千伏直供用户组成枫荷县一周排日轮休制。"

第 19 章

张松年、秦良茹、张正权虽然摊开笔记本拟做记录，但他们的目光盯住了潘孝坤手里的笔记本。

潘孝坤说："我对此进行了测算，如果按照上面我说的在全县实施下去，今年全县平均日负荷率可由上年的 70% 左右提高到 90% 以上，并与电网系统负荷曲线峰谷保持相反状态，利用电网负荷低谷，增加用电量 1503 万千瓦·时。"

大家沉默了，似乎在思考着什么。张正权指指桌上的水果、炒货说："既然是逍遥会，不要弄成像研究国家大事似的，想吃什么自己拿。"

秦良茹拿起桌上的玻璃茶壶，往各自的茶杯里斟了茶，嗑着瓜子说："孝坤，错峰用电的事情上，我看你先别让我们几个乡搞试点或先走一步了。你干脆把你刚才说的形成方案，通过县政府或县'三电办'或供电局联合发文，下发到全县乡镇、部门、企业，贯彻落实就是了。如果有的乡镇、企业需要熟悉情况的，供电局派人指导落实。"

"刚才在来的路上我在想，要是全县同步落实就好了。你这么一说，我坚定了信心。"潘孝坤说，"回去我将刚才说的方案，跟高副县长再汇报一下，听听他的意见。"

"高副县长最希望在全县铺开了。"张正权嗑着瓜子说，"据传，高副县长从党校回来，上边有提拔他的意思。他巴不得在他分管的工作范围内再来一次高峰呢！"

秦良茹瞅着张正权说："不要瞎猜领导的心态！"

"是，秦书记的话，张正权记住了！"张正权站起来，嬉皮笑脸地来了个军礼。

张松年心事重重地将手心里的瓜子放在桌上说："运河乡党委与政府里头，没有一个懂电或者说知道如何抓有序用电的，我回去以后不知该如何抓落实呢！"

张正权说："你交给你们乡的农电站站长去落实嘛！他总该懂了吧。"

99　"他以前是村支书，由于年纪偏大，我的前任提议把他放到农电站站长位置上，他跟我差不多。"张松年说，"我得考虑一下农电站站长的人选了。"

张正权说："找个年轻、有文化又肯钻研的，应该不会有错。"

"你说这样的人倒是有，但现在正准备考招聘干部。"张松年对潘孝坤说，"就是你那小侄子跃华，上个月看到县里正要招考招聘干部，他征求我的意见，我支持他报考。这会儿，如果又想让他去任农电站站长，他能开心啊！"

"哦，跃华没有跟我说起过嘛！"潘孝坤说，"前段时间，我哥倒是给我来过一个电话，说他的两个儿子都成小伙子了。现在的两间平房已建了二十多年，漏雨、屋脊脱瓦、墙壁斑驳，已经不成样儿了。准备将他那两间平房拆了，再建四开间的楼房。"

"我记得你和你哥的房子是连在一起的哦。你的房子能好到哪去！"张松年说，"他拆了重建，你怎么办？"

潘孝坤说："我还没想过呢！"

"这个要想呀！"张松年说，"你的祖籍千岛湖那边啥也没了，总不能到落户之地，连点房子也没有吧？"

秦良茹、张松年听了，都说官做得再大，宅基地不能放弃，老屋是根。就在原地基上修建成两间二层楼房就可以了。

张松年说："修建房屋的宅基地，我替你把握好，当然建房的钱也得准备好，但不能过分豪华。"

"我是想豪华来着，但豪华得起吗？"潘孝坤说，"我供电局对面不是煤矿机械厂吗？80年代初，两边都招工，煤矿机械厂那边报名的人山人海，挤破了脑袋；供电局这边呢，冷冷清清。说是供电局职工待遇高，其实每月平均只比人家多一两块钱的奖金。何况我们的线路工高空作业，有时还带电作业，危险系数比煤矿机械厂的工人大多了。现在呢，纵向比，好了些；横向比，人家也在涨。对了，待遇这玩意儿，正权知道哦！"

张正权说："农电这一块比你们全民编制的职工还要差哦！这个，

秦书记可能也知道。"秦良茹笑笑,说:"当初可是你帮忙让秦程去的青树乡农电站。我还没谢过你呢!"张正权说:"不用谢我了,秦程跟孝坤的小侄子一样,这次也报名应聘乡干部。"张正权望着秦良茹说:"她的职位好像是团委书记?"

秦良茹点点头却说:"她考上了最好,我反正帮不上什么!"

张正权说:"你如果帮得了忙,也不好。在她今后成长的道路上,会有依赖性。不好,不好!"

"女孩子向上奔是好事情,但嫁个好丈夫比啥都重要。像秦书记这样最赞。"张松年见秦良茹笑得舒心,又问,"女儿多大了?"听秦良茹说了女儿的年龄,张松年又说:"比孝坤的小侄子大了,不然,要是都考上了招聘干部,我可以为他俩说说媒哦!"他又面向潘孝坤问,"你大侄子跃进多大了?"听潘孝坤说了年龄,张松年说:"比秦书记的女儿大两岁,这蛮好嘛!"秦良茹来了兴趣,问潘孝坤的大侄子在干什么,张松年接过话茬说:"跃进军校毕业后,已成为一名空军机务部队的技术军官了。"秦良茹说:"那好哦!我家秦程从小喜欢解放军哦!"

这时,张正权说:"张兄和秦书记你们还不老吧,怎么想着要让儿女谈婚论嫁啊?"

秦良茹咯咯大笑起来。张松年说:"在我村里有种说法,一生中须促成一桩婚姻,才不枉为人生。"

张正权说:"今天错峰用电座谈会,白谈扯得太多了。"

"你不是说逍遥会哦!"秦良茹说,"那该多扯些白谈。"

张正权站起来说:"逍遥会还有一个节目,今天我在荡漾准备了条丝网船,去漾面上逍遥会儿。"

张松年忙说:"好,好,那就逍遥去。"

第 20 章

上次换届选举还是党总支,现在已是党委了,但还得称党委四年来的工作报告。潘孝坤喝口茶,又继续审读工作报告。这时,老姜走进潘孝坤办公室,看他嗫嚅着嘴,一时说不出话来,潘孝坤知道他已结巴住了,说:"你起草的报告,老李看了没有?"老姜似乎缓过气来,话说得溜了,说:"老李已经作过修改。"潘孝坤说:"你把老李修改过的这份报告给所有党委成员送一份,让他们提些修改意见或建议。另外,也给孙大德一份。他目前虽然不是党委成员,但他是副局长、县人大的兼职副主任。"老姜说:"孙大德做县人大的兼职副主任,那时他沾了非党派人士的光,现在已是中共党员,又是党委换届选举中的候选人。县人大下届换届时,副主任还有他啊?"潘孝坤说:"将来的事情将来再说,我们现在面对的是要把我们的党组织结构完善起来。我们党委候选人最终还不是由上级党委定啊!"

说到此,潘孝坤盯着老姜,等他说另外的事情。他知道,老姜进他办公室不是说这些的,肯定还有其他什么事要说。老姜说:"昨天省报驻渔城记者站的记者来电话,说想过来采访枫荷县在缺电的严峻形势下,如何使用电有序,确保工农业生产和人民群众生活用电的。"潘孝坤说:"他要报道枫荷县,让他找枫荷县委、县政府去啊!"老姜说:"他说他已采访过县府办的同志和一些乡镇、企业、农户,就是还没有采访过供电部门。"潘孝坤说:"他们采访那么多地方和人,是想搞全方位报道啊!那你接待和安排一下吧。具体情况让他采访老荣。"老姜说:"记者站的记者说,若你今天在,一定要和你聊聊，还问你啥时候有空！"潘孝坤说："看完这报告今天就有时间了。"老姜点点头，出了办公室。

党委工作报告看完，老姜说的那位记者还没来。潘孝坤想起老姜说的采访要求，翻开自己的笔记本，就此内容梳理了一遍。

老姜领着一位胡子拉碴、戴着旅行帽的中年男子，端着泡好茶的纸杯进了潘孝坤的办公室。他进入潘孝坤的办公室，还回头对陪他进来的老姜说："到了潘局长这里省得泡茶了。"记者的本领是见面熟。这位叫龙贤正的记者三言两语就让潘孝坤感觉他是自己的老熟人了。他说："前段时间，我去渔城叶局长的办公室玩，聊起缺电形势下，能基本确保工农业生产和人民群众生活用电，或者说满意度较高的，他说最好的还是枫荷县。这段时间呢，省报有这方面的宣传要求，我想应该到枫荷来采访这方面的内容。通过两天来的采访，我对枫荷计划用电、节约用电、安全用电与群众办电这一块工作感触很深，也深受感动。刚才与荣子和副局长聊的时候，他对枫荷逐步形成的'乡镇长管电、电量包干、负荷到线、定额到厂、责任到人、奖罚结合'的管电责任机制作了精确的概括。"

潘孝坤说："荣局长既是实干家，也是总结工作的高手。姜主任安排你采访他，对路了。"

龙贤正说，他介绍本着"保证重点、兼顾一般"的原则，实行"死指标活调度"，对综合供电线路，按照各个农事季节的生产特点和负荷分配指标，制订了三套供电方案，使农村照明用电保证率年平均达93.46%，很不简单呢！"

"这组数据应该是正确的。"潘孝坤说，"我局党委准备换届的工作报告中也写进去了。"

龙贤正说："荣副局长具体事情说得也详细，枫荷全县节约用电这一块，他作了历史回顾。他翻开手里的采访本，说，枫荷从1965年始，以图片展览、宣传窗、宣传车等形式向城乡宣传安全用电、节约用电。禁止使用非生产电热炉。制订农灌用电守则，推行勤灌、浅灌和先远后近的放水原则，每亩农灌电量在12至18千瓦·时之间。70年代后期起，对主要工业产品实行用电单耗管理，推广电焊机空载自动停电，浴炉插入式改埋入式的新技术。重点推广远红外线加热技术和硅酸铝保温、低损耗变压器等节能新技术。进入80年代以来，对合成氨、棉纱、粘胶短纤维、硅铁、水泥、黄铜棒等41种主要工业产品实行单位耗电量考核。1986年，供电部门推广使用节能变压器。同时，咱们供电部门主动服务，组织测试队伍，对全县620台总容量11160千瓦的风机、水泵进行全面测试，经复测合格的421台，计8884千瓦，合格率80%。推广使用溴化铝制冷机3台，计450万大卡。还实行无功损耗管理，对100千伏·安及以上用户实行功率因数考核。占全县用电量50%左右的45户工业用电大户，安装低压电容补偿11414千瓦，功率因数达到0.8以上。近几年，咱们供电部门共更换旧型号、推广节能型的10千伏配电变压器有2000余台，总容量250635千伏·安。"

"这老荣介绍得也够仔细的！"潘孝坤笑着说，"你采访得也够到位的。看来你做了不少的功课。没问刁钻古怪难回答的问题吧？"

"潘局长看我的模样是否长得刁钻古怪？"龙贤正抹了一把自己的脸，不等潘孝坤说话，他笑着说，"枫荷都是平原，连一座有模有样的山也没有，根本不具备建设小水电的条件。我很想知道，除统配电量之外，你们是如何筹集电量的！我问了县府办的同志，他们说具体情况得问供电部门。"

"这一块工作，县里头的分管副县长和县计经委经手这项工作的同志也很清楚。初始的时候，按相关政策，通过自购煤、油加工电量落实，最多的那一年有电量8500多万千瓦·时。目前这样的办法还在延续。80年代中期，根据省计经委、省电力局和有关银行下达的本省集资办电实施办法，枫荷于1985年认购第一期集资办电12股，每股100万元，当年付款10%，第二年起每年分别付款30%、35%、15%、10%，5年付清，投产后15年内分期还本付息。每股每年分电500万瓦·时，分期兑现，再过4年到位。去年分得电量600万千瓦·时，再过4年分别分得电量1200万、3000万、4800万和 6000 万千瓦·时，用电权 30 年。"

龙贤正思索了一下说："不知我该不该问这个问题啊！"

潘孝坤说："你想知道的，尽管问。"

龙贤正说："我想知道，可能读者也想知道，这些钱从哪里来？"

"'三个拿一点'呀！具体说，政府、供电部门、企业。这里所说的企业一般是用电大户。"潘孝坤说，"这'三个拿一点'的集资筹电办法，倒是得到了上级领导的肯定。也因这个'三个拿一点'，去年我们购买用电权 10 股，每股 40 万元，不还本付息。付款后一个月即分电。每股每年分电 100 万千瓦·时。从去年到今后五年，每年分电 1000 万千瓦·时，用电权 20 年。今年，我们认购第二期集资办电 200 股，每股 10 万元，4 年付清。每股分电量 20 万千瓦·时，分期到位，今后 4 年共分电量有 7000 万千瓦·时。去年起，根据省府关于征收电力建设资金实施办法的通知，向用电企业按统配电量每千瓦·时征收电力建设资金 2 分，枫荷县在加价电费中列支，估计在后年 7 月起，对计划包干户单项征收。"

龙贤正在采访本上不停地记录着，说："关于钱的问题，一向很敏感，好多领导不愿意与记者多谈，你倒是坦率。"

"我们每花一分钱，都说得清楚，有啥不能跟记者说的！"潘孝坤说，"但要不要用到报纸上去，连一分一厘都报道出去，是否有必要，请你考虑。"

龙贤正说："这个我知道的，就算我糊涂写了进去，我们总编认为不合适，也会删去的。"

"既然这样，我可以放开跟你谈。"潘孝坤说，"'这三个拿一点'的集资筹电，我们还有两条筹电渠道，一是位于我省东部沿海一家电厂第三期工程 2 台 20 万千瓦机组为我省集资办电项目。去年底，枫荷县已认购今年电量 2 万千瓦，总投资 2100 万元，每年分别按 20%、30%、30%、20%付款，4 年付清。按投资比例享有分利、分电权益，20 年不变。后年分电 1644 万千瓦·时，再下一年，完成全部投资，可分电 6537 万千瓦·时，不分利。二是购买电力建设债券，每购买1元钱，年分统配电量2千瓦·时，枫荷县购买188.3万元。在筹集电量方面，我看好的还是集资办电，在这方面分到集资电量占总供电量的44.15%。第三期集资办电准备从明年开始，我们打算认购150股，每股10万元，总投资1500万元，分4年付款，后年计划付款231万元，项目投产后分期还本付息，每股分电30万千瓦·时，逐步兑现，4年到位。"

"啊呀，潘局，你满脑子全是电量和钱的数据，都是干货啊！"龙贤正说，"我真服了你了，你怎么记得下这些数字啊！我家里刚装电话那会儿，人家问我电话号码，我一下子都说不上来。"

"我是天天跟这些阿拉伯数字打交道，就像你每天跟汉字打交道一样。"潘孝坤说，"知道你要来采访，你没进门之前，我还在翻这些数字呢！呵呵，对文字工作者来说，这些数字可能枯燥乏味；而在我们看来，这些数字代表着经济发展的轨迹，还有许多干部群众的智慧和汗水；在音乐家眼里，这些数字就是'哆来咪发嗦'，一首动听的歌哦！"

龙贤正说："岂止是一首动听的歌哦！是一部史诗般的交响乐呢！"

"用电这一块，前几年像没有准备好打仗的战争，或者说由于弹药等物资的短缺，阵地不坚固，我们及全社会仓促上阵，一下子混乱不堪。好了，现在好了，已进入战略相持阶段了。"潘孝坤显得有些轻松地笑着说，"今后这几年，我们可以腾出手来，清理战场，补充各类给养了。当然，就全国而言，有的地方还处于无序状态，他们还张着嗷嗷待哺的嘴，等嗟来之食呢！"

龙贤正说："你这样一说，我真恨不得立马写出来，明天见报啊！"

"不急，不急！"潘孝坤站起来说，"光顾着跟你吹了，我还没给你倒过水呢！"

龙贤正合上采访本，站起来说："枫荷县宣传部的同志对我这次采访很重视。这两天他们安排我住在县招待所。昨天跟他们说好了，今天在你这儿采访完成后，我就完成采访任务了。"

第20章

"啊呀,采访电力这一块工作,你直接跟我们联系就是了,何必要麻烦宣传部。"潘孝坤说。

"没来采访前,不是不认识你们嘛!"龙贤正说,"再说,现在记者满天飞,我直接找上门来,小则以为拉广告,弄不好还有可能被当成骗子呢!哈哈,现在我们认识了,下次采访电力方面的事儿,就直接找你啦!"

潘孝坤握着他的手送到门口,说:"欢迎下次再来。"

龙贤正说:"看潘局长的神态,好像当过兵?"

潘孝坤说:"当了十几年的铁道兵。"

隔了两间办公室的老姜听到说话声,走了出来。潘孝坤说:"姜主任送送龙记者。"

这时的潘孝坤以为这位叫龙贤正的记者采访仅是一般性的采访,也没当一回事儿。然而,这位记者走后的十多天,连局党委换届选举都完成了,却没见龙贤正的采访报道付之报纸等媒体。潘孝坤对此事倒并不是十分的上心。最让他觉得有些不对味儿的是他在换届选举大会上作报告,讲到至少在渔城市范围内,枫荷供电局通过努力,使枫荷全县率先实施了错峰用电的时候,他脱稿讲到了龙贤正的采访,还说,这个报道很快会见报。呵呵,如果不见报,全局的干部职工以为他吹大牛,华而不实呢!自此,他天天关注当天的报纸,却不见有此内容的报道。这时,渔城电力局政工部的一位宣传干事联系老姜,说要采访枫荷供电局如何做好计划用电、节约用电、安全用电和群众管电的,并想和他聊聊,潘孝坤不悦了,说:"这段时间我事多,哪有工夫接受记者呀通讯员呀的采访!他说的采访内容,你不是不知道。你跟他说说就行了。他想要什么资料,你也给他。"老姜的嘴嚅嗫了一会儿,最后只说了一个好字。

潘孝坤需要处理的事确实多,首先是要落实电力建设资金、项目。枫荷境内的电力设施、设备已运行二十多年,有的接近三十年,老化严重。加之当时设计的电力需求,最多前瞻了十年左右的时间,"瓶颈"问题到处都是,需要更新或升级换代。但改造与建设资金还

261

有项目的落实都是大问题。二是党委落选人的思想问题。党委换届改选，候选人除了原班人马，加了孙大德，结果孙大德选上了，黄奇峰落选了。这个结果，未选举前，好多人都预料到了。黄奇峰像局班子里头好几个人一样，是从党总支委员升格到党委委员的。在许多人的概念中，黄奇峰的党总支委员，作为本单位的团委书记，该是够格的，而党委委员是落在行政班子成员还是落在团委书记头上，应该是有轻重的。问题是黄奇峰对自己的落选有情绪，他言行消极，显露无遗。这个工作，当然还得由潘孝坤来做。三是股室和人员需要调整。潘孝坤初任局长时，根据工作需要，也经渔城电力局同意，增设了企业管理股和线路工区，应该说取得了一定成效，但如今渔城电力局对县局机构设置有了统一要求，企业管理股这一块工作划至办公室，线路工区的职能划入生产技术股。机构的增或撤，虽说是根据工作需要或重点来决定，带来的问题是人员调整和人事变动。人事变动得妥善，积极性会调动起来，不然，有些人就会涌现太多的想法与不满、消极甚至抵触的情绪，常常会使简单变得复杂。四是辅业的发展。主业之外的辅业，又称多种经营或"三产"。像 10 千伏线路工程建设、变电设备的修试，过去是主业的一部分，现在上级局和其他县局已将这部分从主业分离出来，组建带有辅业性质的工程安装公司，枫荷县供电局也想这么做。现有的设备厂生产的产品当然是主业之外的辅助设备，但生产的产品较为零碎，没有形成系列，需要好好地梳理，或根据产品，另辟新的企业。同时，也可发展除依附主业之外的企业。如何发展，潘孝坤虽有打算，但需要听取意见，集中群众或中层以上骨干的智慧。五是家事，主要是螺蛳浜村的那两间平房在原址上新建了二层楼房，已经完工近一年，还没办过上梁酒。兄嫂他们的四间二层楼建起后就置办了上梁酒，所以，他们一直催他，趁早把上梁酒办了。家中建房，历来都是大事。尤其在乡下，建筑材料运往建筑场地及在建筑过程中，大部分活儿依仗村人帮忙。潘孝坤的两间二层楼房与兄嫂家的四间楼房，因请的是同一建筑师傅，一些零零碎碎由村民帮助的活儿，

第20章

都由哥哥潘孝乾帮着解决。但这个人情得由潘孝坤出面来还。按习俗,以办上梁酒的形式,请螺蛳浜村的村民吃顿饭、喝顿酒,感谢他们的帮助。

这几件事,潘孝坤一直记挂着。他想和人聊聊。那天,他从办公室出来,见陆子祥的门虚掩着,他勾起手指在门上叩了一下,推门见陆子祥盯着一张建房图纸细看,说:"这是哪里的房?"

陆子祥摘下老花镜说:"还不是城外公路边在建的职工宿舍!今天我去看了一下,已结顶了。"

潘孝坤坐下后说:"再过半年能分房了吧?"

陆子祥说:"只要你不发扬风格,按以前的规定,应该没问题。"

那时的分房其实叫租房才确切,单位的房子尽管叫分房,最终以租的形式给职工居住。尽管如此,需要房子的职工还是期望着能分得一套安居。潘孝坤的儿女已长大,夫妻俩都在本单位工作,目前的房子已经三番五次地修缮。毕竟是陈年旧房,只有拆倒重建才能安心居住。按本单位早年规定的分房办法,潘孝坤家该分到一套新房了。

"这样就好了。"潘孝坤说,"如果县城在运墨镇,单位的房子我不要了。乡下两开间二层楼房,肯定比套房好。"

"乡下的破房子重建它干嘛!"陆子祥说,"我是懒得再去折腾它。"

潘孝坤说:"我原来的两间平房,还是60年代初,我们移民过来联建的。二十多年过去了,也已破破烂烂了。没办法,两个侄子已长大成人,眼看着到了娶媳妇的年龄,破房子怎么行!如果我哥的房子拆去重建,我修一下房子的费用也可新建一半的房子了。不推倒重建干嘛呢!如果不跟着我哥重建,我哥那儿、玉卿这边交代不了。现在呢,我就是以办上梁酒之名,答谢一下村上为我这次建房干过活、帮过忙的人,只是没有时间哦!"

"建了新房,乡邻帮了忙,遵俗办上梁酒,答谢乡邻是应该的。"陆子祥说,"你没时间没关系,让玉卿出面,再让你兄嫂帮着张罗一

263

下，不就行了吗？"陆子祥说，"家里的事情，也得放手发动大家，群策群力哦！"

潘孝坤说："这主意不错。"

"你移民过来，这里有血缘关系的亲戚也就你哥和你堂兄堂姐，另外就是螺蛳浜村的乡邻关系。沾亲带故的关系少，负担也轻哦。"陆子祥说，"我的先祖不知在我老家的那个村子里生活了多少代！我、我父辈、祖父辈的亲戚，还有村上盘根错节的血缘关系又不能说断就断，所以呀，遇到他们生病呀、婚丧嫁娶呀、小孩出生满月呀，不能不掏钱送礼。这些倒不算啥，最头痛的问题是，有的人跟我提我也得厚着脸皮看人家脸色求人的像找工作呀，买便宜的东西呀等等。有的我根本做不到，他们也会提！妈的，有一次我老娘舅家的女婿，说他想学开车，却不认识几个字，要我给他弄个驾驶证。我说驾驶证这玩意儿应该考试才是，他竟然在电话里骂我！有的还跟我开口借钱，说家里建房或娶媳妇呀缺钱什么的。反正稀奇古怪的你根本想不到的事情也会跟你提。如果你办不了，有的你和他碰了面，他居然会扭过头去，招呼也不跟你打！"

潘孝坤笑笑说："好在没人要求你帮人做皇帝。"

陆子祥越说越激动的脸即刻笑了，说："做皇帝倒没人提过，但想到哪儿去做官真还有人跟我说过。"

"你在老家愿不愿建房是你的事，但建造职工宿舍的事情要抓紧完成。"潘孝坤说，"等新的主城区那边局调度大楼批下来，基建这块还得由你负责呢！"

陆子祥说："你让我干啥我不会有二话，但我是工会主席，职责可是在工会而不是基建哦！"

"在铁道兵从战士到副营职干部，挖隧道、架桥梁、建火车站和营房十七八年，你可是专家，局里其他人没有你懂行，你不干还有谁干呀！"潘孝坤说，"要不，给你配个助手？黄奇峰怎么样？"

陆子祥说："他参加工作之初，干的是打字及后来的通信专业，后来做兼职团委书记后，调在办公室、企业管理股，干的活不是嘴

第20章

上作业就是纸上作业,这次党委换届选举落选后,情绪不咋的,让他干基建是否合适?"

"但他毕竟在管理岗位多年,做专兼职团干部的年龄早已超龄了。关键是根据市局的新要求,企业管理股撤销,他这个股长总得有一个能让他发挥作用的地方。"

"基建管理的职能股室在行政股。眼下股长是方柏松,你若想把黄奇峰安排在行政股,股长也要变?"

"我想应该变一下。方柏松在行政股股长岗位时间太长,经手的财物相当可观,也是党风廉政建设的风险点;他对陈根琪在位与不在位两种态度,十分势利;企业干部能上能下才能激发活力。还有,'三产'发展也需要人。我想从供电所调几个骨干过来,充实到'三产'。燕宁供电所主持工作的副所长,我想调出来,把周雪松放到那儿去任所长。"

"周雪松是块好料。"

"还有……"

"你看人、用人,我是相信的。干部调整和其他需要经过领导班子讨论的事情,你征求一下班子里其他人的意见。"陆子祥又说,"你是'一把手',如何用人,你把关就是了。孝坤,当年我们进入群山连绵起伏,甚至到处是悬崖峭壁,连一条羊肠小道也找不到的地方,硬将一条条隧道和一座座桥梁驾在大山与峡谷间,变成通畅的铁路,凭的是逢山开路、遇水架桥的蚂蚁啃骨头精神。现在遇到的这些问题,看似大得不得了,但与我们当兵的时候比,这些问题不算什么玩意儿。"

潘孝坤笑笑,沉甸甸的心情忽然舒畅不少。这个当年在新兵连同是一个班、床铺相邻、连给对象写信都不知如何落笔的陆子祥,如今点拨起潘孝坤来,三言两语就解决了问题。这使潘孝坤生起无数感慨。怪不得有人总说部队是个大熔炉哦!

出了陆子祥的办公室,潘孝坤往四楼走去。楼梯的拐角处是生产技术股的办公室。路经妻子潘玉卿的办公室,他站在门口朝里望望,见三张并列的办公桌上唯妻子的那张空无一人,才想起妻子今天和生技股的股长去省公司参加名为电气化建设与技术创新的研讨会去了。妻子好钻研电力技术,这是潘孝坤知道的。自从儿子潘阳考上大学后,她如释重负,女儿继承了她爱学习的基因,这使他们很少操心,于是,她更多精力花在了对生产技术的研究上。妻子曾跟他说,她在职场的目标是早日评上高工。这方面,潘孝坤是帮不上忙的。

办公室另外一男一女抬头发现潘孝坤望着他们,站起来欲打招呼,潘孝坤冲他们挥挥手,转身见孙大德办公室的门虚掩着,听到孙大德在打电话,他在门上叩了一下。

此时,孙大德边放下话筒边喊了声请进。他见是潘孝坤,欠了一下身子,指指桌上的电话说:"你来得正好,刚才省计经委的电话打到我这里来了,跟我核实计划用电情况呢!"

潘孝坤说:"省计经委我又不认识什么人。"

"我大学时的同学,你当然不认识,但有事要核实,电话就打到我这里了。"孙大德说,"上次省报驻渔城记者站的记者不是到这里来采访吗?这位记者写了一篇大稿,里边有许多涉及政策性的东西,报社老总又吃不准,他们就将这稿子转到省计经委,请他们审核。稿子转到我同学手里,对记者写的某些我们的做法有些疑惑,电话就打到我这里来了。"

"一篇报道弄得那么复杂!"潘孝坤在孙大德办公桌对面的椅子上坐下后说,"怪不得到现在还没见报呢!"

"可能一时还见不了报。"孙大德说,"我那同学说,今年夏季用电高峰到来之前,有个全国性的计划会议要召开,他们看了那位记者写的稿子,准备就枫荷县的做法在大会上讲讲。"

一个县或一个县级供电局,在全国性的会议上发言,应该是有典型意义才会让你发言。这话,潘孝坤只是心里的一个想法,并没说出口。

孙大德的关注点却不在这里,说:"再过两天,运墨镇上那座35

第 20 章

千伏简易变电所要投产了。这样一来,可暂时缓解这一供电区域的瓶颈问题。"

"这个五年计划的电力建设项目如果都能落实,在资金上还有很大缺口!"潘孝坤说,"这方面你还得多关注哦!"

孙大德说:"在资金落实方面,'三个拿一点'是个好办法。可惜,谁都缺建设资金。"

"为这个事儿,我常跑乡镇和耗电大的企业,单独聊呀、沟通呀、开座谈会协调呀,各种方式都用上了。"说到此,潘孝坤打住了。他发现孙大德似乎漫不经心。潘孝坤从移民至枫荷,农校毕业招工至供电企业,又在部队摸爬滚打十多年,转业至今从电管站站长到县供电局的局长,经历的人和事大多是底层的基本需求。因此,他十分敏感,往往能从人的表情判断其心态。孙大德虽是县人大的兼职副主任。而一定情况下,兼职的官衔也仅是一种辅业。供电局与此有关的工作,出主意、用干部是主要领导的责任。作为副局长分管一摊,也仅是协助局长分管。潘孝坤如说自己工作的辛苦与艰难,或许在孙大德看来是职责所在,是应该的。他没有和孙大德深聊下去,也打消了想和老李、荣子和等扯扯工作上的情况的念头。从孙大德办公室出来后,他回到自己办公室的楼层。

正从楼下往三楼走的老姜与潘孝坤招呼一声说:"市局的宣传干事想去施工现场拍照,我安排人陪他去了运墨镇简易变电所的施工现场。"潘孝坤"哦"了一声,问:"那位叫龙贤正的记者采访回去后,跟你联系过没有?"老姜说:"他稿子写完后,发了个传真给我,说是让我看看。我本来想请你过目,但那天你没在,他又催得急,我看了,见没有大的出入,就给他回了电话。"潘孝坤说:"那份传真好好留着,可能还会派上用场。"老姜说:"我复印一份给你。"

从孙大德在省计经委的同学与孙大德聊起的情况看,直觉告诉潘孝坤,枫荷的管电措施和做法引起了省计经委的重视,这篇稿子是关键。

要供电局准备文字材料并派人出席全国计划用电会议的消息,

267

是高子仁先打电话告诉潘孝坤的。高子仁说:"会议通知还没到,发言的文字材料要先准备起来。"高子仁说,"枫荷县的计划用电、节约用电、安全用电和群众办电的几项工作做得实在,按这几方面的内容形成文字即可,不用把花里胡哨的东西放进去。"

潘孝坤说:"计划用电、节约用电、安全用电这'三电'属于县'三电办'的职责哦!"

"不要分'三电办'还是供电局的了。县'三电办'只是挂块牌子牵个头,具体工作还不是你们供电部门在做!"高子仁说,"不管是电力部还是计委、经委这条线上组织的,也不论谁出席会议,先把会议材料准备起来吧。反正,枫荷县这一块工作做得不错,上次去渔城市里开会,碰到市电力局的叶局长和市计经委的同志,都说枫荷县电力工作点子多、亮点多,还管用。哈哈,我听了很受用哦!"

这年的6月,荣子和出席在怀东召开的全国计划用电、节约用电会议。会议期间,他给潘孝坤打来电话,说他在会上介绍的枫荷县"乡镇长管电、集资筹电"的做法,得到了出席会议的国家经委叶副主任的高度评价,并且肯定了枫荷的做法,在会议总结时被誉为"枫荷经验",提出了"向枫荷学习"的号召。

领导与参与了本单位、本县的工作,在一定层面被肯定,谁都开心。潘孝坤对着话筒忍不住笑了。荣子和难掩激动,告诉潘孝坤:"根据会议要求,要我局将我县的'三电'工作编著成书,送寄到全国各省、市电力局。"

潘孝坤说:"这具体工作请你牵头落实。另外,你把这方面的情况也向高子仁同志直接作个汇报。"

这年10月,华东电管局周局长为该书写下了题为:"学习枫荷经验,运用经济的、技术的、法律的,并辅以行政的手段,搞好计划用电和节约用电。"

第 21 章

　　暮春的江南，阳光格外明媚。潘孝坤将自行车停进可以遮阳的弄堂。顺弄堂往北望去，桑树地到处都是鲜嫩的叶子。潘孝坤这时发现，在这块桑树地的几十米远处，几栋独立的三开间三层黛瓦白墙楼房十分炫目，他有些惊讶。去年冬天，他来老家，记得后面除过去生产队集体所有的几间育蚕室，还有一大片桑树地，跟他和哥嫂三十多年前移民到此看到的是一个模样，怎么眨眼间盖上了如此气派的楼房？

　　潘孝坤和潘孝乾各自在新建二层混凝土结构的楼房时，根据潘孝乾二儿子潘跃华的提议，在两家相邻的地方，隔开了两米半宽的弄堂。潘孝坤和潘孝乾哥俩初始不同意，说兄弟房屋相连才有亲情。二十多岁的潘跃华一听，有些急了，说："隔了弄堂断了亲情不成？与阿叔的房子要隔弄堂，我们四间楼房，中间也必须隔出一条弄堂来！"潘孝乾瞪圆了双眼，即刻就要发怒。潘孝坤将潘孝乾扯至身后，说："你说说你的理由。"潘跃华说："既然是建新房，总得考虑住得舒适是不是？将来我与我哥分家，按乡下大东小西的规矩，我一边是阿叔的房子，一边是我哥的房子，如果我家将来每个房间装空调，外机往哪儿安？安在走廊？"

　　潘孝乾气得红了脸，说："你和你哥还没娶妻生子，就想着分家？"

　　为他们建房，正在丈量宅基地的村和乡里的工作人员即刻哄笑起来。

　　"弟兄分家自立门户，自古如此！你和阿叔是亲弟兄，不也分家了?"潘跃华又回头对丈量宅基地面积的人说,"你们别笑话,现在乡政府有的会议室和办公室不是装上了空调。公家装得起,再过几年,乡下人哪有装不起的哦!"

丈量宅基地的人说:"只怕你买得起空调,用不起电呢!再说,现在还不是隔三岔五地限电吗?怕是你从乡团委书记改任乡党委书记还不一定能实现呢!"

潘孝坤瞅了一下侄儿跃华,对丈量宅基地的人说:"如果政策允许,请你们每隔两个开间,各留出一条弄堂。"

"这有什么政策允许不允许的,只要村里同意,我们就留出两条弄堂,可作去后村的小路。"丈量宅基地的人说,"乡下建房,大多数人家为省钱,所以几户人家合在一起造。你们这样建造,单从墙头来说,相当于比别人多花四分之一的钱哦!"

另一位丈量宅基地的人说:"跃华愿意这样建造,不要管人家省不省哦!"

潘孝坤那时尽管没有多说话,但发现这二侄儿想得较远,特别是在还存在严重缺电的情况下,已看到了今后诸如乡下普通百姓还要用上空调的希望。

二侄儿有此想法,其他乡亲呢?乡下的生活效应往往比城镇居民传播得快,且有攀比的意味。他和哥嫂由平房改建两开间的二层楼房才一年多,而后建者,竟有三开间的三层楼房了。潘孝坤知道,乡下的房子,不论是三层或二层,底层大多当客厅和餐厅或在养蚕时节用于养蚕。也有堆放柴草之用。楼房的二层与三层大多用来当卧室。卧室一般装有耗电较大的空调等电器。如果每个房间装有一匹半马力的空调,每家农户至少二至四匹空调,如加上洗衣机、冰箱、电风扇等家用电器,这用电量不是一般的大哦!潘孝坤脑海中快速算出螺蛳浜村每户农户的用电量,又想到全县那么多乡村,不禁有些吃惊。

这电气化建设太重要了,并且十分及时哦!

潘孝坤在弄堂徘徊间,嫂嫂汪惠英从他们那屋出来,问午饭吃

第 21 章

了没有？潘孝坤刚说完在工地吃过了，站在汪惠英身后，端着饭碗，正准备扒拉饭的潘跃华说："姆妈呀，阿叔四五十岁的人，又是供电局局长，你愁他饿肚子不成？"汪惠英说："你阿叔在村坊上和村电工一样立杆架线哦！"潘跃华说："阿叔的行为叫干部下基层！早几年叫参加集体生产劳动。哎，阿叔，你不好好在局里履行职责，跑这儿来干啥活呀！"

"为你早日用上空调做准备哦！"潘孝坤说。

"现在日光灯都跳不起来，还指望着用空调！况且，'三电办'或农电站常以节约用电的名义，对装上空调的人家，进行管控哩！"潘跃华挺了一下眼珠子说，"装空调，可能这个梦做得有些长。"

潘孝坤说："我比你现在这个年纪小几岁的时候，还出现过粮荒，政府也管控过呢！现在出现的电荒算个啥，限电是管控的手段罢了。从整个电力建设的形势看，放心用电用不了几年时间便可实现。你不是对此也有信心，主张两开间之间劈出一条弄堂，便于装空调？"潘孝坤指指桑树地后面的那几栋独立并留有弄堂的房子说，"他们的想法可能与你一样呢！"

"我呀，跟他们现在几家建房的比，还是保守了呢！你看人家是三开间三层楼房，我们是两开间二层楼房。早知现在，我一定主张我们建的房子也应该三开间三层楼房。"

潘孝坤说："你有这样的想法，将来会实现的。"

"等我造得起房的时候，说不定这宅基地又被政府管控了。"潘跃华叹息一声说，"怪不得吴阿三土改时，家庭成分被评上富农。从他们家这次建房可以看出，这吴阿三家的基因，就是善于发家。"

听潘跃华这么说，潘孝坤随口问："哪栋房子是吴阿三家的？"

潘跃华朝弄堂后面努努嘴，说："你房子后头那栋就是。"

潘孝坤想了想，对一旁的汪惠英说："记得当年玉卿生潘雨的时候，吴阿三的儿子吴小越和跃进帮着送玉卿去的医院。这吴小越后来不是和跃进同一年去部队当兵了？早几年遇上吴阿三还说起吴小越，最后一次说起吴小越，说军校毕业后提干了。"

271

潘跃华接过话茬说:"吴小越和我哥同在一个航空兵师,但不在同一个团。他比我哥迟一年考上军校。现在,他是无线电师,我哥是机械师。"

汪惠英说:"吴阿三家和我一样着急,都到了谈婚论嫁的年龄,就是还没谈上对象。"

"父母替他们着急有啥用!关键得看他们自己了。"潘孝坤说,"放心吧,现在的小伙子有谁会当光棍啊!"

潘跃华扒拉一口饭,使劲嚼了几下,说:"阿叔,听说婶婶是你在潘陆村做教师时的学生,后来还是她主动追的你?"

潘孝坤愣了愣说:"那时你婶婶看你爷爷为人善良,以为他儿子也善良呢!"

汪惠英在潘跃华的身上捶了一下,说:"没大没小的东西,怎么跟阿叔说话的!"说过,转身进了屋。

潘跃华嬉笑一下,又一本正经地说:"阿叔,现在像你这个级别的干部,像你这样干活,还不招来一堆摄像机、照相机围着你闪光呀!人家是不是不知道你在这像农电工一样干活?要不,我跟电视台联系一下……"

"跃华呀,团委书记就这样跟你阿叔说话呀!"潘孝坤说这话时,尽管含着笑,却使潘跃华噎了一下。

潘孝坤拎着电工包进了屋,又将门掩上了。他从电工包中取出茶杯,又从八仙桌上取过暖瓶,往茶杯里续上水,在另一开间的窗口下的藤椅上坐了下来。

这是房子改建后,潘孝坤第一次一个人这么静坐在窗户下。从部队营房到县城单位分的宿舍,有人喜欢称作他的家,但潘孝坤内心的家其实就在这里。到了这里,他的心境充满着暖意,有一种甜滋滋的感觉从心底泛起。此刻正午的阳光肆无忌惮地通过窗户射进来,平时看不见的尘埃清晰地云浮起伏着。也是这些云浮起伏的尘埃,射进窗户的阳光变成了一束束光芒。

人其实生活在尘埃里,只是没有阳光的时候,看不见尘埃而已。

第21章

今年初，省农电工作会议在枫荷召开。很长一段时间，电力系统把县以下的电力称为农电。原因很简单，农业基础都在县以下嘛！这次农电工作会议放在枫荷开，最重要的原因是枫荷的"三电"工作名声在外，同时，在没有小水电并靠大电网供电的县如何建设电气化县的问题，已摆在电力等相关部门和有关领导层面前。从1983年10月，水电部在岷京召开6省10县农村电气化试点县座谈会，总结交流试点县规划和自力更生办电经验至今，已有5个年头。多渠道、多方面集资，因地制宜、以电养电的政策十分有效，至1985年，全国新建小水电1804座，增加装机55万千瓦，至年底小水电累计装机达952万千瓦，年发电量242亿千瓦/时。在1986年底，小水电装机超过1000万千瓦，并进一步理顺大电网与小电网的关系，实行"地方为主、县为实体、统一规划、集中调度、分级管理"的政策。这种由国家扶持发展小水电的力度，还体现在大电网代购代销让利的方法上。然而，小水电每年枯丰季节发电不均衡。除枯水期需要大电网供电，加之人均每年需要的年用电量，依靠小水电实现电气化，大多数县显然都达不到这个标准或目标。

很多地方的县，特别是江南农村，由自给半自给的自然经济向商品经济转化，传统农业向现代化农业转化已成趋势，电的作用更显突出。像枫荷以及渔城地区没有水电资源，并且，由于乡镇工业的崛起，电力负荷需求特别大，缺电十分严重。基于这些原因，国家在积极筹措大电源和大电网建设的同时，电力系统的领导和专家也在思考大电网供电的县如何建设初级电气化的问题。潘孝坤看到这个标准，有些吃惊，涉及电气化县建设太广泛了。

也就是那次在枫荷召开的全省农电工作会议上，决定将枫荷列入全省第一个大电网供电的农村初级电气化试点县，会议主持人问潘孝坤有没有信心，潘孝坤说，信心当然有，困难也不少，但我们将竭尽全力，按标准做好。枫荷电力设施陈旧、老化，"瓶颈"也相当严重。这是一次很好的机遇。按其标准实施建设，将会解决这方面的一些问题，这是潘孝坤愿意接受先行一步的原因。

农村初级电气化县其中有一项指标，即电气化标准村、合格村不少于全县行政村总数的40%。在此之前，全县几乎没有一个村符合标准村、合格村要求，尤其是管电组织、村级电工、用电管理、低压线路、配电装置、用电设备及安全措施等方面都需要整治。然而，问题是，一些农户认为只要家中的电灯能亮，电视机能开，家庭作坊的马达能转，什么线损率、电压合格率只是纸上谈兵的理论问题。说到底，主要还是资金问题。"三个拿一点"，只要村或用户不拿，农电站、供电局进行标准村、合格村建设，许多人还是欢迎的。为促成"要我建"变成"我要建"，枫荷供电局出台了各村主动参与的措施，最重要的一条是各村的标准村、合格村建设，须主动向所在乡农电站提出申请，然后按申请时间，逐步分批实施。农村电气化标准村、合格村建设，特别是电力设施整治，早整治早得利，谁都明白。不到一个星期，全县所有的村几乎都向所在乡农电站提出申请，要求列入标准村、合格村建设计划。但饭得一口一口吃，电气化建设也得一项一项地落实。最终，供电局排定分批实施时间表。

潘孝坤与农电工一样，参加本村运河村的电气化标准村、合格村建设，初始是因为一些村参与度不高。为促使这项工作尽快实施，他与乡党委书记张松年商定，运河村是他俩共同的成长地，作为示范，率先实施。这种供电局局长在他成长之地率先实施电气化村建设，并在施工现场像农电工一样干活的事，无需宣传，就会从农电口传至全县的每个村电工及各村的村委会。如果没必要或不利于农民用电，供电局局长会在成长之地亲自干？这个效应比各乡农电站与各村沟通还管用。另一个原因，也是电气化标准村、合格村建设标准中没有详细规定设备和施工工艺。而这事儿却关乎电气化县建设质量。

示范村的设备和施工工艺需要规范化、标准化，否则起不到应有的示范效果。"凡事预则立，不预则废。"为提升施工工艺，提高工程质量，枫荷县供电局根据自身历年来积累的经验和实际情况，从示范村抓起，梳理施工规范，编制施工工艺细则，内容包括线路基础、杆塔组立、拉线安装、导线架设、变压器安装、柱上开关及熔断器安装、防雷防鸟害设施安装、线路标示牌安装等10多项架空模块；电缆的直埋、排管、电缆沟、电缆井浇筑的各种工艺要点的土建模块，以及电气设备的安装、电缆头制作、电缆搭接的各种工艺要点的电气安装模块，还包括3个大模块，19项小模块的相关工艺，总计涵盖67项工艺要点，所涵盖的内容基本满足配电网施工和运行管理需求。这些自行编制的配套施工工艺是否具有良好的实用性、操作性，从而达到事半功倍的成效，需要实践检验。

基于多方面的原因，潘孝坤在运河村已断断续续度过了十多天的时光。

在局里，每当进入办公室，读各类文件、接电话、听汇报、参加各类会议或应酬等，每天好像有忙不完的事情。一旦像现在这样一头扎进施工现场，整个供电局依然正常运转着。有的领导干部每次总结自己，对于下基层少，推脱的大多理由是由于工作忙。呵呵，下基层、下班组、下生产一线或施工现场不是工作的一部分？说到底，就是看你有没有必要或愿不愿沉下去。

这次一直在施工现场像农电工一般参与施工，潘孝坤不仅掌握了电气化标准村、合格村施工建设的各个环节和工艺，更主要的是切身感受了农电工的甘苦，以及当下农村对电力的期盼。每当施工结束，回到螺蛳浜村的家，一个人静下来，他不止一次地想，如果当年不移民到此，或当时的领导不安排他插班进县农校念书，毕业后也不可能招工进供电企业。即使后来参军入伍，在部队有十几年的成长经历，转业回地方，也不会主动要求回供电企业工作。当然也不会有今天这般参加电气化标准村、合格村施工。在人生的拐点上，人不管先迈左脚或右脚，都会有不一样的结果或人生。

正午的阳光穿透窗户，在尘埃里的光芒变幻着各种颜色，映射在半躺半坐的潘孝坤身上，使他暖和得有些慵懒。春困秋乏夏打盹儿，睡不醒的冬三月。其实，春困的盹儿在暖阳下是一种享受。这种享受也只能在乡下螺蛳浜村的农家才有。

　　但这样的享受却被笃笃的敲门声打断了。又听见哥哥潘孝乾在叫他的名字，潘孝坤冲着门说："门没锁呢！"潘孝乾"嗯"了一声，双手捧着的菜甏将门抵开了。他将菜甏在墙角轻轻放下后，指指用泥巴封口的菜甏说："这坛甏里菜还没开封，你拿到县城慢慢吃。"潘孝坤说："这一坛甏里菜，我一家怎么吃得了！"潘孝乾说："这一坛才二三十斤，焙、炖、烧肉都好吃，就算从甏里挖出来吃生的，也鲜美爽口。"他边说边拉过一只竹椅坐了，又说，"去年我在桑树地里都套种了白萝卜、雪里蕻菜，后来那些萝卜叶子和雪里蕻菜都做成了甏里菜。为做甏里菜，我特意做了个榆木抵甏里菜的拐脚。这拐脚很好使，抵压甏里菜特别结实。"说到这里，他问潘孝坤："还记得怎么做甏里菜吗？"

　　"这怎么能忘哦！"潘孝坤说，"秋末冬初，将地里收来的雪里蕻菜或萝卜叶子，洗净、切碎、晒干，再将一定比例的盐揉搓入切细的菜，撒入甏中，用木制的拐脚抵结实，再放上一层，再抵结实，直至甏满，然后填上一层稻草再用泥巴封口。到来年春上，开甏即可食用。我儿时在老家不是帮爹一起做过。我上初中那会儿，为省钱，这焙好的甏里菜，总要带上几罐，直到一个星期结束。那时，我都吃腻了。我当兵走的那一年，你和嫂嫂做了几坛甏里菜，那时感觉十分好吃。现在吃着它，不仅感觉味道好，还想起老底子的时光。"

　　潘孝乾说："可能味道能勾起从前的日子，或许是这甏里菜确实够味儿，前段时间，我带去四五坛甏里菜上早市，每天都卖到甏空。"

　　哥哥潘孝乾说到此，舒心地笑了。他是村沙发厂的副厂长。该厂既做沙发，也做木制家具和藤制品家具。由于哥哥以前是篾匠，厂子初起时，他主要做木工，并带徒编制藤制品家具。在厂几年后，哥哥还学会了做木制家具和沙发。沙发厂改名家具厂那会儿，他成了管生产的副厂长。尽管厂里的事很忙，家里的承包地并未撂荒，

第 21 章

一年四季,起早落夜,将田与地侍候得特别兴旺。前年改建房子时,他悄悄问哥哥,建房的钱够不够,意思他若不够,潘孝坤手头有。哥哥倒是实在地告诉他,这几年他年年是万元户。这会儿,潘孝坤突然发现,在阳光里的哥哥,有了许多白发,皱纹也已上额头。潘孝坤心一动,说:"你既要忙厂里,又要忙地里的农活,一年五季蚕,你季季都没落下,得注意身体呢!"潘孝乾说:"等跃进和跃华成家结婚了,我就不做了。"潘孝坤说:"你和嫂嫂能闲得住吗?"潘孝乾说:"乡下人不干,哪来的收入!你做了局长,不是也在这里干活嘛!哦,对了,你在村里这样干活,有的人嚼舌了,说孝坤是不是犯了错误,放到运河村劳动改造来了?有的还拐弯抹角地问我,你兄弟在供电局混得开心不开心,我说开心啊,他们说,他怎么不在县城与老婆孩子在一起,偏要回运河村,还在螺蛳浜村的家里自己烧火做饭?我懒得跟他们解释了。当然,也不能怪那些嚼舌的人哦!我后来想想也是,现在拿国家工资的干部,除了在自家承包地上干活,谁还在为集体干体力活!你看你工作服上泥迹斑斑的样子,哪像个国家干部!要不是我做兄长的了解你,也以为你犯了错误呢!"

"他们怎么会这么想呢!"潘孝坤叹口气说,"以前干部参加劳动不是很平常的事情嘛!现在好像把干部参加劳动当成是一种惩罚呢!"

潘孝乾笑着说:"也有人认为,你这是在为个人进步做铺垫。"

"我还想升官?"潘孝坤苦笑一下说,"电气化的标准村、合格村建设,需要示范。我在这里干些力所能及的活,为接下来这项工作全面铺开,有针对性地获取第一手资料。这样总比坐在办公室听人家汇报强!你也不要听那些闲言碎语。我选择在这里参与施工,另外的想法就是让我的成长之地早日达到电气化标准村或合格村的标准,减少低压电,使白炽灯即开即跳,将来买了空调也能正常运转。让乡亲们看看,这里的用电质量这么好,是供电局局长的家在此!"潘孝坤另外不想说的原因是,在这里参加电气化村建设,毕竟家在这里,吃住也方便,同时更想重温几天田园生活。

沉默了一下,潘孝乾说:"跃进年纪不小了,在部队接触的姑娘有限。你这个当阿叔的能不能给他在县城介绍位姑娘?他参军入伍,如今提干……"

潘孝坤摆摆手,说:"县城的姑娘想法较多。像跃进这样凭自己的努力、有机会从农村里走出去的人,大多踏实、能吃苦,城里的姑娘也可能欣赏,但有的还看他们父母的条件,如像你这样情况的,一旦将来老了、干不了活了,又没有退休工资,依靠的往往是子女,就凭这一点,姑娘家往往不愿意。所以,谈恋爱、介绍对象,还是要讲究门当户对。婚姻大事,若想顺顺利利,好多因素得考虑周到。对了,有一次张松年和我几个农校的同学在一起,张松年和张正权一听墨秀乡党委书记秦良茹的女儿还没找对象,还把跃进扯了进来。只是那女孩比跃进小好几岁。她与跃华是同一年考上他们乡里头的招聘干部,现在也是乡团委书记。"

"女的小些好哦!玉卿不是比你也小好多嘛!"潘孝乾说,"你说的城里姑娘顾及从乡下走出去小伙的父母将来老了,没有退休金等等一些现实问题,那秦良茹是乡党委书记,还不比城里那些人心气高啊!"

"秦良茹是从农村成长起来的乡党委书记,心气可能没有城里人高,但境界、格局肯定比一般的城里人强得多。"潘孝坤一下子来了兴趣,说:"这个女孩倒是可以去说说。但至于成不成,那是他们的事情,如果不成,不要怪我啊!"

潘孝乾有些兴奋地搓着手说:"这成不成怎么能怪你呢!你说都没有去说,怎么知道成或不成呢!你先去说说看再说。"

正在喝水的潘孝坤"噗"地喷出一口水来,哈哈笑道:"你这也太心急了吧?我总不能立马联系上秦良茹或闯进她的办公室说,秦良茹,把你女儿介绍给我侄子,让他们谈谈?"

潘孝乾笑着说:"如果你和她关系好的话,这样坦率地说,也没关系。"

"我给亲侄子说媒,总得矜持些吧!我不相信不给跃进说媒,他

第21章

不谈恋爱了！行了，我写信问问他，他到底有没有女朋友，好吧？"

潘孝乾说："那你啥时候回去？"

"一会儿车子来了，我就回去。"潘孝坤说，"婚姻大事急不得。我回去后，也得给跃进写信，问明他的情况或他的想法后再考虑说媒的事情。这小子快半年没给我来信了。"

潘孝坤也就在那天下午离开的螺蛳浜村。十多天不见的沈师傅话特别多，不停地唠叨着这段时间来他所了解的大小事情。甚至老李陪人喝酒喝吐了的事情也说了。一个专为领导开车的专职司机身上往往折射出一个领导的影子。小车班虽然没有固定为谁开车的专职司机，但这沈师傅以前给陈根琪开的多，现在是给潘孝坤开的多。忽然，潘孝坤意识到，老李喝酒喝吐的事儿，这沈师傅能告诉他，沈师傅也会告诉别人。也许自己的事儿，他同样也会告诉别人。如此想来，潘孝坤有些不爽了。他也没了听他唠叨的兴趣，随即仰起脑袋，枕着座椅，闭起了双眼。

电气化示范村建设，除了运河村，还有两个，一个在墨秀乡，另一个在青树乡。潘孝坤本想去另外两个村的施工现场走走，但他参与运河村的电气化示范村毕竟已有十多天，能想象其他两个村的建设状况，所以一上车又改变了主意。除电气化建设，需要关注的主要工作还有许多。他想了想，对开车的沈师傅说先去燕宁供电所，便不再吱声。

根据渔城电力局对县局编制要求，撤销线路工区后，负责线路工区工作的周雪松被安排在燕宁供电所做了所长，原主持工作的副所长去了城关供电所顶替原所长舒同仁之职。舒同仁因患坐骨神经痛多年，多次要求调岗，这回总算遂了他的愿。如此一来，四个供电所，有三个所长出自燕宁供电所。尽管提拔他们时，充分发扬了民主精神和遵循了组织原则，却引出了不少闲话。潘孝坤知道，这些闲话，主要是潘孝坤在燕宁供电所任过所长，这三位所长以前在他任上都是各方面的骨干。潘孝坤也承认，主要是对周雪松等三位较了解，用起来顺手。有的工作无需他说话，好像都能神会。燕宁供电所从他任上开始,工作领先,一直是老先进。周雪松怕出不了新成绩,又砸了老先进的牌子,压力较大。周雪松向他反映过,徐立五、范建立、沈叙英等人的子女希望能进供电局工作。这三人从县农校读书潘孝坤就与他们相识,一起招工进的当时燕宁电管站,又一同参军入伍。从个人感情上,潘孝坤希望帮他们达成些愿望。但有的事关政策,他也无能为力,特别是户口问题。他们的妻子都是农村户口,也因为此,他们的子女依然是农村户口。但他们却在燕宁镇上长大,上学时虽然费了不少劲,好歹还是在燕宁镇上的学。农村对他们来说,既熟悉又陌生。如果他们能考上大学,也就没那么多事了,问题是他们的子女没有一个考上大学、中专或技校的。像徐立五育有一双儿女,大的是女儿,初中毕业后连高中也没考上,却想招工进供电企业工作。当时,供电局好不容易弄到几个"农转非"的名额,徐立五把小的儿子推进了"农转非"的行列。因此,他女儿依然是农村户口。范建立有两子,不知何故,他也是把小儿子转成非农户口。沈叙英在那年农转非过程中,不知用了何种魔法,两个儿子都"农转非"了。他们三个,小儿子还在上学,想招工进供电企业工作,不是因农村户口或学历不够,就是都还没有正式的工作。同时,当时招工,如果不是大学、中专、技校等毕业,想进供电局企业工作,许多人还得再先做一段时间的临时工。燕宁供电所无需临时工,但这三人缠着周雪松,要他想办法挤出几个岗位,把他们的子女弄成供电所的临时工。

车子拐进燕宁供电所,周雪松正从后院出来。他跑向小车,准备拉开车门,潘孝坤却已拿着茶杯和拎包推门而出了。周雪松说:"我给你办公室打过两次电话,都没人接,后来我问了办公室,说你这半个月都在运河村参加电气化示范村施工。"潘孝坤说:"找我什么事?"周雪松说:"就是徐师傅、范师傅、沈师傅子女招工或做临时工的事情。不过,我跟办公室的姜主任说过,希望他见到你时,把这些事情转告给你。"

"有的招工条件和政策,他们又不是不知道。我要是能改变,就不是县局的局长了。"潘孝坤说着,就往标有所长牌子的办公室走去。进了办公室,他瞅见室内办公桌、柜子等摆放,完全是他当年的样子,潘孝坤笑笑,拿过暖瓶往自己的茶杯里续满了水。坐下后,潘孝坤说:"墨秀乡电气化示范村选择的是哪个村,我忘了。"周雪松说:"就是当年最早搞地埋线的赤甲窝那个村呀!当年的地埋线也急需改造了。我隔三差五去那儿看看,今天刚回来。施工过程中的一些数据与工艺,我已整理出来了。"潘孝坤说:"你和城关供电所的小邵联系一下,我们几个将施工工艺与相关数据汇个总,再形成统一的工艺和相关数据。等上边有关电气化县建设的批复下来后,以此标准,全面铺开。"

这时,徐立五、范建立、沈叙英叩门而进。周雪松对他们不请自来、不打招呼的样子有些吃惊。他瞅瞅潘孝坤。潘孝坤笑笑,站起来说:"你们咄咄逼人的气势,是想给我这个老同学、老战友、老同事点颜色看看,还是想跟周雪松这个晚辈吵架啊?有什么事儿,就直说,不要把自己搞得理直气壮,好像别人欠了你们什么似的!"

徐立五、范建立、沈叙英一听潘孝坤的话,像泄气的皮球有些瘪了。徐立五满脸生起笑容,说:"孝坤,你这话说岔了,我们哪来兴师问罪!晓得你来了,我们想来看看你。你毕竟在这儿做过我们的领导。"

"是为看我而来?那就坐吧!"潘孝坤拉过几把椅子。

徐立五、沈叙英欲往椅子上坐的时候,范建立说:"我不坐了,我把话说完就走。我大儿子已到了招工参加工作的年龄,希望局里为职工切身利益着想,把我大儿子尽可能招进供电企业工作。"潘孝坤说:"当初搞'农转非',你怎么不办大儿子而办小儿子呢!"范建立说"教育系统不是出了文件,县城公办小学和初中的学校就地只招城镇户口,不招农村户口的孩子上学吗?这教育系统这么一个规定出台,等于掐断了拿着农村户口却生活在城镇小孩的上学之路。大的初中毕业后没再上学,也只能等一份稳定的工作了。当然,我也知道,农村户口不列入政府招工范畴,我希望让我大儿子先进我们自己单位，暂时有一份临时性的工作，将来等将来再说。"

"关于子女安排工作或招临时工的事情，全局不止你们仨。类似你们子女这样的情况有多少，我让办公室在做统计。我在位能解决的尽全力解决，解决不了的，只怪我无能了。"

潘孝坤的话已说到此，再谈什么要求已属多余。三人互相瞧瞧，又看潘孝坤和周雪松还在谈事情，识相地告辞了。

潘孝坤对周雪松说："在办公室没有统计前，我粗略算了算，像他们三个情况的全局有二十来户职工家庭。我分析过他们的子女连高中也考不上的原因，实际上是他们忙于单位的事情，妻子文化程度又不高，没有精力和能力辅导或引导孩子的学习，任其自然地生长，学习往往不尽如人意。这个观念在我脑海中形成后，我一直想办法在努力。"

"这么多职工子女，就算都做临时工，主业这块也不好安排。"周雪松说，"要是我们的多种经营企业规模扩大些或'三产'多办些就好了。"

潘孝坤说："我是这么考虑的，但问题是缺少投入或发展'三产'的资金啊！"

周雪松说："在电力建设上，我们采取了'三个拿一点'和谁投资、谁受益的办法，'三产'的发展上也可采用这样的办法。这个办法先集中在本局内部，让职工以入股的形式投资、分红。如果效益好，分红自然多，一可解决职工子女就业，二来增加职工收益。如果落实下去，也是解放思想的集中体现哦！"

潘孝坤眼睛一亮，瞧着周雪松说："你的想法蛮好，我回去跟班子其他领导商量一下，形成具体方案，再请示渔城电力局和县政府或有关部门，争取得到他们的支持。"

第 22 章

　　走了几个正在进行的农村电气化标准村、合格村建设工地，潘孝坤的车子转进了正在后期施工的河山变电所。这座电压等级为110千伏的变电所是根据河山乡工农业生产和整个社会用电需求而建的。

　　变电所建在四周都是稻田的土墩上。瞅见大门后面的水泥路上堆放着一些电力设备，潘孝坤对司机小何说："车就停在外面吧。"小何嗯了一声，也就停住了。原来开这辆小车的沈师傅调去新成立的汽车队做了负责人，需要一位司机接替。这辆车从陈根琪开始，大多是"一把手"用得多。所以，办公室主任老姜在确定司机人选时，征求了潘孝坤的意见。潘孝坤说："对司机我没有特别的要求，但一要车技好，二是最好机灵些，会看事情，三是话少些。"过了几天，老姜告诉潘孝坤，满足这三个要求的司机已经有了，叫何大壮，退伍军人，以前在部队是个汽车兵，常跑青藏高原，车技应该没问题。潘孝坤一听，也没等他说完，便说那就他吧。这小何给潘孝坤开车开了几个月，表面看来，潘孝坤对老姜说的三个要求基本都达到了。给领导开车的司机，时间一长，往往忘了自己的司机身份，在人前会表现出似乎与某领导在同一层面。目前小何这方面还看不出来，将来咋样，看他今后的表现了。

　　潘孝坤下了车，进了变电所。由于是后期施工，施工人员并不多。这些人都是渔城电力局修试队的。潘孝坤瞅着设备，走了一圈，没有一个是他认识的。他进了主控室。主控室的设备正在调试。有的调试人员瞅见了他，知道他是枫荷供电局的局长，有人主动跟他打着招呼。他拱手作揖说，各位辛苦了。

正在控制室后面的副局长孙大德走出来，和潘孝坤招呼了一下。潘孝坤问孙大德什么时候能完成调试。孙大德说了个时间，又说按计划投入运行的日期只可提前不会推迟。潘孝坤舒了口气。河山乡与另一个地级市交界，就枫荷而言，是个远乡。80年代后，乡办的化纤企业和水泥厂成了该乡工业龙头，加之村办企业发达，用电量逐年上升。这也是这里建造110千伏变电所的原因。为加快变电所建设进度，孙大德常来这里。两人出了主控室，孙大德说："我算了一下，能调到这变电所工作的正式工目前只有三人，如果技校生或大学生到这里来，只能等明年了。"

110千伏设备改进后，在110千伏变电所工作的各类人员已从初期的三十多人减少至八九人，这样即可保持变电所的运行，但变电所的技术含量相对比供电所高得多，文化学历自然要求高些，否则难于胜任工作。

潘孝坤思索了一下说："变电所值班人员尽快落实。实在不行，就先招临时工，等将来条件允许了，向上级局报告，转为正式工或合同工什么的。这样的话，可优先在职工子女中考虑。这些人落实后，尽快培训再上岗，或以师带徒的方法，在实践中边干边学。"

"也只能这么解决缺员问题。"孙大德说，"噢，对了，燕宁供电所的徐立五找过我，说女儿大了，急需找份工作，是不是优先考虑他女儿的问题？实际上，变电所的工作比较适合女孩子。"

这徐立五为女儿的工作问题，看来在到处找人！这话，潘孝坤没说出口，却说："这里属燕宁供电所的供电区域，有的地方虽然离燕宁镇远些，但变电所一般三人一组，实行的是三班倒。倒班后的休息时间，回燕宁镇家里也方便些。变电所是你老孙管的范围，人员怎么安排，具体你拿主意。"潘孝坤望了一下正在室外施工的设备，问："由我们局管辖的35千伏标准化变电所搞得怎么样了？"

"受得进，供得出，用得上，是对县级农村电网的起码要求，在这个前提下，才有可能使电压合格率、供电可靠率、线损率等技术指标达到标准。标准化的技术指标实现,首先需要整个农村电网不同电压等级的设施和设备合格。在农村初级电气化县建设之前,枫荷已着手标准化电网建设。去年,根据省电力局农电35千伏变电所标准化管理及其考核条件、评定办法,组织各35千伏变电所开展以整治设备缺陷,严肃运行纪律,健全规程制度,规范各种记录、图表,美化、绿化环境为主要内容的'争创标准化变电所'活动。"

孙大德说:"按照上级局有关农电送配电线路标准化条例的规定,我局对35千伏变电所和送、配电线路制订并实施标准化供电设备管理标准。截至目前,8座35千伏变电所,先后经省局审定成为'农电标准化变电所'。12条35千伏线路,总长97.1千米,被渔城电力局命名为'标准化'线路。同期建成15条10千伏标准化线路,总长度219.756千米。通过农村电网标准化建设与管理,使陈旧且高能耗的设备得到更新或改造,电网布局更趋合理,部分线路、变压器等设备的超载、带缺陷运行的情况已基本消除,线损降低,事故减少。变电事故率和配电线路跳闸率都有明显下降。到明年或后两年,我局几座35千伏变电所如果达到了标准化,可占45%;全县3831公里农村低压线路完好率将达到98.37%。"

潘孝坤满意地笑了,说:"农村初级电气化县建设,我担心的是标准村、合格村建设上了台阶,变电所和10千伏以上线路还停留在原有的水平上。这下好了。另外,35千伏线路和10千伏干线停电检修,必须列入月度作业计划,关键还得从工作票抓起。事故紧急处理,可不填工作票,但应按调度管辖权限履行许可手续和终结手续,做好安全措施,事后在工作日志上写明工作负责人和工作任务。在10千伏支线、分支线、配电变压器、城镇低压线和用户总配电盘上停电工作,必须填写支线配变、低压线、配电盘专用工作票,更要按规定落实。同时,缺陷管理这块工作还得抓实抓好才是,像线路及设备的缺陷管理应遵守我局制订的供电设备缺陷管理标准。"

"你上次在生产例会上提的设备缺陷管理要求,我已让生技股完善了自下而上的设备缺陷管理责任制。"孙大德说,"各级分管职责从岗位工开始，要求岗位工掌握本岗位线路设备的各类缺陷和各类设备的全部内容；供电所和农电站应掌握所辖线路及设备的各类缺陷和全部内容；农电总站负责380伏线路及以下低压配电线路的'紧急'、'重要'缺陷，三类设备状况；用电股负责配变的'紧急'、'重要缺陷'和三类设备状况；生技股掌握35千伏送电线路和10千伏干线及以上设备的全部缺陷，二、三类设备的健康状况，10千伏支线以下的'紧急'、'重要'缺陷和三类设备状况；供电所设立设备缺陷管理员，负责缺陷的监督统计，上报和设备定级工作。"

两人边聊边向变电所室外走去。潘孝坤和班子里的其他人员，常常这样，看似闲聊，很多时候却是进行工作交流。不知不觉，两人已踱至潘孝坤乘坐的小车边，潘孝坤说："这样到农村初级电气化县验收时，我想应该可以通过了。"孙大德说："我分管这一块，你放心好了。"潘孝坤笑笑说："枫荷建设大电网供电的农村初级电气化县报告，省有关部门批复下来后，我既高兴又着急。"孙大德也笑着说："不用着急，共产党想干的事情没有干不成的。"潘孝坤愣了愣，调侃着说："县人大副主任看问题的眼光就是与众不同。"孙大德说："县人大副主任只是过去的事了。何况，组织上安排我担任这一职务时，我无党无派。现在我成了中共党员，副主任的帽子不给我戴了。"潘孝坤拉开车门说："不跟你胡扯了，我回局里了。"

车子在高低不平的乡村公路上前行。潘孝坤记得，这条路修建的时间并不长，但由于车辆，特别是载重的车辆在此路上行驶，路况坎坷不平。这电力建设也像这路，随着用电量的增加及年代的久远，电力设施也会有不堪重负的那一天。如果用电量按如此规模发展下去，目前即使建成了电气化县，还得不断更新改造。何况电力设施还有生命期，电力建设永远不会有休止符，是一首永远唱不完的歌。

农村初级电气化县建设需要从电力基础设施建设着手。而所谓的建设，往往离不开钱。省有关部门批复枫荷县建设农村初级电气化县的文件下发后，潘孝坤立即想到了钱的问题。巧妇难为无米之炊啊！尤其是电气化建设过程中用电标准村、合格村建设的资金来源是个棘手的问题。技术与管理方面的问题，安排副局长孙大德和荣子和落实即可，资金需要他这个局长来落实。那天他准备了省有关部门关于枫荷建设农村初级电气化县的批复，还准备了一份建设预算，找到了副县长高子仁的办公室。他跟高子仁叙述了一遍建设农村初级电气化县的前因后果和建成后的好处，高子仁频频点头。可当拿起潘孝坤给的预算书瞅了一眼预算总计，高子仁吃惊地挠着头皮说："我从哪儿搞到那么多钱！"潘孝坤说："高县长，不要看金额那么大就吓住了。资金来源依然采用'三个拿一点'的办法，先解决45%。这45%再实行三三开，村、乡镇还有我局是出资的主体，全部用于初级电气化的用电标准村、合格村建设。到明年末，再完成55%的投资。"高子仁脸色缓和了，说："你还是说建成初级电气化县带来的成果，这样我一下子能听懂。"潘孝坤想了想，又说："说白了，建成后，不可能再发生因装置不良造成的人身触电伤亡或停电事故；电能质量普遍提高，低电压引起的日光灯不亮、电动机烧坏等现象将不复存在；在用电量不断增长的情况下，低压电网平均综合线损率稳定在10%左右；农户生活用电按分类电价、分户装表计量，电费实收到户，每月回收率和上缴率均达100%。"高子仁说："县政府虽然让我分管电力，但我真的不懂这个行业，但愿你说的目标能实现。"

当然，这已是好几个月前的事情了。

从目前在建的电气化标准村和合格村情况看，全县农户用电率、照明用电保证率、农村触电死亡事故率、设备完好率、农村人均用电量等指标均可达到或超过上级局颁发的农村初级电气化县验收标准要求。

枫荷农村初级电气化县验收是在这年的十月下旬。

牵头的是省计经委。能源部农电司也来了人。还有省电力局和渔城电力局农电线上的一些专家。这是潘孝坤事先知道的。不过，那天潘孝坤拿着省电力局传真过来的验收人员名单中有能源部农电司司长黄凯的名字,他有些惊讶。70年代初,潘孝坤在燕宁电管站任站长期间,现今的墨秀乡实施的地埋线惊动了当时的水电部,农电司牵头组织的全国性现场会在枫荷召开,先期而来进行调研的农电司的处长也叫黄凯。几十年过去了,难道还是他?潘孝坤想了想,拿起电话,要通了张正权。

两人先是闲扯了几句,潘孝坤问:"当年你在墨秀公社担任农电站站长期间,地埋线搞得很有影响,并且当时的水电部农电司还在我县召开全国性现场会,还记得吗?"

张正权说:"这是我对农电事业的贡献,怎么不记得!怎么了?"

潘孝坤说:"在此之前,农电司的处长叫黄凯,还吃住在墨秀农电站搞调研,晚上和他一起抓鱼摸虾的事情,你肯定忘不了。"

张正权说:"他回岷京后,还和我断断续续通过几封信,怎么会忘呢!"

潘孝坤说:"这次我县农村初级电气化验收现场会,能源部农电司司长仍然叫黄凯,会不会是他?"

"这几十年都过去了,与电有关的水电部、电力部、能源部撤并了多次,农电司依旧还在,他做农电工作几十年,如今成了司长,这时间够长的了。"张正权说,"我好歹也从机电站站长到农电站站长做到了乡党委书记。"

潘孝坤说:"你呀,你是谁呀!"

张正权说:"你的意思我明白了,搞地埋线时候的机电站站长如今成了乡党委书记,当年的电管站站长也就是如今被称作供电所所长的成了供电局的局长,他还在原地踏步,你觉得不可思议是不是?当然,你可能会说,人家原地踏步也是个厅级干部,我俩再进步也只比屁股的股高了一级……"

"这话是你说的哦!左面右面,正面反面的话都让你说了去,还说是别人说的。"潘孝坤打断了他的话,"人家除了官职,还是电力方面的高级工程师。"

"那也只是职称!"张正权说,"如果真是他,你见到他代我向

第 22 章

他问好。如果他还记得我，我请他到青树乡的良种场，不，不，我已将这里恢复了老地名，叫灯桐荡，邀请他到灯桐荡玩玩。灯桐荡的荡漾历经变迁，虽已不足百亩，但钓鱼摸虾的乐趣还是有的。"

潘孝坤知道张正权的性子，说了句就你点子多，就挂了电话。

黄凯是随省电力局验收人员的车子从省城到的枫荷。根据会务安排，所有参与验收人员都住在枫荷县政府前面的一条小弄堂里的县政府招待所。验收日程安排，开始时的汇报会和结束时的总结会，在招待所的会议室举行，其余日程内容，一是在供电局查资料，二是对完成初级电气化县的如标准村、合格村建设的村进行抽查。该招待所离枫荷县供电局只隔一条穿过城区的对月河，步行也就两百多米。因此，从招待所到供电局查资料也方便。省电力局农电处的验收人员，由于工作关系，与潘孝坤早已熟悉。他们的车子出发前，给潘孝坤来了电话，说："快要出发了。如果有时间，就到我们的住宿地迎迎我们。"

省电力局农电处的几个人经常跑县局，尤其是枫荷县农村初级电气化建设过程中，因是全省大电网供电县的首个电气化县建设，常来枫荷指导，潘孝坤与他们早已熟悉，从来没有迎来送往的具体要求，听电话中如此说，他估计那个叫黄凯的就是当年在墨秀蹲点调研地埋线的黄凯。

一个小时后，潘孝坤出现在县招待所的院子里。因有省计经委牵头验收，县计经委主任和副县长高子仁也在这里迎候条线上的人。潘孝坤告诉高子仁："你在墨秀公社做党委书记时，当时水电部农电司的黄凯处长也来了。"高子仁说："昨天我看到参加验收人员的名单，见到那名字，怪不得眼熟呢！好，好，他来了就好。他是这方面的专家，可以为我们多提些意见和建议。"他又说，"该告诉张正权，让他也见一见他。"潘孝坤说："按照验收日程安排，时间较紧凑。我问问黄司长，看他怎么安排。"

两人说着话，一辆小面包车拐进招待所的院子，就在他们面前缓缓停住了。又见一位瘦瘦的中等身材又有些面熟的人走出车厢，高子仁对潘孝坤小声说:"你先上去招呼。"潘孝坤迎上去,唤了声黄司长,黄凯乐哈哈地笑着握着潘孝坤的手摇晃着说:"十七八年了,一说起枫荷,我总会想起当年我在墨秀公社与你们抓鱼摸虾的日子。"他的眼眶竟有些发潮。说着,又互相打量着。一会儿,他回身对与他同车来的人说:"这就是我跟你们说的我的老朋友潘孝坤。"他放开手,体贴地把潘孝坤介绍给与他同来的农电司的一位处长。潘孝坤与省电力局农电处的人招呼完毕,见高子仁与黄凯正在握手,潘孝坤对黄凯说:"这是我们的副县长高子仁同志。当年你在墨秀公社蹲点调研时,他正是那里的党委书记。"黄凯说:"怪不得这么面熟!我心里正想着是不是在墨秀公社的时候见过。哦,那个当年的机电站站长,现在可好?"高子仁说:"他呀,现在是青树乡的党委书记了。"黄凯说:"好啊,你们都进步了。"

一行人边说着话边往招待所走去。

验收时间前后定为四天。第一天是验收组报到,晚上听取枫荷县建设农村初级电气化县汇报;第二天和第三天是查资料和现场抽查;第四天汇总验收情况、总结,并召开会议宣布验收结果。

当天的汇报会也就两项内容。由于限制了时间,播放的枫荷县农村初级电气化县电视专题片没有超过八分钟。文字汇报材料实际上是对电视专题片内容的补充,由于汇报材料事先发至每个验收人员手中,潘孝坤只汇报了重点,时间也没有超过十五分钟。所以当主持汇报会的省电力局农电处长宣布休会时,验收组人员还沉浸在枫荷县建设农村电气化县的氛围中。依然坐在那里的人把目光都投向黄凯。黄凯没说什么,竟先鼓起了掌,于是,噼里啪啦的掌声响彻了不大的会议室。

往外走的时候,黄凯冲人群后面的潘孝坤招了一下手,待他走至他跟前,他说:"我是为这样短的汇报会鼓的掌。现在我们好多单位向上级人员汇报,生怕人家听不仔细,原本半小时可结束的汇报,总要搞上半天,听得又累又心焦。但你们具体搞得怎么样,得让验收组的同志查了资料并抽查了现场再说话。"

第22章

潘孝坤说："您没有编在哪一个组,您想怎么抽查请您自己决定。"

"你任着枫荷电力局的局长,这几天又要应付验收,事情多,不用管我。"黄凯说,"我手头上已有建成初级电气化的标准村和合格村名单,这两天你给我安排一辆车,只要熟悉枫荷地形和乡镇及村状况的司机就可以了。当然,叫上一名你局管农电的专管员什么的更好。"

"好,明天我安排好。"潘孝坤说。

潘孝坤和高子仁送他至住宿的房间门口,他又对潘孝坤说："你转告一下张正权,就说当年与他在墨秀机电站附近抓鱼摸虾的黄凯又来枫荷了。啊不,他明天什么时候在,我去看他。"

高子仁接话说："我让他明天在青树乡政府等您。"

"不要,不要。我和他是搞农电的老朋友了,不能这样要求他。"黄凯打开房间的门说,"你们到我房间坐会儿吧。"

潘孝坤说："您从岷京赶到省城,又从省城赶到这里,路途够辛苦的了。今天您早些休息。"

高子仁和潘孝坤离开黄凯的房间。走至大堂,高子仁说："这黄司长倒是没一点官腔。"潘孝坤说："电力系统知识型官员都是这个样哦!"两人分开走时,高子仁说："黄司长要与张正权见面的事情,你跟他招呼一声。"

对应验收人员,枫荷县供电局和其他有关单位对接验收人员早已作了分工。由于潘孝坤并没有安排具体对接验收人员行列,正式验收开始后,潘孝坤反而清闲了许多。本来他想陪同黄凯去的,但那天晚上黄凯交代过他,他除了派小车司机何大壮为他开车外,还安排了农电总站一名专管员陪同。

潘孝坤伏在办公桌边,阅读起已几天未处理的文件。县级供电局长,官不大,需要看的文件倒是不少。翻至县政府关于县城拓展发展规划,他来了兴趣。枫荷县城拓展从上到下说了好几年,总算形成了文件。他快速展开随文件下发的规划图,瞅见规划中的振兴路与青春路的十字路口,标有县电力调度大楼的字赫然在目,便仔细阅览起来。现今的局办公楼的地盘在新中国成立前是枫荷电厂。局大门是一条较宽的弄堂。弄堂东头是县前街对面枫荷县煤矿机械厂的房子。西头也就是供电局围墙外是丝厂的蚕茧仓库。供电局的院子内，除局机关外，还有仓库、修理配变的车间和称为设备厂的厂房、职工宿舍。因此，新建一栋调度电力大楼是潘孝坤想在任期内完成的目标之一。这不是建一栋房子的问题，而是为实现调度自动化打下基础，并改善办公条件。建造一栋电力调度办公大楼需要上千万的资金，这些资金来源目前还是个问题。但潘孝坤自有他的一套想法，无论向上级局或县里申请，需要一定的资本。这资本，在潘孝坤看来，就是在电力方面有所作为并出成绩，否则开不了这个口，上边也不拿你当回事儿。这次建设大电网供电的农村初级电气化县是一个契机。一旦建成，至少是全省首家，而首家总会令人关注。既然是首家，有一座较现代的电力调度大楼也是应该的。

一阵电话铃声响起，把潘孝坤从文件堆里唤了出来。

电话来电显示是燕宁供电所。潘孝坤"哎"了一声，电话里传出徐立五的声音。徐立五问潘孝坤忙不忙，潘孝坤说："现在正忙着听你说话呢！"徐立五笑了两声说："首先对你关注我女儿工作问题表示感谢。只是河山变电所离燕宁镇较远，去那儿做点临时工实在不划算。"潘孝坤说："最多也就五公里左右。工作单位和家之间的这点路程，如果放在大城市，算不了什么。再说，那儿有集体宿舍，也不用天天往家赶。当年，我们进燕宁电管站工作时，好多人离家还不都超过五公里？"徐立五说："现今的姑娘家怎能跟我们那个年代的人比哦！再说，又是临时工。"潘孝坤说："你女儿是农村户口，按政策招正式工很难。据说，有的地方已出台相关政策，说土了就是按正常途径花点钱，农村户口就可以在城镇落户了。如果我们这儿的户籍管理部门也实行这样政策的话，临时工转为正式工就有希望了。"徐立五说："这还是个未知数，谁能预想得到呢！"潘孝坤似被呛住了，不知该说什么。徐立五说："孝坤，我只是告诉你一下，河山变电所在荒郊，地处偏僻，能不能另外替我考虑考虑，比如在燕

第22章

宁供电所先找个活干。"潘孝坤说:"立五啊,用不用正式工或临时工的事情,实际上你也清楚。总不能在不需要临时工的单位增设临时工吧!"徐立五笑笑。潘孝坤说:"到了一定年纪,也得让孩子明白,自己的工作和前途包括婚姻要自己努力争取。我对我儿女一直是这样教育的,所以,这方面他们显得很独立。"徐立五说:"那是你的儿女啊!"听到此,潘孝坤不想再与徐立五说下去了,说:"你女儿实在不想去河山变电所,我转告办公室或老孙,让他们尽快安排其他人员。"听徐立五满不在乎地说了句那你转告吧,潘孝坤挂了电话。

潘孝坤拿起茶杯喝了口水,正欲阅览文件,又一个电话打了进来。潘孝坤刚拿起话筒,张正权的声音即刻响起:"一上午快过去了,也没见黄司长来啊!"潘孝坤说:"你忙你的好了,他来了,自然会找你。"张正权说:"我已在灯桐荡安排了中餐。到时,你也过来啊!"潘孝坤说:"我的车子让黄司长用了,让我飞过来啊!"张正权说:"我用车来接你。"潘孝坤说:"算了吧。你该干啥就干啥,不用管我了。"张正权说:"一般上级来人验收,主要领导忙前忙后,深恐侍候不周,你倒好,居然逍遥起来。"潘孝坤说:"该我忙的时候已经忙过去了。现在轮到他们来检查我忙的成果了。他们检查我们,我又做不了主。做不了主的事情,就随它去吧!再说,参加验收的又不止黄司长一人。"

潘孝坤说是这么说,其实对验收人员的后勤工作、会务早已作了明确安排。为节省时间,加快抽查进度与质量,凡是去现场抽查,路途远的,由陪同人员负责在当地解决用餐问题,产生的费用在标准范围内在会务报销。这样的做法也减少了潘孝坤等餐餐陪同的麻烦。在潘孝坤看来,陪人吃饭的应酬是十分麻烦甚至是痛苦的事情,有时不想说话也得找个话说一说,不想笑也得笑一笑。同时,枫荷各地方都有自己的特色小吃,既上口又不贵,可以让验收人员走到哪儿,尝到哪儿,其实也是件轻松的事情。

现场抽查和相关资料检查很快过去了。由于验收顺利,验收组人员在上一天晚上已汇总验收情况,总结报告也全部做毕。因此,第四天上午就召开了验收总结会。验收结果,潘孝坤等人在会前尽管已经知晓,但当验收组在会上宣布时,潘孝坤还是按捺不住内心的激动,笑着使劲鼓起了掌。

按照会议日程安排,最后一项是领导讲话。副县长高子仁、渔城电力局局长叶立耕、省电力局农电处处长、省计经委的有关负责人都讲了话。他们的讲话都是早已写好了的讲话稿,因此,中规中矩,既肯定成绩,也提了要求,有的直截了当,指出还需要改进的问题。轮到能源部农电司司长黄凯讲话,他没用讲话稿,他说:"我想说的话,验收报告已替我讲了。"

会议室响起一阵低低的笑声。

黄凯说:"根据行政需要,我从事农电工作以来,农电这一块,从水电部、电力部至现在的能源部,历经多次改革,但我的农电司一直保留至今。我在农电司原地踏步,从三十多岁干到了五十多岁。当然,从普通的技术员干到了司长,亲历了农电事业的发展和壮大。70年代初,在建设资金缺乏、建设物资短缺了情况下,为安全用电,当时枫荷农电战线上的同志们,在墨秀公社赤甲窝大队率先实施了地埋线。我得知这一消息后,特意在那里蹲点搞调研一个来星期。后来在枫荷召开了全国性的现场推广会。如今,又建成了大电网供电的农村初级电气化县。验收期间,验收组的同志说,枫荷一旦成为大电网供电的农村初级电气化县,在省内就是首家。据我所知,在全国也是首家。我国有2000余个县,有1200余个县没有小水电或其他发电站,需要依赖大电网供电,同时,即使有小水电的县,在枯水期也得依靠大电网供电。从这个意义上说,枫荷为全国所有大电网供电的县树立了样板,提供了经验,起了示范作用。所以,我代表农电司或者说代表农电战线上的同志们,对为建设大电网供电的农村初级电气化县付出了智慧和汗水的所有同志们,表示感谢!"说着,他站起来深深地鞠了一躬。

不大的会场即刻掌声雷动。

黄凯坐下后又说:"农村初级电气化县的建成,只是上了一个台

第22章

阶。就像当年从这里开始的农村地埋线,运行十几年后结束了其使命。我们常说,电力是经济发展和人民群众生活水平是否提高的晴雨表。经济发展是主流,必须超前预测、超前发展,真正做好经济发展的'先行者'。而'先行者'的实施,作为农电企业的县级供电局,须把科技兴电贯穿始终。首要的任务是要加强县级电网调度自动化系统实用化建设。在到枫荷前,我有针对性地跑了你们省正在为调度自动化搞基建的几个县局。遥调、遥控、遥信、遥测'四遥'功能尽可能一步到位,增强可操作性。就此建设,我回去后,准备向部领导作次汇报,出台调度自动化系统实用化规范。这次来枫荷县,我在十七八年前认识的高子仁同志、潘孝坤同志、张正权同志多次跟我说,希望有机会下次再来。机会是需要你们给我创造的。调度自动化系统实用后,就给了我一次机会。"

会场又有了轻轻的笑声。

第二年元月,省计划经济委员会向枫荷县政府下发了《关于枫荷县为农村初级电气化县的通知》:根据验收委员会的意见,并经省府领导同意,枫荷县达到农村级电气化县的标准,批准枫荷县为我省第一个大电网供电的农村初级电气化县。

第 23 章

黄凯没有食言。一年多以后，潘孝坤读到了上级局转发能源部有关县级电网调度自动化系统管理和实用化要求的几个文件。其实，在着手进行农村初级电气化县建设的那一年，潘孝坤和分管生产技术的副局长孙大德等人在调度自动化系统的设备选型和如何使用上已反复研究过。

电力行业毕竟是科技发展的产物。身为县供电局局长，也就是这个行业事关电网建设和发展的末端决策者与执行者，潘孝坤关注着国际和国内在这方面的变化。国外许多国家早在 50 年代就开始实行调度自动化系统管理。外行感受得到的是推广无人值班变电所或将有值班人员的变电所改造为无人值班，尽管当时监控自动化技术水平还不高，大多通过完善变电所的一次及二次设施、消除主设备缺陷，并由调度所或集控站对变电所实施遥控及组织集中维护检修等措施，达到无人值班的目的。县局着手筹备调度自动化建设的 90 年代，美国、德国的一些电力公司的变电所早已全部无人值班，意大利、法国等国也有 90% 以上的变电所实现了无人值班，其中包括 22 至 154 千伏电压的供电与配电变电所，以及 220 千伏、380 千伏、500 千伏甚至更高等级电压的枢纽变电所与穿越变电所。这些变电所普遍实现了自动化及远动，有一些还采用了综合自动化技术。我国从 60 年代开始就陆续做过一些试点，以 80 年代为新的起点，积极推广无人值班变电所，从建设到运行都取得了可喜的成果。

一个现代电网要达到安全、经济、优质运行，需要有安全稳定

第 23 章

的控制系统、调度自动化系统和现代电网专用通信系统三大支柱支撑。而调度自动化系统结构相对较为复杂,其会使整个生产系统带来系列性的变化,形容其为一次革命和蝶变都不为过。

"我们县局的调度自动化要一步到位,减少不必要的浪费,突出实用性和综合性。调度综合自动化一旦投入运行后,在两年内,将使我们这一层级管理的变电所都成为无人值班变电所,无论新建的或现有进行改造的。"枫荷县供电局在新的电力调度大楼建成后,潘孝坤在新的办公室阅过枫荷县电网调度自动化建设方案后,对坐在他办公室对面的孙大德说。

"为避免盲目发展,省电力局农电处和中调所具体负责,按挨项目管理办法进行管理。"孙大德说,"尽管我们知道调度自动化是怎么回事儿,但上面有技术措施做保障,总比我们探究省事得多。"

潘孝坤说:"好在我局在去年已把 EMS 管理系统建设放在了重要位置。"

孙大德说:"这方面除了调度所的同志具体在建设,我让玉卿也在负责这块工作。"

"这里边的系统结构太复杂,加上许多我未遇过的新知识,里边的东西多亏了我老婆时常跟我聊聊。她说调度自动化系统为 EMS 能量管理系统,是实现自动化的高级阶段,它是利用计算机进行数据采集,在线监视控制、系统状态估计、安全分析、优化电力潮流、线损计算,负荷频率控制等智能手段为电力系统服务。我就找了这方面的书读了好一阵。这个系统在脑中刚开窍,她又说 SCADA 系统的数据采集和监控则是我们所要达到的实用阶段。"

孙大德说:"这些新鲜的玩意儿,年轻的时候,上大学也没详细学过。现在分管这一块,不得不学。实际上,玉卿也是边干边学的。"

潘孝坤说:"科技这方面的许多知识是融会贯通的。但我要是三天不学习,赶不上我老婆。"

"你是'一把手',如果什么都懂,要其他人员干嘛呢!其实,了解一些路径和实物比坐下来读那些书,来得快。"孙大德从潘孝坤

297

的办公桌的电脑打印机上扯过一张白纸，拿起铅笔在纸上划出几个方框、圆圈和文字，边划出几条线将这些图案连接起来边说，"对生产线上的运行值班人员来说，必需采集的变电所各种量值、电的潮流方向、开关电器的位置、变压器调压分接头位置、补偿电容器投切组数等运行状态，经变电所的微机远程路的终端装置 RTU 处理后，再经远动转通道转送至上一级电力主管部门的计算机系统，并在监视器 CRT 和系统模拟屏上显示出来，也可以打印制表，供调度值班人员随时监视查询，然后作出相应的处理。"

瞧着孙大德认真的样儿，潘孝坤说："你往我这边靠靠，说得详细点儿。"

孙大德却不再在纸上指点，他放下笔又坐在那里，说："像这种知识，对你这种爱学习的人来说，钻进去容易弄懂。在电力调度综合自动化系统中，可由计算机保护系统直接进行计算判断，并自动处理。反之，调度人员可通过远动监控系统对无人值班变电所内的可控设备进行遥控、遥调、遥信、遥测的'四遥'操作，在电力调度综合自动化系统中则可完成原有变电所运行值班人员的职责，因此变电所内就不需专门的运行值班人员。"

对于这些，潘孝坤当然知道。但面对孙大德这样愿意传授有关工作知识的人，他是不愿意打断他的。调度自动化毕竟是一个系统工程，需要多学科，如电力系统配电、用电管理、变电设备、继电保护、电力通信、微机软硬件等各种专业人员的密切配合。就算孙大德对生产技术这一块相当熟悉的人，在建设过程中也只能起到协调、配合或指导作用。

孙大德继续说："随着县局电网调度自动化的实现，变电所无人值班将成为趋势，减人增效将显而易见。同时，随着用电量的增加，新建变电所和电力线路不断递增，如果仍按常规方式建设和运行，各变电所的占地与建筑物面积较大、配套设施较多，从而增大了变电所的建设投资和运行费用。然而，调度自动化和变电所无人值班，预计得两三年逐步完成。"

第23章

"老孙,你尽管放开手脚大胆地干,需要我出面解决的吱一声就行了。"潘孝坤语调平缓地说,"我也不是什么都懂的圣贤,即使再理智也难免偶有疏忽。"

一个县局局长,也是企业的"一把手",往大的说,肩负着政治责任、经营责任。首要的是承担着国有资产保值增值的重任,应在兼顾社会效益的同时,实现经济效益。尤其是调度自动化系统,里边涉及的技术问题极为复杂,还有设备选型和采购,或许因为信息不对称,或许其他人办事不力,或许因为急躁而越位行事,都有可能导致一些不必要的问题与矛盾。这倒并不是潘孝坤不愿担责,而是想尽可能地发挥大家的聪明才智。一个人的能力和思维都是有限的,而一个领导集体,由于经历各不相同,都各有优势和特长,作为"一把手",就要做到博采众长,变他们的思路为我所用。潘孝坤对于有的"一把手"的种种见得多了。有的人一旦当上了"一把手",就会有一圈子人包围。这些人良莠不齐,说长道短,说来也很正常。每个单位的"一把手"都是权力中心,包围是正常的。如果都不包围,那说明权力失控了。关键是能否保持清醒的头脑,去伪存真,采纳正确的意见和建议。供电局说起来是政府的一个部门,毕竟是全民所有制企业,职工既是生产经营的主人,又是企业的主体,好多人在实践中积累了丰富的经验,如果自己独揽权力,什么事都亲力亲为,哪有那么多能耐!加强交流与沟通,特别是多和孙大德这样的副局长交流与沟通,更有利于决策。

孙大德与潘孝坤在同一班子谋事多年,对潘孝坤的秉性还是了解的。当年,他和潘孝坤同为副局长,就局长人选,组织上派人征求意见,找他谈话时,他说潘孝坤适合当"一把手"。有人却问,你不如他?孙大德说,这个我倒不承认。但他善于用人的长处,协调、学习能力比我强。孙大德认为,县局局长虽然仅是科级干部,按职务序列来说,职位不高,可也是"一把手"。"一把手"是管全面的,各个方面的工作都要纳入视野,不能疏忽、失察,却又需要花更多时间,下更大力气抓的、谋的则应是大事、大局。这是"一把

299

手"的主要职责和职能,也是工作中的重点。而自己,一旦抓一项工作,连一件细小的事情也要过问,包括与人说话,特别是一说到业务方面的问题,总怕别人听不明白。他常常提醒自己,不要这样。每次遇事儿,往往又身不由己。

孙大德听潘孝坤这样说,笑笑说:"对于调度自动化系统的相关问题的了解,玉卿不比我差,你回家可顺便问问她。"

待孙大德离开办公室,潘孝坤也随之走了出来。

这栋呈L字形的大楼,位于新建的振兴路与青春路的十字路口。楼高九层,最高层是调度所的调度室。室内宽敞,采光颇好。特别是调度模拟屏设计。调度模拟屏是电力系统调度值班人员用于监控电网运行工况的工具。本着远期规划与总体布置相协调,美观大方、经济适用、准确可靠的原则设计,选用了镶嵌式前板可脱型模拟屏。该模拟屏具有线条明快,接线更换方便的优点,并在模拟屏上加入电网地理结线显示图,增加了屏的层次感。所有开关刀闸均采用可调灯光显示,实现远动量自动上屏、非远动不下位操作,使调度操作更灵活。在建设过程中,有关人员设想利用载波信道工作稳定、抗干扰性强、数据传输速率快等特点进行高频混合传输。但本单位条件有限,妻子潘玉卿等科技人员发扬攻关精神,查资料,找厂家,耐心试验,充分论证。终于通过用高频差接网络进行信号传输,闯出了新路子。

在设备的选择上,潘玉卿曾告诉潘孝坤,变电所RTU终端是厂站数据和信息的采集装置,所以终端屏选择同样重要。因为终端屏要将每个需采集的数据和信息进行二次改接,以送入变送器和微机终端,以此保证送入数据和信息,以及执行调度命令的信号准确性和可靠性。在变电所的二次接线中,他们采取积极慎重和认真负责的态度。当时改接工作量非常大,几乎调集了所有懂该技术的人员,使变电所改接一个成功一个,既保证了变电所的安全运行又顺利地完成了远动的二次接线改造。

这是这座调度大楼投入使用后最直观的生产效益,又是能直观

第 23 章

看见枫荷配电网运行状况的所在。5月份,枫荷县撤县设市期间有人考察、慰问,调度室成了常去之所。从装配到投入运行至今,潘孝坤自己一人或陪人来此的次数已经不计其数。

潘孝坤在电梯门边按了一下往下的按钮。他的办公室楼层在五楼。每个楼层的办公室都按职能搬了进去,且每个楼层都有一间小会议室。因此,办公条件有了较大的改善。

进了电梯,潘孝坤下到二层。这二层往左是用电等对外营业人员的办公区域,往右是三层高的辅楼。二层装修时,工会主席陆子祥建议,不要装修成单一的会议室,该考虑与丰富职工文化生活相结合。因此二层装修时,成了既可开会,也可举办舞会的多功能厅。三层本来想空着,因为陆子祥的建议,拓展了潘孝坤的思路。三层隔了几间包厢,成了KTV厅,迎合了时下流行KTV和跳舞的风潮。舞厅和KTV厅由团委组织几个年轻人兼职管理着,还招了几名服务员。由于对外营业,当时枫荷县城像样的舞厅和KTV厅又少,时下正风靡学跳舞或唱KTV,除了年轻人还有中老年人光顾,加之凭门票才可进,开张以来,常常是一票难求。

其实,潘孝坤来到二层,是想找负责歌舞厅管理的负责人。多功能厅的门还锁着。旁边一间小房间的门倒是敞开着。看到几个年轻人在调试音响设备,潘孝坤冲他们点点头,转身离开了。他从标着安全出口的位置步行下了楼梯,到了一层,也是辅楼的最底层。看到门框上用霓虹灯做成的"帝都大酒店"几个字在发光,他笑笑。这一层,原先计划做职工食堂的。但正在设计装修时,办公室主任老姜的一个远房侄子通过老姜说,想租下辅楼的底层开饭馆。潘孝坤对老姜说:"租了出去开饭馆或酒店,食堂怎么办?"老姜说:"食堂不是解决职工就餐的吗?我那远房侄子说了,职工就餐问题可以在他的饭馆解决,按局食堂的收费标准为职工服务。"潘孝坤说:"我跟局里其他领导商量商量再说。"过了几天,老姜再次跟他说这事儿,潘孝坤说,具体事宜让你这个远房侄子跟周雪松谈。

事至这年,供电局的多种经营发展势头非常不错,独资、合资等大大小小企业有十多家。为加强对这些企业的管理和发展,局里成立了电力实业总公司。周雪松调任总公司的总经理,同时被任命为局长助理。潘孝坤对周雪松有偏爱不假,但这偏爱和他对所管工作敢于负责,能出主意并会用人等综合素质有关。

随着年龄的增长,潘孝坤也有了新的想法。他今年已五十多了。培养一些具有良好素质的人,随时可以接任,这是任何一个岗位上的领导必须做的事情。当然,这个小九九他只是藏在心底,从没有告诉过任何人。至于周雪松今后发展至何种程度,一靠机遇,二靠他本人的"造化"了。

此时,大楼门口响起一阵嘈杂的声音。潘孝坤回头,发现妻子潘玉卿和另外几个身着工装的人正朝电梯口走去。他们都是生技口子上的职工。今天上班前,他知道妻子要去一座变电所就无人值班进行线路改接。估计是今天的任务已完成了,所以潘孝坤对大家说:"辛苦了,辛苦了。"几个人也和他招呼着。潘玉卿冲几个进了电梯的同事挥挥手,要他们先上,然后走向潘孝坤,悄声说:"跃华结婚的日子,前几天你哥和嫂嫂来我家已经说了。需要我们送的礼,该提前送过去了。"潘孝坤说:"人熟礼不熟,就按村里的习俗送,具体的你看着办。"他又关照说,"不要送得太重,礼数到了就行。按这里的习俗,待我们的儿女结婚时,他们在我们的礼数之上,还得加些。礼数我们送得不重,他们在我们儿女结婚时,可少让他们破费。"

玉卿没说什么,看电梯门打开并有人出来,她便进了电梯。

潘孝坤出了这栋大楼。大楼外是水池,中间是一根圆圆的混凝土浇铸的柱子。外围用石头包着直抵大楼延伸出来的遮雨廊。这会儿,水池正喷涌着水柱。潘孝坤凝视着似乎在变幻却又始终是同一形状的水柱。从县农校毕业入职初建的电管站,再到参军入伍,又转业重回电力行业,五十余岁的潘孝坤经历了不少人和事。特别是转业后这二十来年,他参与建设并亲历了枫荷的电力发展。几十年来,潘孝坤忙忙碌碌,无暇顾及家庭,又似睡了一大觉醒来,子女已长大成人。儿子潘阳本科毕业前,考上了研究生,女儿潘雨明年即将参加高考。哥嫂也按以往的轨迹在运转,大侄儿潘跃进还在一个航空兵师服役,是一名参谋。其妻是同一个师卫生队的医生,小孩都三岁了。想起当年哥嫂和自己,还有张正权为大侄子和秦良茹的女儿撮合,如今想来有些可笑。小侄子潘跃华在乡里做了几年招聘干部,最后又回到原称为工业公司的乡资产公司,成了副总经理。他说他在这里找到了存在的价值。潘家虽然是一家子,但都有自己的人生轨迹。

潘孝坤的眼光从水池转至右边的围墙。那儿,曾是一池水塘,除了养鱼,靠岸的四周种着茭白。这栋楼的地方原是一片水田,而院子外的振兴路和青春路,以前不是水田就是高低不一的桑地、土墩,如今成了繁华的街区。今后的发展如何,不用细想,越来越好是肯定的。

潘孝坤站了会儿,听到身后有人在轻唤局长,他回过身来,见是负责歌舞厅管理的负责人,对外称经理。他哦了一声,说:"今晚你给我留个KTV厅,有人要活动一下。"负责人问有多少人,潘孝坤想了想,说:"五六个人吧。""那就定在光明厅。"潘孝坤点点头,看那经理转身离去,他用手指敲击了一下自己的脑门。想来这里活动,唱唱歌的要求,是张正权电话跟他说的。他说秦良茹退休和自己调至乡镇企业局任局长后,他没请她活动过,所以他请她吃过饭后来这里活动活动,同时,邀请他一起共进晚餐。潘孝坤找了个理由,推脱了晚餐,并说:"这里的活动我已安排好,你们来就是了。我在那里等你们。"张正权也不勉强,说:"只要你这边安排好就行哦。"

秦良茹是在五十岁的时候,调任县政协一个专门委员会的主任。她比潘孝坤大四岁,所以退休已两年了。前些年,公安局缺人,从乡镇长干部中挑选一些乡镇干部进公安队伍,她的女儿秦程调了进来。秦良茹退休的时候,潘孝坤约了副县长高子仁、张正权、张松年等几个与秦良茹走得近的干部吃过饭。这一晃竟有两年了。不过,秦良茹长居乡下老家，偶尔来县城看看女儿一家子，潘孝坤在街上碰到过她几次。

那天晚上，潘孝坤其实没什么应酬。只是想在家陪妻子玉卿和女儿潘雨一块儿吃饭。儿子潘阳成长过程中，潘孝坤由于忙或应酬多，失去了陪儿子成长的许多机会。自从潘阳考上大学离开后，寒暑假会回来，或者自己利用上省城开会、出差等机会，父子见个面，而每当与儿子分别时，总有失落感。他不想在女儿身上出现同样的感受。因为女儿今年面临高考，学习压力特别重。她放下饭碗就去了自己的房间。看玉卿在厨房收拾、刷碗，潘孝坤也没闲着，拿起拖把在客厅拖着。说是客厅，其实也就十多个平方，一张四仙桌和一对沙发加一张茶几，就把客厅涨满了。这单栋房子共五层，住着十户人家。每户八十多平方米。如今与正在新建的小区，准备用于职工房改房的每间不是九十多平方米或一百多平方米的宿舍相比，已经落后了。当年，这栋房子紧挨着公路，由于外墙粉刷了白灰，住着潘孝坤一家和几户干部，当时十分耀眼，有人称"白公馆"。然而，形势发展很快，随着城区的拓展，前面的公路成了一条小街。"白公馆"也显得低矮并不再被人注目。正在负责在一个小区筹建职工宿舍的陆子祥私下问过他是否该考虑换房了。潘孝坤不假思索地说："那个小区建成后，你还是考虑职工和住房确实困难的吧。住'白公馆'的人一概不要考虑。"

玉卿把厨房收拾完毕，见潘孝坤已将屋子拖了一遍，说："你不是说要和张正权、秦良茹他们去活动吗，怎么还不走？"潘孝坤说："他们不到《新闻联播》过后，是不会到那里的。再说，我已安排好了。即使我不在，也不影响他们的活动。"玉卿说："你以前不是跟他们混得不错嘛！现在怎么与他们来往少了。"潘孝坤说："现在与他们依然混得不错呵。只不过我不想与他们在一起吃喝。吃喝多了，有时想来，实在没多大意思。再说，我已有'三高'了，你不知道？"两人坐在沙发闲聊了一会儿，玉卿进了房间，他才下楼。

调度大楼离这儿也就三四里路。潘孝坤没像上下班一样骑自行

第23章

车,而是选择步行。他穿行在路灯光下。每遇一个路灯,他的影子一会儿拉长,一会儿缩短。不知穿行了多少路灯,他瞧见了电力调度大楼。由于里边有了酒店、舞厅与KTV厅,整栋大楼霓虹闪烁,"帝都大酒店"几个字尤其耀眼,反而使电力调度大楼几个字暗淡无光。潘孝坤瞅瞅电力调度大楼的左右,好多开着夜店的楼房,也是霓虹一片。

经过几十年上下的共同努力,严重缺电的局面已经改变。这闪烁的霓虹灯,象征着繁荣、和平哦!作为供电局长,自然欣慰。这时的潘孝坤不由得加快了步子,向前走去。

二楼的KTV厅各种歌声通过门缝传至过道,有动听的,也有吼的和五音不全的。潘孝坤听光明厅里边有歌声传出,叩了一下门,就推门进去了。见里边坐满了年轻人,他略一惊讶,便退了出来。他在门前踌躇了一会儿,正巧见经理从放音室出来,潘孝坤便指指光明厅。经理哦了一声说:"我估计您该来了。是这样的,你两个朋友到了里边,坐了不到两分钟,说到大堂喝茶去了。他们还特别关照,让我告诉您呢!"

所谓的大堂,是帝都大酒店前与大楼门厅的连接处,一块装修不进酒店餐厅的十几平方米的地方,置了几张藤椅和藤制茶几,成了酒店大堂。潘孝坤下了楼梯,一拐弯就到了大堂。张正权和秦良茹临窗相对而坐。秦良茹首先瞅见了潘孝坤。她站起来伸出手来和他握了握,说着好久不见的话。张正权则拉过一把椅子,让潘孝坤坐下。大堂此时灯光显得幽暗,映在脸上,遮去了人的皱纹,让人显得年轻。这灯光竟有这般效果!潘孝坤说:"好久不见良茹姐,怎么越来越年轻了!"秦良茹说:"你的脸色好像回到了在农校读书的时候,正权也是。这灯光好魔幻哎。"潘孝坤说:"你们不在光明厅唱歌,是为了这里的灯光啊!"张正权说:"秦书记说,她不喜欢唱歌,又只有三人,不如在这里喝茶好。"潘孝坤说:"你请良茹姐吃饭就请她一个?"张正权说:"叫你,你不来,就我们俩了。"秦良茹说:"别听正权胡吹!还有政协其他同志。今天政协到他做局长的乡镇企业局视察，他请他们吃饭，他才打电话到我女儿家。我呢，这几天正住女儿家。我是借了政协的同志在他局里视察的光。"

这时，从酒店收银台那边过来一位服务员，问潘孝坤要什么茶。潘孝坤要了杯红茶。

秦良茹说："这栋电力调度大楼建得很有特点。在枫荷市区可算得上是标志性建筑了。"

潘孝坤说："当时县里头要我们造十五层，最后定了九层。"

张正权说："现在的枫荷，该称市，你还称县啊！"

"建造的时候还是县啊！"潘孝坤说，"下次一定改过来。不过，根据市里的要求，我们的印章、文件题头，都由县改成了市。所有的股改成了科。只是人的级别、待遇没变哦！"

"虽然是县级市，听起来却好听哦！"张正权又改了话题，说，"你这个辅楼，利用得很好。"

"局里有主意的人较多，有好主意就采用啊！"潘孝坤仰起脸，瞅了瞅灯光，说，"这或许是在我局长任内最后一个大的基建项目。另外，刚起步的调度自动化系统争取用两年时间全部建成后，我的职业生涯也该画句号了。"

"你这几十年也够努力的。"秦良茹说，"特别是转业以后，无论是电管站还是在局里，电力方面好多工作做得很实在，有的还走在了全省或是全国的前列。"

"当年在电管站的时候，多亏了你们给了我平台。电网这一块涉及社会的方方面面，如果其中一个环节不支持，将会影响全局。不是我说官话，中国的电力事业飞速发展至今，也只有中国共产党领导的社会主义国家能有这样的局面，要不是中国共产党，呵呵。"

张正权说："孝坤是表里如一，对党特别忠诚啊！"

"你不忠诚吗？"潘孝坤笑笑。

张正权说："我一直在想，像潘孝坤这么能干又对党忠诚的人，你们系统怎么不把你提拔上去呢！"

"说实话，大电网供电的农村电气化县建成后，渔城电力局的叶

第 23 章

局长吃饭的时候征求过我的意见,愿不愿意到渔城电力局管多种经营。职务呢,当然是副局长。我直截了当地跟他说,渔城电力局的副局长相当于枫荷县的副县长,从升迁上来说,我很想。但我当兵的时候,特别是跟玉卿结婚后,夫妻两地生活了好几年,特别是带孩子,她特别辛苦,如果去了渔城,她独自一人照顾女儿,我怎能忍心哦!当然,如果我去了渔城,玉卿也可以调过去,但孩子呢,面临上学和高考,调换学习环境,就像移栽树木,一下子适应,不易哩……哎呀,不说这个了,当时我反正左思右想,还是在这儿当局长好。宁做鸡头,不做凤尾,活得舒畅啊!"

张正权说:"你从来没说起过这事儿哦!"

潘孝坤说:"这事儿有必要说吗?弄不好,以为我瞎吹。"

秦良茹说:"孝坤既是干事又是顾家的好男人。这样的选择应该是正确的。即使做到了副处,家庭没有经营好,也没意思。"

于是,三人从家庭聊到子女,又从子女聊到教育。忽然,张正权说:"孝坤,你知道青树乡的职高吗?上个星期,我遇到那所学校的校长和教导主任,他们设想在学校开设农村电气化中专班。"潘孝坤说:"那是好事啊!枫荷,不,渔城地区正缺受过专门教育并有专业知识的农电工。"张正权说:"你能不能在专业教学或教材等方面给予一定的支持?"潘孝坤说:"这个应该没问题。"张正权说:"那就说定了。到时我让学校直接找你。"潘孝坤笑笑说:"你张正权该是早就算计上我了,今天只不过是凑个机会吧。"张正权赶忙矢口否认。潘孝坤说:"被别人算计,证明我还有点价值。"张正权说:"配网和农村低压网这一块发展那么快,早就该通过正规的学校培养一批农电工了。再说,如今电力这一块,职工待遇那么好,吸引了好多年轻人,都想进入供电企业工作。"潘孝坤说:"工资等待遇都是按国家政策定的办。供电局谁敢乱来?外面所谓的待遇好,主要是我局发展了多种经营企业。这块投资,以股份的形式,来自职工个人。"

"电力职工辛苦、风险性又大,这谁都知道。单位从实际出发,只要符合国家政策和要求,给职工提高福利待遇是好事嘛!至少可以吸引人才。"秦良茹说,"我看农电站现在都鸟枪换炮了。许多农电站建了新的办公楼,有好多站长还开上了诸如桑塔纳等小轿车,手里提着像板砖一样的大哥大电话。他们那派头,超过你这个局长了。"

潘孝坤说:"农电发展至今天,好在每度电有2分钱的维管费归每个乡农电站所有,用于发展农电事业,当然包括农电工的工资和福利待遇。如果这个乡的用电量大,维管费就多。可别小看这2分钱哦,积少成多,那数目相当可观。这笔钱的收支,以前由农电站的所在乡镇管,现在市里总站也管着。应该不会有大的问题。"

张正权说:"现在的农电已比我做农电站站长的时候强了不知多少倍哦!"

潘孝坤说:"你既当局长,又当爷爷了,还不知足啊!"

说起爷爷,张正权便说起小孙子的顽皮、逗笑,顿时眉目大开。秦良茹这时话也多了,讲述着外孙如何得可爱、有趣,似乎有聊不完的话题。

尾　声

　　枫荷市供电局调度自动化系统大框架，如潘孝坤所愿，于当年完成。第二年7月，首座35千伏变电所改造成无人值班变电所。又一年过去的时候，由于年龄限制，潘孝坤不再兼任局长。新任局长姓于，是从外县调任的。就在那次干部调整中，周雪松去另外一个县局任局长。新中国成立50周年之时，汇集了百个共和国之最的大型电视纪录片由人民日报、解放军报、中央电视台等单位联合推出，枫荷作为全国首家建成的大电网供电的农村初级电气化县位列其中。不过，那个时候已拿掉了初级二字。十多年后，电力体制几经改革，枫荷市供电局归入国家电网公司麾下，称为供电公司。在中国共产党成立100周年前夕，枫荷市所在省的有关方面，在枫荷市供电公司专门召开了一次纪念农村电气化县建设座谈会。

　　年近八旬，已是满头白发的潘孝坤应邀出席了那次座谈会。那次座谈会上，他遇见了从省城特地赶来参加座谈会的当年省电力局农电处的几个人。他们相互问候着，听到有人说，老潘你的身体这么好，他想谦虚一下，但还是说，好，好！你们也蛮好！

　　以前局长是枫荷市供电局的"一把手"，现任枫荷市供电公司的"一把手"是董事、党委书记。听着比自己儿子还年轻几岁的"一把手"聊着近几年枫荷市电网智能建设，潘孝坤知道，又一个新的时代来了。